◆縱橫武林◆

中國武俠小說國際學術研討會論文集

淡江大學中國文學系主編

臺灣學生書局印行

序

　　中國武俠小說一向以獨具一格之思想、情感、題材、結構、情節、術語，弘闡行俠仗義之精神，揄揚濟弱助貧之事蹟。就其內涵而言，舉凡親情、愛情、歷史、偵探、神怪、科幻等題材，皆可由豐富之聯想力與想像力，深摹細寫，引人入勝。至於經史詞章之學、佛道修煉之方、習武強身之術、五行八卦之道、人性之複雜、兒女之眞情，亦莫不於此獨特之小說類型見之。數十年來，武俠小說恆與中華傳統文化血脈相通；並以通俗而饒興味之風姿，於華人社會引起廣大之回音，產生深遠之影響。

　　然而社會文化之型態，瞬息萬變；小說讀者之口味，亦與時推移。二、三十年前，台灣地區各大日報、晚報副刊逐日連載武俠小說之勝況，已不復見。武俠小說名家如臥龍生、獨孤紅、慕容美、金庸、古龍、司馬翎等，或封筆多年，或墓有宿草，遂使武俠小說之著作，幾成尾閭之洩，波瀾不興！武俠小說之式微，由此可知。而其於社會文化之積極意義，亦漸爲世人淡忘，言念及此，實深惋惜。

　　淡江大學中國文學系、東吳大學中國文學系與漢學研究中心，爲弘揚武俠小說之學，引起國人對「武俠小說類型特徵」、「武俠小說之流傳」、「武俠小說與當代社會」、「武俠小說與傳統文化」等問題之省思與重視，深詮豪士之特質，重振俠義之英風，特邀學術、文化、出版等各界菁英，撰寫論文；擘畫經年，舉辦「中國武

俠小說國際學術研討會」。深盼世人於政治、經濟之外，激發另一
類型之思考，而有裨於社會風氣之改善，與人心人性之喚醒。

　　此一學術研討會已於八十七年五月廿八、廿九日，在國家圖書
館國際會議廳圓滿完成。發表論文之學者分別自比較文學、神話
學、小說類型、作品結構、人物情感、武俠小說與社會等觀點，對
武俠小說之經典作品，作深刻之詮釋；對此一文學之現象，作廣泛
之探討。弘闡江湖之道義，發揚武俠之文學，牖迪深刻之思辨，激
起廣遠之回響，使武俠小說之研究廣拓亨衢，再臻新境。

　　同仁等於是勘校群篇，裒集成冊，由台灣學生書局梓行於色，
庶幾備錄文心，期於久遠。敬維學界先進，既慨賜鴻文；長官同
仁，復惠予協助；而淡江大學中文系講師黃麗卿、溫小姐晴玲、黃
小姐慧鳳、吳小姐春枝亦黽勉編校，研討會之論文集遂得以順利出
版，謹於此虔致其感激之忱。成宗既承辦斯事，復承命撰序，爰不
揆樗昧，勉綴數語，以識其始末云。

中華民國八十七年八月廿六日

崔成宗　謹序於淡江大學中文系

縱橫武林——中國武俠小說
國際學術研討會論文集

目　錄

論金庸書中的愛情——以《射雕》、《神雕》爲中心

曾昭旭[*]

（國立台灣師範大學國文研究所博士）

一、序論：金庸及其愛情觀的定位

㈠金庸書中的愛情是一種「俠情」

如所周知，金庸是新派武俠小說的大宗師；而且他的作品之最感人處，尚不是俠而更是情，或更確切地說就是愛情。❶

但，他作品中的愛情或男女之情到底是那一種型態的愛情呢？站在愛情學或生命哲學的立場，是須要進一步質問的。尤其，愛情是生命的最直接表現，一個人的愛情觀與人生觀必息息相關。同樣，我們若想深入了解金庸其人，也無妨通過對他作品中所呈現的愛情先進行了解。因爲對這兩者的了解其實也是一體的兩面。

---

[*] 中央大學中文系教授

❶ 新派武俠的特色之一，本就是將小說經營的重心，由俠轉移到情；亦即由外在的俠義技擊情節轉移到內在的生命感情。金庸尤其如此，所以他書中的人物，大多不會隨便消失，一個個角色的死都儘可能有所交代。

那麼，金庸書中所呈現的愛情是那種型態的愛情呢？簡單地說就是一種「俠情」。換言之，由俠而情的情，仍須回歸於俠去加以界定。原來這是一種特別適合在武俠小說中呈現的愛情。這才使得金庸寫的這一種愛情小說，有別於一般愛情小說（例如瓊瑤的愛情小說）。否則武俠便純是旁襯的工具了，必結合「武俠」與「愛情」這雙重特質，才足以點出金庸書中愛情的特殊面貌。但，什麼是俠情呢？最簡要的解釋乃是：那是一種狹隘偏執的感情。原來「俠」之一字，就與「狹」其義相通。俠客的感情本來就是偏執而激越的。他路見不平，立刻就要拔刀相助，而不管是否會惹來更大的麻煩。他也無意去尋求社會問題的全面解決，而只認定眼前這一件事的必須合乎正義。而所謂正義的標準，則純由他強烈的主觀感情去認定。此之謂「狹」（狹隘），可也是「俠」（激越）。然則俠客的愛情態度也就可以思過半了。

(二)論金庸的思想根柢

然後，我們不妨回到金庸其人。金庸的愛情觀就是如此嗎？坦白說，事實上我不知道，但可以推論為如此。否則他怎麼能將這一型態的愛情寫得如此精采動人？前言一個人的人生觀與愛情觀是一體兩面，我們也不妨考究一下金庸的思想根柢何在，以為他書中何以會呈現出這樣的愛情作一佐證。

金庸其人的思想根柢，依我看主要有以下三點：

其一是濃烈的鄉土情懷。這種情懷我們只消讀讀他的小說，便隨處都可以感受得到。對中國的山川地理、歷史文物、風土人情，金庸真有一種不必問理由的濃情。為什麼不必問理由？因為這就是一個事實，這已經是一個事實。金庸已經肯定了這事實的本身，也

就是這份感情的本身。至於這感情是怎麼來的？這份既成事實的感情是對的嗎？便都不再追究。當然在這裏便很容易有一份執著，此之謂「癡」或「情癡」。這當然大有一種歸宿之意，如人窮則呼天，急切時會喊娘，生命受極度打擊時心理上會退縮回子宮，都是一種歸根反本之意。金庸對中國鄉土似乎有此情懷，金庸書中人物對待他之所愛，也似乎有此情懷。

其二是小乘佛教。金庸書中論及佛理者甚多，那麼他對佛法是皈依那一宗呢？我曾在一九七九年十一月金庸首度來台時當面問過他，他說他宗的是小乘佛教。我當時不免詫異，因爲很少人如此。但細想想卻也覺得非常合理，反而對金庸不隨時流、忠於自己感到敬佩。

但何謂宗小乘呢？要言之就是重因果過於解脫，重緣起過於性空。在此，生命觀的核心是「苦」❷，也就是前文所說的「癡」。原來凡癡即苦，因爲感情既是一種事實，對它的認定就是一種宿命（無可逃避的接受與認定），這種感情實是一種被決定、被鑄印的感情（被什麼決定？就是被那既成的事實所決定），也就是一種不自由的感情。生命被纏縛、不自由，當然是苦。但人卻又對此苦心甘情願，並不眞正想解脫，此之謂癡。

原來，當大乘佛教還未發展出來之前，人宗小乘是不得已。但當大乘已充分發展出來之後還宗小乘，就只能說是癡。我終於對金庸在佛教上爲什麼宗小乘有一種同情的了解。

---

❷ 佛陀三法印：諸行無常，諸法無我，有漏皆苦（或說涅槃寂靜），其歸結實在苦之一字。

其三是源於西方的自由主義。金庸的思想來源，除了中國本土與印度佛教之外，還有一個，就是近代西方自由主義的思潮。金庸深受洗禮，從他辦報寫政論都可以佐證。何謂自由主義？簡單地說就是一種純粹的批判精神。他們對社會改革未必有什麼確定的方案，卻有一種原則上的理想態度。據此朦朧的理想性，遂容易對一切已在現實上推行的方案質疑。金庸對海峽兩岸的政權恐怕都是不滿的。他書中的主角大抵也都是反當權派、反體制、反主流。我們很容易看到金庸的同情心是放在体制外、非主流的弱者、平民乃至異族身上。這正是一種俠的精神。中國古代的俠竟然和近代西方的自由主義有精神上的相通呢！

基於這種俠的精神，金庸當然會同情情癡。因為執著的眞，總勝過寬大的假。高高在上的官府那知民間疾苦？名門正派的大俠其實都是虛偽的政客！

以上三點錯綜結合，便構成金庸人生觀也是愛情觀的基調。我們可以藉此認識金庸其人，也無妨即以此爲途徑去了解金庸書中所呈現的愛情事象。

二、試析金庸書中的愛情現象

(一)愛情的鑄印

對金庸書中的愛情現象，我們或許可以先作如下概括性的判語，就是他書中所有的愛情，都是一發生的事實，而且這事實一旦發生，便永遠鑄定。

這表示金庸書中的愛情，一方面是一種客觀上的「業」，一方

面則是一種主觀上的執著，所謂生死相許，這其實也是一種「業」。總之愛情的本質就是癡與業。

這意思從李莫愁口中道來最爲淒婉動人。當李莫愁爲情所傷，竟爲之悲恨糾纏，終生不解。最後萬念俱灰，踏火而逝之時，幽幽唱出金庸作品中永恆的愛情主題：問世間情爲何物？直教生死相許！

這樣的愛情態度是堅貞，也是執著。其本質則是「被決定而非自由的愛情」，所以既可以是正面的堅貞，也可以一轉而爲負面的魔怨。

就正面的堅貞可感而言，主要的典範當然是郭靖、黃蓉，楊過、小龍女。他們的愛情爲什麼是正面的堅貞？原因非常簡單，就是對這份愛情，雙方都予以認定，而且終生不改。這似乎正是金庸書中理想的愛情狀態。

至於負面的魔怨，原因也很簡單，就是對這份愛情，只有一方認定，另一方卻變節了。這於是構成對愛情的出賣以及對愛人的欺騙。而被欺騙的一方，基於她永不可改的認定，當然也就構成永不可解的創傷。這創傷逐漸腐蝕人的生命，扭曲人的性情，堅貞於愛的情人遂一變而爲執著於恨的魔頭。其最典型的例子當然就是李莫愁之於陸廣元，其次還有裘千尺之於公孫止，瑛姑之於周伯通，穆念慈之於楊康。其中爲人的善惡雖有等差，其爲情癡則一。而從這些癡情者的言行表現，便也可見無明業力之可驚了。

此外，關於情癡，還有一種型態，就是單戀。所謂落花有意，流水卻也非無情，只因此心已別有所屬，無法再行應許，但只消這一丁點情意，便足夠人戀戀終生了。在金庸書中最屬典型的自然是

環繞著楊過的眾家女子，如程英、陸無雙、完顏萍、公孫綠萼之輩。

以上所舉，大抵屬女對男之怨，為什麼總是女方？我想合理的揣測是當時仍是個男性中心的社會罷！若這也反映了作者的心理投射，則也許金庸基本上仍不免是個大男人罷！

(二)愛情的考驗

然後我們要問的是：不管是正抑邪，像這種經歷種種挫折都不足以動搖其志的表現，是真的堅貞還是盲目的執著呢？如果純是無明執著，又何以能有如此感人的力量？而如果不純是無明而畢竟有其正面的堅貞動人之處，則這正面的執著其意義又何在？

我們說這意義就在考驗。考驗什麼？就在考驗你的認定、你心中的許諾，看經歷過種種環境人事的變動與打擊，你對心中曾肯定的愛有沒有改變？

在這裏我們看出一種對愛情的形而上肯定來。的確，愛是一經呈現，便屬永恆；一旦宣示，便永不可撤回的。只是這僅屬愛心的真誠而無關於現實的行為與模式，例如愛心雖不改卻不等於非要結婚白首偕老不可。但在小說中，作者卻將這兩個層次通連了，直接用行為上的堅貞不改來象徵愛情本質的永恆絕對，遂顯出情癡此一假相來。

換言之，金庸所寫的愛情，並不重在愛情在世間如何步步發展成熟的歷程，而重在肯定愛情本質的永恆絕對。亦即：重在辨別愛情的真假，蓋真愛情必屬永恆絕對，滄桑不改，而會變異朽壞的則屬情識而非真愛。如何辨別？便是安排種種考驗，看情人是否能通得過。我們由此知金庸書中為何特多誤會、錯過的悲劇。似乎有情

人都無可避免地要被大化播弄，而一著失誤（例如在誤會中一念瞋怒出手），便可能鑄成大錯（例如錯殺了所愛），導致終生的憾恨。如黃藥師、段皇爺（一燈）、裘千仞（慈恩）等，直是徒呼奈何，甚且百身莫贖。似乎在警惕世人，莫負初心。

於是我們迴看金庸書中的主角們，便知他們經歷的種種辛苦，其意義何在了。若以郭靖、黃蓉，楊過、小龍女爲例，則郭靖的考驗多在感情的公與私，亦即公義與私情的矛盾。對家國對師父的恩仇，對守襄陽的責任，乃至對朋友或朋友之子（楊過）的道義……自己的私情與這些比起來算什麼呢？他須得從種種矛盾考驗中憬悟他對黃蓉的心不是私情而是眞愛，才能修成正果。原來郭靖對黃蓉的愛自始就沒有變過，他只是當初在詮釋上沒有還這點眞心以應有的份位罷了！

至於楊過的考驗則在感情的專與泛，亦即愛情與非愛情的疑似。原來楊過本質上是一個好熱鬧的人，亦即入世之士，所以不免到處留情。但這些算是愛情嗎?還是只屬隨緣散發的人情?這是楊過自己須予釐清的課題，這課題遂在他面對小龍女之時被逼顯了。乃因小龍女純屬出世玄境的象徵，亦即愛情形上本質的歸宿處，其作用乃在助人對自我的愛情態度加以檢驗，而釐清其純駁。而楊過是畢竟成功通過這考驗了，所以終於偕小龍女歸隱於虛無。這也印證了金庸所陳示的愛情，本來就不是愛情的人間相而是愛情形上本質的象徵。所以不免要放棄了人間之情，包括友情與行俠仗義之情。

當然，這些歷經考驗的主角都是男人，爲什麼呢？仍只好說金庸仍無以擺脫男性中心的格局罷！所以女子們是否幸福，便只好看她所愛的男人是好男人抑壞男人了！穆念慈之不幸，亦只緣她愛錯

了楊康而已。

㈢對受創生命的同情

然後，我們要更進一步探討的是：能修成正果的畢竟是少數，而理想的愛情既是如此遙不可及，則凡人的犯錯也就值得吾人深寄同情了。

在此，吾人理宜再予深究的，也是金庸書中所述的愛情，真是清楚自覺地僅以人間事象作為愛情本質的象徵嗎？還是也多少不免有所混淆?若是前者，情癡便是象徵永恆的假相;若是後者，情癡便真是你我的寫照了。原來所謂誤會所謂錯過，也無非是認不得真情而執著假相罷了。我想金庸依其理性，應知宜屬前者;但若依其實感，則無寧更同情於後者罷！因此金庸書中最感動人心的，居然不是正派人物（郭靖、洪七公……）而是偏至之士，如黃藥師之亦邪亦正，正邪難分，真是精采可賞。喬峰之複雜身世、矛盾心情，凝成他巨大的悲苦形象，亦湧現出無比的撼人力量。諸如此類，試問其故何在？

我想在此要追究的是：金庸到底想不想？或肯不肯定解脫？似乎在理論上是該肯定的，但似乎在金庸的感情上卻不要，為什麼？

我想是金庸對名門正派畢竟是太疑慮了，因為其中正有太多真假的疑似。當然，純是黑暗無明的魔頭更無可取。那麼比較起來最屬可信的反而是糾纏於正邪之間，為情所苦的人。似乎在那仰見永恆的真理卻又伸手不及，俯察自我的罪咎而為之憾恨不已的生命激情中，別有一種真誠感人之處，遠勝過偽飾的正大。因此，金庸似乎是將最巨量的同情，放在這些人物的身上。

當然，對纏縛其中的人，金庸仍是會致其悲憫與救助的努力，

但又如何？問題仍屬不得其解。就如一燈大師欲渡化慈恩而畢竟無能為力。有趣的是若以之喻金庸，真難確定金庸是慈恩還是一燈？還是兼而有之？

金庸為什麼會這樣?是金庸所處的時代背景有以致之嗎?在當今主流派、既得利益者事實上多屬虛偽的情況下，金庸寧可同情平民、受苦者乃至真小人而厭惡偽君子？若然，便說明金庸在感情深處的激越、偏執—（雖然是伴隨著巨大同情與理想性的激越偏執），此所以為俠情也。金庸是想以此激起世人的共鳴嗎？而事實上正有如許巨量的讀者成為金迷，尤其是身處異國的苦悶遊子，是內心深處亦有這麼一份糾纏於理想現實間的委屈不平嗎？

三、金庸書中愛情世界的評價

(一)洗滌與勸慰的功能

上文大致剖析了金庸書中所陳示的愛情風貌。對這樣一種偏至激越型態的愛情我們宜如何看待呢？

首先，若就文學的觀點而言，偏至激越反而是一個優點。因為文學除了純美感的欣賞之外，其對人生的最主要功能是在反省現實、勸慰人心，而不在道德教化。文學當然也應該觸及理想、提示方向，但卻不是用直述的方式，而是通過反省，也就是揭露黑暗、質疑體制、批判虛偽的方式來呈現。所以，當世人陷於傷痛悲苦的情境中之時，中正和平的感情型態是難以安慰他的，因為那境界距離他的實感太遠。反而偏至激越的感情令他更覺親切，因為那至少讓他感覺到被了解、不孤單，這就是悲劇的安慰洗滌功能。我們的

確可以用書中人的悲苦來撫慰我的悲苦，也以書中人的偏執來解除我的偏執。因為人之所以執著他的悲苦，是因他在一無所有的絕境中，只有靠執著他唯一的所有─（就是悲苦）─來自證其存在。（我悲苦，故我在？）須得他終於感到被了解、被寬慰了，他的防衛與偏執才能解除。尤其那激越悲苦的只是書中人而不是現實中身邊的人，我們儘可以放心暢懷去認同去悲憫而不虞有什麼現實上或良心上的負擔。（怕惹上麻煩？怕有剝削別人悲苦以自慰之嫌？）這於是構成人心苦悶的出路。我們可以痛快去喜歡黃老邪、欣賞歐陽鋒。見到李莫愁與慈恩的下場，亦足令人興悲而憬悟，乃至見到郭黃、楊龍之終成佳侶，亦可聊慰悵恨而心怡。

尤其，俠情之斬截，是一種爽快如利刃的訊息，亦足助吾人毅然斬截現實生活中的葛籐。激情之浪漫，更是一種鮮明又活潑的意象，亦足助人油然生出對生命美感的嚮往。文學本來就有誇張的傾向、放大的功能，所以小說中的偏至激越，其實是一種設計上的必要。

㈡依然不免是男性觀點

但如若就真實人生、愛情義理的觀點來看，則金庸書中的偏激愛情，濾除了其中屬於文學的誇示之後，其實仍有內容上的偏執與不自覺的盲點，值得讀者注意省察。

首先，金庸書中所展示的愛情關係，無可諱言仍然是男性中心的。真正的主角其實都是男性，女性只是環繞在男主角身邊，扮演不同層次的陪襯角色罷了！雖然薄倖者大多設定是男性，堅貞者大多是女性；乃至可責者也多指向於男人（女性角色即令乖戾殘暴如李莫愁，仍令人感到可同情），可賞者則多指向於女性（小龍女尤

屬道或玄境之化身），但仍然是屬於男性觀點的視野。頂多是，他的男性觀點有別於粗暴的大男人主義（實即金庸所批判的威權体制、主流觀點、既得利益者），而是懂得珍惜、尊重、嚮往女性的新男性觀點罷了！但，他所嚮往的女性，其真實的生命內涵如何？卻恐怕仍是不甚了了的。例如金庸所描寫的黃蓉，刁鑽古怪，變動莫測，便是套在男性中心格局中的形象（所以常要在男性中心的秩序上搗亂）。若剝除這一層框框，直接去審視女性生命本身，那便只是一亙古的玄境，亦即絕對的不可知，如小龍女所象徵的境界。

女性生命的真實內涵既不可知，然則對由女性生命所代表的愛情（男性生命則象徵知識、權力、秩序），其真實內涵也就同屬不可知了。換言之，金庸書中所呈示的愛情，實只是站在男性的立場，反省到男性生命的偏枯僵硬、危疑不安，因而轉引發出對女性生命的嚮往追求罷了！至於什麼是真實的女性生命（不能只是一玄境）或真實的生命或真實的愛情，則猶待吾人進一步去探討與實踐。

而由此引申，我們還可看到金庸書中所陳示的另一重困惑，就是對愛情與友情、家國忠義之情，其間分際與主從關係仍屬釐而未清。所以書中人於此才不免有種種矛盾掙扎。乃因傳統上男性多偏於道義而矇然於愛情，如今斗然發現一個新的可能天地（那由黃蓉、小龍女、趙敏等女子所代表的），當然是既驚喜，又困惑。但也就因此使自己的生命被拖到一個夾纏混淆、危機四伏的存在處境中了。什麼才是正確的抉擇、兩全的中道呢？在金庸書中的眾多情侶中，我們竟看不到一個可信的典範。郭靖、黃蓉是嗎？我只看到那只是道德形式上的暫時穩住，所以等到楊過出現，他們間的裂痕

便產生了。那麼楊過、小龍女是嗎？我則只看到楊過是放棄了自我的熱活性情，隨小龍女遁入虛無。郭襄的忍不住垂淚，便暗示了這一形態的委曲。至於其他悲劇人物（喬峰自然是最為代表）更不用說。難道圓滿的形態會是韋小寶？那卻是我最不願肯定的形態，我真的不知道金庸為什麼會在小說創作中一路行來，竟然結穴於韋小寶。果真是如前所述，金庸的鄉土情懷、小乘佛學、自由主義，會不免錯綜成這一場似圓融而實虛無的大夢嗎？還是金庸還在追尋之中而姑以此作為一形式上的收場？則亦非我所知了。

試論金庸筆下的黃蓉與趙敏

羅賢淑[*]

（中國文化大學中文研究所博士班）

前　言

　　金庸的武俠小說凡十五部，首先出版者爲一九五五年的《書劍恩仇錄》，最晚一部則是一九七二年的《鹿鼎記》，其後金庸耗費了十年時間修訂了全部的作品，他的每一部作品都受到廣大讀者的肯定。若以作品最早發表的時間起算，直至今日，已逾四十年，此期間喜愛金庸作品的讀者不斷地增加，筆者相信金庸作品經得起時間的考驗——即具有恆久性，與一般通俗作品總是迅速地被下一波同類作品淹沒的情形大不相同。金庸作品目前仍然深受大衆喜愛的證明，也許可以透過八十五年十一月八日星期五聯合報第七版「盜印金庸小說，十九人被起訴，印刷及裝訂廠一併被訴，著作權新法施行以來最大宗盜版案」的標題，以及文中所稱「金庸全集盜印紀錄輝煌」之事實得知一二。

　　金庸作品魅力十足，本文所欲探討的是：《射鵰英雄傳》的女主角黃蓉和《倚天屠龍記》的女主角趙敏。選擇這兩個人的原因，

　＊　中國文化大學中文系兼任導師

是在於她們都是書中男主角的最愛，也都曾經被書中所謂的名門正派人物斥爲「妖女」，但是一般的讀者非但不排斥她們，反而喜愛她們，其原因何在？此即爲筆者撰寫本文之動機。在金庸的筆下，她們的形象究竟爲何？兩人的特質是相同或者不相同？爲了便於分析，每一標題項下皆是先論黃蓉再述趙敏，其間加以比較。首先觀察她們得「妖女」名號之來由，兼論其性情、行事風格，其次論述她們的外貌、智能，最後探討她們的愛情。

壹、妖女之名與實

何謂「妖女」？若就其行爲舉止來定義，約莫就是行事不正當，違反社會規範的女子。黃蓉與趙敏均被名門正派人士呼爲「妖女」，其行爲是否正是如此呢？試就書中內容析述之。

黃蓉被喚作「妖女」最早見於《射鵰英雄傳》書中〈第十一回長春服輸〉，江南六怪在呼斥黃蓉爲「妖女」之時，朱聰曾經向郭靖說明黃蓉爲什麼是妖女：

> 朱聰溫言道：「她爹爹是個殺人不眨眼的大魔頭，你知麼？要是他知道你偷偷跟他的女兒相好，你還有命麼？梅超風學不到他十分之一的本事，已這般厲害。那桃花島主要殺你時，誰救得了你？」郭靖低聲道：「蓉兒這樣好，我想……我想她爹爹也不會是惡人。」韓寶駒罵道：「放屁！黃藥師惡盡惡絕，怎不會是惡人？你快發一個誓，以後永遠不再和這小妖女見面。」江南六怪因黑風雙煞害死笑彌陀張阿

生，與雙煞仇深似海，連帶對他們的師父也一向恨之入骨，
均想黑風雙煞用以殺死張阿生的武功是黃藥師所傳，世上若
無黃藥師這大魔頭，張阿生自也不會死於非命。❶

簡而言之，黃蓉所以被稱為「妖女」，主要是無辜倒楣地受到黑風
雙煞的牽累，因而成為江南六怪的連帶仇人；其次則是源於她的父
親桃花島主黃藥師「行事怪僻，常說世上禮法規矩都是狗屁」❷早
有「東邪」之號。若依「有其父必有其子」之論推演，在基因遺傳
與耳濡目染的情況下，黃蓉自然也會有幾分「邪」味。何況書中又
安排，黃藥師在愛妻死後，將所有弟子逐出島去（此使黃蓉失去可
供模仿的其他對象），待獨生愛女黃蓉採百般溺愛的教育，使得黃
蓉驕縱異常、任性使氣。因此當她聽見自己被韓寶駒呼喝為「妖
女」，父親黃藥師又被稱做「大魔頭」時，自然不肯示弱：

> 黃蓉罵道：「你（韓寶駒）這難看的矮胖子，幹麼罵我是小
> 妖女？」又指著朱聰道：「還有你這骯髒的鬼秀才，幹麼罵
> 我爹爹，說他是殺人不眨眼的大魔頭？」❸

儘管郭靖在旁向她言明，韓寶駒與朱聰等人是他的師父，但黃蓉絕
無悔意，不但「伸伸舌頭，做個鬼臉」激怒韓寶駒，還對他唱道：
「矮冬瓜，滾皮球……」，實與一般受所謂「中國傳統禮教」成長

---

❶　金庸：《射鵰英雄傳》第二冊，（臺北：遠流出版公司，一九九六年一月），
　　頁447。
❷　金庸：《射鵰英雄傳》第一冊，（臺北：遠流出版公司，一九九五年十二月），
　　頁399。
❸　同❶，頁448。

之人，大相逕庭。

雖然江南六怪在歸雲莊見到黃蓉以永不相見之語威脅黃藥師來保全郭靖性命，而對黃蓉心生好感，朱聰也笑著說出：「黃藥師的女兒跟她老子倒挺不同，咱們以後再犯不著生她的氣」❹。但好景不常，在柯鎮惡誤認江南五怪為黃老邪所殺後，又忘了黃蓉為獨立個體，而直罵她是「十惡不赦的小賤人、鬼妖女！桃花島上的賤貨」❺。即使黃蓉在煙雨樓附近救了他的性命，當他聽見黃蓉以賞耳括子催促一名官兵去盛一盆清水，來替他處理箭傷時，心中仍道：「小妖女不說話則已，一開口，總是叫人吃點苦頭。」昔時，黃蓉對韓寶駒就不曾讓步，此刻對受箭傷的柯鎮惡也是如此：

> 黃蓉道：「姓柯的，你有種就別叫痛，叫得姑娘心煩，可給你來個撒手不理。」柯鎮惡怒道：「誰要你理了？快給我滾得遠遠的。」話未說完，突覺創口一陣劇痛，顯是她拿住箭桿，反向肉裡插入。柯鎮惡又驚又怒，順手一拳……只聽她說道：「再動一動，我打你老大個耳括子！」柯鎮惡知她說得出做得到……。❻

黃蓉對待情人郭靖的師父柯鎮惡雖然率性，但緣於不願日後郭靖為柯鎮惡之死而傷心，因此仍然願意伸出援手。就黃蓉而言，「惡人」就是讓她不悅的人──即責罵、欺負她自己或欺負、威脅

---

❹　同❶，頁606。

❺　金庸：《射鵰英雄傳》第四冊，（臺北：遠流出版公司，一九九五年十二月），頁1346。

❻　同❺，頁1371～13272。

她所喜歡之對象（此以郭靖爲最）者，並不以社會道德標準來區分好人或壞人，其中善類有如懵懂天眞的傻姑與正義凜然之丘處機；其中惡類則像歐陽克、黃河四鬼。此外，在黃蓉意欲達成某種目的時，她也會用毒辣的手段，例如：第九回中敘述王處一爲靈智上人的毒掌所傷，郭靖和黃蓉一塊到完顏洪烈的王府中盜藥，黃蓉見一人走來立刻向前擒住，逼問之下得知此人即王府內的簡管家，便詢問藏藥之處。當簡管家回答不知道後，黃蓉先用左手捏痛他的手腕，再以蛾眉鋼刺嵌入他的咽喉，低聲喝問。因爲簡管家確實不知道，所以仍然稱說「不知道」，但黃蓉並不相信：

> 黃蓉右手扯下他帽子，按在他口上，跟著左手一拉一扭，喀喇一聲，登時將他右臂骨扭斷了。那簡管家大叫一聲，立時昏暈，但嘴巴被帽子按住了，這一聲叫喊慘厲之中夾著窒悶，傳不出去。郭靖萬料不到這個嬌滴滴的小姑娘行事竟會是如此毒辣，不覺驚呆了。黃蓉在簡管家脅下戳了兩下，那人醒了過來。她把帽子順手在他頭頂一放，喝道：「要不要將左臂也扭斷了？」❼

其後黃蓉又設計讓簡管家向完顏康索藥，並揚言如果拿不到藥，就要將簡管家的脖子扭斷。在第二十四回末尾與二十五回起首，黃蓉爲助郭靖療傷，躲在牛家村傻姑居處的密室內，在對傻姑百般叮嚀後，仍然擔心傻姑無意中道出兩人藏身密室，因此心生「殺人滅口」的念頭。「她自小受父親薰陶，甚麼仁義道德，正邪是非，全

---

❼　同❷，頁343。

不當一回事，雖知傻姑必與曲靈風淵源，但此人既危及郭靖性命，再有十個傻姑也殺了」❽，正當黃蓉想動手時，見到郭靖懷疑的眼神，擔心日後郭靖不悅，才打消惡念。

至於其他與黃蓉不相干之人，在黃蓉情緒欠佳的時候，便有慘遭殃及之例，試看黃蓉在郭靖表明要履行與華箏的婚約後，她偕不明究裡的郭靖翻牆進入一處大戶人家，見主人正在請彌月筵席，便以武力降服教頭與莊客，強迫賓客陪她飲酒行令，待她盡興方歸。郭靖勸她無須「累人擔驚受怕」，黃蓉則答以「我但求自己心中平安舒服，那去管旁人死活」❾，還動起抱走彌月嬰孩的意圖。

趙敏的「妖女」名號，最早竟是出於張無忌之口，在〈第三十一回刀劍齊失人云亡〉當中，張無忌因誤認：趙敏奪走倚天劍與屠龍刀且將殷離害死，在傷心慚愧之餘，對周芷若說道：「我對著表妹的屍身發誓，若不手誅妖女，張無忌無顏立於天地之間」❿。但此語係因誤會而起，所以並不恰當。後來，張無忌又在周芷若與謝遜面前重申自己一定會殺趙敏為殷離報仇雪恨，在周芷若要他立誓為證之下，他才道出趙敏真正的罪行——「妖女趙敏為其韃子皇室出力，苦我百姓，傷我武林義士」⓫。除張無忌之外，謝遜、宋青書、陳友諒等，都曾罵趙敏為「妖女」，不過在這三個人之中，謝遜不是名門正派，而宋青書與陳友諒則是心地不純正。

---

❽　金庸：《射鵰英雄傳》第三冊，（臺北：遠流出版公司，一九九六年一月），頁946。

❾　同❺，頁1290。

❿　金庸：《倚天屠龍記》第四冊，（臺北：遠流出版公司，一九九六年二月），頁1252。

⓫　同❿，頁1255。

指責趙敏為「妖女」的名門正派人士，有俞蓮舟、張松溪。由於趙敏曾經派人謀害張三丰，因此武當諸俠對趙敏已無好感。在〈第三十二回冤蒙不白愁欲狂〉中，敘述武當四俠宋遠橋、張松溪、俞蓮舟、殷梨亭無意中來到張無忌與趙敏小歇的洞穴前，議論他們在天津客店見到莫聲谷所留下「門戶有變，亟須清理」的八字。其時，張松溪擔心所謂的「有變」是指張無忌，殷梨亭則認為不可能，張松溪道：「我是怕趙敏這妖女太過奸詐惡毒，無忌少年人血氣方剛，惑於美色，別要似他爹爹一般，鬧得身敗名裂……」 ⑫。當宋遠橋懷疑莫聲谷可能已被張無忌下毒手殺害時，藏身在洞穴中的張無忌與趙敏發現莫聲谷的屍首正在身旁，張無忌料想自己難逃弒叔罪名，只見趙敏使出調虎離山之計，縱身躍出，一心要替張無忌脫嫌。四俠不明究裡直追趙敏而去，過了小半個時辰經過張無忌藏身的大樹下：

> 只聽俞蓮舟道：「這妖女吃了我一掌，連人帶馬摔入了深谷，料來難以活命。」張松溪道：「今日才報了萬安寺被囚之辱，出了胸中惡氣。」 ⑬

待武當四俠找到莫聲谷的屍首，誤認趙敏就是主謀兇手，更是以滿口的「妖女」直罵趙敏。

分析趙敏被稱為「妖女」之緣由，即在於趙敏身為蒙古人是韃子郡主，為了替自己的國家效力，曾經在萬安寺中折辱武林義士，

---

⑫　同⑩，頁1310。
⑬　同⑩，頁1313。

並企圖顛覆武林，促使中原群雄心向韃子皇室。所以「妖女」是中原漢族之武林人士因對立而貶斥的稱號，對於趙敏來說並非公平，因為她有義務效忠自己的國家。值得商榷之處，乃是在於她的行事手段過於奸狡惡毒。

趙敏基於愛屋及烏的心理，也曾禮遇武當諸俠，但是當她見到武當諸俠誤認張無忌是殺害莫聲谷的兇手而同聲譴責張無忌時，就無法再對武當諸俠客氣：

> 趙敏道：「四位是武林高人，卻如此不明事理。莫七俠倘若是張無忌所害，他此刻一劍將你們殺了滅口，有何難處？他忍心殺得莫七俠，難道便不忍心加害你們四位？你們若再口出惡言，我趙敏每人給你們一個耳光。我是奸詐惡毒的妖女，說得出便做得到。當日在萬安寺中，我瞧在張公子的份上，對各位禮敬有加。少林、崑崙、峨嵋、華山、崆峒五派高手，人人被我截去了手指。但我對武當諸俠可有半分禮數不周之處麼？」宋遠橋等面面相覷，雖然認定張無忌害死了莫聲谷，但生怕趙敏當真出手打人，大丈夫可殺不可辱，被這小妖女打上幾耳光，那可是生平奇恥，當下便住口不罵了。❹

趙敏也曾由於謝遜對張無忌口吐：「當年你父母一男一女，郎才女貌，正是天作之合，你卻帶了四個女孩子，那是怎麼一回事啊？哈！哈！」之語，而對其出言不遜地說：「謝老爺子，你再胡說八

---

❹　同❿，頁1320～1321。

道，等我傷勢好了，瞧我不老大耳括子打你」**⑮**。此與黃蓉對待郭靖眾師父（江南六怪）之態度如出一轍。至於後來趙敏爲了避人耳目，將已被張無忌點了穴道的俞蓮舟拉到石後：

> 俞蓮舟怒目而視，喝道：「別碰我！」趙敏冷笑道：「我偏
> 要拉你，瞧你有什麼法子？」張無忌喝道：「趙姑娘，不得
> 對我師伯無禮。」趙敏伸了伸舌頭，向俞蓮舟裝個鬼臉。**⑯**

也與黃蓉對韓寶駒採「伸伸舌頭，做個鬼臉」加以激怒的行爲完全相同。只是黃蓉的口齒較趙敏來得犀利且不饒人，個性也更直率，所以江南六怪中對黃蓉不友善的柯鎮惡、朱聰、韓寶駒等人都被她罵得體無完膚。黃蓉在經郭靖阻喝不准她罵江南六怪時，做完鬼臉，猶不肯停口。趙敏在與黃蓉相較的情況下，顯得克制不少。

行事風格與個人之心性想法有絕對關係，趙敏曾說：「有些人我不喜歡，便即殺了，難道定要得罪了我才殺？有些人不斷得罪我，我卻偏偏不殺……」註**⑰**，由此可見趙敏行事的全憑喜好、恣意妄爲、以及不辨是非。黃蓉雖然也是率性，也是不辨是非，只憑喜好，但是她行事的毒辣程度卻比不上趙敏。思緒縝密的楊逍曾經說：「這趙姑娘的容貌模樣，活脫是漢人美女，可是只須一瞧她行事，那番邦女子的兇蠻野性，立時便顯露了出來」**⑱**。足智多謀的

---

⑮　金庸：《倚天屠龍記》第三冊，（臺北：遠流出版公司，一九九六年二月），
　　頁1191。

⑯　同⑩，頁1322。

⑰　同⑮，頁1078。

⑱　同⑮，頁1053。

張松溪對張無忌說「這趙姑娘豺狼之性」❶；心地善良的小昭則有「那趙姑娘心地歹毒」❷之語；張無忌心下也知道趙敏是「無惡不作、陰毒狡猾」❸。試舉二例爲證,說明趙敏之毒辣。

　《倚天屠龍記》在〈第二十五回舉火燎天何煌煌〉中寫道,張無忌欲設法向趙敏奪得黑玉斷續膏以救治俞岱巖與殷梨亭之傷。當張無忌發現被自己以九陽神功震斷臂骨數截的阿三,與臂骨、胸前肋骨、肩頭鎖骨都被震斷的禿頭阿二,兩人的傷口上,都敷著其本門靈藥黑玉斷續膏時,生怕趙敏在黑瓶中弄假,便從阿二、阿三的傷處上刮下黑藥。回武當山後,張無忌便以所得之藥,醫治俞岱巖與殷梨亭。但俞、殷二人的傷勢非但未見好轉,反而痛苦不堪。經俞岱巖自述症狀,張無忌始知敷傷之藥乃是具有劇毒的七蟲七花膏,「中毒者先感內臟麻癢,如七蟲咬嚙,然後眼前現斑斕彩色」❹:

> 張無忌額頭冷汗涔涔而下,知道終於是上了趙敏的惡當,她在黑玉瓶中所盛的固是七蟲七花膏,而在阿三和禿頂阿二身上所敷的,竟也是這劇毒的藥物,不惜捨卻兩名高手的性命,要引自己入彀,這等毒辣心腸,當真是匪夷所思。❺

趙敏對待自己的手下是如此毒辣,對待她所謂的敵人,其狠毒程度

❶　同❿,頁1330。
❷　同⓯,頁1118。
❸　同❿,頁1257。
❹　同⓯,頁1008。
❺　同⓯,頁1008。

自然是有過之而無不及。在第二十六回，她將中原武林各派高手囚禁於萬安寺，先用十香軟筋散抑住各人的內力，以逼迫眾人投降朝廷。見無人肯降，便命下屬逐一與之相鬥，自己則在一旁偷學各派的精妙招數。每喚來一人就先勸降，勸降不成便行比武之事，試看何太沖不肯投降的情景：

> 只聽一個男子聲音冷冰冰的道：「你既固執不化，主人（即趙敏）也不勉強，這裡的規矩你是知道的了？」何太沖道：「我便十根手指一齊斬斷，也不投降。」那人道：「好，我再說一遍，你如勝得了我們這裡三人，立時放你出去。如若敗了，便斬斷一根手指，囚禁一月，再問你降也不降。」何太沖道：「我已斷了兩根手指，再斷一根，又有何妨？拿劍來！」㉔

貳、外貌與智能

曹植〈名都篇〉有「名都多妖女」之句，其中所稱「妖女」為美女，黃蓉與趙敏身為通俗文學武俠小說中的女主角，其姿色自然不落人後。至於智能方面的表現又是如何，試解析之。

一、外　貌

黃蓉很美，牙齒美，眼睛美，手如柔荑，膚如凝脂，連腳都

㉔　同⑮，頁1032。

美，試一一說明。黃蓉初次與郭靖見面時，扮成骯髒窮樣的少年，
卻掩不住齒如瓠犀，美目盼兮的佳人特質：

> 那少年約莫十五六歲年紀，頭上歪戴著一頂黑黝黝的破皮帽，臉
> 上全是黑煤，早已瞧不出本來面目，手裡拿著一個饅頭，嘻
> 嘻而笑，露出兩排晶晶發亮的雪白細牙，卻與他全身極不相
> 稱。眼珠漆黑，甚是靈動。㉕

郭靖因爲和黃蓉談得愉快，忘形之餘，便握住黃蓉的左手，「只覺
他手掌溫軟嫩滑，柔若無骨」，待黃蓉低頭淺笑，「郭靖見他臉上
滿是煤黑，但頸後膚色卻是白膩如脂、肌光勝雪」㉖。待黃蓉以眞
面目示郭靖時，郭靖看得呆了，因她「肌膚勝雪，嬌美無比，容色
絕麗，不可逼視」。經黃蓉提醒後，郭靖才驚覺此姝即爲黃蓉，便
嘆之以「雪山頂上的仙女一般」㉗。

郭靖是傻小子，他認爲黃蓉十分美；歐陽克天生好色，每年派
專人至各地搜羅美女，收爲姬妾，閒時教以武功，因此這些美女既
是他的姬妾也是他的女弟子。歐陽克自負其姬妾全是天下佳麗，但
是當他見到黃蓉「秋波流轉，嬌腮欲暈，雖然年齒尙幼，實是生平
未見的絕色」，竟覺「自己的眾姬相比之下竟如糞土」。而個個體
態婀娜、笑容冶艷的眾姬見到黃蓉，又是如何：

> 二十四名姬人都是目不轉睛的瞧著黃蓉，有的自慚形穢，

㉕　同❷，頁273。
㉖　同❷，頁274。
㉗　同❷，頁328。

有的便生妒心，料知這樣的美貌姑娘既入「公子師父之眼，非成爲他的「女弟子」不可，此後自己再也休想得他寵愛了」❷❽

此外，梁子翁初見黃蓉，許之以「秀美絕倫」❷❾；朱聰也認爲黃蓉「明艷無儔，生平未見」❸⓪；瑛姑則暗想，「自己當年容顏最盛之時，也遠不及她（黃蓉）美貌」❸❶。至於黃蓉連腳也美的描寫，則是見於第三十五回，黃蓉替柯鎮惡換藥後，自行洗臉洗腳：

> 柯鎮惡躺在地下，拿個蒲團當作枕頭，忽聽她啐道：「你瞧我的腳幹麼？我的腳你也瞧得的？挖了你一對眼珠子！」那官軍嚇得魂不附體，咚咚咚的直磕響頭。黃蓉道：「你說，你幹麼眼睜睜的瞧著我洗腳？」那官軍不敢說謊，磕頭道：「小的該死，小的見姑娘一雙腳生得……生得好看……」❸❷

關於趙敏的美麗容貌，倪匡先生在《再看金庸小說·倚天屠龍記》中提到：

> 金庸似乎用了特別多的筆墨，來形容她（即趙敏）的美麗。一般來說，蒙古女性，圓臉、扁鼻、膚色特黃，眼睛小，這是典型蒙古人的特徵，美女不多。或許是由於這一點，所以

---

❷❽ 同❷，頁378。
❷❾ 同❷，頁353。
❸⓪ 同❷，頁448。
❸❶ 同❺，頁1240。
❸❷ 同❺，頁1372。

金庸特別強調趙敏的美貌……㉝

事實上，金庸早已藉由楊逍之口，形容趙敏的外貌「活脫是漢人美女」㉞，引導讀者遠離心目中對蒙古女性之既有印象。

趙敏首次出場與黃蓉相彷彿，兩人都是以男裝出現，只是黃蓉是以小乞兒的骯髒模樣，趙敏則是一位「身穿寶藍綢衫，輕搖摺扇」，雍容華貴的年輕公子。張無忌「向那年輕公子瞥了一眼，只見他相貌俊美異常，雙目黑白分明，炯炯有神」㉟。其後，周顛則對楊逍表示，楊不悔雖然美麗，卻比不上男扮女裝的趙敏。趙敏扮了男裝，卻難掩美麗的描寫，又如：張無忌「見她眼中滿是笑意，臉上暈紅流霞，麗色生春，雖然口上黏著兩撇假鬚，仍是不掩嬌美」㊱。對於她的整體風采，金庸嘗云：

> 自來美人，不是溫雅秀美，便是嬌艷姿媚，這位趙小姐卻是
> 十分美麗中，更帶著三分英氣，三分豪態，同時雍容華貴，
> 自有一副端嚴之致，令人肅然起敬，不敢逼視。㊲

除了背影是「婀娜苗條」之外，神情則是時而「又嬌又媚」，時而「淒然欲絕」㊳，時而「柔情脈脈」，時而「狡獪頑皮」㊴，時而

㉝　倪匡：《再看金庸小說》，（臺北：遠景出版事業公司，民七十三年十月），頁139。

㉞　同⑮，頁1053。

㉟　同⑮，頁920。

㊱　同⑮，頁1148。

㊲　同⑮，頁928。

㊳　同⑮，頁1041。

「淺笑盈盈」復「嬌豔萬狀」❹。其他細部之描寫則有：「面瑩如玉、眼澄似水」❹，後頸「肌膚瑩白勝玉」❷，手既「柔滑」❸又如「白玉般」❹。至於趙敏的雙腳，金庸除了以「腳掌纖美，踝骨渾圓」❹進行白描之外，也安排了一段以腳爲主的精采浪漫文字，在〈第二十三回靈芙醉客綠柳莊〉，趙敏爲了困住張無忌，便設計與之共同落入鋼牢內，張無忌不願受困，即先以溼綢覆蓋趙敏之口鼻，未料趙敏仍不肯答應。而後張無忌靈機一動，想起「平時兒童嬉戲，以手指爬搔遊伴足底，即令對方周身酸麻」，便用此法對付趙敏，「抓起她左腳，扯脫她的鞋襪」，「以九陽神功的暖氣擦動」她的足穴，使趙敏搔癢難耐，只得答應放他。後來趙敏要張無忌爲她穿好鞋襪：

> 張無忌拿起羅襪，一手便握住她左足，剛才一心脫困，意無別念，這時一碰到她溫膩柔軟的足踝，心中不禁一蕩。趙敏將腳一縮，羞得滿面通紅，幸好黑暗中張無忌也沒瞧見，她一聲不響的自行穿好鞋襪，在這一霎時之間，心中起了異樣的感覺，似乎只想他再來摸摸自己的腳。」❹

---

❸　同❶，頁1154。

❹　同❶，頁1079。

❹　同❿，頁1281。

❷　同❶，頁939。

❸　同❶，頁1083。

❹　同❶，頁969。

❹　同❶，頁1035。

❹　同❶，頁939。

透過他人觀察或言語形容之例，如：張無忌「只見趙敏一人站在當地，臉帶微笑，其時夕陽如血，斜映雙頰，艷麗不可方物」❹，陳友諒也「見她相貌太美」❹；周顛說：「這姑娘花容月貌」❹；張松溪則擔心張無忌「英雄難過美人關」❺，而提醒他「決不可為美色所誤」❺。

由此可見，黃蓉與趙敏兩人都是難得一見的美人胚子，從頭到腳無一不美。有趣的是，黃蓉可能要比趙敏美一點兒，因為前者乃是「眉目如畫」❺，趙敏則曾在書末對張無忌說道：「我的眉毛太淡，你給我畫一畫」❺。自古文士騷客描寫美人，總不脫眉、目、頸、手、膚，至於腳態之美除小的（三寸金蓮）形容外，如金庸這般特意安排以強調者，則較少見。

二、智　能

黃蓉不但美，也十分冷靜聰明，例如：她在完顏洪烈王府受阻於沙通天，因而不得脫身：

> 黃蓉暗暗著急，忽然停步，道：「只要我一出這門，你不能
> 再跟我為難，成不成？」沙通天道：「只要你能出去，我就

---

❹ 同⓯，頁1009。
❹ 同⓾，頁1281。
❹ 同⓯，頁1015。
❺ 同⓾，頁1131。
❺ 同⓾，頁1330。
❺ 同❺，頁1240。
❺ 同⓾，頁1660。

認輸。」黃蓉嘆道：「唉，可惜我爹爹只教了我進門的本事，卻沒教出門的。」沙通天奇道：「甚麼進門的，出門的？」……沙通天冷笑道：「從外入內，跟從內到外還不是一樣？好！你倒來闖闖看。」當即讓開身子，要瞧她從外入內，又有甚麼特別不同的功夫。黃蓉閃身出門，哈哈大笑，道：「你中計啦。你說過的，我一到門外，你就認輸，不再難為我。現下我可不是到了門外？沙龍王是當世高人，言出如山，咱們這就再見啦。」❷

又如：黃蓉、郭靖與洪七公在「明霞島」被歐陽鋒所役使，黃蓉心中不快，便在烤羊上做手腳，讓洪七公在羊肉上淋以「異味」，卻要郭靖送乾淨的熟羊去給歐陽叔侄（實為父子），郭靖與洪七公百思不解。歐陽鋒接過熟羊，一轉念奔至黃蓉處，搶過加味的髒羊，將乾淨的熟羊扔在地上。郭靖笑問黃蓉何以得知歐陽鋒必定來換，黃蓉答以「兵法有云：虛者實之，實者虛之」之語，可謂聰明之至。

最令筆者印象深刻之例，乃是第三十五回中，柯鎮惡與郭靖誤會黃藥師殺了江南五怪後，黃蓉運用她的聰明機智、以生命為賭注來解決自己的困境。她循著南西仁所寫的小小「十」字，思考出此字雖然可以是己父「黃」老邪的起筆，也可以是「裘」千仞的起筆或「楊」康的起筆，再配合物證——即朱聰懷中找到的「翡翠小鞋」，推測出楊康可能犯案，繼而推衍相關人物與案發經過，再用

---

❷　同❷，頁364。

激將法使西毒歐陽鋒承認自己是殺人兇手。歐陽鋒見黃蓉料事如神，不禁感嘆地對她說：「我真羨慕黃老邪生了個好女兒。諸般經過，委實曲折甚多，你卻能一切猜得明明白白，有如親眼目睹一般。小女娃兒，你當真聰明得緊啊。」❺

　　黃蓉的聰明機智不但幫助了自己，同時也幫助了郭靖，黃蓉曾經三助郭靖圍困歐陽鋒；也曾解讀郭靖對於武穆遺書的疑義，使其為成吉思汗操練士卒；也曾在歐陽鋒藉衣褲從天而降中獲得靈感，使得郭靖攻破撒麻爾罕城。

　　根據謝遜的說法，趙敏也是「聰明得緊」❺的人物，在《倚天屠龍記》第二十八回中，敘述陳友諒故作豪氣狀，願以身家性命換取鄭長老一命，而使盲眼的金毛獅王謝遜對其心生好感，饒恕鄭、陳兩人性命。當時張無忌與趙敏皆在一旁觀看，張無忌心中對於陳友諒之舉十分敬重，趙敏則暗暗不以為然、默不作聲。其後，兩人議及此事，趙敏對張無忌說，要提防陳友諒此人，張無忌表示不解：

　　趙敏道：「這陳友諒明明欺騙了謝大俠，你雙眼瞧得清清楚楚，怎會看不出來？」張無忌跳了起來，奇道：「他騙我義父？」趙敏道：「當時……」張無忌聽她解釋陳友諒的處境，果是一點不錯……仍是將信將疑。趙敏又道：「好，我再問你：那陳友諒對謝大俠說這幾句話之時，他兩隻手怎

---

❺　同❺，頁1390。
❺　同❺，頁1210。

樣，兩隻腳怎樣？」張無忌……說道：「嗯，那陳友諒右手
略舉，左手橫擺，那一招『獅子搏兔』，他兩隻腳麼？嗯，
是了，這是『降魔踢斗式』……難道他假裝向我義父求情，
其實意欲偷襲麼？那可不對啊，這兩下招式不管用。」❺

待趙敏提醒後，張無忌才想到，陳友諒是企圖以腳踢鄭長老，手抓
受傷的殷離，對謝遜採取防禦，以稍緩謝遜的凌厲攻勢。由此可
見，趙敏鑒貌觀色之智。

在第三十回中，謝遜對張無忌、周芷若、小昭、趙敏等提及紫
衫龍王黛綺絲的故事後，趙敏見小昭因靈蛇島火光燭天而昏倒，想
起小昭有調派人馬之能，又想起光明右使范遙曾經看著小昭失聲叫
道：「你……你……」，呆望了半晌，搖頭道：「不是的……不是
的……我看錯人了」喃喃的道：「眞像，眞像」❺，而猜出小昭爲
紫衫龍王之女。

黃蓉屢以其智相助郭靖，趙敏也是張無忌身旁的女諸葛，例
如：在書中第三十七回，張無忌爲了周芷若宣稱她已與宋青書締結
姻緣而心煩意亂時，趙敏便提醒他，必須要以營救金毛獅王謝遜爲
重，並道：「圓眞此人極工心計，智謀百出……」。在旁的周顚聽
見了，便對趙敏說：「郡主娘娘，你也是極工心計，智謀百出，我
看也不輸圓眞」❺。趙敏不以爲意，以沙盤推演方式逐一道出圓眞
預謀之奸計，使其不能得逞。

---

❺　同⓯，頁1151。

❺　同⓯，頁1121。

❺　同⓾，頁1514。

郭靖每次獨自遭遇困難疑慮時，總有「倘若蓉兒在身邊就好了」的想法；張無忌對趙敏也有相同的依賴，第三十八回趙敏爲助張無忌救出謝遜，提議派人假裝襲擊謝遜，在混亂之中，則乘機搶人。楊逍聞言聽命而去：

> 張無忌明知此舉不甚光明磊落，但爲了相救義父，那也只好無所顧忌，心中又不禁感激趙敏，暗想：「敏妹和楊左使均有臨事決疑的大才，難得他二人商量商量，極是投機，我可沒這等本事。」⑩

根據上述之舉例與分析，可以了解在金庸的筆下，黃蓉與趙敏都是聰明機智的絕色佳人。

參、愛　情

曾經有人說：「愛情是男人生命的一小部分，卻是女人生命的全部」，這句話放在《射鵰英雄傳》與《倚天屠龍記》的男女主角身上來看，庶幾近之。對於黃蓉與趙敏而言，她們都爲最愛的人，做了極大的讓步與犧牲。黃蓉一心要郭靖比自己好，在第十回中：她爲了讓洪七公教郭靖學武，對洪七公又是拍馬屁，又是戴高帽，最後是聲淚俱下，使洪七公答應傳授功夫給郭靖。在傳授過程中，她又拚命烹煮佳餚取悅洪七公，外加危言聳聽、出言相激，使得洪七公打破對人素向只傳一招的慣例，而將降龍十八掌中的十五掌傳

---

⑩　同⑩，頁1562。

給了郭靖。

當黃藥師欲對郭靖下毒手時，黃蓉爲保全郭靖性命，不惜與親生父親決裂，「黃蓉哭道：『爹，你殺他罷，我永不再見你了。』急步奔向太湖，波的一聲，躍入了湖中」❻❶。她甚至曾經兩度以死表明深愛郭靖之志，在第十八回中，黃藥師要將黃蓉許配給歐陽克，黃蓉用匕首抵住胸口，說道：「爹，你若是硬要叫我跟臭小子（即歐陽克）上西域去，女兒今日就死給你看罷」❻❷。在獲悉郭靖搭上死亡之船後，她「更無別念：『我要去救靖哥哥，若是救他不得，就陪他死了』」❻❸。爲了心愛的人，黃蓉連死都不在乎，對於自己原有的處世風格，自然也可以捨棄：她曾感嘆地說；「天下的事難說得很……從前我只知道自己愛怎麼就怎麼，現今才知道……唉！你想得好好的，老天偏偏儘跟你鬧彆扭」❻❹；她也曾笑道：「往後我不知要生你（即郭靖）多少氣呢」❻❺。如果黃蓉不珍惜愛情，自然無所牽掛，她依舊可以率性生活，沒有這份時悲時喜的無奈。她不必爲了愛，遠赴大漠隨郭靖軍伍西征，在婚事成諧無望後，才萬念俱灰、孤苦伶仃地踏上往桃花島的歸途，途中又生大病，委屈至極。也不必甘心在日後，爲了郭靖的傻呼呼與不擅言詞而嗔怒。

因爲深愛郭靖，黃蓉表現出的醋勁也不小。黃蓉在知悉楊鐵心

<hr />

❻❶ 同❶，頁598。

❻❷ 同❶，頁744。

❻❸ 同❶，頁775。

❻❹ 同❺，頁1310。

❻❺ 同❺，頁1522。

臨死前將穆念慈托付給郭靖，而丘處機又在旁邊做保證人後，心中
頗爲不安。第十二回黃蓉於客店巧遇穆念慈，便將其騙誘至無人
處：

> 黃蓉拔出匕首，嗤嗤嗤嗤，向她左右臉蛋邊連刺十餘下，每
> 一下都從頰邊擦過，間不逾寸。穆念慈閉目待死，只感臉上
> 冷氣森森，卻不覺痛，睜開眼來，只見一匕首戳將下來，眼
> 前青光一閃，那匕首已從耳旁滑過，大怒喝道：「要殺便
> 殺，何必戲弄？」黃蓉道：「我和你無仇無怨，幹麼要殺
> 你？你只須依我立一個誓，這便放你。」……隔了一會，黃
> 蓉輕聲道：「靖哥哥是眞心同我好的，你就是嫁了給他，他
> 也不會喜歡你。」……黃蓉道：「我要你立個重誓，不管怎
> 樣，總是不嫁他。」穆念慈微微一笑，道：「你就是拿刀架
> 在我脖子裡，我也不能嫁他。」⑥

待穆念慈說出此語，又暗示心中所愛乃是完顏康，黃蓉大喜之餘，
便思索要如何補償穆念慈。至於在二十四回，金庸寫黃蓉見程瑤迦
暗戀郭靖，非但不妒忌，反而甚是樂意，與前之態度頗不相合。雖
然此處金庸以黃蓉年幼與生性豁達及其深信郭靖決無異志三點爲
由，筆者則認爲前二項理由是難以成立。或者，她是認爲程瑤迦只
是單戀，絕非對手吧！

趙敏原是蒙古郡主，爲了跟隨所愛的對象，她的心理頗有轉

---

⑥ 同❶，頁498。

折，先是黯然自恨己身爲何生在蒙古王家❻。後來則選擇改做漢人，她對張無忌說：「你心中捨不得我，我甚麼都夠了。管他甚麼元人漢人，我才不在乎呢？你是漢人，我也是漢人；你是蒙古人，我也是蒙古人」❻❽。如此一來，離兄叛父之舉，只是遲早的事。後來，她向其兄王保保說出，「不能見張無忌就不想活」❻❾的想法。爲了保住受傷的情郎性命，她取出匕首抵住胸口，對其父汝陽王，說道：「爹，你不依我，女兒今日死在你面前」❼❶，在汝陽王仍不肯罷手的情況下，她將匕首刺進胸膛半寸，鮮血染紅衣衫，汝陽王束手無策，王保保卻想出緩兵之計，好言相勸：

> 趙敏卻早知是緩兵之計，張無忌一落入他們手中，焉有命在？一時三刻便處死了，便道：「爹爹，事已如此，女兒嫁雞隨雞、嫁犬隨犬，是死是活，我都跟定張公子了。你和哥哥有甚計謀，那也瞞不過我，終是枉費心機。眼下只有兩條路，你肯饒女兒一命，就此罷休。你要女兒死，原也不費吹灰之力。」汝陽王怒道：「敏敏，你可要想明白。你跟了這反賊去，從此不能再是我女兒了。」❼❶

對於張無忌的愛是如此確切，趙敏的醋勁也不亞於黃蓉，只是

---

❻❼　同❶❺，頁1383。

❻❽　同❶❶，頁1304。

❻❾　同❶❶，頁1404，原句爲：趙敏嘆道：「我就怕不能見他。那我……是不想活了」。

❼❶　同❶❶，頁1408。

❼❶　同❶❶，頁1411。

黃蓉是威逼情敵，趙敏則是想一死了之。第二十九回敘述張無忌遭波斯三使圍攻，趙敏使出「玉碎崑岡」、「人鬼同途」、「天地同壽」三招拼命招式，謝遜問她何必如此：

> 趙敏道：「他（即張無忌）……他……」說到此處，頓了一頓，心中遲疑下面這句話是否該說，終於忍不住哽咽道：「他……誰叫他這般情緻纏綿的……抱著……抱著殷姑娘。我是不想活了！」說完這句話，已是淚下如雨。❼❷

一般的讀者聽聞此言，恐怕鮮少有不動容的吧！

黃蓉對愛情是採主動的態度，例如：她逼迫穆念慈退讓，明知郭靖與華箏有婚約，她仍舊奮力爭取。趙敏也不例外，她知道張無忌與周芷若在濠州成婚，先是在群豪面前對張無忌輕聲要求，「今天不得與周姑娘成親」❼❸。張無忌不允，她便拿了金毛獅王的頭髮脅迫，終於使張無忌棄新婦而走。兩人對愛情的積極程度，在書中所處時代應是少見；即便是在今日，較之總是「等人送花來」的女性而言，也自有一番開示作用。愛情對於黃蓉與趙敏來說是十分的重大，兩人原有的邪氣都因為男主角的正義而改變。但話說回來，她們應是都知道，自己難得的遇到了值得去愛的人。

---

❼❷　同❶❺，頁1192。
❼❸　同❶❶0，頁1392。

結　語

　　前年某家新設的銀行，曾經刊載了一幅廣告，標榜現代女性希望自己是事業上的女強人，又希望自己是愛情中的小女子，此說乃是顛覆傳統又尊重傳統，黃蓉與趙敏就是這樣的女性，她們有智慧、行事明快；但遇見了男主角便又溫柔可人。董千里先生形容黃蓉是：「一半冷酷無情，一半情深義重；一時弱質纖纖，一時鐵石心腸」❼，趙敏也是同類型人物。

　　行文至此，讀者為何喜歡黃蓉與趙敏的原因，已是呼之欲出。試想她倆都是美貌聰明且一往情深的女子，雖然帶有邪氣，手段時而流於毒辣，但是作者金庸既已說明黃蓉之邪是受其父影響，趙敏之惡則是為了自家朝廷，讀者基於客觀考量，自然會寬貸幾分。更何況書中描寫兩人毒辣的篇幅原本就不多，而且她們在傾心於正義的男主角之後，也都漸趨於善。

　　看武俠小說的人，在閱讀時多半會對書中的主要角色產生移情作用，男性讀者將自己代入男主角，女性讀者則將自己視為女主角。如此一來黃蓉與趙敏的外貌、深情與由惡轉善的安排，既能滿足假想扮演郭靖或張無忌的男性讀者，也能使想像自己就是黃蓉或趙敏的女性讀者產生浪漫激越的愛情感受，在各得所需的情況下，黃蓉與趙敏自然深受讀者喜愛。

---

❼　項莊（本名董千里）：《金庸小說評彈》，（香港：明窗出版社，一九九五年八月第三版），頁88。

主要參考書目

《千古世人俠客夢——武俠小說縱橫談》　陳平原　臺北　臺灣商務書局　一九九四年十二月臺灣初版

《大俠》　龔鵬程　臺北　錦冠出版社　一九八七年十月初版

《三看金庸小說》　倪匡　臺北　遠景出版事業公司　民七十三年十月四版

《中國武俠小說史——古代部分》　劉蔭柏　河北　花山文藝出版社　一九九二年三月初版

《四看金庸小說》　倪匡　臺北　遠景出版事業公司　民七十三年十月四版

《再看金庸小說》　倪匡　臺北　遠景出版事業公司　民七十三年十月五版

《我看金庸小說》　倪匡　臺北　遠景出版事業公司　民七十五年六月十版

《武俠小說話古今》　梁守中　臺北　遠流出版事業公司　民七十九年十二月臺灣初版

《武俠小說談藝錄－－葉洪生論劍》　葉洪生　臺北　聯經出版事業公司　民八十三年十一月初版

《金庸小說人論》　陳墨　江西南昌　百花洲文藝出版社　一九九五年十一月初版

《金庸小說之謎》　陳墨　臺南　祥一出版社　民八十四年六月初版

《金庸小說情愛論》　陳墨　江西南昌　百花洲文藝出版社一九九六年五月初版

《金庸小說評彈》　項莊　香港　明窗出版社　一九九五年八月第三版

《金庸的武俠世界》　蘇墥基　臺北　遠景出版事業公司　民七十四年五月初版

《情之探索與神鵰俠侶》　陳沛然　臺北　遠景出版事業公司民七十四年六月初版

《通宵達旦讀金庸》　薛興國　臺北　遠景出版事業公司　民七十四年五月再版

《漫談金庸筆下世界》　楊興安　臺北　遠景出版事業公司民七十三年十月再版

《諸子百家看金庸》　三毛等　臺北　遠景出版事業公司　民七十三年九月再版

《諸子百家看金庸》第四輯　杜南發等　臺北　遠景出版事業公司　民七十四年四月初版

《談笑傲江湖》　溫瑞安著　臺北　遠景出版事業公司　民七十四年五月再版

《雜論金庸》　潘國森　香港　明窗出版社　一九九五年九月初版

《讀金庸偶得》　舒國治　臺北　遠景出版事業公司　民七十三年十月再版

武俠小說復仇模式及
其對傳統的超越

王 立[*]

王 立[*]

（大連／遼寧師範大學中文系）

內容提要

本文具體從兒子長大後復仇、醒悟嫁仇、友情與仇怨、仇家子女間的愛、錯認仇人並因誤會導致復仇這五個母題模式入手，將新派武俠小說中復仇主題同傳統文學中該主題進行了多重比較，認爲武俠小說對傳統復仇觀念及作品模式進行了諸多重大突破、挑戰與創新，具有深刻的人性啓迪意義與文化反思價值。

自80年代中期，大陸史學界受心態史、單位觀念史學和文化學理論的觸發，較爲關注古代復仇習俗、制度的研究，尤其是對於漢代復仇、復仇與法律關係的研究，有了新的進展❶。事實上中國古

---

* 遼寧師範大學中文系副教授

❶ 從現代意義上最早研討復仇的是民國學者瞿同祖《中國法律與中國社會》，中華書局一九八一年重新出版。又參見：彭衛《論漢代的血族復仇》，《河南大

代文學中也存在著綿延久遠的復仇主題，這一主題經明清小說、野史筆記擴散增飾，形成了若干母題（motif）模式，已廣布於民國武俠小說中。而50年代後興起的新派武俠小說中普遍性的諸復仇模式，更爲論者每每加以概括，謂之武俠小說中的「公式」❷。

　　武俠小說中的復仇情節錯綜複雜，難於盡述。本文擬以主題學思路，主要從武俠小說復仇諸模式對傳統復仇主題繼承與超越角度，探討其展示的反文化、反傳統思想，揭示其蘊涵的人性啓迪意義與文化反思價值。

一、「兒子長大後復仇」模式

　　血親復仇是正史傳記所載最多、最常見的復仇類型。「父之仇不共戴天」，儒家經典每加強調的這一倫理義務，使孝子──受害苦主的親生兒子來承領復仇使命，被認爲最佳人選。《史記·趙世家》寫趙孤、干寶《搜神記》寫赤比，至唐此類故事模式形成，像吳承恩《西遊記》中唐僧幼年爲「江流兒」故事即本自溫庭筠《乾撰子》等。青蓮室主人《後水滸傳》中許惠娘如是宣言：

　　學學報》一九八六年第四期；錢大群《國家司法主義是歷史的必然──中國「復仇」制度論》，《南京大學學報》一九九一年第一期；周天游《兩漢復仇盛行的原因》，《歷史研究》一九九一年第期，等等。

❷　例如侯健《武俠小說論》認爲武俠小說此公式尤爲鮮明：一個孤兒──常常是因私仇遭到滅門之禍，以致流浪的孤兒，因特別的機緣，得到各種奇遇，包括靈丹、秘笈、動植物如魚膽、何首烏之類、神兵、前輩高人贈予幾十年、幾百年功力，然後重歸江湖，無往不克，贏得一大群美女的追求，最後則找到了仇人──罪惡黑幫的領袖，終能手刃寇敵，或曉得了身世眞相。……

我丈夫只爲惡奴、董賊排陷，屈死他鄉，恨不即赴九泉相聚，只
因孤兒無托，故堅忍偷生，以待長成，手刃二賊。……

　　培育兒子這一復仇火種。親母（或乳母）往往起到至關重要的
作用。兒子的復仇動機似乎也與生俱來，血緣的規定性及巨大推動
力量無可懷疑。因而上述模式派生出「兒子長大後向繼父（養父）
復仇」。由唐人《聞奇錄》、《原化記》起，元人張國賓雜劇《合
汗衫》始充分文學化。後者寫陳虎恩將仇報害人奪妻，李玉娥生下
前夫之子後，其子常受繼父虐待，一旦得知眞相即行復仇。小說
《說岳全傳》中陸登遺孤陸文龍向養父金兀朮復仇，雖受王佐點
醒，仍在乳母配合之下。明人《白羅衫》一劇也寫繼父把徐繼祖
（蘇雲之子）恩同己子般撫養，繼祖知情後仍沒放過奪母害父的仇
兇（繼父）。

　　可見繼父不論虐待、還是善待養子，都不會摧折或感化孝子們
的復仇決心，母親幾乎無一例外地成爲這一過程中的主導，或其亡
父遺命的轉達者、確認者，或兒子行動的掩護者、支持者，如果聯
繫到古代最早歌詠復仇的詩歌偏偏詠的就是女性復仇，各類文體包
括史傳、野史、詩歌到戲曲小說寫女性復仇有多種曲折方式，就可
體察到女性復仇的文學表現，影響到母親假兒子復仇的動機，有理
由認爲描寫兒子長大後復仇中親母（乳母）之於復仇的態度行爲，
是有意識的❸。

───────────

❸　參見拙文：《再論中國古代的俠女復仇主題——女性復仇的艱巨性及多種復仇
　　方式》，人大復印資料J2專題一九九二年第十二期（以下只列簡稱）；《古代
　　女性在復仇中的作用試探——四論女性與中國古代復仇文學主題》，J2一九九
　　五年第五期。

武俠小說則由此模式中跳出，又推陳出新。金庸《射雕英雄傳》就打破了血緣決定復仇意志的神話。繼父之於養子的多年恩同己出的情分，在楊康出手援救完顏洪烈時眞切自然地表露出來：

> 兩人十八年來父慈子孝，親愛無比，這時同處斗室之中，忽然想到相互間卻有血恨深仇。……

其實楊康何嘗未想到，若報仇即刻可以得手，可是恩養之情爲他全面考慮後果設下了回旋餘地：

> ……但怎麼下得了手？那楊鐵心雖是我的生父，但他給過我甚麼好處？媽媽平時待父王也很不錯，我若此時殺他，媽媽在九泉之下，也不會喜歡。再說，難道我眞的就此不做王子，和郭靖一般的流落草寇麼？

包惜弱的態度自不免波及楊康，這裏一定程度上又成爲其功利打算的藉口，而有關母親再嫁的恥辱感也蕩然無存了。

柳殘楊《如來八法》中的厲勿邪乘江雲峰發病時將其殺害，帶走其六歲的兒子江青傳授武功，練成絕技後江青也放棄報仇，厲亦感化得改惡向善，江尊之爲義父。仇人非但肉體未毀，靈魂上還得到了新生。

武俠小說還嘗試寫出了母親反對兒子復仇，可謂意味深長。陳青雲《藝劍青霜》中祈煥藝爲報父仇幾經周折才尋訪到母親，而由於擔心兒子因報仇惹禍上身，母親竟至自盡身死。遺言不僅不囑復仇，還堅囑其切斷此念。深解仇殺慘酷，母親切實爲兒長遠幸福計，力阻兒子勿入上輩留下血仇的漩渦。梁羽生《武林天驕》更表

現了兒子長大後，還要促進仇怨兩方友好。小說張雪波母是岳飛女兒銀屏，避難時張嫁給金國重臣之子，生下檀羽沖。但雪波義父張炎卻將檀氏父子毒傷，以致父子被追殺而死，張炎也一道被殺。然而檀羽沖學武練技卻不為報仇，而為兩國相親，宋金和平。母親張雪波留此遺願：

> 我說的是報仇以外的事情，記住，你的父親是金國人，你的母親是宋國人，金宋雖是敵國，你的父母卻是恩愛夫妻。

她經過多年思考，彌留之際決定，再不能以復仇來連累兒子了。這一帶有戰略前瞻眼光的決策，真的實行起來卻得不到眾人理解，江南武林就對返回生母故園的檀公子連連襲擊。

從復仇效應角度看，兒子長大後向繼父復仇，亦在為母雪恨；所以廣義講，為親母雪恨而向生父報仇，也當與此接近。古龍《武林外史》寫美貌超群的白飛飛，欲嫁生父柴玉關，企圖以此羞辱柴，為母親王夫人報仇。（就像《天龍八部》中刀白鳳找個醜且髒的乞丐情人來向丈夫報仇，均屬操縱奇異婚戀來以恥雪恨。）金庸《飛狐外傳》中袁紫衣是母親被鳳天南強暴後生下的。父為天，母仇又不能不報，以致採取了救鳳天南三次再殺之的策略。也許由於這類復仇的對象實在太特殊了，以其子承父脈，顧忌較多，向親父報仇的角色也就一般安排為女兒，女兒畢竟早晚要嫁給別人為妻的，庶幾減少些為復仇而滅倫的副作用；而最終也盡量不描寫生父真的喪命於親女之手。即便這樣，袁紫衣還要在事成後遁入空門的。

武俠小說在突破了「兒子長大後報仇」慣例後，又填補了「女

兒長大後向生父報仇」的缺項。

二、「醒悟嫁仇」模式

　　古代小說自宋代以來流行著一個表現女性復仇果決的「醒悟嫁仇」模式：甲、某婦被害夫仇人騙娶生子；乙、若干年後特定情境下真相大白；丙、某婦當機立斷（或手刃仇人、殺子，或告官）；丁、復仇後，婦自殺。模式突出了復仇女性的「節烈」。像小說《生綃剪》中美貌寡婦韓珠兒僅與郎伯升春宵一度，郎死，她與聶星子成婚五載，生子四歲，而一旦得悉聶為元兇，便如同美狄亞一般當即殺死幼子，還手刃仇兇，報官後自殺。故事顯示了復仇邏輯高於一切，並不爲母愛、夫妻之情所羈絆❹。在民俗故事研究中這類故事被稱之爲第960型「陽光下真相大白」母題。爲補充丁乃通《中國民間故事母題類型索引》該類型下例證的大量缺漏，特按醒悟時情境的不同加以細致分類，列表如下❺，說明傳統文學中這一母題已形成了較穩定的模式與核心內蘊，絕非偶然信筆由之的孤例：

---

❹　參見拙文：《美狄亞復仇與中國古（醒悟嫁仇）及殺子雪怨傳說》，《中國比較文學》一九九五年第一期。

❺　故事依次出自莊綽《雞肋編》，陸楫《古今說海》，陸容《菽園雜記》卷三，張應俞《杜騙新書》卷三，詹詹外史《情史》卷一四，西湖漁隱《歡喜冤家》第七回，翁庵子《生綃剪》第十八回，洪邁《夷堅志》再補，孔直《至正直記》，無名氏《三公奇案》，《夷堅志》支丁卷九，《京本通俗小說》，《情史》卷一四，宣鼎《夜雨秋燈錄》等，《歡喜冤家》第三回，《聊齋志異·細侯》，朱梅叔《埋憂集》卷三，《近人筆記大觀》。

情境類型	醒悟過程	結局	出處
雨後觀水	兇犯雨後望水發笑，婦追問	婦告官	1
情境復現	同上	婦告官，痛哭自殺	2
	雨後其子杖擊蛤蟆落水，兇犯說出	婦殺二子，告官	3
	雨後兇犯以小竹挑青蛙入水，漏言	婦與二子告官	4
	雷雨時隨意說出，婦追問得證	婦告官	
	雨後看駕鴦戲水對詩，婦擊青蛙入水，兇犯賦詩自供	婦挾前夫二子告官	6
	雨後婦竹擊蛤蟆入水，兇犯說出	婦殺幼子，斬仇頭，告官，自殺	7
月夜歡飲	中秋宴飲，說出眞相	婦殺二子，告官	8
忘情自白	月夜對飲，說出眞相	同上	9
	月夜對飲，醉中自誇	婦自殺，鬼魂訴官	10

情境類型	醒悟過程	結局	出處
現場重臨	路過殺人現場，兇犯說出	婦淹死二子，自殺	11
反省平生	改業從善後，追悔自言	婦告官	12
見幼子憶當初詭計	抱女戲言，婦追問得知	婦告官	13
	弄兒爲笑，慨嘆引婦追問	婦殺子，告官自殺	14
樂極生悲	性交歡暢時，慨嘆，引婦追問	婦告官，救前夫	15
苦主揭露	前夫出獄，揭露真相	婦殺子，投前夫	16
兇器暴露	婦發現作案工具，頓悟	告官，雪冤後自殺	17
舊物提示	婦發現前夫玉佩，乘醉追問	婦殺後夫，自殺	18

　　上述母題裏的復仇女性，在有些武俠小說中卻充滿了人情味兒，不再是體現復仇觀念的簡單符號。金庸《連城訣》裏，萬門弟子八人均艷羨師伯之女戚芳；遂設毒計陷害戚芳的情郎狄雲，以採花賊惡名不由分說將其關入死牢，而由萬圭娶了戚芳。多年後戚芳雖明眞相，深恨丈夫手段卑鄙，但看到丈夫憔悴而清秀的臉龐，幾年的恩愛不禁使她心腸變軟：

> 究竟，三哥（萬圭）是爲了愛我，這才陷害師哥，他使的手段固然陰險毒辣，叫師哥吃足了苦，但究竟是爲了愛我。

的確，原本並無感情基礎的男女，朝朝暮暮日久生情，其情即使不能取代舊情舊怨，也可以沖淡復仇意念。縱然眞相進一步明朗，萬圭之父萬震山是戚芳的殺父仇人，做了仇人兒媳的她關鍵時又撇不下女兒了。這裏，不再重複古代復仇女性那樣「不能爲仇人生子」，當即手刃幼子，而代之以頑強的母愛，從而復仇與母愛天性交織成第二重衝突。繼之，不忍之心與仇恨之間掀起的第三重衝突，使戚芳在丈夫公公中毒號呼時又一次心軟，於是在其以女兒要挾時，手足無措，被奪去解藥。

　　傳統模式中的復仇女性醒悟嫁仇後，總是泰然處變，似乎復仇使命既明，就不容人稍作遲疑，豈有他擇！武俠小說卻將女性善良、美好的心靈，在這命運的轉折關頭、多重對立情感的激烈衝突中凸顯。與上面列舉的情節相映，陰謀家萬震山在詭計敗露後卻喪心病狂地要殺死孫女，活埋兒媳。救出丈夫後戚芳竟然遭其反噬，被刺致死。可以看出，武俠小說借用這一母題模式時，並未將暴露出作惡眞相的壞人進行簡單化處理，好像他們不堪一擊。武俠小說

中這類惡人更加狡猾而卑鄙，善良與寬恕所付出的代價太沉重，看來不當機立斷復仇也不見得可取，問題沒有簡單化，也未最終得以妥善地解決。

傳統文學寫復仇女性如韓珠兒，在變故橫生夫死另嫁時，曾一度有過女性本能的警惕和疑慮，懷疑所嫁者（前夫之友）可能是殺夫謀婦的兇犯；而《連城訣》中的戚芳卻生性懦弱、單純而多情，毫不生疑。如此處理，強調了惡勢力陰謀（集團作案）更爲狡詐深險，渲染了女性的善良無辜，也增加了作品懸念力度和反諷的深刻啓示性。更一方面，受害女性復仇意志不堅定，也在相當程度上使其是非分辨力減弱，性格氣質非但比不上她的前輩們完美，較之常人也是有所欠缺的。

同一模式的古今對比表明：傳統的復仇觀與倫理觀，對騙婚者、仇怨雙方復仇之外的其他情感取漠視、不予承認的態度，人物趨於理想化類型化；而武俠小說則充分注意到人性的複雜性多向性，強調人的個性氣質和社會化過程，特定人生境遇往往可在某種程度上沖淡、改變既定的復仇信念，仇恨也可以被情愛、母愛等情感所牽掣。注意到這一點，顯然有利於寫出人性人情的複雜多變性，一定程度上可以避免復仇動機流於倫理圖解的傾向。

三、「友情與仇怨」模式

友情與仇怨之間究竟有沒有可相溝通的某種有機、必然的聯繫？可以說，這一問題在傳統文學中沒有令人滿意的解釋。從《史記》寫先秦刺客們爲主（恩遇之友）報仇到漢代游俠的借（顏師古

注：借，助也）友報仇，以及宋代傳奇至《水滸傳》中結友復仇、
代友雪恨，我們看到的幾乎全是友情如何服務於復仇，復仇大業成
功如何得益於友情。尤其是血親積怨這樣的深仇大恨，仇怨雙方基
本上沒有什麼緩解、調和的餘地。

武俠小說卻成功地對上述問題進行了深刻而獨到的思考。金庸
《雪山飛狐》寫當年李自成的四名衛士本來情同手足，卻因誤解結
怨，遺續百年，集中到胡一刀、苗人鳳身上。而胡苗兩位高手先前
未會面，本身並無仇怨。這樣，兩位身懷絕技的英雄一當晤面交
手，就迅即俠義互感，惺惺相惜，結下相知相契、彼此愛慕的深摯
情誼。在無可擺脫的世仇面前，兩人只得試圖將家族榮譽與個人友
情折衷，如苗若蘭說的：

> 後來一問之下，我祖父與田公公果然是胡伯伯害的，我爹爹
> 雖愛惜他英雄，但父仇不能不報。只是我爹爹實在不願讓這
> 四家的怨仇再一代一代的傳給子孫，極盼在自己手中了結這
> 百餘年的世仇，聽胡伯伯說要交換刀劍比武，正投其意。因
> 為若是我爹爹勝了，那是他用胡家刀打敗苗家劍，倘若胡伯
> 伯得勝，則是他用苗家劍打敗胡家刀，勝負只關個人，不牽
> 涉兩家武功的威名。

生來就落入祖上鑄成的血族仇怨怪圈內，是胡苗一對傾心惜慕的英
雄的不幸，但他們既已深明外在倫理使命同內心俠義友情間的悖
左，並未向命運屈從，仍未放棄渴慕知己、傾心相交的努力，盡力
去營構友誼的大廈。就在比武關鍵時刻，胡一刀竟然一夜間累死五
匹馬，趕到三百里外殺了苗的仇人商劍鳴；而苗人鳳也慨然允諾，

答應若胡一旦失手，要像親兒子般照顧他的兒子。胡苗二人雖仇實友，仇係外在的、與生俱來不可選擇的，而友情卻由衷而起，是英雄俠情的血誠凝就。俠義在這裏升華了友情的品位，友情又使俠義更放出異彩。俠義友情在英雄眼中既重於清理世仇，胡一刀才敢於當面叮囑苗：

> 你若殺了我，這孩子日後必定找你報仇。你好好照顧他吧。

按，仇殺慣例要斬草除根的，這一充滿信任的囑托簡直是把苗當作生死至交相待了。在個人友情與家族舊怨面前，二人無奈，只好用互換兵器比武來解決；兵器互換，勝者是在爲對方的家傳武功贏得榮譽，比武實際上成了爲友爭光的奮爭。如果不是兩人技術細節上考慮欠周，未提防奸惡小人暗中在兵器上下毒，這種將復仇義務形式化了的「象徵性討伐儀式」❻倒真的有可能既履行家族義務，還不傷害友情地解決宿怨了。

「友情大於仇怨」，事實上已在某種本質意義的層面升華了俠之個體的知己渴慕、人格自尊與俠情互感的價值。傳統復仇文化總體取向是肯定善對惡的正義復仇，復仇尤其是報雪家族世仇被視作天經地義責無旁貸的，也最能體現俠之剛腸豪骨；但偏偏刀鋒所指的對象也是一個如同自我一樣的英雄——彷彿自我的化身，具有自我的內蘊與價值，這又怎麼能不激發俠渴慕知己的天性，讓他頓時深悟：天地之間的確有比順著前輩倫理慣性行事更應該做，比盲目

---

❻ 這種復仇形式常有巫術與原始心態孑遺，《左傳》、《史記》描寫復仇時即已採用，參見拙文：《原始心態與先秦復仇文學》，J2一九九二年第六期。

充當一個復仇工具更能體現自我人格價值的東西。

「友情大於仇怨」是一種啓悟性母題，一定意義上完成了對傳統兩極對立思維定勢的否定與超越。在《周易》以降「一陰一陽之爲道」、陰陽對舉思維方式作用下，恩怨分明素受標榜，友情與怨仇隔若參商不可並存——要麼義結金蘭，代友雪怨；要麼勢不兩立，殺之後快。而上述母題卻深刻地揭示出：復仇主體與復仇對象二者，並非正邪不兩立，不見得都是善對惡、好人向壞人的復仇，完全有可能實質上仇怨雙方都是好人，都是英雄，他們之間在某種倫理規定性支配下的仇殺是肯定不合理的。因而，其啓悟人們對復仇木身是否都具有正義性、合理性的更深入全面的反思。

四、「仇家子女間的愛」模式

在傳統文學主題中，表現仇家子女相愛，基本上算作一個「缺項」[7]在一個有著久遠復仇制度和風行不衰復仇習俗的社會裏，本來青年男女的接觸就有重重阻礙，仇家子女間的相愛更是難以想像的事情。而武俠小說卻創立了這一模式，填補了這項空白。

較早接觸這一禁區的當是顧明道作於20年代末的《荒江女俠》，其寫打虎集的張潔民無意中闖入潘家村，被追殺時得遇該村少女張雪珍，互生情愫。但按這兩個有宿仇村子的村規，兩村世世不得通

---

[7] 基於《春秋公羊傳》定公四年（復仇不除害）即不延及子弟親屬的原則，以及正邪華夷之辨，小說中表現有些忠良子、漢將娶了奸臣之女、番邦敵國的公主女將爲妻妾，當不在此列。

婚，違者死無赦。愛情的魔力卻使兩個情竇初開的青年難分難捨，兩村爲此打得難解難分，後適逢一俠丐調解，申明大義，才破除陋俗，玉成了這段美滿姻緣。約十年後，王度廬《鶴驚崑崙》也借此模式結撰他的「悲劇俠情」。小說結合「兒子長大後復仇」模式，寫鮑崑崙處死違戒的徒弟江志升，收養其子江小鶴，小鶴與鮑的孫女阿鸞自幼相愛。長大後小鶴一朝得悉眞相即出走，兩度學技旨在復仇。後江小鶴擒鮑崑崙，但阿鸞捨身救親，卻使小鶴心中不忍，放了仇人。盡管阿鸞傷病身死後，鮑崑崙也走投無路自盡，冤仇得解，然而愛情悲劇已無可挽回。縱使愛激俠腸，可使仇怨緩解於一時，畢竟無法根本消泯，而情的執著又偏偏與仇的破壞力交織，令人同情中不無惜憾。

到了梁羽生《萍蹤俠影錄》，則寫女扮男裝的雲蕾途遇張丹楓，張與她聯手抗敵並爲療傷，不料張卻是雲蕾祖父血書囑托報仇的仇家張宗周之子，雲蕾得悉後即向張挑戰，因爲她「胸前那塊羊皮血書，似一座大山，重重壓在她的身上，強迫著她，要她報仇」（第七回），張避走。幾經反復，張丹楓都是主動援助雲家，但世仇仍難化解。直到張宗周本人當面向雲雷之父雲澄道歉，並自殺謝罪，同時又得悉張丹楓於已有療傷之恩，雲澄這才允諾二人結爲夫婦，兩家化仇爲親。張丹楓在不斷爲仇家以惡相待時，始終能寬容忍讓，大義爲重，這一人物形象豈止前無古人，也是帶有時代超前性質的。

凡以纏綿俠情稱擅的武俠小說，似都不約而同地關注「仇家子女間的愛」模式，古龍於此下力最大。《湘妃劍》寫金劍俠仇怨，練成絕技假扮書生報父仇，卻得蒙仇人之女毛文祺愛戀，而仇怨卻

偏不爲情牽制，仍暗中復仇不止。一個「仇」字橫隔胸中，再美貌痴情的異性也因出自仇門而遭拒。仇恕並未因毛文祺的自暴自棄而憐憫，仍與毛的師姐相愛了。毛文祺毀容自傷的悲劇不僅在單戀，還根源在於其姑姑毛冰，她被兄長使美人計派去接對手仇獨，卻動了眞情懷孕，但仍履行使命暗算了仇獨，使之傷重被殺。毛冰後來生下兒子便是仇恕，事實上仇恕是在向舅舅復仇，仇恕的表妹毛文祺不過是這家族內世仇的犧牲品。作品嚴肅地提出了這一困惑：爲什麼上輩的仇怨非要延續，非讓晚輩來承領不成？

《劍上光華》則寫主人公將情與仇雙雙放棄，飄然出走。說是桑南浦偶救殺父仇人的妻女，與仇女譚貴芝互生情愫，但確切得知父死眞相後，仍於大義援救仇人妻女，最後終於在心上人再三懇求下放過仇人，又棄愛遠去。俠可以因爲愛，使雪怨的嗜血衝動消滅，但仇若未報，愛心亦死，終究做不到與仇人之女結爲伉儷。不像《劍客行》中的展白，報父仇過程中深得五個美貌俠女垂青，竟都是仇家之女，他索性在報仇還是結緣的困惑中，選擇了先報仇再結緣。竟也不怕仇家女們向自己報復❽。後者中的勝利者凱旋挾女而歸，彷彿帶了女戰俘返鄉似的。

蕭逸《甘十九妹》寫的尹劍平向甘十九妹報師門之仇，他化名尹心孤身臨險，卻引起了甘十九妹愛慕。恰恰甘十九妹又因情而悔

---

❽　《水滸傳》中雙槍將董平搶了程太守女兒，將較正直的程太守全家殺害，程女也未向董平報仇，也許對累累求親的董平早有意思。這一描寫當開此母題之先例。馬幼垣先生已表示對程太守的同情及其不幸的不平，似沒有注意到程女何以竟對全家被一個自己熟識的人殺掉而無動於衷，參見《梁山泊復仇觀念辨》，《明報月刊》一九八五年第九期。

過向善，兩人互通款曲，以致尹還出手救甘，兩人聯手對敵。但最終尹劍平還是執意復仇，在打鬥中重創了甘，言明身份後自殺，二人相抱而死。在無法化解的仇怨與情愛中，兩人彼此以死相酬，情與仇都一了百了。可爲什麼就不能釋仇解怨呢？

金庸《碧血劍》揭示了仇爲愛遷，中止復仇而不可得的悲劇，一定程度上回答了上面的疑問。金蛇郎君夏雪宜誓爲父母、姐姐雪恨，但殺戮過程中卻與仇家之女溫儀一道墮入愛河，以至不思繼續報仇。然而他既已殺了溫家的人勢不容止，仇仇相報的必然性並不容許這種轉仇爲愛、釋仇從善的反常行爲，溫家兄弟仍設詭計毀了夏雪宜，也摧毀了溫儀一生幸福。仇怨既是家族群體榮辱與共的，就很難以個體的願望和努力來制止復仇的瘋狂運轉。眞是人入仇網，身不由己。文化模式規定下的人文環境太不利於終止復仇者了，停下來無異於束手待斃。《倚天屠龍記》中張翠山患難中娶了曾作惡的邪教教女爲妻，十年後發現當年陷害師兄的正是妻子，雖非直接也負有責任，爲解師門之圍和內心愧疚，也就不顧愛妻，毅然自殺，殷素素也自殺殉夫。

值得注意的是，「仇家子女間的愛」大多呈顯爲女性先入愛河，主動表露並爭取，似乎總是在強調仇家女兒的多情多義，這不能排除男性爲中心的文化在起決定作用。同時，也與在同一文化心態支配下的「俠女求偶」、「番女慕漢將」等傳統母題血脈相承。只不過這類傳統母題強調的是：敵對雙方中一方的女性偏願意臨陣吐露愛慕，交手時委身夫家，幾乎無一例外地要背叛娘家，所謂女心外向❾；而愛上了仇人或仇家公子的俠女，雖也大多表視爲痴情

---

❾　詳見拙文：《俠女求偶佳話多──雅俗文化撞擊下的一個俠義主題》，《通俗

的特徵，卻絕大多數試圖兼顧娘家和情郎，有的甚至為家仇而捨棄情愛。像《萍蹤俠影錄》中雲蕾見到久別的父母，父不接受丹楓，她也隨之當即拒於門外。因為俠女番女們的求偶對象雖每為對立一方，雙方各屬敵對營壘（或民族、國家），實無個人私仇，而復仇深怨形成的抵觸情緒實大於是。「俠女求偶」雖往往不無周折，畢竟多為佳緣喜結的團圓喜劇收場，而不幸愛上仇家的俠女們卻不免都要經歷一番生生死死的痛苦磨難，到頭來或戀人出走希望成灰，或竟為娘家人下了毒手，或與心上人相依不捨同歸於盡……終究不如意者十之八九。

在提倡報私仇的文化圈中，對於身負家族世仇的青年男女，似乎命運注定他們不具有正常的戀愛婚姻權利，在選擇中橫下了禁忌。武俠小說偏偏選中了「仇家子女間的愛」來體現「禁忌——違禁——違禁後果——試圖克服禁忌——能否成功擺脫禁忌」這一內在模式，讓愛與仇之間展開激烈的衝突，以此表現人性至情同倫理規定禁忌的矛盾。也正在那些個體情欲與群體使命的尖銳對立衝突中，愛情這一人類最美好的感情才顯得彌足珍貴。至少，「仇家子女間的愛」提出了這樣一個問題：恩怨分明，正義實現固然應該，但若為此犧牲青年男女失而不得的終生幸福，那麼，這種復仇規則還要不要堅持？以往人們歷來信奉「快意恩仇」，俠尤其以此為尚，而歷史與文學終於讓人認識到，報仇後付出了愛情幸福的代價，永遠快意不起來了，那麼，還值不值得繼續崇奉這一信條？母

文學評論》一九九五年第一期，及拙著《中國文學主題學》第三冊《江湖俠蹤與俠文學》第五章第二節，中州古籍出版社一九九五年版。

題從負面效應角度，向以往幾乎不可更移、不可懷疑的復仇原則，提出了不容忽視的疑問和挑戰。

五、「錯認仇人，因誤會導致復仇」模式

傳統文學寫復仇這一「野生的裁判」，幾乎一面倒式的是苦主（或親友俠士）對肇事者行使正義，善惡正邪界限十分鮮明。復仇的動機正義，無可爭辯，幾乎沒有將仇人搞錯的。於是結局的懲惡揚善也隨之無可挑剔。

武俠小說沿用復仇諸模式往往置換了其中關鍵要素——復仇對象，從而因對象誤置，復仇變得荒謬無理，正義無法成立。金庸《天龍八部》中蕭峰被誤認爲是江湖多起血案的禍首，誤遭仇殺，惜憾中形成了對他人向蕭峰復仇不成的期待。《雪山飛狐》裏苗人鳳爲父（及田歸農父）報仇，如果胡一刀送苗的那封說明眞相的信不被田扣壓，胡苗比武及悲劇就不會發生，後來事實證明苗田上輩死在藏寶洞中，確非胡所害。《射雕英雄傳》則注意揭露壞人栽贓、故意陷仇設怨。像第二五回歐陽鋒謊稱譚處端死於黃藥師手，導致全眞五子中計；第二七回楊康在丐幫大會上造謠，說幫主洪七公被黃藥師打死；第三五回歐陽鋒故意放走盲的柯鎮惡，讓他帶著嫁禍黃藥師的假消息到處傳播，等等。古龍《血海飄香》寫兒子長大後復仇出了差錯，本來當年其生父是在與養父比武失敗後自殺的，臨死託付讓傳授兒子武功，因而養子如此行事成了恩將仇報。《孤星傳》中裴玨也試圖殺死收養人，原來是誤聽信人言才反恩爲仇的。《風鈴中的刀聲》寫美婦因夢也誤以爲丁寧殺死了自己丈

夫，就計囚丁寧慢慢折磨，後在與其他人糾葛中又對丁產生好感，眞相明了則釋仇爲愛。

上述模式渲染了復仇非理性、情緒衝動等特徵所派生出的一些消極副產品。顯然，受害苦主們自了仇怨的欲念太迫切太強烈，急於樹起討仇旗幟開始行事，卻不及細察事理，明辨對象，一些心懷叵測的壞人正利用了這一點。復仇動機的結構功能具有多向性與增殖再生性，甚至連表現誤解生仇、誤行復仇、栽贓陷仇等對慣常正義復仇來說具有反諷性質的小母題，都可以有效地調動復仇模式整體性功能。且在「錯認仇人，因誤會導致復仇」時，又每每纏繞著主要人物的身世之謎，極有助於發揮復仇動機的結構與懸念作用。認者所謂武俠小說無人不冤，有情皆孽，何以爲衆所認同？看來還要從作品共性的審美表現規律上找原因。復仇而往往出錯，多半與不正常的、特殊的身世命運有關。如此結撰情節，將事件的新聞性發揮到了極致，易於製造懸念，滿足接受者獵奇心理。況且，一次次的誤誤誤，錯錯錯，是不是人們也會接受某種暗示：引發這一系列層出不窮的現象的根源、大前提，未必就是合理的、值得堅持的。

復仇主題伴隨其相關習俗，主要殖生於人治社會，尤其是吏治黑暗、執法效率差的古代社會。盡管新派武俠小說也以古代時空、冷兵器時代作爲人物活動背景，但西方復仇文學主題之種種足堪借鑒的異質文化思想❿，以及不斷更新的現代文明觀念，卻爲作者有

---

❿ 這是一個較大的題目，這裏無法展開，可參見拙文：《中西復仇文學主題比較》，《外國文學研究》一九九六年第三期。

意識地融入作品藝術肌理之中。以上概括的五種情節表現模式，自然只是擇其犖犖大者，遠非武俠小說復仇模式的全部。但僅此仍可以清楚地看出，復仇模式在武俠小說中居於何等重要的地位，而且對於復仇這樣一種重要的文化觀念、永恒情感、古久習俗乃至深廣的文學主題，武俠小說怎樣以其廣闊的文化視野、敏銳的審美觸角進行多方審視、探索，進行了深刻的帶啓迪性的反思，值得予以認眞總結。

「自成一家」——略談金庸的 《神鵰俠侶》

顧史考[*]

（美國密西根大學博士）

提　要

在金庸所著的《神鵰俠侶》中，其主角楊過所以成爲雄才的途徑，即「取各派所長，自成一家」，亦可以用來形容金庸自己取材而成書的經過。金庸書中所描述或發明的種種武功招數固然可以説是「五花八門」，然而這些豐富多端的材料總是貫穿以一種繞具曲折起伏而主幹分明的故事，以便使其「五花八門」的雜多成份成爲一種和諧統一的整體傑作。鑑於此基本道理，本文嘗試分析《神鵰俠侶》的故事，以便探討其所以成功者究竟何在。此一分析的注重點則在於金庸如何運用「五倫」關係之間的種種衝突來編寫故事而給書中人物予以心理上的發展。如同許多中國傳統文學作品一樣，《神鵰俠侶》中以「公」（祖

---

[*]　美國／古林大學中文系助教授

國忠臣）與「私」（夫婦私情與替父報仇）之衝突的展
現、決斷、與結局為故事核心所在。然而，金庸尤其高明
的地方則可能在於其如何把故事中人物之感情上與心理上
的發展，和其武功招數的發明、進步、與成熟，結合為一
種極其微妙的有機整體。本文擬將此種種寫作技巧加以剖
析與說明，以便有助於更加欣賞金庸小說的高妙造詣。

在金庸（原名查良鏞，一九二四年生）所著的《神鵰俠侶》
中，其主角楊過有一次經過一番苦思煩想後，突然間茅塞頓開，悟
到武功造詣的妙境：

> 「我何不取各派所長，自成一家？天下武功，均是由人所
> 創，別人既然創得，我難道就創不得？」想到此處，眼前登
> 時大現光明。（六四〇頁❶）

讀到此處，也難免微微起疑：金庸是否在其文學作品中有所托以自
傳？

筆者之所以如此說，主要是鑑於饒是金庸所取材的範圍如何之
廣，然而由於其筆法之妙，及其創造與敘述故事的超人天分，因而
讀者總不至於書中人物金輪法王對於楊過武功的初步評論那樣，嫌
其「駁而不純」（六三九頁）。金庸書中所描述或發明的種種武功
招數固然可以說是「五花八門，叫人眼花撩亂」，然而這些豐富多

---

❶　文中頁數均指金庸《神鵰俠侶》（一至四；1959，1976），《金庸作品集》
　　（九─十二）（臺北：遠流，1996年〔三版〕）。此書原於1959至1962年在金
　　庸自創的香港「明報」上陸續發表，其故事緊承他所著《射鵰英雄傳》（1957
　　─1959）之後。

端的材料總是貫穿以一種饒具曲折而主幹分明的入木三分之故事，以便使其「五花八門」的雜多成分成為一種和諧統一的整體傑作。結果不愧為像司馬遷《史記》那樣「協六經異傳，整齊百家雜語」以致能自「成一家之言」的結晶品。

一、「率一道而治萬變」的武功

然則所謂「五花八門」者何？竊謂金庸之取材，淵源甚湛，難以盡測。蓋有取自先秦諸子書籍中之哲學真理者，有來自武術氣功實踐中之實而踏地者，亦有出於豐富無窮想像裡之虛而無稽者焉。由於筆者學問所限，無法一一溯源。

蓋前兩類中，或由哲理而實踐，或由實踐而哲理，難以細分。總之，書中武功招數之種種道理反映先秦諸子哲理者多例，如《周易‧大傳》、《道德經》之陰陽、剛柔、動靜，《孫子兵法》、《戰國策》之虛實、詭計，《論語》、《莊子》之「從心所欲」與「官知止而神欲行」等範疇與境界──此種種蓋亦即中國武功傳統的一些基本理論而已。其中：

> 有人「以靜制動」。劍上可以用「剛力」與「柔力」。內力練到極深湛之境便可「以柔擊剛」。招數亦有叫做「見龍在田」與「亢龍有悔」者。全真派的武功講究「清靜無為、以柔克剛」。此派功夫亦是「從內練出外」，與外家功夫「自外向內」者不同。小龍女所修習的內功是「克制心意」的一路，女流所創武功亦「出以陰柔」。古墓派的精要在「以柔

物施展剛勁」。此外，練功是「逆天而行」之事，氣血運轉，均與常時不同。練功本身亦有「正練」與「逆練」，而畢竟「正勝於逆」。武功亦有「正統」有「邪法」。❷

況且：

> 「武功之中，十成中九成是騙人的玩意兒」，故有「攻人之必救」，有「求立於不敗之地」，亦有「圍魏救趙」、「聲東擊西」等「佯攻」、「假攻」、「虛實」之計。另外，有「以逸待勞」之策，有「寓守於攻」之術，有「以不變應萬變」之道，有「四兩撥千斤」之法，亦有「勁由心生」之理。劇毒亦可以「相侵相剋」、「以毒攻毒」。眾人可以「合人之力，以勁力補招數之不足」，而郭靖一人反而能「借敵打敵，以寡勝眾」。❸

武功到了登峰造極的「化境」，乃：

> 能如郭靖「武功真所謂隨心所欲」，或如獨孤求敗與楊過由「重劍無鋒，大巧不工」進而達到「無劍勝有劍」之境。❹

凡此種種，金庸之運用之也，亦恰如楊過所悟者然：「諸般武術皆

---

❷ 此數語分別見於《神鵰俠侶》中，第119, 1106, 1155, 120, 121, 156, 171, 182, 1101, 199, 417, 107 等頁數。

❸ 同上，第464, 225, 226, 560, 1108, 1125, 1110, 595, 939, 1042, 896, 163/794, 950/1002/1010, 1048, 103 等頁數。

❹ 同上，第104, 1063-1064 等頁數。

可爲我所用……當用則用，不必去想武功的出處來歷，也已與自創
一派相差無幾」（六四一頁）。

明代韜庵居士《〈劍俠傳〉引》云：

> 「凡劍俠，經訓所不載……或以爲寓言之雄耳……意以爲眞
> 有之……若乃好事者流，務神其說，謂得此術不試，可立致
> 衝擧，此非余所敢信也。」**⑤**

金庸著作中較難信者亦有之。淺者如：

> 「寒玉床」，「乃天下至陰至寒之物，修道人坐臥其上，心
> 火自清……練功又快了一倍」（一九九頁）；又如「從諸葛
> 亮八陣圖中變化出來」的「亂石陣」（五七五頁）；或如尼
> 摩星的「蛇形兵器」（八五九頁），史伯威的「虎頭雙鈎」
> （一三六二頁）

等古怪武器與物事。深者如：

> 尼摩星在「運神力擲石……石在空中急速旋轉撞去」之後，
> 竟能「身子突然飛起，追上大石，雙掌擊出」，把「大石轉
> 個方向」，「力道更強」地又向對手追去（八一四頁）；又
> 如樊一翁以自己的長鬍子爲柔類武器（十七回）；或如周伯
> 通「自己跟自己打架」，能「左右互搏」、「分心二用」
> （一〇〇五－一〇〇七頁）

---

⑤ 載於劉蔭柏著《中國武俠小說中·古代部分》（石家莊：花山文藝，1992年）。
據劉氏說此文原載於隆慶年間刻本《劍俠傳》卷首。

等傳奇武功與道術。

　　然而更妙的乃是金庸如何把兩種不同的武功道理合而爲一，來達到更高一層的武功妙技，如：絕情谷主公孫止左手拿著「背厚刃寬的鋸齒刀」，右手拿著「又細又長的黑劍」，以便來個「剛柔相濟，陰陽相輔」的絕技（七一七、七一九頁）；又如後來他更進一步地以陰陽剛柔相互爲用，「刀成劍，劍成刀」，使出平生絕學的「陰陽倒亂刃法」（七三一頁）。亦如小龍女受了重傷時，楊過靈機一發，便把歐陽鋒的「經脈逆行之法」與寒玉床的妙用合併起來：「玉女心經順行乃至陰，逆行即爲純陽……以逆行經脈療傷，寒玉床正是絕妙的補助」（一一五〇頁）。然而最關鍵的，乃是楊、龍二位情人把全眞武學與玉女心經同時使用的「二心合一」之妙術（見後）。

　　金庸的材料，應有盡有，無所不取，以致連書法、詩詞、琴曲等都運到書中來用。武功高手朱子柳用毛筆做兵刃：

> ……觸類旁通，將一陽指與書法融爲一爐。這路功夫是他所獨創，旁人武功再強，若是腹中沒有文學根柢，實難抵擋他這一路文中有武、武中有文、文武俱達高妙境界的功夫……但見毛筆搖幌，書法之中有點穴，點穴之中有書法，當眞是銀鈎鐵劃，勁峭凌厲，而雄偉中又蘊有一股秀逸的書卷氣。
>
> （四九〇頁）

他如此便連描「房玄齡碑」、「自言帖」、「石鼓文」等書法名作來對付敵人。後來楊過「將千百年來美女變幻莫測的心情神態化入武術之中，」一連使出「紅玉擊鼓」、「紅拂夜奔」、「綠珠墜

樓」等描仿歷代女子性格的招數來對敵（五二三頁）。此後他亦以
「劍招配合了詩句」，因爲記起「朱子柳前輩在英雄宴上以書法化
入武功，我想以詩句化入武功，也必能夠」（七九八頁）。

當然此種「文中有武、武中有文」的玄妙武功究竟是無稽之
談，在實際的武場上是絕對用不上手的。然而這點也並不很重要，
因爲金庸總是言之成理，對讀者而言多少也都會帶來點眞實性。況
且，文、武之間也不是完全沒有相通的道理。小龍女：

> ……竟在武功之中把音樂配了上去。天地間歲時之序，草木
> 之長，以至人身之脈捕呼吸，無不含有一定節奏，音樂乃依
> 循天籟及人身自然節拍而組成，是故樂音則聽之悅耳，嘈雜
> 則聞之心煩。武功一與音樂相合，使出來更是柔和中節，得
> 心應手（五三三頁）。

假使將琴譜一挑一鉤地硬翻成一筆一劃的武功招數，也未免有點荒
誕而不可信，但總而言之，以上的那番話是很有些道理的。若非如
此，則孔子「從心所欲」的道德體現如何又是「成於樂」的境界？
庖丁奏刀解牛如何便是「砉然嚮然，莫不中音」呢？音樂、書法等
藝術的造詣固然與武功、甚至養生、道德修養的造詣也有相通之
理。❻

---

❻ 筆者對孔、莊的「成於樂」思想的瞭解可參看拙著《先秦儒家的禮樂思想》
（1994年於台灣中央研究院文哲研究所的演講稿，未發表）或有關英文拙作。
當然以上所講的種種武功在《神鵰俠侶》外金庸其他著作中尚有許多不同的例
子，可參看羅立群著《中國武俠小說史》（沈陽：遼寧人民，1990），301-
304頁。

金庸之取材著書亦恰如一個音樂家作曲一樣：其豐富多端的武功招數便像八音不同的樂器之相互配合而成為一首和諧的樂曲，因而書中此種變幻莫測的武功亦可以說是具備著音樂那種「足以率一道，足以治萬變」的妙用。❼

二、以「五倫」為情節的文學傳統

竊謂凡此種種武功招數的「五花八門」、變化無窮，實為武俠小說的基本材料，亦為其特色與趣味所在。然而無論此種種武功如何精彩，光是如此亦不足以成為文學作品。金庸作品之所以可成為所謂「全球華人的共同語言」者，則在於其武功的描述與創作之外，亦具有一種生動活潑而脈絡分明的故事為主幹。譬之如一棵樹木然：饒是樹枝與葉子如何之茂盛，若是樹幹遭到損害，樹枝與葉子很快便枯槁。同樣的，若是故事本身寫得不成功，則不管武功招數如何之巧妙，亦很快便顯得枯燥無味。鑑於此基本道理，筆者將嘗試分析《神鵰俠侶》的故事，以便探討其所以成功者究竟何在。

且說儒家思想中一項根本的難題，在於歷代大儒所竭力推崇的「五倫」關係當中（即君臣、父子、兄弟、夫婦、朋友等），彼此間往往會發生不可化解的衝突，使得是非判斷者不得不加以權衡與選擇。例如《論語·子路》：

葉公語孔子曰：「吾黨有直躬者，其父攘羊而子證之。」孔

---

❼　語出《荀子·樂論》。

> 子曰：「吾黨之直者異於是：父為子隱，子為父隱，直在其
> 中矣。」

孔子之所以不稱許那個作證而害父的兒子為「直」者，蓋以其
父親之罪既小，而遠遠不能抵銷兒子孝順父親的義務之大。然而五
倫衝突中，亦有全不如彼那麼顯而易決者，而此種衝突難題之提出
與如何解決的方式，在中國傳統文學中往往成為故事底下的基本驅
動力。早在《左傳》中就有許多例子，如隱公四年，衛臣石碏因己
之子厚與篡位者州吁合夥弒君，而竟忍著致之於死地：

> 君子曰：「石碏純臣也，惡州吁，而厚與焉，『大義滅
> 親，』其是之謂乎！」❽

或如桓公十五年，鄭伯患祭仲之專而使其婿雍糾殺之，

> 雍姬知之，謂其母曰：「父與夫孰親？」其母曰：「人盡夫
> 也，父一而已，胡可比也？」遂告祭仲……祭仲殺雍糾。❾

五倫中，亦可將「君臣」關係與其他四倫關係分為兩大類，即
所謂「公」與「私」。公與私之衝突的展現、決斷、與結局，在後
代白話小說中亦往往為故事的核心所在。再舉羅貫中著的《三國演
義》為例：劉備恢復漢朝所以究竟不得成功，主要是公與私的判斷

---

❽　見楊伯峻《春秋左傳注》（修訂本；北京：中華，1990年二版），三七─三八
　　頁。

❾　同上，一四三頁。

失誤使然。孫、劉聯兵用火攻大破曹軍於赤壁後，關羽帥兵截其退路，而徒因曾蒙曹操的厚待，於是「把馬頭勒回」而把他放去。

> 後人有詩曰：曹瞞兵敗走華容，正與關公狹路逢。只爲當初恩義重，放開金鎖走蛟龍。（五十回❿）

因此曹操得以再活十二年，以爲大患於漢朝。後來關羽有一次碰上魏軍將帥徐晃引兵而至。徐晃亦曾「多蒙教誨」於關公而「感謝不忘」，二人之間「交契深厚，非比他人」，然而此言未畢，而：

> 晃回顧眾將，厲聲大叫曰：「若取得雲長首級者，重賞千金！」公驚曰：「公明何出此言？」晃曰：「今日乃國家之事，某不敢以私廢公。」（七十六回⓫）

對關羽而言，此話蘊涵的諷刺意味實在深厚無比。後來孫權誅關公，不久曹操亦卒，而曹丕乃廢漢獻帝而篡帝位。便在此時，劉備欲東征伐吳以替其結義兄弟關公報讎，而：

> 趙雲諫曰：「國賊乃曹操，非孫權也。今曹丕篡漢，神人共怒……漢賊之讎，公也；兄弟之讎，私也。願以天下爲重。」先生答曰：「朕不爲弟報讎，雖有萬里江山，何足爲貴？」遂不聽趙雲之諫，下令起兵伐吳。（八十一回⓬）

---

❿　羅貫中著《三國演義》（中國古典小說新刊；台北：聯經，民69年），四〇六頁。

⓫　同上，六一二頁。

⓬　同上，六四六頁。

結果劉、孫相攻，而曹魏得到漁翁之利，乃致最後劉備身喪國亡，漢朝告終。在《三國演義》的敘述中，此一歷史性的結局雖然可以訴之於天命，然而亦絕不可說與劉、關等人對「公」與「私」的權衡失誤無關。

在中國歷代文學作品中，此種例子尚多，不必一一舉出。

三、由「駁雜」而「純一」的過程

在金庸的《神鵰俠侶》中，五倫上的種種衝突亦爲其故事底下的基本驅動力，而在此種種衝突中亦以公（祖國忠臣）與私（替父報仇與夫婦私情）爲主。然而比起《三國演義》等書，此種衝突在書中人物心理上的交戰較爲突出，而此種交戰的眞實性及人物上所予以的發展亦遠爲強盛。金庸自己在《神鵰俠侶》的「後記」中便如此說：

> 武俠小說的故事不免有過份的離奇和巧合。我一直希望做到，武功可以事實上不可能，人的性格總應當是可能的（一六六二頁）。

因爲在這篇小說中多半的心理衝突與性格發展盡皆集中在主角楊過一人的身上，筆者在茲將先敘述一下楊過的故事，以便進一步地探討金庸小說的復雜結構與其無窮的趣味所在。

《神鵰俠侶》主角楊過，家庭背景特異，生活遭遇不凡，使其在道德上與心理上的衝突格外極端與尖銳。他年幼時楊父即喪命於他人之手，楊母後來又因病而死，死前亦未曾向兒子透露殺其父者

究竟爲何人，因此楊過始終懷著爲父報仇的志向，而至於從何下手
則茫然無緒。他如此一生孤苦，在無依無靠的環境下成長，「住在
破窯之中，偷雞摸狗的混日子，」因而產生些極爲複雜的心理現
象。由於「到處遭人白眼，受人欺辱」（六二頁），因而受挫時往
往「心中混亂，厭憎塵世」。但是恰恰如此，所以每當有人對自己
流露眞情之時，其感動之心則格外的深厚。

　　第一個向他流露眞情的乃是西毒歐陽鋒。楊過在書中初次出現
時，即在他某一日回到所住窯洞之際，遇上一位因曾在情場上失意
而變成極爲兇惡的道姑赤練仙子李莫愁，正與一個玩皮而寵壞了的
小女孩郭芙相對而立。李莫愁才剛屠殺陸無雙與程英二位少女的家
人而正欲把二位也殺盡，而此時恰好受到郭芙的干擾。由於郭芙的
父親即是武林大俠郭靖而怕得罪之，因而李莫愁乃未便下手。後來
李莫愁闖進了窯洞，把陸程二女擄劫而走，而此時楊過兩方面的性
格也剛好巧妙地流露出來了：

> 那襤褸少年（楊過）見她……擄劫二女，大感不平，耳聽得
> 陸程二女驚呼，當即躍起，往李莫愁身上抱去……李莫愁雙
> 手各抓著一個女孩，沒提防這少年竟會張臂相抱，但覺脅下
> 忽然多了一雙手臂，心中一凜，不知怎的，忽然全身發軟…
> …一時心軟，竟然下不了手。（四八─四九頁）

金庸這樣便已寫出楊過如何本性善良，如何自然而然爲無辜抱不
平，而眞是一副俠義心腸。同時也流露此主角的另一方面，即「他
相貌俊俏，性格也頗風流自喜……許多少女見了他往往不由自主的
爲之鍾情傾倒……或暗暗傾心，或坦率示意」（一〇七三頁）。金

庸如此便爲了後文中許多將發生的事情下初次的伏筆。

事後楊過因爲亂撿李莫愁適才所發射過的暗器銀針而中了劇毒。徒因爲遇上了一位「以手爲足」的老「怪人」，即歐陽鋒，把驅毒之法教給了自己，方得以脫此險境。此位神智迷糊的歐陽鋒因爲自己的某些心理需求而要求楊過叫他「爸爸，」要收他爲兒。楊過起初見此怪人如何瘋瘋癲癲而頗生反感，但後來：

> ……眼見他對自己眞情流露，心中極是感動，縱身一躍，抱
> 住了他脖子，叫道：「爸爸！」他從兩三歲起就盼望有個愛
> 憐他、保護他的父親……此刻多年心願忽而得償，於這兩聲
> 「爸爸」之中，滿腔孺慕之意盡情發洩了出來……（六二頁）

歐陽鋒如此便成爲楊過的義父，而將所擅長之蛤蟆功的入門心法傳授給他「兒子」之後，同時也成爲他的第一位武功老師。

然而楊過的義父與老師，亦將不只歐陽鋒一人而已。其中最關鍵、與楊過關係最複雜的則是金庸前一部大作《射鵰英雄傳》的主角郭靖。楊過剛認歐陽鋒爲義父之後，即遇上了有雙鵰跟隨於身後的江湖大俠郭靖與夫人黃蓉二位。因爲黃蓉從他的容貌與動作認出他是郭靖義弟楊康的孩子，二位一見到他無所依靠的處境（歐陽鋒此時已隱匿）便帶他到桃花島去領養（同時把武氏兄弟也收爲己兒）。原來其父楊康爲人凶惡，認賊爲父，多所陰謀，結果黃蓉當時迫不得已而設法解除此人，即如她後來向老公所歎道：「既然你我均有殺他之心，結果他也因我而死，那麼是否咱們親自下手，也沒多大分別」（八三二頁；本事見《射鵰英雄傳》）。爲了解開其爲此事所感到的內疚而彌補對結義姪子楊過的損害，郭靖便重新起

了個舊日的心願，把獨生女兒郭芙許配給楊過作將來的妻子，以便維持兩家昔日的恩情。然而如此便無意間將一種悲劇性情節的禍根深深地埋下了。

在桃花島上過了一段日子，郭、黃決定開始把本門功夫教給孩子：郭芙與武氏兄弟由郭靖來教，楊過則由黃蓉來教，但黃蓉因為怕楊過長大後會如其父親凶惡，乃為了避免養虎貽患而背著郭靖不教他武功，反而教他一些五經、四書、唐詩之類。結果武氏兄弟武功日增，而楊過自已一招也未學到，因而常受此二子的欺侮。再加上他本來「心高氣傲，受不得半點折辱」（一一五六頁），受不了郭芙以傲慢的態度常常戲弄自己，乃恨郭、黃之故意不教他武功，而他那種孤獨無靠、滿腔怒憤的心理便越來越深入。有一天他跑掉了，在塞冷的山洞中過夜時，夢見義父歐陽鋒走進來教他練武功，「免得你打不過武家那兩個小鬼」（九〇頁）。後來此場夢居然實現了：某一日受到欺負時，突然間、無意間所練蛤蟆功的神力崩湧，差一點把武弟弟給打死了。事到此地步，郭靖只好將他離島而送到終南山全真教門下去受教。此刻全真教剛好遭遇大群敵人闖進其重陽宮，而因為全真眾弟子誤以郭靖為敵人之一，郭靖便只得一連打敗成群的弟子高手才能進入宮內拜見師祖，乃助他們打退敵人。在此過程中，楊過心中便對郭靖的武功「佩服得五體投地」（一〇三頁）。

> 心道：「將來若有一日我能學得郭伯伯的本事，縱然一世受苦，也是心甘。」但轉念想到：「我這世那裏還能學到他的本事？只郭芙那丫頭與武氏兄弟才有這等福氣。郭伯伯明知

全真派武功遠不及他，卻送我來跟這些臭道士學藝。」（一
一○頁）

如此便對郭靖起了個既佩服，卻又懷疑的心態。郭靖走了以後不
久，楊過因所拜之師趙志敬心胸狹窄，不但不教他武功，且常常虐
待他，再加上心中本有之惱怒，乃背師判教而逃走了。

楊過因逃避追捕而誤入全真教的禁區終南山下的「活死人
墓。」此地原來爲全真創教祖師王重陽抗金時所建的地下倉庫，敗
兵失戰後乃自居此墓而不出。後來愛上王重陽的大女俠林朝英因爲
無法如願使王重陽爲己夫，便設法把古墓給騙走了，自己住進去，
悶悶不樂地在那兒終生。楊過闖進時，古墓主乃是林朝英的再傳弟
子，即丰姿美貌而心情冷靜的小龍女（其唯一的師姊巧好是那凶惡
道姑李莫愁）。她的女僕孫婆婆憐惜楊過年幼孤苦，因而臨死前便
勸小龍女將他收爲弟子。聽著此遺言，小龍女乃違背本教遺訓而讓
此男子楊過拜她爲師，把古墓派的絕妙武功慢慢傳授給他。但拜她
爲師之前，小龍女先使楊過允她一件事：「若是當真拜我爲師呢，
一生一世就得聽我的話」（二○○頁）。當初這位摒除六情的師傅
姑娘對他甚是冷淡，甚至有一次對他說：「哼，我才不會愛你呢。
孫婆婆叫我照料你，我就照料你，你這輩子可別盼望我有好心待
你」（一九七頁）。但說也奇怪，光陰荏苒，乃慢慢由冷淡而變爲
師徒間之友誼，再由師徒之誼而竟然漸漸化爲情人間之愛情，以致
最後深情勃勃的小龍女歡然叫楊過再發另一種誓：

「弟子楊過，這一生一世，心中就只有姑姑（即小龍女）一
個，倘若日後變了心，不用姑姑來殺，只要一見姑姑的臉，

　　弟子就親手自殺。」小龍女很是開心……（二五七頁）

　楊過是否日後會「變了心？」讀者至此尚且不知，但十成之九會希望此對俊男美女永不會爲第三者所分離。

　　此後許多情節曲折，由於篇幅所限，只好從略。至於楊過和小龍女如何經過幾次死裡逃生、受傷療傷、中毒驅毒，及數次爲人或事所沖散、分開，一離一合，一合一離，無法詳細轉述。只說在此種種過程中，楊過幾次尋找龍女時，先後遇上了幾位「紅顏知己」：陸無雙、程英、完顏萍、公孫綠萼等，皆分分爲他的俊俏相貌與風流性格所傾倒，楊過自己未曾也不是情動於中。但是無論如何，他之所以如此動情乃亦未曾不是因爲這些女子的某些表情皆無意間把他提醒到小龍女。他有一次凝視完顏萍「妙目流波」的眼睛，「忽然想起小龍女與自己最後一次分別之前，也曾這般又嬌羞又深情的望著自己，不禁大叫一聲，躍起身來」（三八一頁）。

　　紅顏知己之外，楊過也偶然遇上了幾位一流的武功高手，以某些巧合的原因，把本派的一些絕妙武功的招數與口訣傳授給他：西毒歐陽鋒之外，亦先後學道於北丐洪七公與東邪黃藥師。因此，郭靖、黃蓉與全眞老師雖然未嘗教他一招武功，楊過卻在學到各派的絕學之後，武功慢慢變得委實了得。楊過對此許多知己與老師亦未曾不是耿耿於懷，感激之至：

　　　「我雖遭際不幸，自幼被人欺辱，但世上眞心待我之人卻也不少……我的時辰八字必是極爲古怪，否則何以待我好的如此之好，對我惡的又如此之惡？」（七三七頁）

準上所敘，無論在男女關係上，還是師徒關係上，皆可以說金輪法王對他武功的評論是很恰當的：「博採眾家固然甚妙，但也不免駁而不純。你最擅長的到底是那一門的功夫？」（六三九頁），以致引起楊過「自成一家」之念。但由「駁雜」到「純一」是一個很自然、有機的過程：倘若無此「五花八門」的武功為背景，則絕對無以「自成一家」之理；假如無此許多美女看上了他，便無以襯托其對小龍女的純一獨鍾之情。從此以後，他的武功與情感便越來越「純」了，但為了達到此境界，他尚需解答些心理上的難題才行。

四、「為國為民，俠之大者」

楊過有一次偷聽黃蓉對郭靖所說關於自己的一番話：

> 「這樣（有俠義心腸）的少年本是十分難得，但他心中有兩個死結難解，一是他父親的死因，一是他跟他師父（小龍女）的私情……」（八三二頁）

這二項倫理關係上的「死結」，即楊過的「私」事，在他心理上亦與國家「公」事發生很大的衝突。我們看了楊過如何解決此二項五倫關係上之難題的過程，便能瞭解金庸如何給其書上人物以既豐富又逼真的心理上與感情上的發展，乃知其如何能借著一個傳統的題材，卻在此方面站得上中國傳統小說之右。

卻說在上面黃蓉那番話之前發生的幾件事情。楊過從小便想知道他從來沒見過的父親「到底是怎麼死的，仇人是誰？」，但母親「總是垂淚不答。」他有一次遇上一位有仇卻無力去報的女子，即

完顏萍，便跟她談起點心事來，說母親因病臨死時他如何又問起此事：

> 「媽媽只是搖頭，說道：『你爹爹……你爹爹……唉，孩兒，你這一生一世千萬別想報仇。你答允媽，千萬不能想爲爹爹報仇。』媽一口氣轉不過來，就此死了。唉，你說我怎生是好啊？」（三七九頁）

當然，他並不知他的父親在世上時是如何的胡作非爲，一直以爲他一定是個英雄好漢。因爲父母親皆已去世，所以總是自我可憐，但後來上了華山之頂，遇上二位一流高手洪七公與義父歐陽鋒竭力相鬥，然後相抱大笑而同時歸天，楊過經過此事而性格上已經有很大的變化：「上山時自傷遭人輕賤，滿腔怒憤。下山時卻覺世事只如浮雲，別人看重也好，輕視也好，於我又有甚麼干係」（四二八頁）。但饒是如此，殺父之仇恨尙未雪報。

後來，楊過在一個偶然的機會中終於得知害死自己父親的那個人就是他的養母黃蓉。他「一股涼氣從背脊直透下去，」心想原來黃蓉與郭靖盡是假仁假義，奸詐無比地欺騙了自己，「憤懣之氣竟似把胸膛也要脹裂了」（六三五頁），乃立志欲殺死這兩個人。但是欲殺死自己的養母養父談何容易！在此悲劇性的局面中，心理上的複雜、情緒之亂，可想而知。便在此時，楊過恰好親眼見到一件極爲關鍵的慘事。

時當南宋理宗年間，蒙古滅金之後，淮、河以北「城鎮多爲蒙古兵所佔，到處一片殘破」（六一六頁）。楊過正在路中抱頭痛哭，乃見到北邊馳來的四個蒙古武士：

當先一人手持長矛，矛頭上挑著個兩三歲大的嬰孩，哈哈大笑的奔來。那嬰兒尚未死絕，兀自發出微弱哭聲……只聽拍的一聲，那嬰兒摔在路上。楊過抱了起來，見是個漢人孩子，肥肥白白的甚是可愛，長矛刺在肚中一時不得就死，可也不能醫活，小嘴中啊啊啊的似乎還在叫著「媽媽」……心中慘然，想道：「這孩子的父母自是愛他猶似性命一般……這些兇暴殘忍的蒙古兵大舉南下，一路上不知道要害死多少大人小孩？」……又想起（自己的事情）來，心道「這小孩死了，尚有我給他掩埋，我爹爹卻葬身於烏鴉之口。唉，你們既害死了他，給他埋入土中又有何妨？用心當真是歹毒之至！不報此仇，楊過誓不爲人。」（六三五─六三六頁）

於是楊過便有兩個大仇要報，但己之父與人之兒孰親？私人之仇與國家大仇孰重？此一難題楊過在心緒錯亂之際尙且不能解答。但是對他以後是否能夠找出正確的答案，這次所見慘事確實可以說是具備著「孺子入井」、「聞其聲，不忍食其肉」的妙用。此事在楊過的腦中留下非常深的印象，而他的反映也足以證明他有不忍人之心，苟能擴而充之，足以保四海。楊過本來便是一副俠義心腸，然而他此時的思想與性格尙未成熟，心理上的「推」、「充」之作用還待往後一步一步的發展。

　　到底骨肉之仇較爲迫切，楊過一時卻似乎把嬰兒之事情給忘了，因爲一遇上蒙古第一護國大師金輪法王就跟他結伴而行，以便借其力來報仇。後來法王把他介紹給蒙古王子忽必烈，他居然不把祖國放在眼裡，乃自願爲忽必烈擔任進入襄陽城，把守城大俠郭靖

砍頭而還之務。因爲郭靖全無戒備，而此事本來應該易如反掌，但因爲種種原因他到頭來便下不了手。入城之後，與郭靖同屋而臥，便圖乘其睡時把他解決，但除了念及舊情之外，尚有一件事令他遲疑不定，即郭靖所道的一番話：「你聰明智慧過我十倍，將來成就定然遠勝於我，這是不消說的。只盼你心頭牢牢記著『爲國爲民，俠之大者』這八個字，日後名揚天下，成爲受萬民敬仰的眞正大俠」（八二四頁）。此番話便使他聯想到昔日嬰兒之事，令兩個相反的念頭在他心裏交戰：

> 「我此刻刺殺郭靖，原是舉手之事。但他一死，襄陽難守，這城中成千成萬嬰兒，豈非盡被蒙古兵辛殘殺爲樂？我爲了報一己之仇，卻害了無數百姓性命，豈非大大不該？」轉念又想……不由得把心橫了：「罷了，罷了，管他甚麼襄陽城的百姓，甚麼大宋的江山，我受苦之時，除了姑姑之外，有誰眞心憐我？世人從不愛我，我又何必去愛世人？」當下舉起匕首，勁力透於右臂，將匕首尖對準了郭靖胸口。（八二五－八二六頁）

但究竟沒有下手。後來此項難題便慢慢解開了。有一次蒙古軍挾著許多難民攻城，襄陽將帥下令放箭，郭靖在旁大叫：「使不得，莫錯殺了好人！」，而楊過亦跟著心動暗唸：「莫錯殺了好人！好人怎能錯殺？」（八三九頁）。意味卻與郭靖的稍有不同。此後郭靖下城以救民，而到了郭靖之命懸於千鈞一髮之際，楊過雖然心中「似有兩軍交戰一般……『我殺他不殺？救他不救？』」，但最後還是撲下城去抓住他手救了他（八四三頁）。

　　楊過如此便慢慢權衡了五倫關係間的輕重，瞭解「不以私廢公」的道理，即不能爲了報父之仇而讓國民大敵爲所欲爲（因爲理宗皇帝爲無道昏君、專用奸佞，故此時所謂「公」事不言「君、臣」而只能言「國、臣」）。但是楊過的諸般父子關係本身便已經很複雜，因爲郭靖究竟是楊過的養父（「伯伯」），而以殺養父來報殺父之仇，又如何是個辦法？但從後文幾處也可以看出，楊過在此方面亦是漸漸想通了，以致後來：「楊過眼見他拚命救護自己，胸口熱血上湧，那裏還念舊惡？心想郭伯伯義薄雲天，我若不以一命報他一命，眞是枉在人世了」（八六七頁）。有一回他竟在夢中叫道：「殺了我，殺了我，是我不好，別傷了郭伯伯」（八七五頁）。直到後來偷聽到了郭靖、黃蓉的一番捨己救國的話之後，心裏所剩下的最後障礙才豁然想通了：

　　……他決意相助郭靖，也只是爲他大仁大義所感，還是一死以報知己的想法，此時突聽到「國事爲重」四字，又記起郭靖日前在襄陽城外所說「爲國爲民，俠之大者」、「鞠躬盡瘁，死而後已」那幾句話，心胸間斗然開朗，眼見他夫妻倆相互情義深重，然而臨到危難之際，處處以國爲先，自己卻念念不忘父仇私怨、念念不忘與小龍女兩人的情愛，幾時有一分想到國家大事？有一分想到天下百姓的疾苦？相形之下，眞是卑鄙極了。

　　霎時之間，幼時黃蓉在桃花島上教他讀書，那些「殺身成仁、捨生取義」的語句，在腦海間變得清晰異常，不由得又是汗顏無地，又是志氣高昂。眼見強敵來襲，生死存亡繫乎

一線，許多平時從來沒想到、從來不理會的念頭，這時突然
間領悟得透徹無比。他心志一高，似乎全身都高大起來，臉
上神采煥發，宛似換了一個人一般。（八八六－八八七頁）

由此足見楊過是如何從幼稚推到成熟、從自我憐憫充到「爲國爲
民」、由「駁而不純」擴到純一獨鍾，直到後來念及天地之芒芒，
人生之短促，嘆到：「甚麼怨仇，甚恩愛，大限一到，都被老天爺
一筆勾銷」（一一四八頁）。楊過的心中交戰、心理上的發展，雖
說極爲複雜多端，卻也同時甚是簡樸，因爲是一個自然的、有機
的、誠然可信的過程，而此過程亦即故事情節的發展所在。金庸如
此一步一步地給書中主角以心理上與感情上的發展，在傳統小說裏
是罕見的，然而運用的卻也是傳統的題材，因此可以說是把傳統與
現代小說的優點巧妙地融合在一起。

　　楊過心中的另一個「死結」則是他跟他「師傅」的私情。問題
在於要跟自己的老師成婚是大犯當時的禮教。然而按照金庸的意
思，此一「死結」並不位於楊過心中，反而在於別人的心裏，因爲
楊過對小龍女的心意是眞實獨鍾的情感，他在此方面其實無
「過」，而別人一直要求他「改之」，所表現的乃是他們自己心理
上所反映的民俗與禮教上的壓迫性、局限性。當初黃蓉絕不肯接受
楊過與小龍女成婚之事，然而後來親眼看到他們如何是獨鍾之情，
自己此一「死結」乃終於想開了。

　　「白雲聚了又散，散了又聚，人生離合，亦復如斯」（一三二
一頁）。當然，吾所謂的「五倫衝突」之外，《神鵰俠侶》的整個
情節也圍繞於一個「情」字，即楊過與小龍女之一離一合，與其如

何爲了相愛之情而不斷克服莫大的障礙。此中許多妙處，前賢之言及者不缺，亦加上篇幅所限，在茲從略。

五、武功技巧與成書造詣

以上略講了《神鵰俠侶》故事的大綱，但大綱之外尚要許多縱衡相鉤的小繩才能成網，而編字寫書的技巧亦即在此。最後在茲稍論金庸著作技巧的四點，以便進一步瞭解其成書造詣究竟何在。

（甲）如何出乎讀者意料之外，使之又驚又喜，乃慢慢追述原委。比如全眞五大道師關在玉虛洞裡時，「猛聽得砰彭一聲震天價大響，砂石飛舞，煙塵瀰漫，玉虛洞前數十塊大石崩在一旁，五個道人從洞中緩步而出」（一○四八頁）。讀者不知其所以然，後來乃知「原來」是丘處機先此悟出「以勁力補招數之不足」一理，「將五人勁力歸集於一點，」因而得以藉此出洞。此種例子到處可見。金庸如此下筆，使讀者覺得書中曲折精彩可觀、神不可測，然而假如此種奇事不追述以接近情理的解釋，乃不免過於玄妙難信，因此金庸總是如此追述原委，以便給書中事物帶來多一點眞實性。又如要解釋一燈大師如何「耳聰目明，遠勝常人」時，給讀者介紹了佛家「天眼通」、「天耳通」之說後，因嫌其過傳奇，乃說：「這般說法過於玄妙，自不可信，但內功深厚、心田澄明之人能聞常人之所不能聞，卻非奇事」，才覺得較合情理（一二七三頁）。

相同的道理，是每逢似乎互相矛盾的地方，金庸總會加以化解，自圓其說。比如公孫綠萼聽到他父親竟要害死她這個親生女兒來討好一個女子，覺得既驚訝又害怕。但讀者未解的是，她父親既

然早已殘忍地害過她一次，又何驚之有？她既然亦早已「決意不想活了」，又何以害怕？然而讀者才剛起此二疑，一讀下去便遇到其解，即：「她已知父親絕無半點父女之情，但當時還可說出於一時之憤，今日竟然如此處心積慮……心腸狠毒，真是有甚於豺狼虎豹。她本來不想活了，然而聽到二人如此安排毒計圖謀自己，卻不由得要設法逃開」（一二六四頁）。她便亦意識到自己心中的矛盾：「你要害死我，儘管來害罷。真是奇怪，我又何必逃？」本來似為下筆疏忽所致的矛盾如此便巧妙地成為書中人物心理上的矛盾，讀者乃難免敬佩金庸之謹嚴無漏。

金庸之所以喜歡出乎讀者意料之外，蓋以使之始終處於懸而未解的心態，以便引起其不斷地讀下去的興趣。因此楊過救了武氏兄弟性命回來後，我們通過他的眼光乃知道小龍女已經跑走了，通過他的耳朵乃聽到郭芙所說關於小龍女的一些一知半解的話，卻要等到下一章才知道其詳細原委。後來我們通過小龍女的眼光也親眼看到楊過少了一條臂，然而尚要過一會兒才得知是郭芙如何把它給砍掉了的。凡此種種皆使讀者懸慮不安，亦使故事的情節一直往前進。通過一連串的衝突、誤會、懸案、與揭示，第一根頭緒尚未結束，第二根便已懸在眼前，情節便如此綿綿不斷地一直發展下去。

（乙）如何下無蹤無影的伏筆，以備後用。金庸之著書，雖然原是一回一回地寫出來發表，但顯然早就胸有成竹，無時不知將走的方向。他寫某一節時往往會很自然地提出與本節具有密切關係的某事某物，當時讀者亦不多留意，但讀到後來此事物便已成為另一件大事變的緣由，讀者稍加回顧，乃不禁暗中喝彩，以其知金庸若非早已安排妥當，絕對無法致此妙用！❸在茲略舉一小例：有一次

楊過偷了郭靖的汗血寶馬去尋找小龍女。等到楊、龍二人團圓之後，很自然地便把寶馬放走，表示既已在一起，任何外物皆不在乎，寶馬當然便用不上了。卻不知後來此馬竟會在路中遇上黃蓉等人，「只須讓這馬原路而回，當可找到他的所在」（一一六七頁），以致郭芙終將給小龍女誤下毒手。當然「無巧不成書」，金庸書中多次偶然的會合也是不可缺少的。然而，由於作者如此謹嚴地事先加以安排（作者此種先謀遠慮，其書中人物楊過與黃蓉亦承襲之），情節的發展過程便具有一種內在的邏輯，對讀者而言也似乎是一種必然的、確實可信的過程。

（丙）如何把主幹情節的結構與題材重複於故事的枝節上，以便加以強調與襯托。比如楊過欲雪報殺父之仇是書中情節的大事，然而武氏兄弟、陸無雙、完顏萍等亦皆有自己的殺父、殺母之仇要報。又如楊過是以毒攻毒來解情花之害，而周伯通又是以玉蜂之毒攻解彩雪蛛之毒來活己命（見九五〇、一〇〇二、一〇一〇等頁）。或如連尹志平這種犯過大罪的人物，亦懂得「不以私廢公」的道理，寧可讓趙志敬泄露自己的醜事，而絕不肯把全真教賣給蒙古撻子（二十五回）。又如一燈大師勸裘千仞「知過能改，善莫大焉」、「若要補過，唯有行善」（一二〇五、一二〇七頁），似乎又是針對楊過而言的。凡此種種，不但是給讀者更加強調與襯托楊過心理上的衝突與矛盾，同時也是給楊過自己所以自我反省的一些旁觀資料。

⓭ 下面的例子是跟據修改過的本子。當然，是否在明報上發表的原本也如此謹密是個關鍵的問題，尚待研究。

　　（丁）如何把武功與情節有機地結合在一起。上面說過，金庸的武俠小說之所以成功，是由於他能把變化無窮的武功招術圍繞於一個生動活潑、情節緊湊的故事。然而題材與情節非有一種緊密的、有機的關係不可。在《神鵰俠侶》中，人物武功上的進展，與其心理上、感情上的發展幾乎無別，而此乃亦即故事情節的發展所在。比如楊過與小龍女情深意厚之後方才悟到把全眞武學與玉女心經同時使用，「相互應援，分進合擊」之理（五五一頁）。後來：

> ……越來越是得心應手。使這劍法的男女二人倘若不是情侶，則許多精妙之處實在難以聽會……此時楊過與小龍女相互眷戀極深，然而未結絲蘿，內心隱隱又感到前途困厄正多，當眞是亦喜亦憂，亦苦亦甜，這番心情，與林朝英創製這套「玉女素心劍」之意漸漸的心息相通。（五六二一五六三頁）

這套劍法的「眞諦在於使劍的兩人心心相印，渾若一人」（七三二頁）。後來有一次他們使用時，小龍女拿到了敵人金輪法王的輪子，想即以其人之道還治其人之身，「卻不知『玉女素心劍法』的妙詣，純在使劍者兩情歡悅，心中全無渣滓，此時雙劍之中多了一個鐵輪，就如一對情侶之間插進了第三者，波折橫生，如何再能意念相通？」（八九六頁）

　　此外，連毒性與情感也有關聯，比如絕情谷的「情花」：「身上若給情花的小刺刺痛了，十二個時辰之內不能動相思之念，否則苦楚難當」。此花如男女之情一樣，「有些長得極醜怪的，味道倒甜，可是難看的又未必一定甜，只有親口試了才知。十個果子九個

苦……」（六六六－六六七頁）。楊過對小龍女的深情亦好比中了
情花之毒一樣：因為受不到世俗允可而往往與龍女分散，所以相思
之情越深，所受之苦越難當。然而書中此事並非比喻，即是說楊過
後來當真刺中了許多情花，死日有期，而唯一的活路在於情感的摒
除，如天竺僧所道：「『這情花的禍害與一般毒物全不相同。毒與
情結，害與心通。我瞧居士情根深種，與那毒物牽纏糾結，極難解
脫，縱使得了絕情谷的半枚丹藥，也未必便能清除。但若居士揮慧
劍，斬情絲，這毒不藥自解。』」（九五三頁）讀者至此，不知楊
過終將把「過」「改之」過來，與小龍女「絕情」以活己命，還是
將鍾情到底而喪生於相思之苦？無論如何，情節的發展與武功的進
展、毒性的發作或解除，是密切相關，完全分不開的。

　　最後略論楊過本人的人物塑造。楊過不是生而即為「神鵰
俠」，他是經過一條慢長、艱苦的道路才終於踏上此種境地。他成
為「神鵰俠」的內在潛力固然可以說是與生俱備的，從小他便有
「一副俠義心腸」，大俠的開端「皆備於我」，但尚需「擴而充
之」方能成為「足以保四海」的神鵰大俠。《神鵰俠侶》的故事講
的即是楊過這個成仁成義的過程，但同時也是他修成一套本家上乘
武功的過程，因為有了一身神妙武功方能稱得上大俠，倘若無此，
雖說可以「不踰矩」，但尚無法全無阻礙地「從心所欲」。

　　楊過的一生蓋可以分為三大段，亦即他前世「知己」獨孤求敗
所留下的三劍所代表的三個接段（獨孤求敗原有四劍，但第二因
「誤傷義士不祥，乃棄之深谷」，其對楊過的代表性在茲不論）
（見一〇六二－一〇六四頁）。楊過的第一段亦可稱為他的「黃
馬」期，因為即在他傷心自憐之至便遇上一匹與自己的處境極為相

似的黃馬，和他同樣也是一個孤獨無靠、受人欺侮、外表襤褸難堪而內在本領卻極強的動物，兩者乃相以爲友。以武功而論，此段又是他「駁而不純」的時期，因爲他心理尙未穩定，感情尙未獨鍾，師父又是不一而足。他博採衆家，武功花樣固然甚多，與獨孤求敗石上所刻「凌厲則猛，無堅不摧」的精神同歸，然而究竟嫌其不純。直至那天他「猛聽得身後一聲哀嘶，只見黃馬肚腹中箭，跪倒在地，雙眼望著主人，不盡戀戀之意。楊過心中一酸，不禁掉下淚來」（八七五頁）。黃馬的死去雖然可悲，但同時也代表楊過幼期的結束，因爲他從此時便成熟得多，由「駁雜」而達到「純一」。

　　從第二段起便可稱爲他的「神鵰」期，因爲此時他已由孤獨無靠的傷感而變成獨往獨來的精神，而一隻似乎傲視當世的「神鵰」乃成爲他知己之友。他藉著獨孤求敗沉重之極的玄鐵劍，在神鵰的指導之下學著他「重劍無鋒，大巧不工」的劍術。他此時已是感情獨鍾，心上的「死結」也大致已經解開了，練了一段時間，乃悟到：「越是平平無奇的劍招，對方越難抗禦……武功到此地步，便似登泰山而小天下，回想昔日所學，頗有渺不足道之感。轉念又想，若無先前根柢，今日縱有奇遇，也決不能達此境地……」（一〇六七頁）。沒錯，一個人的武功絕不是生而具有的，人格的塑造、武功的修養，要經過一定的成熟過程方能至此，而《神鵰俠侶》所講的即是這一點。

　　最後楊過「自此精修，漸進於無劍勝有劍之境，」乃眞正成爲「爲國爲民」的「神鵰大俠」。他所達到的便是「入神坐照」、「從心所欲」的「化境」，把「五花八門」的武功招術合而爲一，乃可以說是終於達成了「自成一家」之念。但楊過所達到的武功境

界，與金庸自己所至的文學造詣，何嘗不是殊道而同歸？以「駁雜」多端、變化無窮的豐富材料，而能編成一部如此有機、「純一」、情節緊湊、和諧統一的整體傑作，很難否認，金庸確實可稱得上世界文壇中的「大俠」二字。

金庸武俠小說中的道教思想

鄭 志 明[*]

（南華管理學院文學研究所）

一、前　言

一般武俠小說大多建立在「武藝社會」❶與「宗教社會」❷上，即傳統的武林世界是武術與宗教的結合，衍生出各種名門正派與草莽幫派，發展出許多恩怨情仇的故事情節。

所謂武林世界，即是傳統社會各種流行的武術與宗教的大集結，武俠小說中的作者們常賣弄其豐富的武術知識，大量地描述傳統武術的各種兵器、格鬥、套路與功法等，這與明代以來武術著作的編纂與練武的興盛有關，這些著作的內容相當豐富，包括拳械的圖譜、口訣、技法的介紹，古譜的詮釋，有拳械技法的應用及變化

---

[*]　南華管理學院文學研究所教授

❶　「武俠小說」或稱「武藝小說」，是以傳統武術爲基礎，所形成了一個習武用武的世界，可稱爲「武藝社會」相對於一般的「尋常社會」。舒國治，《讀金庸偶得》（遠流出版公司，1987），頁15。

❷　「武藝社會」的另一個表現形態爲「幫派社會」，在過去的政權體制裏又被視爲「祕密社會」，除了與政府對立外，常帶有著濃厚的宗教色彩。蔡少卿，《中國祕密社會》（浙江人民出版社，1989），頁11。

的分析的對比評價，拳理的闡述，以及練氣訣、養氣論等內容❸。

　　但是大部分作者對傳統社會的宗教內涵卻極爲陌生，除了隨意地創造出各式各樣佛教與道教的武術門派外，以極爲膚淺及表面的方式帶出與宗教有關的情節，嚴格來說，這些作者不了解佛教，也不清楚道教，用很粗俗的宗教知識簡單地一筆帶過，未深刻地進入到傳統社會與之相關的宗教情境之中。金庸武俠小說的創意，除了對人物與情節有極爲精緻的藝術表現外，其對故事的歷史背景與考證也頗爲用心，尤其是對宋元時期道教與白蓮教的宗教現象與文化內容已有著高度的理解，轉化成曲折動人的武俠小說。

　　本文以其道教背景下的三部小說－《射雕英雄傳》、《神雕俠侶》、《倚天屠龍記》等爲主軸，探討金庸如何運用其豐富的道教知識，轉換成爐火純青的寫作功力與藝術造境。

二、金庸對全真道的理解

　　金庸的《射雕英雄傳》系列作品，是以南宋、金、元等三足鼎立的時代背景下所發展出來的武俠小說，有濃厚的歷史場景與文化氣氛，而且以當時新興的全眞道教主王重陽及其弟子全眞七子爲核心，開拓了類似道教演義性質的歷史小說。

　　歷史小說未必完全符合史實，卻也根據了若干史實演義出來的，作者本身必須對其所假託的對象有相當程度的理解，才能優游

---

❸　崔樂泉、張純本，《中國武術史》（文津出版社，1993），頁251。

於歷史時空，掀起了波瀾萬丈與氣勢磅礡的故事情節與發展脈絡。金庸對全真道是下過工夫的，從王重陽到張三丰，也可以看出金庸偏愛這一類以內丹養生為主的新道教❹，是宋元道教改革浪潮中湧現出來的一個最大新道派，承繼了晚唐以來內丹學理論，建立出有完整教義制度的群眾性教團。

金庸特別重視這種丹道性質的教派，究竟有何種意義？對其小說特性有何影響？其基本念頭可能還是來自於武藝與氣功的關連性上，內丹修煉後的精氣神狀態，類似於氣功的修持境界。金庸小說中從「九陰真經」到「九陽真經」，即奠基於氣功內煉的理論上來，肯定經由特殊的修煉功法，能開發出人體內在的潛在能力，達到形神合一的超越功法，進入以氣發力與以意導氣的氣功境界。

在金元時期道教的門派不少，也有一些由鍾離權、呂洞賓的內丹理論所發展出來的內養功法派別，為什麼金庸特別喜好全真道呢？除了全真道流行於當時的北方社會外，還善於組織的經營，引進了佛教的寺廟修持法，要求入教者必須作出家人，入庵作隱居苦行的修煉，由此開創出道教出家住庵修內丹的叢林制度❺，如此，道教在武俠小說中可以與佛教並列為名門正派，涉入中土武林世界，也與佛教相提並論，成為江湖武藝與氣功的主要來源地。

其次，由王重陽（1113－1170）所開創的全真道，在其七大弟

---

❹ 所謂「新道教」，是相對於傳統一般符籙派道教，在當時有正一、上清、靈寶等傳統符籙道派，派生而出的天心、太一、東華等支派，以及神霄、清微等新符籙道派。任繼愈主編，《中國道教史》（桂冠圖書公司，1991），頁591。

❺ 蒙紹榮、張興強，《歷史上的煉丹術》（上海科技教育出版社，1995），頁329。

子：馬鈺（1123－1183）、譚處端（1123－1185）、劉處玄（1147－1203）、丘處機（1148－1227）、王處一（1142－1217）、郝大通（1140－1212）、孫不二（1119－1182）等人❻積極地向外弘宗傳教，在民間快速發展，勢力龐大，成爲南宋、金、元等政權爭取拉攏的對象。金庸以這樣特定的時空條件，來重新營造此一教派的發展故事，雖然與歷史有相當大的出入，但是彼此間還是有著相爲呼應的歷史脈絡情境。

　　王重陽的修行方式很特別，於金世宗大定元年（1167）隱居於終南山南時村作穴居住，在洞中靜坐，號其居處爲「活死人墓」，在內潛修丹法，對外佯狂裝瘋，自號「王害風」，如詩云：「昔日龐居士，如今王害風❼。」有著看破紅塵的修持意念，如其「迎仙客」詞云：「這害風，心已破，咄了是非常持課。也無災，亦無禍。不求不覓，不肯作墨火❽。」反映其突破人間是非禍福的修道意志。設有「王害風」靈位，又在墓旁四隅各植海棠一株，謂「吾將來使四海教風爲一家耳」❾，雖然王重陽追求心靈上的逍遙自在，但是在宗教感情上已有開宗立派的壯志。

　　金庸根據借黃藥師之手讚美的詩句，是有出處的，取自於元商挺的「題甘河遇仙宮詩」：

---

❻　鄭素香，《全眞教與大蒙古國帝室》（臺灣學生書局，1987），頁22。

❼　《甘水仙源錄》（《正統道藏》洞神部，息字號，新文豐出版公司，1977）33冊，頁119。

❽　《重陽全眞集》（《正統道藏》太平部，枝字號），43冊，頁464。

❾　《甘水仙源錄》，33冊，頁123。《七眞年譜》（《正統道藏》洞眞部，致字號），5冊，頁185。

　　重陽起全真，高視乃闊步。矯矯英雄姿，乘時或割據。妄迹
　　復知非，收心活死墓。人傳入道初，二仙此相遇。於今終南
　　下，殿閣凌烟霧。⓾

這首詩是依據全真教史上著名的「甘河遇仙」傳說，如《甘水仙源
錄》謂王重陽於正隆四年（1159）遇二仙於終南甘河鎮，得授口
訣。次年，再遇於醴泉，得祕語五篇，決意出家學道⓫。所謂「收
心活死墓」應該純粹爲了存養的修煉目的，有「妄迹復知非」的作
用。王重陽以「全真」爲教名，其目的也在此，如王重陽在活死人
墓中贈詩給甯伯功云：「有個逍遙自在人，昏昏默默獨知因。存神
養浩全真性，骨體凡軀且渾塵⓬。」

　　足見「活死人墓」是其生命覺悟的象徵，以增強其昨非今是的
頓悟之情，達到「存神養浩全真性」的宗教目的。金庸爲了連貫其
小說的民族意識，將王重陽的「活死人墓」，說成是「不共戴天」
的反抗情操：

　　　他少年時先學文，再練武，是一位縱橫江湖的英雄好漢，只
　　　因憤恨金兵入侵，毀我田廬，殺我百姓，曾大舉義旗，與金
　　　兵對敵，佔城奪地，在中原建下了轟轟烈烈的一番事業，後
　　　來終以金兵勢盛，先師連戰連敗，將士傷亡殆盡，這才憤而
　　　出家。那時他自稱「活死人」，接連幾年住在本山的一個古

⓾　金庸，《神雕俠侶（一）》（遠流出版公司，1995），頁134。

⓫　《甘水仙源錄》33冊，頁120。

⓬　《重陽全真集》43冊，頁430。

> 墓之中，不肯出墓門一步，意思是雖生猶死，不願與金賊共
> 居於青天之下，所謂不共戴天，就是這個意思了⓭。

王重陽是否爲抗金救世的英雄，學者有不同的考證，陳垣⓮、陳銘
珪等支持此說，謂王重陽不惟忠憤，且實曾糾兵與金兵抗⓯。但是
郭旃等學者認爲王重陽並沒有這種強烈民族意識，甚至曾參與金傀
儡政權劉豫的科舉與金政府的武舉，全眞教也與金朝合作，談不上
忠於南宋，舉兵救民⓰。不管王重陽有無舉兵，看破紅塵，決意修
道，是其居住於活死人墓的主要動機，如云：「文武之進兩無成，
于是慨然入道⓱。」「活死人墓」的修行方式，只是過渡時期而
已，大定七年（1167），王重陽自焚茅庵，前往山東寧海傳教⓲，
渡得弟子七人，並成立會堂發展教團勢力，前後僅二、三年。全眞
教門的光大，則是靠全眞七子的弘揚。

金庸也把全眞七子寫入他的武俠小說中成爲主要人物，對這些
人物金庸是有歷史的考據，並非隨意杜撰，如云：

> 全眞教創教祖師王重陽門下七子，武林中見聞稍廣的無不知
> 名：大弟子丹陽子馬鈺，二弟子長眞子譚處端，以下是長生

⓭ 《神鵰俠侶（一）》，頁136。

⓮ 陳垣，《南宋初河北新道教考》（新文豐出版公司，1977），頁12。

⓯ 陳銘珪，《長春道教源流》（廣文書局，1975），頁43。

⓰ 郭旃，〈全眞道的興起及其與金王朝的關係〉（《世界宗教研究》3期，1983），頁
99－105。

⓱ 《甘水仙源錄》，33冊，頁119。

⓲ 《甘水仙源錄》，33冊，頁120。

子劉處玄、長春子丘處機、玉陽子王處一、廣寧子郝大通，最末第七個弟子清靜散人孫不二，則是馬鈺出家以前所娶的妻子⑲。

七眞名號大致上與史實出入不大，馬鈺字玄寶，號丹陽子⑳；譚處端字通正，號長眞子㉑；劉處玄字通妙，號長生子㉒；丘處機字通密，號長春子㉓；王處一字玉陽，號傘陽子㉔；郝大通字太古，號廣寧子㉕；孫不二，號清淨散人㉖。金庸對於七眞名號是從何得來的呢？第一個可能，直接來自於道藏的《七眞年譜》、《金蓮正宗記》、《金蓮正宗仙緣像傳》等書，另一個可能是清代根據道藏的演義故事，如《七眞因果傳》、《七眞祖師列仙傳》、《金蓮仙史》等書。如果是根據後者，是將道教的神仙故事轉換成武俠小說的情節㉗。

　　金庸小說的發展側重在丘處機與馬鈺兩人身上，借周伯通之口來說明王重陽對這兩個弟子的觀點與態度：

---

⑲　《射雕英雄傳（一）》（遠流出版公司，1995），頁232。

⑳　《七眞年譜》（《正統道藏》洞眞部，致字號），5冊，頁186。

㉑　《金蓮正宗仙源像傳》（《正統道藏》洞眞部，致字號），5冊，頁174。

㉒　同註釋㉑，頁175。

㉓　同註釋㉑，頁176。

㉔　同註釋㉑，頁178。

㉕　同註釋㉑，頁180。

㉖　同註釋㉑，頁181。

㉗　根據金庸的〈關於「全眞教」〉（《射雕英雄傳（四）》，頁1612），金庸對全眞七子的理解，來自前者，但不排除後者的可能性。

丘處機功夫最高，我師哥卻最不喜歡他，說他耽於鑽研武學，荒廢了道家的功夫。說甚麼學武的要猛進苦練，學道的卻要淡泊率性，這兩者是頗不相容的。馬鈺得了我師哥的法統，但他的武功是不及丘處機和王處一了㉘。

王重陽雖有七大弟子，但是王處一、郝大通先後隱居查山㉙，孫不二後出關遊洛陽，居仙風姑洞㉚。隨王重陽身邊主要是馬、譚、劉、丘等四人，王重陽有詩云：「一弟一姪兩個兒，和余五逸作修持。結爲物外眞親眷，擺脫塵中假合屍㉛。」即王重陽將馬鈺視爲弟，譚處端視爲姪，將丘處機、劉處玄視爲兒㉜。王重陽臨終前吩咐馬鈺照顧丘處機，譚處端照顧劉處玄㉝，後來教團的發展也以這四人爲主，其中又以馬鈺、丘處機教勢最盛，丘處機曾爲成吉思汗講道，在大蒙古時期教團勢力達到鼎盛。

據《元史》記載，成吉思汗十五年（1220年）二月，處機與弟子十有八人同往見焉㉞。金庸也有相同的記載，如云：

當年成吉思汗邀請丘處機前赴西域相見，諮以長生延壽之術。丘處機萬里西遊，帶有一十九名弟子隨侍，尹志平是門

㉘ 《射雕英雄傳（二）》，頁668。

㉙ 《甘水仙源錄》33冊，頁140。

㉚ 《金蓮正宗仙源像傳》5冊，頁181。

㉛ 《重陽全眞集》43冊，頁413。

㉜ 《清和眞人北遊語錄》（《正統道藏》正乙部，弁字號）55冊，頁729。

㉝ 同註釋㉛，頁737。

㉞ 《元史》卷二百二〈釋老〉（鼎文書局，1979），頁4524。

下大弟子，自在其內。成吉思汗派了二百軍馬供奉衛護丘處機諸人㉟。

究竟是十八人，還是十九人？據《長春眞人西遊記》謂十九人，但僅有十八名弟子的姓名㊱。金庸把成吉思汗對丘處機的禮聘，說成是郭靖推薦，只是應付故事發展的情節，但是派遣大臣劉仲祿與詔書還是根據史實。金庸記述丘處機面對成吉思汗所吟的詩，也出自《長春眞人西遊記》的原文，如云：

> 十年兵災萬民愁，千萬中無一二留。去歲幸逢慈詔下，今春須合冒寒遊。不辭嶺北三千里，仍念山東二百州。窮急漏誅殘喘在，早教生民得消憂㊲

同樣的引文，用意不同，金庸企圖利用這些詩，塑造出丘處機與成吉思汗見面時的話不投機，如云：

> 成吉思汗以年事日高，精力駿衰，所關懷的只是長生不老之術，眼見丘處機到來，心下大喜，只道縱不能修成不死之身，亦必獲知增壽延年之道，豈知他翻來覆去總是勸告自己少用兵，少殺人，言談極不投機㊳。

這仍是出於金庸的民族大義，實際上丘處機頗獲得成吉思汗

㉟　《神雕俠侶（三）》，頁977。

㊱　《長春眞人西遊記》（《正統道藏》正乙部，群字號）57冊，頁805，原作十九人，但頁835，僅十八名弟子姓名。

㊲　《長春眞人西遊記》57冊，頁808。《射雕英雄傳（四）》，頁1465。

㊳　《射雕英雄傳（四）》，頁1467。

的賞賜，丘處機的這一套道家理論，成吉思汗是有所認同的，如《元史》云：

> 太祖時方西征，日事攻戰，處機每言欲一天下者，必在乎不嗜殺人，及問爲治之方，則對於敬天愛民爲本。問長生久視之道，則告以清心寡欲爲要。太祖深契其言，曰：「天賜仙翁，以寤朕志。」命左右書之，且以訓諸子焉。於是賜之虎符，副以璽書，不斥其名，惟曰「神仙」❸。

成吉思汗也不是只關心長生不死之術，彼此還能心意相投，這是不爭的事實，如《長春眞人西遊記》云：

> 入見，上勞之曰：「佗國徵聘皆不應，今遠踰萬里而來，朕甚嘉焉。」對曰：「山野詔而赴者，天也。」上悅，賜坐食。次問：「眞人遠來，有何長生之藥以資朕乎？」師曰：「有衛生之道，而無長生之藥。」上嘉其誠實❹。

成吉思汗是想要長生之藥，卻未執著於此，反而嘉其誠實，得到成吉思汗的認同與喜愛，進而接納其進言，對成吉思汗治國治人的政策有很大的影響❹。金庸也未完全否定這一點，如云：

> 丘處機隨大軍東歸，一路上力勸大汗愛民少殺。成吉思汗雖然和他話不投機，但知他是有道之士，也不便過拂其意，因

---

❸　《元史》，頁4525。

❹　《長春眞人西遊記》57冊，頁818。

❹　鄺國強，《全眞北宗思想史》（中山大學出版社，1993），頁150。

是戰亂之中，百姓憑丘處機一言而全活的不計其數❷。

不過，金庸還是轉接的頗爲勉強，完全漠視了全眞教與汗廷之間的友好關係。全眞教與蒙古帝國的往來，彼此是希望在政治與宗教上互取其利的，雙方有各自的打算。成吉思汗詔求丘處機，不只是爲求長生之道而已，爲了統治上的利益，以禮遇征服地區的原有宗教，作爲工具，來勸說人民接受蒙古征服的事實，對蒙古帝國而言，丘處機西覲可汗，可以象徵可汗爲天命所歸，有利爭取漢地的民心❸。

丘處機的赴詔也是一種政治投資，在謁見元太祖之前，也曾應金世宗之詔請，談延生之理，云：「惜精全神，修身之要，恭己無爲，治天下之本。富貴驕淫，人情所常，當兢兢業業，以自防耳，久而行之，去仙道不遠，誕詭幻怪，非所聞也❹。」是希望以道教的養生理論來取得爲政者的認同，獲得宗教傳播的利益，而且丘處機與金朝達官顯宦往來頗爲頻繁，如劉師魯、鄒應中等人，皆相與爲友❺。而當金廷政治衰弱，丘處機欣然接受成吉思汗的邀請，實出於對政局的判斷。當然，也不能說，丘處機沒有民族大義，只是想要用宗教方式來與政治妥協，取得人民生存的利益。故丘機還是深具悲天憫人的宗教情懷，不忍見人民生活塗炭，如在《磻溪集》有首〈憫物詩〉，這首詩也被金庸引用，如云：

---

❷　《射雕英雄傳（四）》，頁1488。

❸　郭蓉蓉，〈全眞教之創立與盛行〉（《道教學探索》創刊號，1988），頁81。

❹　《金蓮正宗仙源像傳》5冊，頁176。

❺　《甘水仙源記》33冊，頁136。

> 天蒼蒼兮臨下土，胡爲不救萬靈苦？萬靈日夜相凌遲，飲氣
> 吞聲死無語。仰天大叫天不應，一物細瑣徒勞形。安得大千
> 復混沌，免教造物生精靈。

又云：

> 嗚呼天地廣開闢，化生眾生千萬億。暴惡相侵不暫停，循環
> 受苦知何極。皇天后土皆有神，見死不救知何因？下士悲心
> 卻無福，徒勞日夜含酸辛❹。

丘處機深信若沒有政治力量作爲後盾，這種下士的悲心，只是徒勞
酸辛而已，故宗教家並沒有強烈的漢賊不兩立的心態，不排斥被官
方所利用，甚至利用官方的護持，來擴展其宗教勢力，二者是合則
兩利的事，彼此各取所需，以致教團勢力達到鼎盛。金庸對全眞教
的發展歷史並不是不了解，只是出於武俠小說中的漢人民族意識，
不得不加於改寫。

　　張三丰應該是元末明初之人，其生平已很難考證❹。在一般的
文獻資料裏，張三丰大多被描述爲時隱時現的神仙奇人，夾雜著一
大堆的神話傳說，已難考證其眞正的歷史背景。像這樣的離奇人
物，後來也被道教的某些教派尊奉爲祖師爺，創造出更多的神話傳
說，在清末民初據北京白雲觀的《諸眞宗派總錄》以張三丰爲祖師
的共有十一派❹。張三丰是否源自於全眞教，目前並沒有確實的證

---

❹　《射雕英雄傳（四）》，頁1466。
❹　黃兆漢，《明代道士張三丰考》（學生書局，1988），頁28。
❹　同註釋❹，頁121。

據，但是教派神話將張三丰歸為丘處機後的全真法嗣。

《明史》成書較晚（1736），有關張三丰的事蹟也是根據民間的傳說，未必可靠，但可了解其大略的形象：

> 張三丰，遼東懿州人，名全一，一名君寶，三丰其號也。以其不飾邊幅，又號張邋遢。頎而偉，龜形鶴背，大耳圓目，鬚髯如戟。寒暑惟一衲一蓑，所啖，升斗輒盡，或數日一食，或數月不食。書經目不忘，游處無恒，或云能一日千里。善嬉諧，旁若無人。嘗遊武當諸巖壑，語人曰：「此山，異日必大興。」時五龍、南巖、紫霄俱毀於兵，三丰與其徒去荊榛，辟瓦礫，創草廬居之，已而舍去❹。

這樣的傳記其歷史性蠻低的，完全是傳說的組合，卻是後來張三丰傳說故事的主要原型。《太嶽太和山志》成書較早（1431），記載相類似，但比較平實，謂張三丰於洪武初來入武當，拜玄帝於天柱峰，設「遇真宮」與「會仙館」，有徒弟五人，即丘玄清、盧秋雲、劉古泉、楊善澄、周真德等❺。金庸也是根據這些傳說，塑造出張三丰的新形象，如云：

> 當下挑了鐵桶，便上武當山，找一個巖穴，渴飲山泉，飢餐野果，孜孜不歇的修習覺遠所授的九陽真經。……他以省悟的拳理、道家沖虛圓通之道和九陽真經所載的內功相發明，

---

❹　《明史》卷二百九十九〈方伎〉（鼎文書局，1979），頁7641。

❺　《太嶽太和山志》（《道教文獻》，丹青圖書公司，1983），卷六，頁428－432。

創出了輝映後世、照耀千古的武當一派武功。後來北遊寶
鳴，見到三峰挺秀，卓立雲海，於武學又有所悟，乃自號三
丰，那便是中國武學史上不世出的奇人張三丰❺。

由於張三丰是個傳奇人物，金庸可以盡情發揮想像，金庸在《神雕
俠侶》的最後一回安排了少林寺和尙覺遠與其十二、三歲徒弟張君
寶，還帶起了《九陽眞經》，引發下一部小說的主題，《倚天屠龍
記》第一回就從覺遠與張君寶說起，點出張君寶離開少林寺，自立
武當一派。金庸謂舊籍載張三丰有弟子七名，即宋遠橋、俞蓮舟、
俞岱巖、張松溪、張翠山、殷利亨、莫聲谷等❺。金庸的所謂舊籍
應出於「內家拳」或「太極拳」等通俗故事，人物是附會的，比如
張松溪雖爲內家掌的傑出者，已是明嘉靖年間❺，怎麼可能是張三
丰的弟子。足見金庸對張三丰事蹟的考證，是沒有比全眞教來得用
心，與相關史料的記載出入甚大。

三、《九陰真經》與《九陽真經》

金庸不僅對全眞道的歷史有深入的考察與研究，還能利用道教
內丹修煉理論擴充了武俠小說的氣功境界。一般武俠小說對氣功的
描述，大多停留在氣功術語的皮毛階段，對氣功的了解大多是人云

---

❺　《倚天屠龍記（一）》（遠流出版公司，1996），頁74。

❺　同註釋❺，頁124。此說見於一般太極拳源流的書籍，如吉良辰的《中國氣功
　　萃義》（學苑出版社，1989），頁123。

❺　松田隆智，《中國武術史略》（丹青圖書公司，1986），頁36。

亦云。金庸武俠小說之所以吸引人，來自於對道教的內丹與氣功術
有著相當的理解，能依據小節情節的發展，將道教的內丹理論串連
起來，重新組合建構，有機地整合出憾人的氣功境界。

金庸的這三部小說，對道教煉丹思想的串連，主要來自於兩部
武功祕笈，即《九陰眞經》與《九陽眞經》。其中，不僅是記錄了
各種最祕奧精深的武功，最重要的還有類似道教修煉內功的秘訣，
可以達到武學中最精湛的內功修爲，如此把道教的內丹功夫，說得
非常的神奇奧妙。

《九陰眞經》與《九陽眞經》與佛教、道教有密切的關係，金
庸在小說中詳細說明了這兩部經典的由來。

金庸將《九陰眞經》的由來完全假託道教，謂：宋徽宗皇帝於
政和年間，遍搜普天下道家之書，雕版印行，一共有五千四百八十
一卷，稱爲「萬壽道藏」。皇帝委派刻書之人叫做黃裳，他生怕這
部大道藏刻錯了字，皇帝發覺之後不免要殺他的頭，因此一卷一卷
的細心校讀。不料想這麼讀了幾年，他居然便精通道學，更因此而
悟得了武功中的高深道理。他無師自通，修習內功外功，竟成爲一
位武功大高手❺。在歷史上，眞有黃裳刻經之事，黃裳，字晟仲，
人稱演山先生，福建延平人，高宗建炎三年卒，年八十七。〈演山
先生神道碑〉中說他：「頗從事於延年養生之術。博覽道家之書，
往往深解，而參諸日用❺。」

黃裳精通道學是有可能的，但是爲什麼精通道學就可以悟得了

---

❺　《射雕英雄傳（二）》，頁662。
❺　《射雕英雄傳（四）》，頁1617。

武功中的高深道理呢？這依舊是金庸的想當然耳，將道教的內丹理論與武術的氣功法門劃上等號，認為道教內在精氣神的鍛煉，可以達到身體的健康長壽與宗教的神通廣大外，還能達到內煉的最高境界，自然而得氣通神通，形神俱妙的境界，在大徹大悟與大智大慧下，開發出人體內在的無比潛能。

金庸將《九陽真經》的由來假託佛教，謂：在達摩祖師東渡所攜帶的四卷的《楞伽經》原書中的夾縫裏，另有達摩祖師親手書寫的一部經書，稱為《九陽真經》，覺遠以為只是記著許多強身健體、易筋洗髓的法門，一一照做，竟也學成了武學中上乘的功夫❺❻。後來金庸又借張君寶的體悟來作說明，謂：達摩祖師是天竺人，就算會寫中華文字，也必文理粗疏。這部《九陽真經》文字佳妙，外國人決計寫不出，定是後世中土人士所作。多半便是少林寺中的僧侶，假託達摩祖師之名，寫在天竺文字的楞伽經夾縫之中❺❼。

就金庸的武俠小說來說，《天龍八部》帶有些佛理，而此三部小說則偏向於道教之理，而且有著強烈佛、道本一家的觀念，認為佛、道在修道的方法上是互相滲透參悟的。就金庸記載了某些《九陽真經》的經文，道教的義理遠多於佛教的義理，應該視為道教修煉的心法。

在《倚天屠龍記》第二回記載了數段《九陽真經》的經文，由此，或許可以分析金庸對道教思想的理解程度：

---

❺❻　《神雕俠侶（四）》，頁1648。
❺❼　《倚天屠龍記（一）》，頁74。

1. 彼之力方碍我之皮毛，我之意已入彼骨裏。兩手支撐，一氣貫通。左重則左虛，而右已去，右重則右虛，而左已去。

2. 氣如車輪，週身俱要相隨，有不相隨處，身便散亂，其病於腰腿求之。

3. 先以心使身，從人不從己，從身能從心，由己仍從人。由己則滯，從人則活。能從人，手上便有方寸，秤彼勁之大小，分厘不錯；權彼來之長短，毫髮無差。前進後退，處處恰合，工彌久而技彌精。

4. 彼不動，己不動，彼微動，己已動。勁似寬而非鬆，將展未展，勁斷意不斷。

5. 力從人借，氣由脊發？氣向下沈，由兩肩收入脊骨，注於腰間，此氣之由上而下也，謂之和。由腰展於脊骨，布於兩膊，施於手指，此氣之由下而上也，謂之開。合便是收，開便是放。能懂得開合，便知陰陽❺❽。

被金庸吹捧的如何神奇的《九陽眞經》，根據其經文的內容研判，大致上是雜鈔自太極拳功法這一類的書籍，強調「用意不用力」，下則氣沉丹田，上則虛靈頂勁，由內而外，周身輕靈，節節貫串，心意與手足相開合，內外合爲一氣，達到渾然無間的境界。太極拳這種精氣神統一的功法理論，還是源自於道教豐富的煉氣養生之道，重視內在元氣的鍛煉，這在道教就稱爲「金丹」或「內丹」，其中又有靜功與動功之別，靜功重視大小周天的胎息功法，由內外合一達到心身統一，動功則重視意到氣到，氣到力到，以達到神氣

---

❺❽ 《倚天屠龍記（一）》，頁69-71。

合一，形成了一個完整的有機整體。

　　爲什麼金庸說熟讀道藏的人，會不知不覺成爲武功高手呢？這不是金庸隨意杜撰的，而是有根據的，因爲道藏搜集了大量的道教養生書籍，收藏了各種養生技術與方法，有導引術、服氣術、胎息術，以及來自於內丹的各種靜功與動功。

　　導引術是伸展肢體與宣導氣血的技術，可達到辟除百病，長壽延生的功效，如《五禽戲》、《八段錦》等，又如假託達摩祖師所創的《易筋經》也是導引術，道藏收集了不少導引功法，如《太上導引養生經》的赤松子導引法，《古仙道引按摩法》的寧先生導引養生術、蝦蟆行氣法、龜鼈等氣法、嗡月精法、彭祖導引法、王子喬導引法，《道樞》的昆台眞人導引法、會稽千歲沙門導引法、至游子導引法、宴坐法、兜腎還丹九轉法、采益下元法、紫微太一導引法等，種類相當多，也常伴隨著守一、吐納等方法，發展成動功❺。

　　服氣術是一種以呼吸吐納爲主的養生內修方法，其功用在於自外納入天地萬物的精華之氣，或自內服五臟精氣，運行布散全身，以滋養與化生人體元氣，有去病延壽與養生保神的作用。道藏也收集了不少服氣養生術，如《嵩山太無先生氣經》共有十八種服氣功法，《延陵先生集新舊服氣經》的張果先生服氣法、鸞法師服氣法、李奉時山人服氣法、蒙山賢者服氣法、王說山人服氣新訣、大威儀先生玄素眞人用氣訣，《服氣精義論》的服眞五牙法、服六戊氣法、服三五七九氣法、養五臟五行氣法等❻。

---

❺　陳耀庭等編，《道家養生術》（復旦大學出版社，1992），頁94－115。
❻　譚電波等編，《道教養生》（岳麓書社，1993），頁324－363。

　　胎息術是一種極爲獨特的呼吸方法，不重視口鼻呼吸，強調回復到胎兒在母胎的狀態，在丹田或臍下呼吸，保存體內的眞元之氣，能健康長壽，甚至長生不死。道藏有《胎息經》說明了胎息理論與功法，還有《諸眞聖胎神用訣》的海蟾眞人胎息訣、玄葫眞人胎息訣、袁天綱胎息訣、于眞人胎息訣、徐神公胎息訣、烟夢子胎息訣、達摩祖師胎息訣、李子明胎息訣、亢倉子胎息訣、元憲眞人胎息訣、何仙姑胎息訣、玉雲張果老胎息訣、侯眞人胎息訣、鬼谷子胎息訣、黃帝胎息訣、陳希夷胎息訣、逍遙子胎息訣、張天師胎息訣、郭眞人胎息訣、中央黃老君胎息訣、柳眞人胎息訣、驪山老母胎息訣、李仙姑胎息訣、天台道者胎息訣、劉眞人胎息訣、朗然子胎息訣、百嶂內視胎息訣、曹仙姑胎息訣等❻。

　　眞正對後代氣功影響最大的，還是道教的內丹養生術，是相對於外丹而言，借用鉛汞、丹砂、爐鼎、火候等術語來闡述其理論與方法，以自己身體爲爐鼎，以體內精氣神爲藥物，按照一定的程序與火候，進行反覆的修煉，使精氣神凝聚不散，結成「金丹」。這一套養生術，從魏伯陽的《周易參同契》以來，其理論與技術在道教養生系統一直有人加以發揮及擴充。唐末五代鍾離權、呂洞賓的「鍾呂丹道」的崛起，形成風潮，被視爲道教內丹派的祖師，北宋張伯端的《悟眞篇》更加完善了內丹的理論與方法，被後人尊爲內丹清修派的開山祖，又稱爲「南宗丹派」。王重陽的全眞道則被稱爲「北宗丹派」，較側重於清淨無爲與全神煉氣。後來道教內丹流派不少，流傳了更多的煉丹功法，多一一地被道藏所收集，比如

---

❻　《道家養生術》，頁255－281。

《靈劍子》的存想內丹功，《上洞心丹經訣》的還精補腦內丹功，
《太上九要心印妙經》的九轉大還丹，《靈寶畢法》的三乘丹法，
丘處機《大丹直指》的清修丹法等❷。

　　金庸的《九陰眞經》、《九陽眞經》是有意視爲一種超神入化
的煉丹奇書，如金庸在書中云：「呼翕九陽，抱一含元，此書可名
九陽眞經❸。」「呼翕九陽」與「抱一含元」都是內丹學裏常用術
語，其目的在於九轉丹成，達到煉神還虛的境界。比如金庸謂張無
忌九陽神功大功告成時，用的就是內丹的術語，比如「偏偏就在此
時撞到水火求濟、龍虎交會的大關頭」、「張無忌所練的九陽神功
已然大功告成，水火相濟，龍虎交會」等句❹。據金庸的描述，
《九陰眞經》似乎也是建立在內丹學上，比如梅超風向馬鈺請教有
關經中原文的含義：

> 朗聲道：「馬道長，『鉛汞謹收藏』，何解？」馬鈺順口答
> 道：「鉛體沉墜，以比腎水；汞性流動，而擬心火。鉛汞謹
> 收藏，就是說當固腎水，息心火，修息靜功方得有成。」梅
> 超風又道：「姹女嬰兒，何解？」馬鈺猛地省悟他是在求教
> 內功祕訣，大聲喝道：「邪魔外道，妄想得我眞傳。快走快
> 走❺。」

金庸似乎有意誇大煉丹的神奇效用，所謂內丹即偏重在「聚散水

---

❷　《道教養生》，頁146－169。

❸　《倚天屠龍記（二）》，頁626。

❹　《倚天屠龍記（二）》，頁761－769。

❺　《射雕英雄傳（一）》，頁235。

火」與「交媾龍虎」上，企圖達到「水火相濟」與「龍虎交會」的境界上來。什麼是「水火相濟」與「龍虎交會」？這在道教是有一套完整的詮釋語言，金庸借馬鈺的話作了簡要的說明，「鉛」代表「腎」，即是「水」；「汞」代表「心」，即是「火」，「鉛汞謹收藏」是煉丹的術語，指煉丹時要謹慎於腎心之間水火交往的關係。「龍」是心液上正陽之氣，「虎」是腎中眞一之水，所謂「交媾龍虎」，是引腎氣上升，心液下降，使腎水與心火相互既濟，緊密相依，如此，可以使心液與腎氣相合，而生元氣。龍虎交媾，便是藥物，透過「抽添鉛汞」的火候鍛煉，就可以結爲聖胎，成就金丹。道教在這裡有著許多複雜的理論，來教導弟子如何達到陰陽合而鉛汞產、坎離交而龍虎會的境界。

金庸也不太敢賣弄這方面的知識，故意不去解釋「姹女」與「嬰兒」之意，只誇大地說：「但是那第一句話，也已能使他修習內功時大有精進⑥。」這是小說家的渲染之詞，卻由此可見，金庸是把道教的內丹之學，看成是非常神聖的奧祕學問。

金庸有時也會引用道教煉丹的口訣，來顯示全眞教上乘內功的祕訣，如引用〈全眞大道歌〉云：

> 大道初修通九竅，九竅原在尾閭穴。先從湧泉腳底衝，湧泉衝起漸至膝。過膝徐徐至尾閭，泥丸頂上迴旋急。金鎖關下穿鵲橋，重樓十二降宮室⑥。

---

⑥　《射雕英雄傳（一）》，頁236。
⑥　《神雕俠侶（一）》，頁216。

在《倚天屠龍記》第十回，金庸將「九陽神功」的練法與口訣說得更爲清楚，引用了道教內丹的大小周天之說，云：

> 初步功夫是練「大周天搬運」，使一股暖烘烘的眞氣，從丹田向鎖鎖任、督、衝三脈的「陰蹻庫」流注，折而走向尾閭關，然後分兩支上行，經腰脊第十四椎兩旁的「轆轤關」，上行經背、肩、頸而至「玉枕關」，此即所謂「逆運眞氣通三關」。然後眞氣向上越過頂頭的「百會穴」，分五路上行，與全身氣脈大會於「膻中穴」，再分主從兩支，還合於丹田，入竅歸元。如此循環一周，身子便如灌甘露，丹田裏的眞氣似香烟繚繞，悠遊自在，那就是所謂「氤氳紫氣」。

道教的內丹術主要就是側重在體內精氣神的運行之理，就其運行的內容來說是極爲複雜的，結合了中醫的經絡學說，進行大小周天的運轉，其運轉的方式各自不同，形成了許多煉丹功法。在術語上用法也大不相同，比如「三關」，有的是指督脈通路上的三道關卡，爲「河車三關」。但是道教最常用的「三關」，是指煉化精、氣、神的三個階段。初關煉精化氣，中關煉氣化神，上關煉神還虛，達到五氣朝元、三華聚頂的境界，煉成了內丹。

道教的這種周天運轉，牽連著複雜的經絡理論與中醫知識，也不是一般人所能理解的，道藏由於養生與煉丹的需要，收集了大量經絡與醫術書籍，作爲修煉的入室指南。金庸繼承了這個傳統，常在小說中賣弄其經絡與醫學的知識，配合道教的周天行氣功法，展現出民間豐富的養生文化，將道教與醫學緊密地結合起來，比如金庸在《倚天屠龍記》借胡青牛來表達其豐富的經絡與醫學知識，如

云：

> 胡青牛直思索了兩個多時辰，取出十二片細小銅片，運內力
> 在張無忌丹田下「中極穴」、頸下「天突穴」、肩頭「肩井
> 穴」等十二處穴道上插下。那「中極穴」是足三陰、任脈之
> 會，「天突穴」是陰維、任脈之會，「肩井穴」是手足少
> 陽、足陽明、陽維之會，這十二條銅片一插下，他身上十二
> 經常脈和奇經八脈便即隔斷。人身心、肺、脾、肝、腎，是
> 謂五臟，再加心包，此六者屬陰；胃、大腸、小腸、膽、膀
> 胱、三焦，是謂六腑，六者屬陽。五臟六腑加心包，是謂十
> 二經常脈。任、督、衝、帶、陰維、陽維、陰蹻、陽蹻，這
> 八脈不屬正經陰陽，無表裡配合，別道奇行，是爲奇經八
> 脈❻。

除了經絡等知識外，金庸還列舉了各種醫學著作，有《帶脈論》、
《十四經發揮》、《針灸大成》、《子午針灸經》、《黃帝內
經》、《華陀內昭圖》、《王叔和脈經》、《孫思邈千金方》、
《千金翼》、《王燾外台祕要》、《黃帝蝦蟆經》、《西方子明堂
灸經》、《太平聖惠方》、《鍼灸甲乙經》、《千金方》等❻。抄
錄了某些醫書中的語句，並指出中國醫道的特色：變化多端，並無
定規，同一病症，醫者常視寒暑、晝夜、剝復、盈虛、終始、動
靜、男女、大小、內外等諸般牽連而定醫療之法，變化往往存乎一

---

❻　《倚天屠龍記（二）》，頁446。
❻　《倚天屠龍記（二）》，頁448－456。

心，少有定規，因之良醫與庸醫判若雲泥⑩。

四、以「無」為核心的道教思想

金庸對道家與道教的思想也有深入的體會，帶出其武俠小說豐富的生命力道。金庸的博學或許還可以效法，但是金庸對於道教思想的體會，則是智慧結晶，不是一般人能夠強求到了。

道教雖然是一種宗教，但是繼承了道家的形上學與中國宗教的傳統神學，發展出其獨特的教理樞要與信仰神學，加上歷代道士的努力，會通了道學與佛學，對道物、道性、體用、本迹等哲學範疇的思辨，大有深化⑪。尤其是像全真道這一類的道教門派，經由內丹的煉養之學與功法的具體實踐，在與儒、道、佛、醫學等諸家理論的相互融攝下，探討了人與宇宙在生命結合上的奧祕之道，一方面強調人與天地萬物同一，一方面強調這同一的本源是由「道」派生的，以虛無為其本性，如《太上老君內觀經》云：「諦觀此身，從虛無中來⑫。」

金庸不是思想家，也不會深入地解釋道教的形上學與宇宙論，但是他巧妙地運用了道教以「無」為主旨的思想內涵，發揮出道教的虛無、清靜、無為、自然的根本法要。比如金庸介紹一套簡明的全真教入門拳法，採用了幾首歌訣作為修習內功的要旨，教人收心

---

⑩　《倚天屠龍記（二）》，頁449。

⑪　卿希泰主編，《道教與中國傳統文化》（福建人民出版社，1990），頁22。

⑫　陳兵，《道教氣功百問》（佛光出版社，1991），頁39。

息念，練精養氣，但每一句均有幾招拳腳與之相配。即具體的武術功夫，還是來自於抽象的形上觀念，如云：

> 修眞活計有何憑？心死群情念不生。精氣充盈行功具，靈光照耀滿神京。祕語師傳悟本初，來時無欠去無餘。歷年塵垢揩磨盡，偏體靈明耀太虛⑱。

金庸將道教的煉丹歌謠，視爲武功心法的口訣，意謂玄功口訣與武功招式是一體的兩面，招式是口訣的實踐，口訣是招式的理論，其理論是建立在對「無」的體驗上。道教的修眞，強調的就是回復本初，即體會到生命開始的源頭，「來時無欠去無餘」點明了虛無之道。這種對「無」的體驗，是運用在心性的涵養上，以「念不生」的「心死」，超越出一切生死的對待，眞正地體會空虛無爲之理，方能「精氣充盈行功具」與「靈光照耀滿神京」。這種「盈」與「滿」完全來自於「無」的妙用，展現出靈明寂照的空心，照耀太虛。即精氣與靈光的培養，在於自性的返還虛無。

金庸認爲全眞教的心法，在於自我心神的把持，如馬鈺教導郭靖呼吸運氣之法與靜坐斂慮之術時，云：

> 我有四句話，你要牢牢記住：思定則情忘，體虛則氣運，心死則神活，陽盛則陰消。

又云：

> 睡覺之前，必須腦中空明澄澈，沒一絲思慮。然後斂身側

---

⑱　《神雕俠侶（一）》，頁158。

臥，鼻息綿綿，魂不內蕩，神不外遊⓴。

這正是道教精氣神自我修煉的主要方式，「體虛」才能「氣運」，「心死」才能「神活」，精氣神的培養，就在於去情欲、絕思慮，達到心無二想的境界，保持腦中空明澄澈的狀態，一切聽其自然，不知不覺進入到虛無的世界，讓鼻息綿綿，自在而入定，如此，就能守住自我的魂神，形成無比妙用的空慧能力。

金庸也把這種「虛無」的煉神方法運用到人生態度上來，不要追求外在形式的滿足，要懂得謙卑自下，反而能自我保全，如金庸經由小昭的小曲表達如下的觀念：

> 世情推物理，人生貴適意，想人間造物搬興廢。吉藏凶，凶藏吉。富貴那能長富貴？日盈昃，月滿虧蝕。地下東南，天高地北，天地尚無完體。展放愁眉，休爭閒氣。今日容顏，老於昨日。古往今來，盡須如此，管他賢的愚的，貧的富的。到頭這一身，難逃那一日。受用了一朝，一朝便宜。百歲光陰，七十者稀。急急流年，滔滔逝水⓵。

這是從「虛無」的體會中，達到了超乎物外、不計生死的悟境。一切形式的有都是短暫無常的，當「天地尚無完體」，人還須執著於容顏嗎？這不是消極的人生態度，是在有無的對待中絕對的超越，獲得心與道合的虛無之境。

⓴ 《射雕英雄傳（一）》，頁207。
⓵ 《倚天屠龍記（二）》，頁788。

　　不管是金庸或道教，這種思想大致上源自於老莊的道家學說。金庸經常引用老子或莊子，比如金庸曾引用莊子的話來討論生死問題：

> 張無忌心頭忽然湧起三句話來：「生死修短，豈能強求？予惡乎知悅生之非惑邪？予惡乎知悅生之非惑邪？予惡乎知惡死之非弱喪而不知歸者邪？予惡乎知夫死者不悔其始之蘄生乎❼？

這幾話可以說是小昭小曲的理論依據，直接面對生死問題，指出生未必樂，死未必苦，生死苦樂其實是沒有分別的，重要的是如何自作主宰，與道合真，這依舊在於對「無」的真切體驗上。金庸也引用了不少《老子》書中的章句來發揮「無」的精義，如借周伯通之口云：

> 老子《道德經》裏有句話道：「埏埴以為器，當其無，有器之用。鑿戶牖以為室，當其無，有室之用。」這句話你懂嗎？

又云：

> 我這全真教最上乘的武功，要旨就在「空、柔」二字，那就是所謂「大成若缺、其用不弊。大盈若沖，其用不窮」❼。

---

❼　《倚天屠龍記（二）》，頁500。
❼　《射雕英雄傳（二）》，頁688。

以上的老子章句出自於《老子》第十一章與第四十五章,主要就是發揮「有之以爲利,無之以爲用」的精神,體會出無中生有的妙用。

　　張三丰的太極拳,除了將道教內丹的導引吐納等術納入到武術的工夫上來外,還充分地發揮道教「無」的思想精義,在拳法上追求心、意、氣、身的統一,強調一體渾成的「無」。金庸對太極拳的這種「以柔克剛、運虛御實」的武術精神更感興趣,寫入其小說中,並凸出其內在精義,如云:

> 要知張三丰傳給他的乃是「劍意」,而非「劍招」,要他將
> 所見到的劍招忘得半點不賸,才能得其神髓,臨敵時以意馭
> 劍,千變萬化,無窮無盡。倘若尚有一兩招劍法忘不乾淨,
> 心有拘囿,劍法便不能純**⑱**。

「忘」也是「無」的一種表現,眞正達到住無所有的境界,這也是道教修煉所追求的功夫,可以收心離境,跳脫出一切形式的有爲執著。金庸小說在文字的表達上雖然極爲自然,實際上作者本身必然也對傳統的各種思想有著相應的體驗,才能使得武俠小說充滿了豐富的生命情趣,不只是一部道教武俠小說而已,還有著很高的文學價值與思想內涵。

五、結　論

　　金庸的武俠小說不是純粹的消遣性的作品,賣弄武林的俠客情

---

⑱　《倚天屠龍記(三)》,頁994。

節而已，其實是寓文化於武藝之間，不僅有相當出色的文學藝術造詣，還夾雜了許多豐富的文化質素，比如小說中有豐富的歷史情節，有著強烈歷史背景的感受，幾乎可等同於歷史小說。從這個角度來看，金庸的道教歷史小說是極爲出色的，是基於歷史的考據基礎下，展現出精彩的文化情境，寫活了故事中的角色特質。小說不要求忠於考證，但是可以形成共感的情景，讓讀者們有托身於歷史之中的感受。

其次是，金庸對於中國傳統社會的宗教文化是有著深刻的理解，將民間的俚俗文化組織成引人入勝的百科全書，這不是金庸故意賣弄才學，而是金庸用民間文化來經營武俠小說，將傳統社會的天文、曆法、醫術、經絡、占卜、算術、宗教、武藝等材料，組合成小說的文化場景，且不帶勉強。這必須作者本身對文化有著極爲投入的相應之情，才能化腐朽爲神奇，展現出浩瀚的文化內涵，比如金庸對於道教內丹之學，皆不亞於道教學者。

原因在於金庸對於文化的了解已到達了思想的層次，從有形的文化百科全書，進入到無形的思想化境，表現出金庸自然消融的才學，從流暢的故事情節中，將文化的多層意境寫實地呈現出來，只有會心的相印外，很難再用文字來加以評論。金庸對道家與道教思想的理解就是這樣，在平易近人中，好像一切的解釋都是多餘的。

從副刊連載看武俠的
文學活動

翁 文 信*

東海大學博士組研究生

一、前　言

　　時至今日，武俠小說是否能列入文學作品範疇之內於學界中仍
有爭議。爭議的焦點經常是集中在武俠小說的情節內容與表現手法
等方面與純文學作品在創作價值之間的落差。或至多視之爲通俗文
學，從作品的模式、功能特徵與讀者反應等常見的各種研究角度予
以類型分析或文化論述。（對於建立適應於通俗文學特色的專屬批
評方法沒有太大的幫助）本文擬暫離此種文學／非文學、純文學／
通俗文學的定義之爭，而從武俠小說所具有的文學的生產、發表、
出版流通及閱讀消費等文學事實❶出發，觀察其於臺灣近數十年來
文學消費與閱讀上的活動軌跡。

＊　聯合報編輯

❶　埃斯卡皮在《文藝社會學》中說明：「寫作，在今天是一種經濟體制範圍內的
　　職業，或者至少是一種有利可圖的活動，而經濟體制對創作的影響是不能否認
　　的。在理解作品的時候，下面一點也是要考慮的：書籍是一種工業品，由商品

　　從副刊連載的角度出發，作爲武俠文學活動的主要觀察點是因爲副刊在臺灣文學社區中的特殊地位，以及就文學活動的地圖而言，副刊實爲武俠小說（包括其它通俗文學作品）與純文學作品（包括部份文學、文化評論）在發表空間上的主要交集重疊之處。由此交疊處可以觀察出文學社區與所謂的文化地攤（指租書店）❷之間的區隔與實際文學活動軌跡圖之間的強烈落差，由此促使反省文學社區區隔現象背後的不盡合理的意圖與作用，因爲所謂的文學社區與文化地攤都是從文學事實的活動軌跡的角度出發的觀察結果。

　　部門分配，因此，必然受到供求法則的支配。總而言之，必須看到文學無可爭辯地是圖書出版業的生產部門，而閱讀則是圖書出版業的消費部門。」（8）本文所採認的文學事實依埃斯卡皮的觀點，包括從作者、出版者到讀者之間的一系列文學活動。

❷　林芳玫認爲：「『文學社區』一詞指的是以寫作爲共同興趣而形成的自發性象徵社群，但寫作這一個私人活動必須透過集體公眾組織來生產及傳遞其寫作成果，這些組織若規模日漸龐大，追求商業利潤成爲其主要目的，就形成了文化工業。」「現在大型連鎖書店隨手可得的漫畫書、武俠小說、言情小說在八〇年代以前主要是由租書店供應，而租書店──文化地攤而非文化工業──可說完全隔絕於文學社區之外。」（30）依此，林芳玫所認爲的文學社區是指一般文藝作家與其作品和發表、流通空間而言。就此而言，租書店確實是被隔絕於文學社區之外，因爲在租書店中幾乎找不到一般文藝作家的作品，而武俠小說等通俗文類也不容易出現在一般書店門市系統。然而如果從租書店中的許多通俗文類所擁有的專門性雜誌也在一般書店系統中販賣，以及副刊文學版上曾有過大量的通俗文類的連載來看，所謂文學社區與文化地攤的區別就只有作家活動和書店與租書店這兩個不同的出版、流通系統之間的區別。在其它的發表空間，如副刊版面與許多較大眾化的文學雜誌上，文學社區的純文學作品與文化地攤的通俗文學作品其實是混雜並存的。

二、武俠作家生平背景與活動軌跡

　　作家個人的生平經驗是文學活動中一個具有關鍵與根源意味的分析項目，且其內涵與影響所及尚往往有超出社會組織分析所不能及之處。因此本節以十五位成名的武俠小說家爲例，就性別、省籍、學歷、所參予的文藝組織（以文藝作家協會爲例）、發表第一部武俠作品的年紀與工作經驗等幾個角度列表並加以分析。目的除了就作者的角度提供有助於文本內容分析的個別特殊生平資料外，更在於說明武俠作家的文學活動軌跡，及其與一般文藝作家所組成和操控的文學社區之間的區隔現象·

　　所據武俠作家生平資料來源除了參考許多武俠專門論著中有關於作者的生平簡介外❸，尚有報刊雜誌上的武俠相關新聞報導與筆者對多位武俠作家們的訪談實錄。❹

姓　名	性別	省籍	學　　　　歷	文學組織	出道年紀	工　作　經　驗
臥龍生	男	外	高中	無	二十七	軍職
司馬翎	男	外	政大政治系	不詳	二十五	記者、編輯
諸葛青雲	男	外	台北行政專校	無	二十九	總統府科員
慕容美	男	外	專科學校	無	二十八	稅務員
蕭逸	男	外	海軍官校	有	二十四	編劇
東方玉	男	外	上海誠明文學院	有	二十	蔣經國秘書
古龍	男	外	淡江英專	不詳	二十二	無

---

❸　所採用的參考資料包括葉洪生的《武俠小說談藝錄》、費勇、鍾曉毅的《古龍傳奇》。

❹　關於武俠小說的相關新聞參考淡江大學中文系「通俗文學研究室」所藏資料。筆者訪談武俠小說作家的紀錄亦存於此。

上官鼎	男	外	多倫多化學博士	不詳	十七	學界、官職
柳殘陽	男	外	高中	無	十九	無
高庸	男	外	高中	無	二十八	租書店老板
秦紅	男	本	小學	無	二十六	公賣局員工
獨孤紅	男	外	師大國文系	有	二十四	廣播記者、編劇
雲中岳	男	外	中央軍校第二十四期	無	二十五	軍職
玉翎燕	男	外	政工幹校第四期	無	三十	軍職
荻宜	女	本	專科學校	有	三十三	編輯、編劇、文協秘書

　　從這十五位武俠作家生平背景資料中，首先可以發現在性別方
面男性幾乎是佔壓倒性優勢，只有一位荻宜是女性。就男作家比例
甚高此一現象而言，應與武俠小說讀者男性比例亦高於女性，以及
武俠作品中素以陽剛氣息見稱的特色有直接關聯或互動影響。相對
於羅曼史小說作家幾乎清一色皆是女性的現象，也恰好形成了強烈
的對比。❺

　　表內唯一一位女性武俠作家荻宜，事實上並不以武俠作品聞
世，她在創作武俠小說之前已有長久的文藝創作經驗與大量的作品
（文類包括散文、小說與劇本），在武俠創作之間與之後亦未間斷
過一般文藝作品的創作。她個人自述創作武俠小說與相關散文的動
機是源於本身練劍、習武的心得經歷。（詳見「武俠作家採訪記
錄」，荻宜部份）此一動機與雲中岳因個人特殊生活經驗影響及於
武俠創作相似。雲中岳因其於軍中時為特種部隊及身為武俠作家中
少數具有武術者的生活經驗，而引起他創作武俠小說的動機。再如
柳殘陽之武俠創作動機亦與其少年時的幫派經驗有關，可見武俠創

---

❺　自六〇年代的瓊瑤言情小說出現後直到九〇年代的今天，臺灣的羅曼史小說的
　　作者一直都是以女性文學爲主，因此也常常被歸入「閨秀文學」一詞之內。

作與作者之間的生平經驗亦有相當的關係，而表現在作品風格方面，荻宜的武俠作品皆以女俠爲主角，雲中岳小說中的武俠武打招式有中國傳統武術脈絡可尋，柳殘陽在描寫幫派恩怨與人物性格上特別深刻，這些亦皆與其生平特殊經歷或才能有關。設若荻宜與雲中岳沒有習武的經歷，柳殘陽不曾混跡幫派，則他們是否會從事武俠小說的創作，以及他們的武俠小說作品風格是否會是如今的風貌將大有可疑。

在省籍方面也有相似的外省籍的比例壓倒性地高於本省籍的現象。表內除了秦紅與荻宜外全屬外省籍作家。這一點與羅曼史小說的作家皆是外省籍相似。❻然而在讀者方面則無此對應現象，武俠小說的讀者並不局限於外省籍，遍佈各個族群、社會階層與不同教育程度者。臺灣的武俠小說大抵沒有明顯的歷史背景，然而亦有其固定的時空關係，即以古代的中原爲武俠的活動範圍。在沒有明顯的歷史背景的限制之下，武俠小說的情節發展仍鎖定在古代的中原，除了沿襲民初的武俠小說的傳統模式外，似乎也隱含了某種馳騁神州與對中原文化的想像模擬的替代性滿足，也顯示了某個族群文化的中心優越性的建構過程。特別是從作家群的外省比例甚高，及與讀者社會屬性之間的鴻溝可以看出。

學歷方面，以當時的受教育水平而言，武俠作家的教育程度算是中上，惟其中屬於文學科班出身者則甚少。可以說大部份的武俠

---

❻ 楊照於〈跨越時代的愛情——台灣通俗羅曼史小說裏的變與不變〉中說明：「縱觀戰後至今的台灣羅曼史小說，我們沒有辦法找到一個本省籍的羅曼史小說作家，幾十年來前後出現的羅曼史主要名字，都是外省籍的。」（5）

作家都沒有受過完整的文學批評或創作訓練。再加上武俠作家的出道年紀尚輕（平均在二十五歲左右，如果扣掉早期武俠作家則年齡層將更低），以及這些作家中除了荻宜在武俠創作前已先因一般文藝作品聞世；古龍與慕容美、秦紅等曾有少許非武俠創作經驗外（並未獲得足夠的肯定），大部份的武俠作家在從事武俠創作之前並無其它文學創作經歷加以觀察的話，可以發現武俠作家在從事武俠創作之前，不論是在理論訓練或實際操作上的文學經驗皆很薄弱。再結合從作家的訪談紀錄中所整理出來的武俠作家對於武俠創作的學習過程幾乎都是以一句「看多了就會寫了」輕易帶過，而武俠作家們大部份皆對於自己的文學創作理念敘述不清，對於武俠作品的文類特徵流變發展皆認識模糊來看❼，似乎可以旁證武俠小說的強烈模式化的文類特徵對於武俠作家在學習武俠創作時的影響與幫助。

關於武俠作家參加文學組織的情況，在此以文藝作家協會為觀察指標。除了經過訪談的武俠作家資料確實外，幾位已經去世的武俠作家則由與其較熟稔的武俠作家口中得知，其中臥龍生、諸葛青雲由柳殘陽處得知；慕容美由秦紅口中得知；資料可能有誤。東方玉參加的文學組織是詩人協會，亦列入有參加文學組織的範圍內。由這份不完整的資料觀察，參加文學組織的武俠作家比例不高，其中高庸與獨孤紅尚且是以編劇的身份而非以武俠作家的身份參加，蕭逸則據聞是移民美國後才參加當地的華人作家文藝組織。在武俠

---

❼ 在武俠作家的訪談紀錄可以看出大部份的武俠作家對於武俠小說此一文類的流變史認識有限，對於武俠小說情節模式化的問題也並不明瞭。

作家的訪談中，更時聞武俠作家認爲受到一般文藝作家輕視或排擠的抱怨之語❽。此外，根據訪談的結果，武俠作家之間並無專屬的文學組織，亦無固定的大型聯誼活動。可見武俠作家們的個別獨立性相當強，一方面使武俠作家內部的流派論戰形成機會大爲降低（據相關資料與作家訪談結果顯示武俠作家之間不曾有過流派論戰），另一方面亦使武俠作家群在整個文學社區中的位置不易突顯。再以官方出版的《中華民國作家作品目錄》（新編）爲例，被列入的武俠作家只有金庸、古龍和荻宜三人，其中荻宜還是以其另一個一般文藝作家的身份被列入。可見在官方所認定的「作家」身份標準裏，武俠作家大部份是被排除在外的。

　　工作經驗方面以軍職與公務員略多，這兩種行業其實也是當時男性外省族群最常從事的行業。惟從事武俠創作後幾乎都成了武俠專業作家，只有高庸轉行從事專業編劇（據稱因當時從事電視編劇的收入已超過創作武俠小說之故，詳見「武俠作家採訪記錄」，高庸部份），獨孤紅則同時跨足武俠創作與電視編劇。至於許多武俠名家投資電影、商業雖不少，但終究仍是以武俠創作爲其本行。武俠作家成爲專業作家的高比例顯示武俠創作的酬賞豐富，這一點也與大部份的武俠作家皆承認高收入（在武俠小說極盛期大約是中等公務人員薪水的十倍以上）是作家們從事武俠創作的主要動機之一相符。至於武俠作家轉行後，以電視編劇爲主，則與當時伴隨著武俠小說的風行所帶動的電視武俠劇的大量生產有直接關係，如高

---

❽　多位武俠作家在訪談中表示受到一般文藝作家的輕視與排擠，但對於確實的輕視排擠狀況卻又說不明白，往往只以感覺得到幾個簡略的用詞帶過。

庸、獨孤紅投身電視編劇工作時，一開始皆是由武俠劇入手。

　　由以上這些武俠作家的生平資料分析中，可以看出武俠作家的活動軌跡與一般文藝作家的活動軌跡大不相同。首先是文藝組織方面，武俠作家幾乎不參予一般文藝作家的文藝組織，也不參予一般文藝作家的活動，跟一般文藝作者熟識者更是極少。這使得武俠作家與一般文藝作家的活動缺乏互動交流的空間，成爲兩個各自獨立互不干涉的不同世界。而在與掌握了文學主流傳播與發行的副刊編輯、文學雜誌和出版社（不包括武俠小說的專門出版社）的關係上，大部份的武俠作家都不如一般文藝作家來得密切，只和武俠專門雜誌的發行人與出版商較熟稔。一般副刊編輯雖刊載武俠小說，卻未必與武俠作家來往，再加上武俠小說的出版社與一般文藝作品的出版社重疊性不高，可以說武俠作家與當時所謂的文壇或文藝界之間的距離是很遙遠的。

　　至於武俠作家與學院派文學批評家之間的關係也是同樣疏遠，除了文學觀念與品味之間的隔閡外，武俠作家的非文學學經歷及文學圈外的工作經驗亦是相關因素之一。一般文藝作家由於在寫作之外通常都還在文學圈（或文化圈）內另有工作經驗，無形中便與整個文壇（包括批評界）建立了較密切的互動關係。

三、武俠作品的活動軌跡

　　武俠作品在文學地圖上的活動軌跡將從出版發表與所獲得的聲譽評價兩方面加以觀察。一般而言，武俠作品的出版發表管道與一

般文藝作品有很大的區別，而武俠作品所獲得的聲譽評價也與一般
文藝作品有極不同的實質差異。

(一)出版與發表

不同於一般文藝作品以出版發行為發表行為的最後一環那樣先
將作品發表於雜誌或副刊後再結集出版，武俠小說的發表與出版經
常是連結在一起的。雖然一般而言，武俠小說的發表優先順序（通
常都是一稿數賣）是報紙副刊優先再武俠專門雜誌再出版單行小
冊。但這是就武俠名家而言，對於更大部份的倏起倏落的武俠作家
而言，租書店才是他們的主要發表銷售管道。而且即使是武俠名家
也並非每一部都可以得到先在副刊或雜誌上發表的機會，因此可以
說武俠小說的主要發表和銷售管道仍然是以租書店為主，有別於一
般文藝作品先透過副刊、文學雜誌發表再出版於書店門市銷售的方
式。再加上武俠作品的出版社與一般文藝作品出版社的重疊性甚
低，所以武俠小說常是離開武俠作家的筆下後就立刻送到出版社以
單行小冊（大約在二到三萬字）的形式銷售到租書店發表與讀者見
面。因此它的出版與發表時間幾乎是相連的。至於武俠小說為什麼
沒有像一般文藝作品那樣整部出版，再銷售到書店門市，與其說是
和它的內容評價相關（因為通俗，看完就丟，所以不值得收藏？）
不如說是因為當時的物質環境與讀者的閱讀習慣的影響所致。

一部武俠小說經常長達數十萬言甚至百萬言以上，如果每一部
都完整出版在書店門市上銷售，以當時文學讀者的消費能力而言是
否能夠負擔得起頗成問題。此外武俠小說與文學市場的消費性格強
烈，武俠讀者每週甚至每天都希望有新的武俠小說面世，一定要等
到數十萬言全部完成再出版，勢必無法滿足讀者的需求。

　　這種分集連載的形式一直是武俠小說的主要發表模式，從租書店到武俠專門雜誌分期連載（這些雜誌通常都是週刊性質）再延伸到報紙副刊的方塊連載。一般純文學雜誌不刊登武俠小說除了文學品味與立場的差異外，每月一刊，間隔太久，無法讓讀者接受可能也是原因之一。

　　這種連載發表方式也造成了武俠小說的特殊寫作模式。大部份的武俠作家都承認他們在下筆寫一部武俠小說時，胸中往往並無宿構，經常是想一個開頭就寫下去了。一方面是市場需求強烈使他們沒有足夠的時間構思，另一方面也是這種連載的形式容許武俠作家們可以邊寫邊想。其結果反應在武俠小說的內容方面便是往往缺乏完整的架構，尤有甚者是結局草率、中途腰斬或者產生找人代筆的現象。❾

　　由此連載形式與其所衍生的種種現象，可以看出市場機制對於武俠小說的文學活動的強烈介入與操控。埃斯卡皮在分析出版職能時曾說明：「被縮減爲物質程序的出版職能可以用三個動詞來概括，即挑選、生產和發行。這三個程序是相互關聯的，其中的每一個程序都依賴於其他程序，同時又制約著其他程序。這三個程序形成了一個出版行爲的週期。」（頁50）從這個角度觀察的話，可以發現武俠出版商在武俠文學活動中所扮演的主控位置與背後的市場運作痕跡。首先是作品的挑選方面，武俠出版界出滿了直接而強烈

---

❾　所謂的代筆是指武俠名家的作品連載（不論是在租書店或雜誌、副刊）到中途時因作家個人因素中斷，由出版社或作家找人代筆續完，仍掛原名家的名義發表，或甚至整部作品都由不具名人士代筆。這種現象在武俠小說界非常常見。

的挖角行爲❿，擇定成名作家後會一系列地出版他的作品並且要求作家要有定期的量產。此外，除了在培養新人作家時會扮演指導寫作風格的角色外，對於成名作家的風格的轉變也保持高度的關切與干涉。因爲一個成名作家的風格轉變常常就意味著消費市場可能隨之而起的變動。而在連載作品中斷時，出版商還會扮演主動找人掛原作家之名代筆的中介角色。

單行小冊的生產形式亦與出版商所考量的市場消費行爲模式相關，由於整部出版可能不爲讀者的消費能力所接受，而且間隔時間過久容易阻斷讀者的閱讀需求，再加上作品數量龐大在印刷費用上過高，因此選擇單行小冊（而且紙質粗糙、校對簡陋、印刷不清）的形式無疑是出版商生存與求利考量下的最佳方式。

在發行銷售方面，出版商不選擇一般文藝作品的書店門市系統，而採取透過分區經銷商銷售到租書店的方式自然也是考量了市場消費能力後所採取的作法。在當時物質環境不佳（武俠小說至遲在民國四〇年代以後即已盛行於臺灣）的情況下，恐怕也只有以租書店的方式進行銷售，才能長保大量的武俠作品在文學消費市場上的生存與興盛。

在武俠小說發表方面，出版商除了以單行小冊在租書店讓武俠小說與讀者見面外，還經常會有主動引介武俠小說到武俠專門雜誌甚或副刊上發表的行爲。即使是對武俠作家而言，在雜誌或副刊上

---

❿　武俠出版界強烈的挖角行爲從出版社嚴格保密武俠作家的連絡電話、地址可以看出。柳殘陽曾表示和成出版社的老板當年曾以三萬元的代價請人帶路到他家，然後說服他轉換出版社，這種挖角行爲之強烈由此可見一般。

發表武俠小說的主要目的亦不在稿費的收入或擴大讀者群屬性的考量（在此指吸引原來不屬於武俠小說迷的讀者群），而是在武俠小說界內增加知名度，以此作爲向出版商要求更高稿酬的依據和在原有的武俠消費市場中擴張自己的地盤。出版商引介所屬的武俠作家的作品發表於雜誌與副刊，亦是藉此增加自己出版的武俠小說在武俠文學消費市場中的競爭能力。

　　由以上分析可見從武俠小說的生產（在此指武俠作家的寫作行爲）、出版到發表這一系列的文學活動軌跡中，出版商都扮演了強烈的主控位置，所展現的是其背後以求利爲主的市場運作機制。

(二)閱讀活動與文學聲譽

　　如果將文學讀者暫時區分爲專業讀者（包括文學研究者、批評家和文學刊物編輯等）與一般大眾讀者的話，武俠小說的主要閱讀人口和獲得聲譽的來源應該是落在一般大眾讀者。由於沒有足夠的調查數據，無法得知專業讀者對武俠小說的閱讀情況與清晰的評價態度，但從報刊雜誌所存在的大量關於武俠小說的短評、座談紀錄與研究論文可以得出專業讀者不論喜歡與否或基於任何不同於一般大眾讀者的閱讀動機，仍有相當高的閱讀武俠小說的比例。（暫且不論其閱讀時間的長短、數量的多寡）至於一般大眾對武俠小說的閱讀清況，在閱讀率方面，根據《臺灣流行文藝作品調查研究》的問卷統計結果，列名閱讀率最高的六十本文藝作品中（約自民國四十年至八十年），金庸的武俠小說排名第六，古龍的武俠小說排名第三十九（頁104），由此可略見武俠小說在一般大眾讀者中所受到的歡迎程度。值得注意的是這份問卷於民國八十二年十二月到民國八十三年元月之間進行調查，所寄發的一千一百份問卷中只有回

收不到一半，再加上問卷書目沒有時代區隔，因此尚未能由此看出武俠小說全盛時的一般讀者閱讀率和喜愛程度。

至於一般武俠小說讀者的性別、教育程度的調查研究，根據〈武俠小說讀者心理需要之研究〉的調查結果，武俠小說的男性讀者的閱讀率與喜愛程度都遠高於女性讀者，這一點與前述武俠作家的男性比例遠高於女性相符，顯示武俠小說此一文類有明顯的性別印記（此與武俠小說情節模式分析所觀察到的強烈性別意識作祟其中的結果亦相合）。而在教育程度方面，教育程度逾高者，其閱讀武俠小說的歷史也愈長，似乎顯示武俠小說由於其固定的情節時空背景和由此而衍生的文字風格（特別是所謂的新派武俠興起之前）對讀者面對武俠小說中的特定文化成份的接受理解能力存在著一定程度的挑選與排斥。

武俠小說雖然有著龐大的一般大眾讀者群，但在文學聲譽上所獲得的評價卻相當分歧。所謂的文學聲譽的論定經常由專業讀者對某一作家、作品的評價的好、壞或多寡來判斷。所以林芳玫在《解讀瓊瑤愛情王國》一書中列舉六〇年代三十一位最具聲望的作家時，所採用的方法是以一份刊載於《文訊》雜誌上的作家名單為分析對象，再參照四本文學史著作（分別代表了官方、大陸、學院、臺灣本位）中對作家的討論篇幅的多寡而完成挑選。如果僅從這個角度分析武俠作家與作品的文學＋聲譽，其結果必然是非常卑微的。不僅是在《文訊》上的這份作家名單中看不到武俠作家的列席❶，連文學史著作中亦難見武俠文學的介紹說明。❷

---

❶　這份作家名單由薛茂松整理而得，發表於《文訊》雜誌第十四期與第十五期。

　　然而如果試從另一個角度來看待武俠小說在文學活動的各個層面所獲得的迴響的話，可以發現除了學院批評與部份純文學雜誌這兩個死角之外，武俠小說其實獲得了相當程度的文學聲響。首先是一般讀者對於武俠小說的評價，有許多讀者將武俠小說列爲最喜歡的文學作品，也給予很高的評價，連帶地武俠作家也因此在當時獲得猶如明星般的聲譽。這一點從歷年來報章雜誌中對武俠作家、小說、電影有著連篇累牘的報導亦可見一般。

　　其次，在專業讀者方面，不論評價好、壞，論述的深淺，關於武俠小說的評論與座談的數量相當龐大。（當然必須承認這些批評文章大部份都是屬於漫談式、印象式的）這些評論與座談或者基於文學的立場或者基於文化分析的角度，總之是對於武俠小說的注目與討論，列爲武俠小說文學聲響的影響殆無可疑。當然，就目前所見武俠評論所發表的刊物幾乎不見當年的一些著名的純文學刊物如《現代文學》、《文學季刊》、《文星》、《臺灣文藝》，亦可見

　　收錄民國四十九年至五十八年間的二百六十一位作家，收錄標準爲經常發表作品並結集出版者。林芳玫認爲這份名單是：「客觀、齊全的名單，不考慮作家的流派、風格、評價之好壞。」（47）其中卻沒有收入任何一位當時活躍於租書店與副刊連載的武俠作家，即使考量所謂的結集出版是僅限於一般書店門市系統而忽略武俠作家，亦應當考量武俠作家是「經常發表」作品的，可見這份名單並不客觀，還是考量了流派、風格與評價之好壞，或至少是在這些考量下所形成的文學社區的間隔結果。

⑫　筆者清查十餘本現代文學史著作的結果，發現只有公仲、汪義生（1989）所著的《台灣新文學史初編》，大陸，江西人民出版，頁340至342中論述及於通俗小說時簡略提及民初武俠名家與金庸、古龍二人；此外在尹雪曼所編的《中華民國文藝史》（1975），台北，正中，頁431至432中提到平江不肖生的武俠小說，對於臺灣的武俠小說則不置一辭。

純文學界雜誌某種劃清界線的作爲。

　　更值得注意的是武俠小說在副刊上的連載發表。這些武俠小說幾乎都不是作者投稿，而是由副刊編輯邀稿。正統的官方、學院文學資訊中沒有武俠小說的引介，如果不是武俠小說長期以來在社會上所具有聲譽影響，數十年來作爲臺灣文壇重鎮的副刊的編輯們如何去發現武俠作家與作品？又如何長期接受武俠小說在副刊版面上連載？

　　由此可見文學聲譽的評定須有更廣泛的考量，僅從文學史去發掘所得到的頂多是所謂純文學作家、作品的文學聲譽，因爲文學史本身即爲一連串的挑選過程，純文學作品始終主導著文學史的寫作方向，因此就文學活動的全面軌跡圖而言，文學史所顯示的只不過是一小部份被挑選過的作家與作品的活動面貌而已。

四、副刊的武俠連載

　　武俠小說在報紙副刊的連載由來已久，臺灣的報紙副刊連載武俠小說根據葉洪生的說法，至遲自民國四十一年起的大華晚報上就有郎紅浣的《古瑟哀絃》、《碧海青天》等作品的連載。（詳見《武俠小說談藝錄》頁79）此後延續數十年，臺灣的副刊一直都有大量的武俠小說的連載版面。

　　以聯合報、中國時報（其前身爲徵信新聞報）兩大報爲例，根據尚不完整的統計資料❸，從民國四十年到民國八十年的四十年

---

❸　該份統計資料是根據「通俗文學研究室」中的「報刊武俠小說」記錄整理出來的結果，該份資料雖已收入大部份的副刊武俠連載但尚不完整，仍有不少缺漏處，故實際的武俠連載數目當遠高於此。

間，聯合報至少刊載過四十三部中、長篇武俠小說，包括二十八位
作者，連載總日數長達二十三年以上；至於中國時報的刊載數目則
更遠甚於此，至少有五十九部中、長篇武俠小說，包括三十位作
者，連載總日數長達三十一年以上。必須注意的是這尚是粗略的統
計結果，實際的數量必尚高於此。

　　如此大批的作者與大量的武俠小說長期盤據在副刊的連載版面
所代表的意義是武俠小說雖然以租書店為其出版與發表的大本營，
惟其文學活動軌跡則並不僅限於此，而是跨越了租書店此一所謂文
化地攤的範疇，延伸侵入了一般文藝作品（或所謂純文學作品）的
發表空間，而且是長時間地與一般文藝作品共處在副刊的文學版面
上。

　　誠如林燿德先生所言：「副刊，是居於一種從屬地位而寄生於
大眾型報紙的消費文化產物。」（頁374）因此，副刊版面上所呈
現的文學品味勢必蕪雜。王德威先生在分析一九七六年的聯副版面
上六篇中、長篇連載小說（分別是朱羽的《格殺》、《不速客》、
瓊瑤的《人在天涯》、七等生的《沙河悲歌》、蕭麗紅的《桂花
巷》、姜貴的《蘇不纏的世界》）時曾說明：「從武俠到言情，從
寫實到前衛，這些中長篇小說先後出現在同一個版面，角逐讀者的
關愛的眼神，儼然形成寫作與閱讀品味的大會串，而副刊編輯兼容
並蓄、面面俱到的用心，顯而易見。」（頁3）擔任聯副主編二十
年的瘂弦先生更是直接指出在文學獎得獎作品出現之前，副刊的連
載幾乎都是以通俗文學的作品為主，而刊載這些通俗小說實有報紙
銷路的考量，因此連決定一個連載的起始和結束時間都與讀者訂報
日期之間有互動關係。（詳見「副刊主編採訪紀錄」，瘂弦部份）

林燿德先生也認為：「四十餘年來，副刊對於臺灣文學發展具有舉足輕重的影響，在七〇年代中期到八〇年代中期的十年期間，甚至完全凌駕了文學雜誌的地位。」（375）

由此可見所謂文學或文藝的副刊，其屬性原不是純文學界所獨享，其內容經常包羅了通俗文學與狹義文化範疇內的各種文字（甚至影象）作品，特別是七〇年代副刊逐漸轉型後，副刊的內容更形龐雜。武俠小說因此能在副刊版面上佔有一席之地，本是非常自然之事。甚至還可以說，武俠連載在副刊的全部連載中其實曾經佔有非常重要的地位。再以聯副為例，概略統計從民國四十年到民國八十年間大約一百五十部中、長篇連載小說中⑭，武俠小說所佔的比例為四分之一強。而自七〇年代末到八〇年代初副刊所興起的以訪問、座談、演講等所組成的文化公共討論的版面風格中，聯副亦有四次關於武俠的座談與專輯，至於中時的人間副刊在主編高信彊對武俠的刻意推動下，其表現數量更遠勝聯副。

在此不厭其煩地例舉說明武俠小說在副刊連載版面上的重要地位，以及副刊（尚不包括報紙其它版面對武俠小說與作家的報導與討論）曾對武俠小說投入的大量評論與引介，主要是想說明武俠小說的文學活動軌跡絕不僅限於租書店中的單行連載小冊和武俠專門雜誌，它事實上不僅還成為社會各階層注目的討論話題（否則不會有大量的新聞報導），更進入一般文藝作品的主要發表空間——副刊的文學版面。這一現象除了說明武俠小說的強旺活動能力與廣大範圍外，也暗示了作為數十年臺灣文壇重鎮之一的副刊（瘂弦先生

---

⑭　該份資料由〈聯合副刊四十年大事記〉中整理而得。

亦曾於訪談中表示曾有人說過副刊即文壇這樣的說法，顯示副刊在臺灣文壇的中心地位）由於寄生於報紙的附屬地位而嚴重受到報紙銷售目地的市場機能的牽制與操控，始終不可能眞正成爲純文學界所獨享的園地，因此其內容與其說是文學副刊（這裏的文學常是純文學界所下的定義），不如說是副刊文學來得恰當些。

　　然而由於副刊數十年來在臺灣一直是一般文藝作品的主要發表空間（報紙在傳播方面的量的優勢使副刊經常得以凌駕在各種文學雜誌之上），副刊因此在臺灣數十年來的文學發展過程中佔著舉足輕重的地位。如此便明白顯示了臺灣文學界（通常是指一般文藝作家與作品和學院批評而言）與所謂的通俗文學之間的活動範圍的間隔並不如想像中的清楚明顯。除了學院和幾個純文學雜誌外，純文學界所能獨享的發表空間並不大，（相對而言，通俗文學也有幾乎是獨享的租書店和專門雜誌的發表空間，在這個發表空間內能夠找到的純文學作品也非常有限。）其中學院批評由於現代文學的研究在文學系所中的學術建構不完整而在早年臺灣的文學活動中缺乏相對獨立性，而小型前衛純文學雜誌時辦時停，眞正的活動範圍並不大，其中的觀念和主張仍然必須透過大型的大衆文學刊物（如副刊）來加以傳播方能眞正產生效用。所以就文學活動的事實而言，純文學與通俗文學的區隔常常只表現在作家的活動和出版系統，至於最重要的發表空間（其中自然也隱含了閱讀人口）方面則經常是互相滲透重疊的。

五、文學社區與文化地攤

　　林芳玫在分析文學生產組織階層時曾把租書店稱為文化地攤，認為它是文化生產結構四階層（分別是政府機構、穩定的私人機構、前衛或激進團體、租書店，頁118）中的最下一層，並且在說明不同階層之間的互動關係時認為：「租書店的讀者並不會引起批評家或知識文化界的關切，它的好壞沒有人過問。租書店讀物也是通俗文學，但是只有當它的生產及流通領域太貼近純文學時，通俗文學才成為批評及爭議的焦點。」（122）「當純文學與通俗文學之間有一條分界線，而這條分界線是模糊不清且易於跨越，在此狀況下通俗文學就會成為爭議及批評的焦點。」（128）

　　租書店之所以被稱為文化地攤，除了其本身為地下經濟的一環外，更是因為它被一般文藝作家所組成、操控的文學社區所排除在外。就武俠的文學活動而言，武俠作家普遍被排斥於由一般文藝作家所組成的文學社區之外是明顯之事，在本文第一小節中已有所論述。至於當武俠小說的活動範圍跨越了租書店，侵入了一般文藝作家的發表空間時，自然也引起了文學社區的注視，由此而產生了許多的評論與座談活動。特別是由香港輸入的武俠名家金庸的作品大舉擴張在文化生產的各階層組織時，所引起的文學社區的迴響就更為壯闊。這一點在臺灣本土的武俠名家如古龍身上亦可得到驗證。不論是從文學評論或文化分析的角度出發，由一般文藝作家所組成的文學社區對武俠小說的討論（而且大部份發表在純文學與通俗文學共享的副刊和大眾化的文學雜誌上）皆顯示了臺灣的純文學與通俗文學之間的活動區隔界線一直是非常模糊而脆弱，特別是回到副

刊的武俠連載和副刊在臺灣文學社區中所佔的重要地位來觀察的話。

關於副刊在臺灣現代文學發展過程中的地位，封德屛先生曾指出：「臺灣現代文學發展史與報紙副刊發展方向有密切的關係。尤其是五〇、六〇年代的副刊，幾乎承載著絕大部份文學傳播的使命。」（頁359）因爲工作上的需要，副刊的主編必須與文壇保持良好的關係，更進一步說，由於副刊主編本身即是文藝作家的身份比例甚高，可以說副刊主編本身即爲文學社區中的一員而且在文學社區中倍受尊重。

然而由於副刊從屬於報紙正刊的地位，使得副刊版面與副刊主編雖然與一般文藝作家所組成的文學社區如此接近，惟此一數量驚人的發表空間卻始終未能被純文學作品所獨佔。不論是官方的中央日報或大型民營的聯合報、中國時報都未能避免讓出大量的連載版面給所謂的通俗文學，而武俠小說在其中始終是佔據著重要的角色。

武俠小說突破了租書店這一文化地攤的局限，越界侵入了臺灣文學社區的中心位置──副刊，說明了由純文學作家所組成控制的文學社區雖然能夠把武俠作家區隔開來，卻無法保住文學活動中最重要的發表空間（與由此而來的閱讀活動）的有效區隔。既然在副刊這樣最重要的文學發表空間上純文學與武俠小說等通俗文學一直都是並存的，那麼所謂文學社區將武俠作家和租書店區隔開來就失去了實質意義，因爲在根本的發表與閱讀的文學活動方面，無法明確劃清純文學與武俠小說的活動範圍。

如果再退一步，暫時拋棄以純文學文壇和副刊爲發表位置的中

心的觀點❶，把租書店的大量閱讀活動和發表空間列入考量的話，將可以發現武俠小說的文學活動範圍的廣大與軌跡影響的深遠。臺灣的租書店的數量龐大，雖然缺乏確切的統計資料，但應該不會少於一般書店門市系統。如此龐大的租書店背後所代表的是大量的閱讀人口，武俠小說等通俗文學正是在這樣大量的閱讀人口之上形塑它的強旺的文學活動能力，並由此連結上副刊的連載版面。而在副刊的版面上，連載的閱讀人口又一直都是佔主要地位（足以影響訂報率）。如此強旺的文學活動能力使得武俠作家可以無視於文學社區的排斥，也使武俠小說可以突破區隔而與純文學共享文學發表空間。

　　如果把觀察點放大，以發表、出版和閱讀所構成的整個文學活動的全面地圖來看的話，可以發現不僅純文學和武俠小說等通俗文學之間的區隔模糊，更可以說它們是從不同的兩端（純文學雜誌和租書店）出發，而在副刊這樣深具影響力的大眾媒體所從屬的文學發表空間上有所交集。武俠小說的文學活動軌跡之廣與深，其實絕不在純文學之下。所謂文學社區與文化地攤之間的區隔，其實只是文化霸權權力關係運作下的一種表徵，對於文學活動軌跡的釐清並沒有太大的作用。

---

❶　林芳玫在分析文學生產組織階層時，以中時、聯合兩大報副刊為重要的出版與　發表的中心位置，可代表一般學者的看法。（127）

六、結　語

　　從武俠的文學活動軌跡的分析中，可以得出臺灣的通俗文學與純文學之間的發表空間的區隔並不明顯，兩者至少在副刊這一主要文學發表空間上是混雜並存的。因此就文學活動的角度而言，文學社區與文化地攤的區隔並沒有太大的實質意義。因爲許多通俗文類（不僅僅是武俠小說，羅曼史小說、科幻小說等也曾大量侵入副刊的版面）都具有跨越文化地攤的藩籬，堂堂進入副刊的版面與純文學作品一爭長短的活動能力。

　　再就副刊連載的文學屬性與副刊在純文學社區中的崇高位置之間的落差而言，一方面可以說是副刊編輯爲了妥協於報業的市場考量而容許了部份通俗文學的存在，另一方面如果從副刊本身即爲報紙的從屬位置來看的話，也可以說副刊的文學性格本來就強烈地受到政經情勢與市場機能的操控，其自主性原本極其有限。再配合副刊在純文學位置中的中心地位以及副刊所提供的大量版面一直是純文學的主要發表空間加以觀察的話，更可以進一步看出整個純文學社區（這裏尚不考慮官方的政治操作影響）的自主性也是倍受質疑的，由此而來的純文學與與通俗文學界之間的社區劃分就成了一種不具文學活動上的實質意義的虛幻儀式。此種劃分容有其背後特定文學理念與權力運作關係的痕跡，卻不足以說明和論斷整個文學活動現象的實際狀況。

　　學院批評選擇下產生的文學史和少數小型前衛純文學雜誌，才是武俠文學活動的眞正死角所在。然而誠如埃斯卡皮所說的：「一種文學史是指對一定數量的各種類型的歷史事實進行歷時性研究…

文學批評是指要嘛根據某種價值體系、要嘛根據某種歷史觀來對這部或那部作品、抑或這一組或那一組被遴選出的作品進行分析研究。這些有關假定的文學性的不同觀點的唯一共同特點是選擇。實際上那是個封閉體系，這個體系不是從被選的材料中，而是以整個優秀社會的基本文化手段即選擇態度獲得自己的嚴密性。」（頁111）事實上，文學批評始終都是文學活動的一環，本來就難以在文學活動的描繪上取得更高的視野與位置。而傳統文學史的寫作經常只是文學批評的整合與延伸，特別對於當代的文學活動總是缺乏描述與評斷的能力。這兩者都在文學活動中佔有一定的位置並起著一定的作用，但對於理解當代文學活動的整體面貌卻沒有什麼太大的幫助。因此文學史與文學批評對武俠的忽略只是顯示了它們背後的一種挑選的態度，根本無關乎武俠的文學活動事實。

然而武俠小說在文學史與文學批評中的低能見度，終究還是使武俠小說曾有的深遠的文學活動事實隱而不彰。一般現代文學史以純文學作品為導向回饋於當下文學活動中，標舉純文學作品的高度創作價值作為當下文學創作方向的指標性作用誠然是非常有意義之事，然而如果能就全面的文學活動特徵予以適當描述是否將另具一番價值？甚至更進一步地建立適應於通俗文學特色的批評方法與成果？（因為正是在純文學的批評標準下使通俗文學的內容、表現手法的意義與價值變得不值一提）試想當眾多的武俠小說之類的通俗文學的喜好讀者拿起一本現代文學史時，發現其中根本不見對他們長期所閱讀的作品的隻字片語的介紹，也找不到對於他們所熟悉的閱讀活動的分析時，難道不是一種遺憾？甚或是一種自覺被排擠於崇高文學殿堂之外的卑屈？

　　所以如果暫離以純文學作品爲寫作方向主導的目前大部份文學史的寫作方式，從另一個角度，把文學史視爲一種「作爲明確的歷史現象來看的文學事實的總體」（埃斯卡皮，197），那麼對武俠小說等通俗文類進行研究，使其曾有過（或目前仍持續中）的廣大深遠的文學活動事實浮現，其意義將可使目前固有的許多文學研究方法與成果得到某種程度的檢討與省察。

參考資料

1. 羅·埃斯卡皮（Robert Escarpit），顏美婷編譯，（1988）《文藝社會學》，台北，南方。

2. 林芳玫（1994）《解讀瓊瑤愛情王國》，台北，時報。

3. 葉洪生（1994）《武俠小說談藝錄》，台北，聯經。

4. 費勇、鍾曉毅（1995）《古龍傳奇》，大陸，廣西人民。

5. 鄭明娳（1993）《通俗文學》，台北，揚智文化。

6. 文建會（1995）《台灣流行文藝作品調查研究》，台北，文建會。

7. 楊照（1997）〈跨越時代的愛情──台灣通俗羅曼史小說的變與不變〉，發表於「台灣現代小說史研討會」（12月24－26日）

8. 林燿德（1992）〈「鳥瞰」文學副刊〉，《流行天下》頁371至402。

9. 封德屏（1997）〈花圃的園丁？還是媒體的英雄？──台灣報紙副刊主編分析〉，《世界中文報紙副刊學綜論》頁343至386。

10. 薛茂松（1984）〈六十年代文藝作家名錄〉，《文訊》十四期頁

324至352、十五期頁457至367、十六期293至306。

11. 林煥彰（1997）〈聯合副刊四十年大事紀（1951－1991）〉，《衆神的花園》頁219至350，台北，聯經。

12. 「報刊武俠小說」（1998），淡江大學中文系「通俗文學研究室」。

13. 「報刊武俠相關新聞」（1998），淡江大學中文系「通俗文學研究室」。

14. 「武俠正式發表論文」（1998），淡江大學中文系「通俗文學研究室」。

15. 「武俠作家採訪記錄」（1998），淡江大學中文系「通俗文學研究室」。

16. 「副刊主編採訪記錄」（1998），淡江大學中文系「通俗文學研究室」。

17. 「武俠出版者採訪記錄」（1998），淡江大學中文系「通俗文學研究室」。

文化生態平衡與武俠小說命運

嚴 家 炎[*]

（北京大學中文系副博士研究生肄業）

提 要

　　從中國大陸禁絕武俠小說二十年所產生實際後果，看傳統俠文化與武俠小說這種文學類型的多重複雜的社會功能。廓清自三十年代以來由於左傾思潮流行而在新文學界和社會上產生的對武俠小說的誤讀與誤解。正面考察與闡述武俠小說在社會文化生態平衡中所起到的作用。

一

　　在中國，小說曾長期被視爲「小道」。而武俠小說在一些人心目中，則大概又是「小道」中的「小道」，是小說家族裡「出身不好」的一支。且不說清末已被人稱作「遺武俠之模範」[❶]的《水滸

---

[*]　北大中文系數授，研究院生博士生導師及博士後流動站導師

❶　見1905年出版的《新小說》第15號《小說叢話》定一論《水滸》文，其中說「《水滸》一書爲中國小說中錚錚者，遺武俠之模範，使社會受其餘賜，實施耐庵之功也。」

傳》在歷史上曾一再遭禁；直到今天，當金庸已成爲全世界華文文學中擁有讀者最多的一位作家，贏得巨大聲譽之際，也還有人因爲他寫的是武俠小說而要論一番門第出身，查它的八代祖宗，用俠士先世曾「以武犯禁」，小說本身又販賣「精神鴉片」來加以遣責，警告人們堅決「拒絕」（刊登在《南方周末》1994年12月2日的鄢烈山先生這篇文章，題目就叫《拒絕金庸》），雖然這位作者自謂並未讀過一本金庸的作品❷。

這一事實使人震驚。

驚詫之由倒不在這位作者鼓吹「拒絕金庸」，因爲既未讀過作品而要表示「拒絕」，徒見作者思維方式之奇特，於金庸本身則分毫無損；眞正令人震驚者，倒在由此看到了俠文化問題上二三千年封建社會流毒之深和近幾十年左傾思潮爲禍之烈。

---

❷ 鄢烈山《拒絕金庸》載廣州《南方周末》1994年12月2日，其中說：「我的理智和學養頑固地拒斥金庸(以及梁羽生古龍之筆)，一向無惑又無慚。有幾位欣賞新武俠小說的文友曾極力向我推荐金庸梁羽生，我也曾懷著「一物不知，君子所恥」的心理借來《鹿鼎記》、《射雕英雄傳》，最終卻只是幫兒子跑了一趟腿。我固執地認爲，武俠先天就是一種頭足倒置的怪物，無論什麼文學天才用生花妙筆把一個用頭走路的英雄或聖人寫得活靈活現，我都根本無法接受。」「從歷史認知的角度講，武俠對於中國社會的發展無足輕重。」「從價值取向的角度講，無論把武俠的武德描繪得多超凡入聖，總改變不了他們「以武犯禁」的反社會本質。魯迅在《流氓的變遷》中，把流氓的祖宗追溯到武俠，這是很有道理的。流氓即蔑視社會公德和社會規範的反社會分子；武俠迷信的是個人或團夥的武功，鄙棄的也是社會的秩序和運作程序。在追求法治和社會正義的現代社會裏，這絕對不是一種應該繼承的『優秀傳統文化』。」「從文化娛樂的角度講，同樣是消遣性的東西，武俠小說比起《福爾摩斯探案集》等偵探小說來，也要低一個檔次。看偵探小說是一種啓人心智的游戲，而武俠小說呢，從根本上說有如鴉片，使人在興奮中滑向孱弱。」

　　在長期封建社會中，俠和俠文化一向受到封建正統勢力的壓制和打擊。大概由于俠士的某種叛逆性，先秦法家人物韓非子就認爲：「儒以文亂法，俠以武犯禁」。其實，俠未必動武，墨子止楚攻宋這類重大的俠行，並未用過武力。而且自西漢起，「儒」就處於獨尊的地位，「俠」則常常被看作封建統治的直接威脅，遭到武力圍剿和鎭壓。漢武帝一面尊儒，另一面就殺了很多大俠，甚至將他們滿門抄斬，體現著當權者對主持正義而無視權威者的痛恨。因此，當今天有人譴責「俠以武犯禁」時，他所站的其實是封建統治者的立場。

　　近代研究俠文化的專家中，也有從進步立場上把游俠當做封建秩序破壞者這類看法。如美國華人學者劉若愚教授在他的著作《中國之俠》中就說：「西方騎士是封建制度的支柱，中國游俠則是封建社會的破壞力量」。❸這話表面看來有道理，因爲從與官方的關係上說，中國游俠和西方騎士確實有所不同，然而深入一想，有關游俠的論斷依然失之片面。原因在於：封建社會中的俠和俠文化，其作用都是雙重的，決不是單一的。當底層人民受權勢者欺壓，處於哀哀無告狀態時，俠客的出現，對官府可能是一種對抗，而對受苦者無疑是一種解救和撫慰，避免了事態的不可收拾，緩解了社會矛盾。借用一句現代語言，這也許近於人們所謂的「第二種忠誠」吧。從這個意義上說，俠義行動是一種社會潤滑劑，它在一定範圍內抑制強暴，消彌禍端，使已有的社會問題不致繼續積累而導致爆

---

❸　劉若愚：《中國之俠》中譯本193-194頁，上海三聯書店1991年出版，周清霖、唐發鐃譯。

炸，有利於生產力的穩定發展。如果說法家的最大特點是力主法治，儒家的最大特點是實行德治，那麼，源於墨家的游俠則在法治和德治難以奏效的範圍內彌合傷痛，爲社會敷上一帖帖止痛療傷膏，作爲它們的一種補充，同樣起著保持生態平衡的作用。恩格斯曾在《致約·布洛赫(1890年9月21-22日)》信中提出過一個十分重要的觀點：歷史乃衆多合力所形成的平行四邊形，是多種力量和作用相互制約、保持平衡的結果。法家所推崇的法律，儒家所推崇的倫理道德，道家所推崇的清靜無爲勿擾民的思想，墨家所推崇的兼愛尙俠精神，以及其他教育救國、宗教救世等等主張，它們各有自己的合理成分，相反而又相成，都是保持社會生態平衡、文化生態平衡不可或缺的因素，是相互制約又相互補充的整體。施政者某個時期內可以因具體情況不同而有所側重，但決不可罷黜某些方面而造成偏廢；偏廢了就失去生態平衡，使「平行四邊形」受到破壞，社會就會受到懲罰，出現災難。從這個角度，我們正可以了解俠和俠文化的不可替代的作用，保持比較清醒的頭腦，消除對游俠破壞力的過多疑慮。可以說，只要存在社會黑暗、權勢逼迫、執法不公、惡勢力爲非作歹一類問題，或遇上意外的天災人禍需要救援，俠和俠文化就有自己的積極作用。清末一位文人談《水滸傳》時說得好：「逼者，壓制之極也。非逼而作盜，則罪在下；逼之而作盜，則罪在上。作盜而出於逼，則強盜莫非義士矣。」❹俠和俠文化的矛頭並非針對整個社會。即使像梁山泊大聚義，也並非以推翻宋朝

---

❹　佚名：《中國小說大家施耐庵傳》，載《中國近代文論選》上冊，人民文學出版社1959年出版。

江山爲目的，何況是單個的俠客！眞正的「封建社會的破壞力量」有三種：一是貪官污吏、惡霸劣紳、昏君奸臣和其他黑暗勢力，二是農民起義軍，三是落後於封建階段的外族勢力的入侵。俠客主要是第一種破壞力量的遏制者和反對者，他們以自己的游俠活動伸張正義，鏟除強暴，激發人們扶困急難的精神，維護著社會生產秩序的正常運轉。雖然採取法律以外的形式和手段，卻在很大程度上出於被迫，因爲他們的對手本身就是一夥不可理喻的非法作惡者。

所以，把俠和俠文化單純看做「封建社會的破壞力量」，實在是長期以來形成的一種誤讀。

二

這種偏見和誤讀，在「五四」文學革命時期本有可能糾正過來。當時的先驅者推倒千百年來視小說爲「閑書」、「小道」的封建陳腐觀念，將小說抬進了文學的大雅之堂，建樹了巨大的功績。在「人的文學」、「平民文學」、「社會文學」、「寫實文學」的旗號下，重新確立了文學的評價標準，把《紅樓夢》、《老殘游記》、《官場現形記》等一批不被重視的小說提高到前所未有的新位置。他們對「黑幕小說」、「濫調小說」的批判，也包含了許多正確的見解。但五四時期某些先驅者在文學問題上也有一些幼稚偏狹的看法：他們重寫實而輕想像，重科學而輕幻想，重思想功利而輕審美特質，對神話、童話、武俠、志怪類作品很不理解。他們把《西游記》、《封神榜》、《聊齋誌異》均看作爲「非人的」文學，把《聶隱娘》、《紅線》乃至《三國演義》、《水滸傳》中某

些情節指斥爲「迷信」而對整個作品不予肯定。這就使他們不能較爲客觀和全面地去評價武俠類作品。

到了三十年代，隨著左傾幼稚病變本加厲地發展，武俠小說終於被打入「另冊」。其「罪名」被提到了嚇人的高度，成爲「防礙群眾覺悟」、「阻擋革命發展」的一種「反動意識形態」，似乎革命不能早日勝利，其根源全在「製造幻想」的俠文化。如果說前面那種認爲武俠小說鼓吹暴力、「以武犯禁」的看法是站在封建統治者立場上從右的方面來否定的話，那麼，這種認爲武俠小說「製造幻想」、乃「精神鴉片」的看法卻是站在革命者立場上從左的方面來否定的。瞿秋白1932年發表在《文學月報》第一期上的《大眾文藝的問題》說：「青天大老爺的崇拜，武俠和劍仙的夢想」，「無形之中對於革命的階級意識的生長，發生極頑固的抵抗力。」在《吉訶德的時代》一文中又說：「中國人的腦筋裡是劍仙在統治著。」「相信武俠的他們是各不相問、各不相願的。雖然他們是很多，可是多得像沙塵一樣，每一粒都是分離的，這不僅是一盤的散沙，而且是一片戈壁沙漠似的散沙。他們各自等待著英雄，他們各自坐著，垂下了一雙手。爲什麼？因爲：『濟貧自有飛仙劍，爾且安心做奴才。』」❺新文學家中，鄭振鐸寫了《論武俠小說》❻，

---

❺ 瞿秋白《吉訶德的時代》，大約作於1932年，收入《亂彈》，1938年5月上海霞社出版。此處引文見《瞿秋白文集》第二卷273-274頁，人民文學出版社1953年10月北京第1版。

❻ 鄭振鐸《論武俠小說》，收入1932年7月新中國書局出版的《海燕》集。

茅盾寫了《封建的小市民文藝》❼，都同瞿秋白相呼應，嚴厲批判和徹底否定武俠小說。這在當時或許自有其針對性，結論卻未免過於簡單（後面我們將會正面談到）。49年後，這種「革命的見解」更借全國政權力量付諸實行，武俠小說便難免遭禁或變相遭禁的命運。《人民日報》在一篇題爲《堅決地處理反動、淫穢、荒誕的圖書》的社論中明確提出：「凡渲染荒淫生活的色情圖書和宣揚尋仙修道、飛劍吐氣、採陰補陽、宗派仇殺的荒誕武俠圖書，應予收換」；「這類反動的、淫穢的、荒誕的圖書，事實上已經起了並正在起著帝國主義和蔣介石匪幫的「第五縱隊」的作用。」❽長達三十年時間中，出版社不出版武俠小說，圖書館不出借武俠作品，街頭偶爾發現舊日印的武俠書則付之一炬；不但武俠小說作家反復檢討認「罪」，連「行俠仗義」、「見義勇爲」、「哥兒們義氣」這類日常用語也因「缺少階級分析」而在書刊、廣播、電影中喋喋不休地受到批評譴責。偌大神州大陸，眞似一片淨土！

然而結果如何？人們從七十年代末、八十年代初的報紙上，不斷讀到的竟是這樣一些新聞報導：光天化日之下，一名持刀歹徒公然在公共汽車上勒逼二三十名乘客交出錢款、手錶，無人敢起來反抗；兩個壞蛋在長途汽車上將幾十名旅客的財物洗劫一空，然後堂而皇之地離去；在列車上，暴徒竟敢當著全車廂旅客的面搶劫錢財並侮辱婦女，而人們竟視若無睹，不敢援手；兒童落水，岸上圍觀

❼ 茅盾《封建的小市民文藝》，載1933年2月1日《東方雜誌》第30卷第3號。

❽ 《人民日報》社論《堅決地處理反動、淫穢、荒誕的圖書》，載1955年7月27日《人民日報》。亦見《二十世紀中國小說理論資料》第五卷(1949-1976)第125-126頁，北京大學出版社1997年2月出版。

者上百，卻無人救援；如此等等。在廣州街頭，廣東省廣播電臺青年記者安珂因與偷盜者搏鬥而被刺受傷，他的遭遇怎樣？《人民日報》記者胡思升有一段報導：

> 在廣州長堤大馬路的鬧市區，正值下班時的熙來攘往的高峰時分，人群圍觀安珂赤手空拳同三名持匕首的歹徒在馬路中央搏鬥，交通堵塞達十分鐘，可是沒有一個人上前吶喊相助，竟讓四名歹徒持刀揚長而去……。安珂的兩名一起目睹歹徒搶提包的同學，一個是共產黨員，一個是保衛幹部，卻在血戰的時刻不見了……。安珂倒在血泊之中，有人攔截兩輛過往的卡車和客車以便送往醫院搶救，車上的司機竟不予理睬，置一個英雄的垂危於不顧……。❾

在武漢一家餐館裏，同樣是電臺記者的楊威當場抓住一個小偷，勒令他「快把錢包交出來！」但被盜的人卻不敢承認這是自己的錢包，小偷於是氣勢洶洶地向楊威反撲過去，說「你誣陷好人！」當場猛打楊威，小偷的同夥也蜂擁而上。被打的楊威一面和歹徒搏鬥，一面大叫「抓壞蛋」，但餐館工作人員和就餐的顧客「並無一人出來相助」，直到後來公安人員聞訊趕到時，楊威已多處負傷。❿

　　據粗略統計，從1979年到1983年，報刊上報導的這類觸目驚心

---

❾ 胡思升《震動和沉思—記安珂壯烈犧牲後的社會反響》，載1983年5月7日《人民日報》。

❿ 《人民日報》記者劉衡、龔達發報導：《活著的安珂鬥歹徒，武漢三鎮傳佳話》，載1983年4月12日《人民日報》。

的事實就有一百七十多起。一個多麼突出的社會現象！

鄢烈山先生說：「武俠小說從根本上說有如鴉片，使人在興奮中滑向孱弱。」⓫現在讀者要問：當這種「精神鴉片」被取締了整整三十年，對它的批判也長達半個世紀，使人「孱弱」的根源早被徹底鏟除之後，為什麼人們沒有變得勇敢起來，這類事例反發生得如此眾多，如此集中？

這就不能不觸及到社會文化生態平衡受破壞的根本問題。

三

不妨先說一椿題外而又親身經歷的事。

1958年3月，毛澤東在中共第八次代表大會第二次會議上號召「除四害」，說麻雀與人爭糧，一年能吃掉多少億斤糧食，因此在全國發動了一個人人都來消滅麻雀的運動。北京連轟三天麻雀。人們什麼事不做，專在室外敲鑼敲盆，大聲吶喊，嚇得麻雀飛來飛去，不敢落地，活活累死。孩子們還去各處掏麻雀窩。那一年確實搞死不少麻雀。但隨後莊稼地裏害蟲增多，農作物大減產。原來麻雀除了與人爭糧之外，也消滅害蟲，是一種益鳥。經過這次教訓，人們才開始懂得自己幹了蠢事，破壞了自然界的生態平衡。而這類蠢事，包括「全民煉鋼」時砍光樹木，到處建水庫卻無水可蓄，等等，一個時期裏真還幹了不少。

然而，比破壞自然界生態平衡遠為嚴重的，恐怕還是破壞社會

⓫　見《拒絕金庸》一文，參閱❷。

文化上的生態平衡。

　　長期以來，我們總想用革命觀念取代一切，建立一個純而又純的世界。通過思想改造、「興無滅資」以及各式政治運動，掃蕩和消滅馬克思主義以外的各種思想、道德、觀念，就像在自然界裏對麻雀這類被認爲有害的東西趕盡殺絕一樣。從五十年代起，我們批判了武訓那種行乞興學的精神，批判了武俠小說那種仗義行俠的思想，批判了宗教，批判了教育救國論和實業救國論，批判了梁漱溟的「鄉村本位文化建設」，批判了胡風「到處有生活」、「寫眞實」之類文藝觀點，批判了馮友蘭的「抽象繼承法」，批判了馬寅初的「人口控制論」，批判了巴人的人性論，六十年代初又批判了清官，批判了楊獻珍的「合二而一論」，周谷城的「時代精神匯合論」，孫冶方的利潤學說，認爲它們在製造和宣揚改良主義，對抗革命道路，甚至是麻醉人民的「精神鴉片」。我們懷著對武裝革命勝利後的絕對崇拜，徹底貶斥這些本來有一定科學性或某種合理性，可以在社會生活中對革命起到不同的配合、輔助、補充乃至反證作用的事物和思想。本意是要尊崇馬克思主義，實際卻取消了對歷史事物的具體分析，搞的是形而上學，既違背了歷史唯物論，也違背了辨證法。毛澤東在四十年代初曾正確地說過：「馬克思主義只能包括而不能代替文藝創作中的現實主義，正如它只能包括而不能代替物理科學中的原子論、電子論一樣。」⑫然而在五六十年代，中國大陸上掀起的這種種政治運動和思想批判，恰恰是要荒唐

---

⑫　《在延安文藝座談會上的講話》，《毛澤東選集》一卷本第875頁，人民出版社1966年3月第1版，北京。

地用所謂的馬克思主義取代社會人文科學的各種學科。其結果，教人向善的思想受到嘲笑，倡導愛心的理論受到蔑視，心理學科被宣布成「僞科學」而撤消，文化教育事業受到踐踏，見義勇爲精神在我們社會中失落，到「文革」，傳統文化中的優秀道德觀念都被當作「四舊」而受到掃蕩。由此可見，新時期以來報刊大量報導的暴徒行兇無人挺身而出，小孩落水上百人圍觀，這類觸目驚心的事例一再出現，絕不是偶然的。那是對我們破壞社會文化生態平衡的一種懲罰。

俠義精神是一種以正義感爲基礎的社會黏結劑。一旦這種精神失落，人們將眞正成爲一盤散沙，社會的抗惡機制將陷於癱瘓，連法制本身也難於貫徹。

四

武俠小說是否眞的阻礙革命，與革命勢不兩立呢？這個問題需要辨析和澄清。

武俠小說其實只是小說的一個品種，而不是一種固定的思想傾向。雖然一般武俠小說都肯定行俠仗義，急人所難，但就具體作品而言，內容比較複雜，有的突出的除暴安良，有的渲染血腥復仇，可以說全由作者思想高下而定。《水滸傳》前半部著重寫官逼民反，頗具造反精神，故而屢次遭禁。清末民初也有一批武俠小說，鼓吹反清排滿，當時來說與辛亥革命頗爲合拍，革命性相當強烈。而像《兒女英雄傳》這樣的小說，就相當符合封建社會的道德規範和人生理想(女主人公十三妹一心想當誥命夫人)，可以說對當時社

會完全不具有叛逆性或破壞力。所以，籠統地說武俠小說阻礙革命顯然不符合事實，籠統地說武俠小說都推動革命也未必確切。

但就多數而言，武俠小說最影響人的是正義感。它給人灌輸一腔熱血，讓人憎恨殘暴的壓迫者，同情無辜受虐的百姓，而不是教人等待俠客拯救。這種精神就和革命有了相通之處。一個人如果內心全無正義感，永遠是冷血動物，決無投身革命的可能。革命者起碼要同情下層被壓迫人民，有正義感，滿腔熱血，甘於犧牲。《青春之歌》的作者楊沫，年輕時「成天讓武俠小說迷瞪著，滿腦子的劫富濟貧，打抱不平，一心想練幾手竄房越脊、身輕如燕的眞傳」。

並且在三十年代的北平參加了一個叫做「四民武術社」的團體，跟著師傅練太極，練八卦，練行俠。據她自己說，1931年她之所以單身離家走上革命道路，與那時讀武俠小說「很有關聯」：「你想啊，惜老憐貧，除暴安良的動機和救民水火的革命思想本來就是吻合的麼！」《光明日報》1995年3月24日第6版所報導的楊沫這位「老革命」的現身說法，使人相信武俠小說不那麼可怕，至少和革命不那麼對立，相反倒有某種內在的一致性。

在中國新文學家中，與俠文化有關係的遠不止一個楊沫。「我以我血荐軒轅」的魯迅，就很值得研究。他十多歲時已接觸《劍俠傳圖》以及充滿義士復仇內容的漢代野史《吳越春秋》、《越絕書》⑬等圖書。早年自號「戛劍生」，做過若干俠肝義膽的事。長

---

⑬　魯迅1936年3月28日致增田涉信中說：「《故事新編》中的《鑄劍》，確是寫得較爲認眞。但是出處忘記了，因爲是取材於幼時讀過的書，我想也許是在《吳越春秋》或《越絕書》裏面。」而據《吳越春秋·闔閭內傳》所載，連寶劍都懂得講正義，「湛盧之劍惡闔閭之無道，乃出而去，水行如楚。」

大後對故鄉先賢有俠氣的人物非常注意，曾經編集過一本《會稽郡古書雜集》的書；對秋瑾這樣富有俠義精神的烈士，則尤為欽佩。在《中國地質略論》中，魯迅正面肯定了「豪俠之士」，視為愛國者，熱情地說：「吾知豪俠之士，必有悢悢以思，奮袂以起者矣。」1926年寫的《鑄劍》，可以說是一篇現代武俠小說。主人公黑色人就是一位代人向暴君復仇的俠士，而且其名字「宴之敖者」，就是魯迅自己曾經用過的筆名，足見作者對這一人物的喜愛。墨家一向因「勤生薄死以赴天下之急」而被譽為俠義（孫詒讓《墨學傳授考》），魯迅也肯定「墨子之徒為俠」，直到三十年代，還寫了《理水》《非攻》兩篇小說，頌揚禹和墨子為民請命、埋頭苦幹、急人所難、不求名利的那種墨俠精神（按《莊子·天下篇》，墨子思想導源於禹）;同時也特別警惕俠在官方壓迫和引誘下的變質、墮落現象，在《流氓的變遷》一文中作了論述和揭露。有人依據此文而斷章取義，竟說魯迅視俠士為流氓，對俠文化完全否定❹，這實在是一種莫大的誤解或曲解。

　　還可以舉出老舍。這是一位童年就從傳統曲藝和小說作品中深受俠文化影響的作家。他的小說，雖然幽默，字裏行間卻浸透著一個「義」字，讓人笑了又哭。他在《我怎樣寫短篇小說》中談到《斷魂槍》時說：「它本是我所要寫的『二拳師』中的一小塊。『二拳師』是個——假如能寫出來——武俠小說。我久想寫它，可是誰知道寫出來是什麼樣呢？」❺武俠小說並沒有寫成，但《斷魂

---

❹　見《拒絕金庸》一文，參閱❷。

❺　老舍《我怎樣寫短篇小說》一文收入《老牛破車》。亦見於《老舍文集》第15卷198頁，人民文學出版社1990年11月出版。

槍》特有的那股剛烈而又悲涼之氣，依然分外感人。老舍的長篇小說中，經常活躍著一兩個俠客的影子，如《老張的哲學》中的孫守備，《趙子曰》中的李景純，《離婚》中的丁二爺，《牛天賜傳》中的虎爺、王寶齋，連《貓城記》中還有個勇於獻身的大鷹，他們在危難關頭仗義行事，扶貧救急，發揮著獨特的作用。直到1947年，老舍在美國紐約還寫三幕四場話劇《五虎斷魂槍》，其中突出讚美了王大成、宋民良為代表的豪俠之氣。老舍小說決不是廉價的「革命文學」，但書中那種凜然正氣，俠義情懷，無疑曾激勵舊時代廣大讀者走上同情革命的道路。

我個人還有這樣的經驗：即使對某些身世不很熟悉的作家，義俠精神也會像一道光柱，把他們的作品連同靈魂，照得通體透明。例如臺靜農，早年是未名社成員，與魯迅過從較密，寫過《地之子》、《建塔者》兩本短篇小說集，前者是出色的鄉土小說，後者則顯示作者思想又跨前一步，成為革命者的風姿。何以如此？則不很了然。後來讀葉嘉瑩教授《<臺靜農先生詩稿>序言》，方知臺靜農抗戰時期曾寫過一些慷慨激昂的舊體詩，其中《滬事》一首謂「他年倘續荊高傳，不使淵明笑劍疏」，《泥中行》一首謂「何如怒馬黃塵外，月落風高霜滿韉」，《誰使》一首謂「要拚玉碎爭全局，泚水功收屬上游」，可見他青年時代原是壯志報國，深受荊軻、高漸離一流影響的知識分子。這時反觀他二十年代末白色恐怖下的思想狀態，以及許壽裳被刺殺後五六十年代在臺灣的長期沉默，也就頓然醒悟，覺得豁然開朗了。臺靜農的一生，無疑再次證明：俠肝義膽確實和革命相通！

僅此數例，足以說明：那種把武俠小說和新文學乃至和革命截

然對立起來的看法，是缺少根據的。

　　武俠小說還有一個罪名，是對缺乏思想防範能力的青少年產生「毒害作用」，讓他們癡迷得離家出走，入山學道。這種後果應該說有可能出現；記得在四十年代，確曾看報上登載過少年上峨嵋山學劍的消息。但這個問題又不是武俠小說單獨面對的。據我所知，即使讀革命的文藝作品，也曾發生過一些意想不到的事情。例如，讀了抗日小說《鐵道游擊隊》，有孩子就學跳火車；看了抗日電影《小兵張嘎》，有的孩子就到處用小刀扎自行車胎。這類問題，恐怕不能歸罪於作品本身，只能依靠家長和老師正面引導來解決。而且，有些所謂消極作用，也是多少被誇張了的。眼前一個活生生的例子，就是湯一介教授的事。曾有同事告訴我：湯一介教授年輕時和游國恩、余冠英的兒子一起，因看武俠小說入迷，偷偷進山去學道，家人找了好久才找回來。後來我和湯夫人樂黛雲女士談起此事，她的回答使我吃驚：原來，湯當年確實愛看武俠小說，但1943年那次離家出走，卻是要從昆明奔向延安，但剛到貴陽，就被抓起來了，家人為了免除政治麻煩，才以讀武俠入迷來遮掩。我晃然大悟之餘，不禁想起香港饒宗頤教授類似的自述，他對採訪者說：「我六七歲時，image非常多，非常活躍。最喜歡讀武俠神怪書籍，尤其是《封神榜》。怪、力、亂、神四個字中，最引我入勝的就是一個「神」字。七八歲時我差不多寫了一部小說叫《後封神榜》。」⑯可見，一些武俠神怪小說，對培養孩子的豐富想像力還是有幫助的。在面對這類作品時，孩子們一方面需要成人

---

⑯　轉引自胡曉明《饒宗頤其人》，載《東方》1995年第3期。

的引導，防止因缺少自持力而入迷，將這類小說可能有的負面作用限制到最低度，另一方面又不能因噎廢食，應該敢於放開，大膽鍛煉增進孩子的想像力與分辨力，從作品獲得更多的益處，兩者缺一不可。

五

　　上面，我們著重考察了俠和俠文化在參預社會文化生態平衡中的積極作用，同時也澄清了從「左」「右」兩方面加之於武俠小說的一些莫須有的「罪名」。這樣做，絕不意味著對過去的武俠小說全盤認同。恰恰相反，如果從歷史實際出發進行分析，我們相信，舊武俠小說除藝術質量極不整齊外，內容上也確實存在不少問題。例如：《七俠五義》和後五十回《水滸傳》中出現的奴才思想；不少武俠小說存在的耽於復仇、濫殺無辜的傾向；以及若干作品宣揚輪回轉世、神力無窮之類的迷信色彩等。雖然從武俠小說的總體上看，這些問題只占局部的地位，卻為俠文化參預社會文化生態平衡帶來了某種消極影響。從這個角度說，五十年代開始在香港出現的金庸、梁羽生為代表的新派武俠小說，就有了特殊重要的意義。

　　香港在一個半世紀中，政治上為英國的殖民地，經濟上由自由港而逐步發展成繁華的國際性商業中心與金融中心，文化上則呈現出東西方文化長期並存、相互滲透，傳統文化又和五四新文化乃至左翼激進文化共處一堂、公平競賽的奇異局面。在香港，49年後由大陸政權力量發動的種種批判運動雖有波及，影響卻不大，許多破

壞性的負面影響因此得以避免。而大陸學術界、文化界取得的新進
展（例如在各民族一律平等原則下客觀地評價有清一代的歷史，高
度肯定康熙、乾隆的作用；又如對明中葉以後資本主義萌芽問題討
論所取得的進展；再如對明末李自成起義和清代太平天國起義的深
入研究，以及文物考古上獲得一系列重要發現，古籍整理上的若干
成就，等）則受到香港學者、文化人應有的重視，從中獲得益處，
不像臺灣那樣因政治歧見就對大陸情況嚴密封鎖。可以說，香港不
僅在經濟上而且在文化上同樣保持著自由開放的姿態。雖因不斷受
商業浪潮沖擊，文化上也難免有過於商業化的問題，但就整體而
言，社會文化生態處於基本正常、從未失衡、從未受到政治干預的
狀態中（1967年受大陸「文革」影響而出現的短期情況除外）。面
對中外古今，香港的學術文化界真正做到了魯迅所倡導的「用自己
的眼光來擇取」的「拿來主義」態度。新派武俠小說就在這樣的環
境中得以誕生。

　　新派武俠小說之所以引人注目，是因為在武俠小說這個傳統品
種中熔注了新型的內容。金庸、梁羽生都是受過很好的教育，鍾情
於傳統文化，而又具有現代思想的知識分子。他們主張「俠是下層
勞動人民的智慧與品德的化身」，將俠行建立在正義、尊嚴、愛民
的基礎上，摒棄了舊武俠小說一味復仇與嗜殺好鬥的傾向。他們寫
的是一些為國為民而又富有獨立個性色彩的俠士，而不再是某些舊
武俠小說中那種官府的忠順奴僕。他們還改造了舊武俠作品某些過
於荒唐的內容，將武技大體上收攏在人而非神的範圍內，卻又變幻
多端，奇異莫測，不但沒有減少讀者的興味，反而因作者施展的豐
富想像而更具魅力。在科學昌明的二十世紀，新派武俠小說尤其金

庸的小說卻贏得了千千萬萬讀者包括一些大科學家的喜愛，這一現
象值得人們深思。

新派武俠小說之所以引人注目，還在於它們具有濃重豐厚的傳
統文化涵量。不但作品用傳統小說的語言寫成，而且舉凡中國傳統
文化中一切最具特色的成分，如詩詞曲賦、琴棋書畫、儒道墨釋、
醫卜星相、傳說掌故、典庫文物、風俗民情……，無不與故事情節
的展開，武技較量的描寫，人物性格的刻劃，作品題旨的展示，相
融合滲透，成為有機的組成部分，令人嘆為觀止。它們構成了新派
武俠小說的一大優勢，從而使自己在中華民族和海外華人社會中深
深扎下根來。

新派武俠小說之所以引人注目，更因為藝術上的廣為借鑒和勇
於創新。新派武俠小說尤其金庸的小說，吸取了西方近代文學和五
四新文學的藝術經驗，也借鑒了戲劇、電影的手法、技巧，還廣泛
繼承了傳統的各類通俗文學如偵探推理、社會言情、歷史演義、滑
稽幽默等小說的長處，在大融合的基礎上形成大創新，取得了舊武
俠小說難以望其項背的成就，做到了真正的雅俗共賞。

新派武俠小說的這些成就，可以歸結為金庸、梁羽生等作者以
精英文化改造了武俠小說的結果。這種改造帶來了武俠小說的新生
命，適應並積極促進了二十世紀乃至二十一世紀中華社會文化生態
的新平衡。新派武俠小說尤其金庸小說受到億萬讀者熱烈持久的喜
愛，也受到宗璞、葉文玲、劉再復、劉心武、李陀等許多新文學作
家的熱情讚譽，決不是偶然的。

社會呼喚新武俠！文化生態平衡需要新武俠！八十年代末期起
中國大陸重又在全民中倡導見義勇為精神並設立見義勇為基金，是

十分適時的！

眞正的俠義精神永遠不會過時！

金庸著作中的神話女性之美

彭 毅[*]

（國立臺灣大學中文研究所碩士）

一、引 言

> 碩人其頎，衣錦褧衣。齊侯之子，衛侯之妻，東宮之
> 妹，邢侯姨，譚公維私。手如柔荑，膚如凝脂，領如蝤蠐，齒
> 如瓠犀，螓首蛾眉。巧笑倩兮，美目盼兮。（《詩經·衛
> 風·碩人》）

在古代流傳下來的典籍中，最早描繪女性之美的就得數〈碩
人〉這首詩了。〈碩人〉詩是衛人頌美衛莊姜之作❶，在這裡描繪
出一個天生麗質的美女來。雖然這首詩在形容手、領、齒、首、眉
的素材上不過用一些常見的動植物以及生活中習知的「凝脂」之
類，但卻足以表現出古人對「美」的感受，這樣審美所用的素材，
未嘗不受古時農業社會的限制；其領會之美卻超越這種限制。自
「齊侯之子」至「譚公維私」五句在於說明莊姜的身份地位，以如
此的身份地位與身材修長（頎）、體態柔婉、肌膚白膩、加以「巧

---

* 國立台灣大學中文系教授
❶ 屈萬里《詩經釋義》〈碩人〉詩注：「此當是莊姜嫁時衛人美之之詩」（台北：中華文化 1955頁44）

笑倩兮美目盼兮」的清逸靈動的神情笑貌，使她的尊貴和美麗適如其份的呈現。而那種既飄灑又莊重的神采，應是個人內在美的外現；至於「衣錦褧衣」❷則顯發出華麗內斂和樸實的美德，在天賦和修養融會於一身之下，那就是一個「碩人」，一個高華賢淑、不朽的美女意象。〈碩人〉詩歌頌莊姜之美，基本顯示出人對美女的愛慕以及炫耀誇飾的意識，這是人所共有的，自然而然地流露在許多詩文之中。

> 蘭膏明燭，華容備些。二八侍宿，射遞代些。九侯淑女，多迅眾些。盛不同制，實滿宮些。容態好比，順彌代些。弱顏固植，謇其有意些。姱容修態，絙洞房些。蛾眉曼睩，目騰光些。靡顏膩理，遺視矊些。《楚辭·招魂》❸

〈招魂〉中的美女是指向各國（九侯）淑女，故對髮型、樣態、身形、膚質以至顧盼風姿做了精緻的刻鏤和鋪張，並且也表示這些「好善之女，多才長意，用心齊疾，勝於眾人也」；「美女內多廉恥，弱顏易愧，心志堅固，不可侵犯，則謇然發言重禮義也」❹，女子的中心善、賢蘊含著動作敏慧、才藝多方，這般內在及外現的、天賦及修養融合的審美觀，與〈碩人〉詩的意含並無二致，所不同的是：招魂中所稱美的對象是多數而非一人。但在對美女傾慕和炫耀的表現上，卻顯示著共同的興趣。其實在中國文學領域

---

❷　褧衣，今所謂單袍也。（見同❶）

❸　洪興祖《楚辭補註》頁337-339。（台北:藝文 惜陰軒叢書　1960）

❹　見王逸註「九侯淑女多迅眾些」及「弱顏固植謇其有意些」句（同❸　頁337、338）

中，有關女性之美的筆觸一直是一個重要的主題。

這種對美女的興趣不只是形容現實中女性之美，往往馳騁人的想像去捕捉和型塑出超現實的神女之美，如《楚辭·九歌·湘君》中之湘夫人「美要眇兮宜修」；寫山鬼則「既含睇兮又宜笑，子慕余兮善窈窕」，這種美與〈碩人〉、〈招魂〉中的美女並無不同，是以人間美女為典型的想像。換言之，超越存在之女神這種美其實是屬於「現實格」的。而「若有人兮山之阿，被薜荔兮帶女蘿」「乘赤豹兮從文狸，辛夷車兮結桂旗」，這才是女神（山鬼）特有的、超越人間世的神力和特質，也就是這一女神之美的「非現實格」。對一女神之美的意象往往是兩者的融合，即不僅是「現實格」的，也是「超現實格」的。

超越存在女神之美的「現實格」，那是人以現實經驗和願望在感受與想像之下所體現出來的；就山鬼的「非現實格」而言，其儀從之動植物是現實界之物，這在文學中是常見的，尤其後世小說中的女性之美是天上或人間、神話或實有，常常交互呈現，是現實的也是非現實的。這種雙向又交集的情況，在現代雅俗共賞的武俠小說尤其如此，武俠小說中的俠女之美更與神話中女性之美相類似。本文在討論金庸作品中的女性之美的神話性質之前，先對神話女性之美再略作解說。

二、神話女性之美

往古之時，四極廢，九州裂，天不兼覆，地不周載，火爁炎而不滅，水浩洋而不息，猛獸食顓民，鷙鳥攫老弱。於是女

娲鍊五色石以補天，斷鼇足以立四極，殺黑龍以濟冀州，積蘆灰以止淫水。蒼天補，四極正，淫水涸，冀州平，狡蟲死，顓民生。《淮南子‧覽冥》❺

俗說：天地開闢未有人民，女媧摶黃土作人。務劇，力不暇供，乃引繩于泥中，舉以爲人。故富貴者黃土人，貧賤凡庸者絚人也。《風俗通義》❻

在不同的傳說中女媧有「化」萬物的神能❼；而這裡所引的兩則，是關係到人類生存的大事。女媧被視爲創生人類和安定了人類之生存世界的女神。這種以女性作爲創世者與拯救天地的想像，容或來自遠古的母系社會，在後世以男性爲中心的社會裡顯得相當特別。最有趣的是相關傳說以爲女媧之補天是因爲「共工與顓頊爭爲天子，不勝，怒而觸不周之山，使天柱折，地維絕。」❽男性爲權力爭奪惹下的大禍，卻得由女性來善後。這當然也可能是洪水神話的

---

❺　高誘注《淮南子》　　（台北：世界書局　1955）

❻　應劭《風俗通義‧佚文》（王利器校注）（台北：明文書局　1988　頁601）

❼　袁珂《山海經校注》「有神十人，名曰女媧之腸，化爲神，處粟廣之野，橫道而處。」〈大荒西經〉（台北　里仁　1981　頁389）　許慎《說文解字》「媧，古之神聖女，化萬物者 也。」（見段玉裁《說文解字注》頁623，台北：廣文　1969）又淮南子說林「黃帝生陰陽，上駢生耳目，桑林生臂手，此女媧所以七十化也。」（同註5　頁292）

❽　王充《論衡》卷第十一〈談天篇〉（台北：中華書局　四部備要本）。《列子‧湯問》則以女媧補天是共工爭帝以前事。見楊伯峻《列子集釋》　　（台北：明倫　1970　頁 94）。

❾　見❻，頁599有「女媧，伏希之妹。」一條亦爲洪水神話之一。常任俠以爲伏羲、女媧爲中國各民族之共同祖先。（見氏著〈重慶沙坪壩出土之石棺

另一版本。❾無論如何，幸有女媧的巧手鍊成五色的美石來補天，建立了彩麗堅實的天空、斷鼈足以立四極、殺黑龍濟冀州、積蘆灰止淫水，支撐住灰濛濛平穩的大地。女媧補天止洪水之目的，全在於「顓民生」上，拯救了人類的困窘。雖然在塡置大地時不得已「斷鼈足」「殺黑龍」，而在〈覽冥篇〉緊接著「顓民生」說「背方州，抱圓天，和春陽夏，殺秋約多，枕方寢繩，陰陽之所壅沉不通者，竅理之逆氣傷民厚積者，絕止之。」❿顯示女媧已將瀕於滅裂的殺戮大地轉化爲自然安寧之境，她解除了「猛獸食顓民，鷙鳥攫老弱」的危難，重建了一個祥和的世界。她的作爲是出於對人類命運的關懷，即使摶土造人的神話也是爲不忍見人類之滅絕。如果說女媧蘊含的「內美」─她的仁慈與關愛才是這一神話的底層意涵。古人把這一潛存的願望投射到一位虛構的女神身上，並且以生動而具體的意象呈現出來。上引資料中並沒有說明或描繪女媧的相貌如何，重點只爲強調她的神能和功業。因此我們只能從「非現實格」之美的方面看她。實際上，有的典籍中記述她的形貌遠非現實經驗中的美女：

傳言：女媧，人頭蛇身，一日七十化⓫。

女媧氏：蛇身人面，牛首虎鼻。此有非人之狀，而有大聖之德⓬。

畫像研究〉，《常任俠藝術考古論文集》北京：文物出版社 1984 頁5）

⓾ 同❺ 頁95

⓫ 見楚辭天問「女媧有體，孰制匠之」王逸注文。（同註3 頁175）

⓬ 楊伯峻《列子集釋・黃帝篇》頁51。

這種人與異類動物併體的形象和《山海經》中諸神往往是異類動物湊合在一起的⑬實屬於同一類型，從後人眼光來看這一「非現實格」的外形是怪異而可怕的，如果爲遠古之初民設想，由於他們對諸動物異能的敬畏，才去拼湊異類於一身而奉之爲神，基本上是對超越人能的傾羨而非貶抑。則女媧之人、蛇、牛、虎的混合形貌毋寧是對其異能的頌美。

至於後世小說《封神榜》中所謂的福神女媧，卻被描寫成：

> 容貌端麗，瑞彩翩翻，國色天姿，婉然如生；眞是蕊宮仙子臨凡，月殿嫦娥下世⑭。

這種俗劣的形繪，其實沒多少意義，只是把女媧之美想像爲「現實格」的，跟早期人共同的心靈投射涵蘊之豐富頗有差異；不過，作者還是希望把人所喜愛的、有益於人的神祇賦予美好的容狀，以與她的神能相副。實際上，女媧的「非現實格」才是最重要的。也就是說她拯救或造福於人的慈愛胸懷、以及因此胸懷而有的神能與功業、所謂「大聖之德」才是被崇敬的原因。至於「女媧有體，孰制匠之？」（見⑪）她其實可被想像成任何形貌，乃至無形無象，而不必是固定的蛇身人面、牛首虎鼻。

當然，在才德之外，歷來詩賦或小說中不乏浪漫性的、可以親近的神女，如早期賦中楚襄王夢中相遇之神女和曹植感甄之宓妃。

---

⑬ 參拙文《諸神示象─山海經神話資料中的萬物靈跡》（臺北《台大文史哲學報》四六期頁8，1997）

⑭ 陸西星《封神榜》第一回（ 台北　智揚　1997　頁3）

對神女的摹繪窮極想像之至，鋪陳侈麗，成為文學中的典範。如宋玉為楚襄王賦神女云：

> 其象無雙，其美無極。毛嬙障袂，不足程式。西施掩面，比
> 之無色。…貌豐盈以莊姝兮，苞溫潤之玉顏。眸子炯其精朗
> 兮，瞭多美而可觀。眉聯娟以蛾揚兮，朱脣的其若丹。〈宋
> 玉神女賦〉⑮

寫「眸子」兩句未必然比「巧笑倩兮，美目盼兮」生動；但下文說
她：「婆娑乎人間」及「動霧縠以徐步兮，拂墀聲之珊珊」若真似
幻的行動就是非現實之境。因為她是在襄王「晡夕之後，精神怳
忽，若有所喜，紛紛擾擾，未知何意，目色髣髴，乍若有記，見一
婦人，狀甚奇異，寐而夢之，寤不自識」的情況下出現的。這一背
景，經過宋玉的潤色夸飾，營造出虛靈的氣氛，就融合了現實與非
現實之美。曹子建的〈洛神賦〉也是同一類型的作品，對洛神宓妃
之美更有細緻的形繪：

> 其形也，翩若驚鴻，婉若遊龍。榮曜秋菊，華茂春松。髣髴
> 兮若輕雲之蔽月，飄颻兮若流風之迴雪。遠而望之，皎若太
> 陽升朝霞。迫而察之，灼若芙蕖出淥波。穠纖得衷，修短合
> 度。肩若削成，腰若約素。延頸秀項，皓質呈露。芳澤無
> 加，鉛華弗御。雲髻峨峨，修眉聯娟。丹脣外朗，皓齒內
> 鮮。明眸善睞，靨輔承權。⑯

---

⑮ 見蕭統《文選》（台北 華正 1982 頁867－868 下引〈神女賦〉文同。）
⑯ 同⑬ 頁270－272 下引〈洛神賦〉文同。

這是作者在「精移神駭，忽焉思散，俯則未察，仰以殊觀」之下所睹之「麗人」。

開始仍不免於現實性的描繪，甚至想像她「習禮而明詩」之淑美；只是比〈碩人〉與〈神女賦〉等加詳而已。及至「執眷眷之款實」、「靜志」「自持」之後，洛神爲之感動，以下的描述才展現神女非現實的風貌：「體迅飛鳧，飄忽若神；陵波微步，羅襪生塵。」以及「屏翳收風，川侯靜波。憑夷鳴鼓，女媧清歌。騰文魚以警乘，鳴玉鸞以偕逝」的神仙之境。雖不免於「人神之道殊」「良會之永絕」的遺憾，而洛神則成爲出塵之美的象徵。在這裡人與神的交感，現實界和非現實界的雙向交流，比襄王之夢遇神女是更複雜了一層。

大體來看，歷來文學作品中寫女性之美的多是在「現實格」方面著墨，從姿容、行動、語言、服飾、居室…等細加刻鏤。即如《紅樓夢》中雖然幻設賈寶玉原是女媧補天棄而不用的一塊頑石，又設神瑛侍者與絳珠仙子的神話；而只在他遊於「太虛幻境」時，作者形容警幻仙子之美、是用了〈洛神賦〉那種非現實的寫法；其它書中對這些美女的描寫都不出現實之外。這自然是只有經驗中、具體的存在的才易於表出、也易引生共鳴與聯想。當然，雖是以現實格來呈顯的，並非沒有非現實格的一面。所謂金陵十二釵在太虛幻境的冊子裏已經被注定了她們的命運，這種設計就是非現實性的；而其命運卻往往與其性格才貌相關，如寫妙玉「氣質美如蘭，才華復比仙，天生成孤癖人皆罕。」就因爲「太高人愈妒，過潔世同嫌」，才慘遭不幸。所以在女性之美的塑造中，自不僅止於外表的描繪。作者在第一回中說：「忽念及當日所有之女子，一一細考

較去，覺其行止見識皆出於我之上，」❶無論他說的「行止見識」
是甚麼意思都應在姿容表象之外。

三、金著中幾位神話女性之美

　　古典小說中幾乎都涉及神話的構設，固不只是《紅樓夢》而
已。而特別是俠義小說之類，其本質上就是神話性的。早期如唐代
傳奇中已有生動的人物創造，其中的女俠更是活躍，以紅線和聶隱
娘最著。紅線為助潞州節度使薛嵩，夜漏三時，往反七百餘里，取
得魏博節度使田承嗣床頭金盒，警其勿妄動。聶隱娘尤神異，腦後
藏匕首，用即取之，殺人於無形，為劉昌裔殺精精兒，只見其望空
而踣，身首異處；又能化為蠛蠓，潛伏人腸中。同篇寫妙手空空兒
之神術，無形滅影，一搏不中，即翩然遠逝，倏忽千里之外。這些
異能自然都是神話。而這類傳奇卻極少描述其容貌之美，然讀者自
能感受其空靈英爽之氣，自有一種有別於現實中的女性之美。尤其
文末說她們「遂亡其所在」〈紅線〉、「自此無復有人見隱娘矣」
〈聶隱娘〉❶見首不見尾，引人入於超現實之境。

　　後世公案與《三俠五義》之類雖然也寫女性，大多是杏眼桃腮
一些俗套的形容，除有些人情社會或有可觀外，藝術成就有限。近
年因時代變動劇烈，社會苦悶，讀者需求，所謂武俠小說大量出
現；然而可讀性高者實不多見。直到金庸的著作問世，才開創一新

---

❶　曹雪芹《紅樓夢》（台北：華正書局　1977　頁1）
❶　袁郊　〈紅線〉　（張友鶴《唐宋傳奇選》　台北　明文　1993　頁145－147）
　　裴鉶　〈聶隱娘〉　（同上　頁155－157）

天地，提升了武俠小說的境界。不僅雅俗共賞，想像豐富，在人物創造上尤能栩栩如生，其筆下的女性更是多彩多姿，遠超過一般俠義小說中的造型。這些女性基本上也是神話性的，因爲武俠世界本就是非現實的世界，其虛構的本質可謂與神話同出一源。只是高明的作者不僅使故事引人入勝，且常常出入於現實與非現實之間，其喜怒哀樂、貪癡怨妒固是無異於現實之人，不平不義之事也是人間所常有；而卓越的武功或難得之奇遇則非現實之眞，作者或藉以增強人物性格的刻畫，或製造緊張生動的場景，乃至使生死愛恨之情更能扣人心弦…，現實中或經驗中的可能與非現實的想像融而爲一。金著中的人物繁多，寫女性人物之情特別動人，她們眞摯的愛情和扭轉乾坤的才能智慧，最富於神話性。下面舉四人爲例：

(一)**黃蓉** 首次是在大漠英雄傳⑲第七回裡出現：

> 那少年約莫十五六歲年紀，頭上歪戴著一頂黑黝黝的破皮帽，臉上手上全是黑煤，嘻嘻而笑，露出兩排晶晶發亮的雪白細牙，卻與他全身極不相稱。眼珠漆黑，甚是靈動。（頁271）
>
> 郭靖見他臉上滿是煤黑，但頸後卻是白膩如脂，肌光勝雪。微覺奇怪，卻也並不在意。（頁274）
>
> 只見他兩條淚水在臉頰上垂了下來，洗去煤黑，露出兩道白玉般的肌膚。（頁276）

如此骯髒邋遢的小叫化，郭靖既同情又喜歡，竟視爲至交兄弟。作

---

⑲ 本文所據金庸作品皆爲遠景出版 （1980）以下引文將僅標示頁碼。

者其實已透露出這個小叫化是經過易容的，只是郭靖「並不在意」。直到黃蓉戲弄了三頭蛟侯通海、將黃河四鬼吊在林中樹上，郭靖才明白了她的性別。這把黃蓉的慧黠和郭靖的樸厚相映凸顯。然後才正面描寫其美：

> 只見船尾一個女子持槳盪舟，長髮披肩，全身白衣，頭髮上束了條金帶，白雪一映，更是燦然生光。郭靖見這少女一身裝束猶如仙女一般，不禁看得呆了。那船慢慢盪近，只見那女子方當少齡，不過十五六年紀，肌膚勝雪，姣美無匹，容色絕麗，不可逼視。（頁327）

自郭靖與黃蓉相遇以後，其武功進境才日益神速：先是郭靖為全真七子的王處一到趙王府尋解藥，二人與府中群雄力戰，郭靖得飲蔘仙老怪的藥蟒之血，功力突增、百毒不侵；然後黃蓉以巧妙廚藝為郭靖換得洪七公的降龍掌法，奠定基礎；接著郭靖為黃蓉赴桃花島，老頑童周伯通將空明拳、雙手互搏以及九陰真經傳授給郭靖，使他的武功足以躋身江湖高手之列。而黃蓉於大海火船及荒島上，拯救護衛著洪七公，以謀略和西毒歐陽父子周旋，得到洪七公授予丐幫幫主及打狗棒法。在牛家村，黃蓉助郭靖在密室內療傷，室外爭鬥不絕，度過了時時危機的七個日夜。都處處展現她的機智、膽識和勇氣。黃蓉不接受父親要她和郭靖斷絕往來，淒然地說「他心中只有一個我，我心中只有一個他，我跟他多相見一天，便多一天歡喜。」（頁1059）這種真切的情意，不變的心志都不是平常女子所能的。她在軒轅臺上以丐幫幫主揚威、協助郭靖鐵掌峰取得武穆遺書、智取漁樵耕讀過關又用計挽救一燈大師一命、鐵槍廟中在眾

敵環覷之下，她以機智爲父親洗刷殺害五怪的誣枉而使眞相大白、藏身蒙古軍營運籌幃幄而決勝千里、更三擒三縱西毒歐陽峰，華山論劍使郭靖終於嶄露頭角。她的才華和光彩輝映全書，她才應該是眞正的主角。而在《神鵰俠侶》中黃蓉又展現出成熟的智慧，與郭靖共守襄陽的大智和大勇更不是人所能及的。這整體觀之，她的美就不止於郭靖第一次發現她是一個女子時眼中所見的容姿。

㈡小龍女　《神鵰俠侶》的主角楊過，在終南山全眞門下受盡欺凌而逃離，因受傷進入了活死人墓，他醒後

> 聽到帷幕外一個嬌柔的聲音：「孫婆婆，這個孩子哭個不停，幹什麼啊？」楊過抬起頭來，只見一隻白玉般的纖手掀開帷幕，走進一個少女來。那少女披著一襲輕紗般的白衣，猶似身在煙中霧裡，看來約莫十六七歲年紀，除了一頭黑髮外，全身雪白，面容秀美絕俗，只是肌膚少了一層血色，顯得蒼白異常。（第五回、頁170）

小龍女之出現就環繞著一層神秘的氣氛，爲孫婆婆與全眞派動手，她使用的武器也很特別，是條白色綢帶，末端繫著一個金色圓球，這個兵刃能在空中轉彎，過招時金球玎玎玎的響著。更別緻的是

> 只見小龍女取出一根繩索，在室東的一根鐵釘上繫住，拉繩橫過室中，將繩子的另一端繫在西壁的一口釘上，繩索約莫一人來高，她輕輕縱起，橫臥繩上，竟以繩爲床。（頁195）

她凌空睡在一條繩索上，居然還能隨便翻身。這詭異的描寫不僅爲顯示其武功，而是營造出她的空靈之美，給人以不食人間煙火的感

覺。小龍女爲孫婆婆臨死的請求，收容了楊過並教他武功。二人合鍊玉女心經的經過也是異常的；赤練仙子李莫愁師徒攪擾活死人墓，小龍女重傷無力攘敵，與楊過一同躲進一間石室，得以窺見王重陽刻在室頂上的九陰眞經；既至出了活死人墓，小龍女原來的冷漠轉爲對楊過的眞摯愛情，後來發生的種種事端都是因爲她對楊過的深情所致。她無法忘情又到處訪尋楊過，卻因離群索居已久，不解人心險詐，往往自陷絕境。不過這更反襯出她的純潔任眞來。她本非世俗中人：

> 清雅絕俗，姿容秀麗無比，眾人心中湧出「美若天仙」（頁490）

這是她在大庭廣眾前出現時給人的感覺。作者透過眾目，簡潔有力的傳達出她脫俗之美。楊過比小龍女年輕得多，開始即稱其爲姑姑，也是師傅，彼此用情既深且專，卻不爲世俗之見所容，作者以顚覆和衝擊世俗觀念、強調她們生死不渝之情，小龍女先投入寒潭，楊過相思十六年後，萬念俱灰之下也投身萬丈深谷之中，故事雖然是快樂的結局，他們相愛的過程與波折寫來令人驚心動魄。作者創造了「絕情谷」這有反諷意味的地名，又想出一種有劇毒的「情花」來，使本已絕情寡欲的修道者也甘願忍受此花之毒。出塵絕俗之姿和全無機心的善良與生死相許之情是另一種神話性之美。

㈢**任盈盈** 《笑傲江湖》中的令狐沖，是個聰明機靈、浪蕩不拘而又急人之難不顧己身的人，他對小師妹岳靈珊一往情深。正當他內傷不治、小師妹移情他戀、落魄孤單而身處異鄉之際，懷中笑傲江湖曲譜被人誣栽爲是偷竊來的辟邪劍法，經過綠竹翁所稱的

「姑姑」證實了曲譜而非秘笈後，才還給了清白之身，在感激之餘遂稱綠竹翁之姑姑爲「婆婆」，這是他從綠竹翁年歲推論出來的。在他受身邊衆人冷落、懷疑、欺凌之下，視婆婆爲至親而完全信任，傾心說出自己的遭遇和失戀的感受，天天去聽婆婆的清心普咒曲，身心都得到舒泰，同時也得學琴機會。君子劍岳不群帶領華山派諸人自洛陽去福州，一路上江湖中各門各派和奇人異士都對令狐沖敬重有加，也都是爲其治病而來見。岳不群等對這些人既畏懼不安又不屑令狐沖與其爲伍。各路綠林豪傑在五霸岡上聚會，明明是爲了令狐沖關係，陡然間會散人去，只有所謂的婆婆跟隨著令狐沖同行，即使婆婆殺了少林方生大師，他依舊不改敬重婆婆之心去窺看她的長相。一直到二人摔到山澗，令狐沖才發現

> 澗水中映上兩個倒影，一個妙齡姑娘正抓著自己背心。（頁716）
>
> 再看水中倒影，見到那姑娘半邊臉蛋，眼睛緊閉，睫毛甚長，雖然倒影瞧不清楚，但顯然容貌秀麗絕倫，不過十七八年紀。（頁717）
>
> 只見她肌膚白得如透明一般，隱隱透出來一層暈紅。（同上）

一直所稱呼的婆婆刹那間竟變成一個絕色少女，這個少女乃是黑木崖日月神教教主任天行的千金－聖姑任盈盈，原來在一路上與令狐沖接觸的江湖諸人，都是聖姑所使；武霸岡聚會驟然解散，是因爲聖姑之駕臨，凡屬日月教者皆不可與聖姑面對；如此神聖不能直視的盈盈，居然扶持他在山澗野地生活。當令狐沖傷重昏迷不醒，盈

盈遂背負他赴少林寺，情願以自己的生命換取易筋經方法爲他治療內傷。盈盈離開被禁足之少林後，仍是勤勞奔波處處衛護令狐沖，當五嶽派欲合併在嵩山封禪臺爭奪掌門時，她易容爲大鬍子暗地裡替令狐沖助陣，還不顧一切搶救受重傷得令狐沖並不避嫌疑而守著他。明知他依然不忘情於小師妹，她不嫉妒而體貼其心意，拯救岳靈珊於危難並埋其骨。任我行狂悖自大，其野心欲統一江湖，而其死後盈盈繼位教主，於是終止了江湖上的血雨腥風。這是一種成熟穩練自我犧牲型的女性之美。

㈣程靈素　《飛狐外傳》第九回中，胡斐和鍾兆文爲苗人鳳眼睛中毒而來求解藥，他們曲曲折折來到個大花圃，

> 一個身穿青布衫子的村女，彎著腰在整理花圃。那村女抬起頭來向胡斐一瞧，一雙眼明亮之極，眼珠黑得像漆，這麼一抬頭，登時精光四射。胡斐心中一怔：「這個鄉下姑娘的眼睛，怎麼亮得如此異乎尋常？」見她除了一雙眼睛外，容貌卻是平平，肌膚枯黃，臉有菜色，頭髮也是又黃又稀，雙肩如前，身材瘦小，顯是窮村貧女，自幼便少了滋養，她相貌似乎已有十六七歲，身形卻如十四五歲的幼女。（頁339－340）

這麼不起眼甚至使人覺得可憐的村女，她斷然命令胡斐挑糞澆花時，自有一種威嚴意味，。由於胡斐的溫良體貼，消解了靈素的冷漠而願與他合作。她是藥王無嗔的最小弟子，藥王沒有栽活最毒的七心海棠，靈素卻實現了。她算無遺策，簡直是個智多星，既處理了爲惡又彼此不合的師兄、姐，同時也維護了藥王門戶，計入圓鐵

屋，鑊中煮師侄小鐵爲其卻毒，充滿了神秘和不可思議。她離開所居，替苗人鳳治眼毒，和胡斐結拜爲異性兄妹，明知胡斐深愛袁紫衣，雖然傷心而仍然跟隨著他，不斷的爲他分憂解困。福大帥招集天下掌門人大會，易容高手的程靈素，和胡斐一同易容去參加，巧計摔碎七隻玉龍杯，借著噴煙下毒使人人肚痛，都疑心福大帥毒害天下英雄，大會被攪散了局。在胡斐中了碧蠶毒蠱、鶴頂紅和孔雀膽三合一之毒時，她用口將毒液吸出，佈置了七心海棠蠟燭，毒死了背叛師門居心不良的師兄、姐，毒瞎了爲惡不擇手段的石萬嗔，終於犧牲了自己生命拯救了胡斐。她形貌平常卻是一個才智之美的化身，又深情款款。

金庸著作都是具備著曲折離奇的情節，其中變化往往出人意表，各書各個人物皆有其特性，所寫的美女幾乎難以計數，《天龍八部》中就成群的出現，《倚天屠龍記》裡也是美女如雲，…本文自是無法詳加討論。這裡只是姑且以四個不同的典型爲例，先略述其相貌、個性、本領、遭遇、行事方式等的梗概，以便作進一步的討論。

四、金著神話女性之美的特質

這四位女性，雖然她們的故事發生於現世人間，形貌也是以現實格呈現；可是她們卻給人一種非現實所有的感覺，她們是大異乎常人的「神」，但卻不是一個美麗的雕塑之女神，而是神話性的生動活躍的女性。

㈠她們出身所居之地雖然不同，可是都禁絕外人進入，是被保

護在一特殊之處，這設計的場所等於是神話之地。如黃蓉家居桃花島上，有大海及密集光禿的高大岩石爲屏障，其中無邊際的五采繽紛花樹蘊含著五行八卦的佈置，無論是天然的還是人爲的，不過是教人卻步罷了。小龍女原居終南山活死人墓，墓中永不見天日，各個石室都有機關可以操縱，養殖群蜂防人進入，更是孤絕的禁區。後來小龍女跳下斷腸崖深水中，通過水洞和冰窖，竟是一個清麗的平地樂園，她在此生活了十六年，這裡是她的第二故鄉，完全與世隔絕。任盈盈居魔教總壇黑木崖，黑木崖並不是黑色的，而是山石紅如血，一片長灘，水流湍急，石壁如牆有教眾把守，放響箭才有船來迎，再經險阻才到總壇。程靈素的住所沒有山水障庇，但藥王領域中凡樹木花草、飲食之物、人物在揮灑之間，都可以致人於死的機。這種居所之美麗奇詭、或險惡可畏，容易使人聯想到古神話中的昆侖，昆侖之丘是帝之下都，百神之所在，有鳳凰、玗琪樹等等人間難得見之物類，由九首人面虎身之開明獸守之，在八隅之巖赤水之際，非仁羿莫能上山崗❷。不同的是昆侖「非現實格」的成份多，四女所在地似爲「現實格」的，但這些地方絕非現實所有，同時它們是爲配合人物的身份、性格等特質來構設的。本質上就渲染著非現實性的氣氛。

　　㈡這四個女性即使出身、性格、異能、行事、浪漫的表現各方面固然有所差異，而她們對愛情專一眞摯以及甘願自我犧牲上，卻是沒有二致。她們跟隨所愛的人並肩抗敵，更同心協力行俠仗義。至於她們所愛的人之武功，在現實界中都不曾存在過，他們武功的

---

❷　袁柯《山海經校注》（台北：里仁　1981　頁298等。）

成就，除了明師之外，大多依靠著奇遇，譬如郭靖飲了蟒血、無意間學得九陰眞經工夫；楊過在危難中得窺九陰眞經、不經意獲取獨孤求敗的劍和神鵰；令狐沖被囚在地牢裡，學到了吸星大法；胡斐雖然沒有奇遇，而一個小孩子就憑著一本胡家刀譜便可無往不勝、天下莫之能禦，這些都是不可思議的事，他們的武功就是神話，其人也是神話人物。而這些女性也都身懷異能，雖然小說中並不著重她們學得武功的過程，但使她們都具有不同的超人之能，也只能是神話性的想像。

　　㈢這四個女性的現身，所給予人的印象就是神秘的超越現實界的。黃蓉始以骯髒小叫化露面，郭靖給銀子黃蓉大點名菜，郭靖贈馬及裘，她坦然接受而不謝。說是作者誇張寫法固亦可說，如說這極像一位神仙試探某人的誠意也無不可。本來的小叫化，突然以美如仙子的少女乘一葉扁舟出現，這眞是一種神秘的轉移，即使不同於狐化爲人異類的改變，這也可能隱藏著神話的變形意識。小龍女面貌清麗而無血色，白衣輕紗如在霧中，這和《莊子·逍遙遊》中「藐姑射之山有神人居焉，肌膚若冰雪，淖約若處子，不食五穀，吸風飲露，承雲氣，御飛龍，而遊乎四海之外」㉑來比照，二者有極大的神似之處。年少的任盈盈，竟然指揮如此龐雜的江湖人物，且隱於幕後，爲自己製造了神秘影像，這也有神話變形的意味在。弱小程靈素的解毒用毒之能，一如特異的武功，可能更具威力。像在圓鐵屋中煮活人祛毒，那也不可能是現實界的方法。從社會層面來衡量這四女性，她們的才藝表現，仗義無畏，在群衆裡或者處於

㉑　王叔岷《莊子校詮》　（台北　中研院史語所專刊之八十八　頁24）

性命危急之下，她們的機智反應、或算無遺策、或坦然面對，都不是人間現實中的人物所能爲，所以她們的形塑是神話性的，是人願望的投射，或者潛藏的夢境的表露。「夢是私人的神話，神話是公開的夢。」⑫如果這些女性被一個人喜歡與肯定，她們是私人的神話；如果爲大多數人喜愛或津津樂道那便是公開的神話。「當一個人成爲其他人生活中的偶像，他便進入被視爲神話的領域。」⑬

㈣這四人除了小龍女如煙霧中飄渺的神人之姿外，都是以「現實格」來描述的，程靈素雖然不像黃蓉姣美無匹、任盈盈秀麗絕倫，而其黑漆漆的眼睛亮得出奇，一睜眼便精光四射，眼睛往往是代表一個人的整體，所謂「傳神寫照正在阿堵中」，就此一點程靈素實爲一「奇美」的女子。而且她或慧黠機靈、或天眞無邪、或威嚴又溫柔、或沉穩而多謀，這些內在美充實溢出，使平常的長相散發出光輝。書中對她們外貌的描寫，自亦出於經驗與想像；但以她們超乎現實的武功異能，在武俠世界裡精彩之演出，其給人的整體意象是非現實的神話性之美。

㈤金著武俠小說自然是以男性爲主角，對男俠的出身、遭際、奇遇、行事爲人等是主要描寫的對象，女性不過是配角而已。一旦武俠小說中沒有女性，尤其是美麗的女性，作者可能很難作些曲折變化的揮灑，讀者也難以產生美感而被吸引。本文所提出的以上諸女，她們的演出不只是如此而已，她們實有其特別的地位。在這幾本書裡，諸女的愛情表現，比神女、洛神賦中的女神要純眞浪漫得

---

⑫ 喬瑟夫。坎伯著朱侃如譯《神話》 （台北 立緒 1995 頁72）

⑬ 同上 頁29

多了，她們都是主動的去愛一個人，專心一志此生不渝，同樣的都曾爲所愛的人不惜生命，雖然只有程靈素一人眞的死亡，而他們自我犧牲的眞情是同樣的。最主要的是在整個故事中，凡是她們第一次出現，男主角立刻就有一個重大的轉變，如郭靖與黃蓉相處後，武功日新又日新，終至武林高手之巔峰；楊過自進入活死人墓，完全改變了他的人生，砥礪自己成爲出類拔粹的大俠；令狐沖被任盈盈同情拯救之後，才有奇遇和領袖群倫的尊嚴；胡斐偕同了程靈素，其仗義的行爲、不屈的蓋世英氣更形彰顯。換言之，這些男主角的世界由於神話女性的出現，便另有一個新天地。這雖然跟女媧補天、顓民生之功不能相提並論，但她們的眞摯之愛同等可貴，而由以助成所愛的成長與發展也深具意義－可以說她們間接創造了新的生命。

五、結　語

　　本文試圖把神話中的女性之美與武俠小說中的女性之美作一對照。由於神話與武俠世界的虛構性在本質上的類似，這一比較並非無稽的聯想，從而對女性之美也增添一認識的向度。並不是巫山神女或洛神是僅有的美的典型，美是整體性的，不能把外貌與她內在的精神之美分開，現實性的描述也不能遺落非現實的成素。金庸的著作中創造的女性人物，除依經驗法則的想像之外，更賦予符合其性格的異能或武功，使現實與非現實融而爲一。這些人物形成的美的意象飛躍生動，遠非傳統小說中的人物可及。故稱之爲神話性的女性之美。

試論「多情劍客無情劍」中的啓蒙遍歷與神話書寫

方　瑜*

（國立臺灣大學中文研究所碩士）

　　容格（CARL JUNG）曾將藝術創作分爲兩種：一種是心理的；一種是幻覺的。前者的創作素材均出自人的意識領域，如人生的教訓、情感的震驚、激情的体驗以及命運的危機等，涵蓋人的意識生活與情感生活的各個層面。創作素材中包含的一切經驗都能夠理解，即使經驗本身是非理性的。幻覺的創作則不然，素材來自人類心靈深處某種陌生的東西，彷彿源於史前時代的深淵。一種超越了人類理解力的原始經驗，將秩序井然的世界的帷幕從上到下撕裂開來，讓我們能一瞥那無底深淵中的事物。它並不讓我們回憶起任何與日常生活有關的東西，而是讓我們憶起夢、夜間的恐懼和心靈深處的黑暗。❶「多情劍客無情劍」似乎正偏於後者，雖以武俠小說

＊　國立臺灣大學中文系教授

❶　參閱容格（Carl Gustav Jung）「心理學與文學」一文，頁95－100。收入《心理學與文學》（Psychology And Literature），久大出版社（1994，5月）。

類型呈現，內容也包括找出爲害武林的兇手、善惡對峙和尋寶等慣見情節。但全書眞正的搏鬥並不存在於意識世界，作者著力刻劃的乃是主角人物潛意識中內在的爭鬥，也可以說是跨越了意識「門檻」之後與內在無意識原型面對面的遭遇戰。因此，這部作品才會「將之置於古龍武俠作品中卻時時可見扞格之處」❷，但又是最常被論述的代表作。既然作品完成之後就「必須把解釋權留給別人，留給未來」。而眞正豐富的文本「就像夢一樣，它從來不自作解釋，往往都是曖昧模糊的」。❸然則何不在古龍留下最大詮釋空間的文本中試作新解？因爲只是一篇短論，擬將討論焦點集中於阿飛和林仙兒。從登場到退場，阿飛在全書中的經歷，恰似神話故事中，男孩通過「成人儀式」的啓蒙遍歷。翁仲信在論文中表述：阿飛的性格始終如一，沒有改變，古龍「只讓他停留在原始的甚至野蠻的層面上難以提昇」❹。其實，阿飛從走出森林、遇到李尋歡開始，就踏上「試鍊之路」。而與無意識原型「阿利瑪」的化身⋯⋯林仙兒相遇後，更面臨最嚴酷的火之考驗。他最後終於成功的通過了這漫長的啓蒙之旅，再度踏上海外征途的阿飛，已非血氣、蠻性的原始生命，而可說是另一個李尋歡了。

　　後文即先從神話中英雄啓蒙的主題，論述阿飛之出林入世；再以容格「集體無意識中的原型」論林仙兒角色的塑造；最後以二元對立觀深究李尋歡與上官金虹密室對決的神話象徵。

---

❷　翁文信「試析多情劍客無情劍」頁8，台灣現代小說史研討會發表之論文。
　　（1997，12月）

❸　同❶，頁107。

❹　同❷，頁2。

一、阿飛出林………啓蒙遍歷之始

坎伯（Joseph Campbell）在其神話學成名作「千面英雄」中，論及神話英雄的啓蒙之旅：「一旦跨越了門檻，英雄便進入一個形相怪異而流動不定的夢景，他必須在此通過一連串的試鍊，這是神話歷險中最令人喜愛的部份。」❺阿飛的登場，先由李尋歡看見雪地上一行足印開始；「自遙遠的北方孤獨地走到這裏來，又孤獨地走向前方」❻。由足印而認實体，彷彿辨認獸類。初入塵世的孤獨少年，也像一匹飄泊的孤狼，除了隨身竹劍之外，一無所有，只有母親的教訓「絕个要欠人的債」，「絕个要信任何人，也絕不要受任何人的好處，否則你必將痛苦一生」。❼此刻的阿飛奉行母訓十分徹底，甚至連「不是自己買的酒，也絕不喝」。按照神話慣用的象徵符碼「社會永遠是父權的」，而「自然則永遠是母性傾向的」。男孩的「成人儀式」就是讓男孩「不再是他們母親的兒子，而成爲父親的兒子」，「小男孩不能再回到他母親那裏，他進入人生的另一階段，經歷一連串痛苦的經驗，成爲男人。」❽阿飛從出生就和母親生活在與世隔絕的森林中，連姓氏都沒有，雖然七歲母親就去世，但在二十歲出林之前，無論在心理或精神上，他都純粹是「母

---

❺　坎伯（Joseph Campbell）「啓蒙」，《千面英雄》（The Hero With A Thousand Faces），頁100。朱侃如譯，立緒出版社（民86年7月初版）。

❻　本文所用爲桂冠（民66年9月）版。引文見第一部，頁3。

❼　同上，第三部，頁1199。

❽　坎伯「第一個説故事的人」，《神話》（The Power Of Myth），頁 146－147。朱侃如譯，立緒出版社（民84年6月初版）。

親的兒子」。但出林後第一個遇到的人……李尋歡，對日後的阿飛
而言，在各方面都是「父親」。有趣的是林仙兒又扮演了擬似「母
親」的角色。

　　阿飛爲救李尋歡而負重傷，被仙兒所救，死而復生的瞬間，睜
眼看見仙兒「這張臉溫柔美麗得幾乎就像是他的母親，他記得小時
候生病，母親也是這樣坐在他身邊，也是這樣溫柔的看守著他。」
❾在這類似神話中「二度誕生」的情景，阿飛立即因仙兒想到母親
和母訓「叫我永遠莫要受別人的恩惠，現在我卻欠了你一條命。」
仙兒以「擬似母親」的形相出現，在第二部中有更清楚的描繪。阿
飛明知仙兒即「梅花盜」，卻不忍殺她，與仙兒一起隱居梅林小
屋。兩人日常相處，與其說是情人，不如說更像母子。

> 　　林仙兒白了他一眼，道：「你看你，吃飯就像個孩子似的，
> 這麼不小心。」阿飛默默的又將掉在桌上的肉丸夾起。林仙
> 兒又白了他一眼，柔聲道：「你看你，肉丸掉在桌上，怎麼
> 還能吃呢？」她自己挾起個肉丸，送到阿飛嘴裏。
> 　「我喜歡小飛每天換衣服。」臨睡之前，她打了盆水，看著
> 阿飛洗手洗臉，等阿飛洗好了，她又將手巾拿過來替阿飛擦
> 耳朵。「小飛像是個大孩子，洗臉總是不洗耳朵。」
> 　阿飛睡下去，她就替他蓋好被。「這裏比較冷，小心晚上著
> 了涼。」她對阿飛服侍得實在是無微不至，就是一個最細心
> 的母親，對他自己的孩子也未必有如此体貼。❿

---

❾　同❻，頁292。

❿　同上，第二部，頁599-600。

　　仙兒有如阿飛之「替代母親」，正如李尋歡有如阿飛之「替代父親」。仙兒與阿飛始終沒有肉体關係，除了仙兒故意懸宕以增其影響力，是否與阿飛自身在潛意識中亦將仙兒視爲母親有關？阿飛之掙扎於李尋歡和林仙兒之間，如果借用神話啓蒙的詮釋，豈不正像一個男孩爲了究竟該忠於母親還是父親而痛苦？這是「多情劍客無情劍」中，多層「二元對立」的一面。

　　男孩在成長過程中必須脫母入父，脫離自初臨人世即享有的溫柔關愛、呵護疼惜，踏入嚴酷爭競的成人世界——父權的世界。而成長的眞正開端乃是「不服從」，「不服從才能開始自己的新生命」。⓫阿飛必須質疑母訓，才能眞正「啓」其「蒙」。「原始社會中，成人禮的儀式，都有神話意義作基礎，並和殺掉幼稚的自我、長大成人這個概念有關……男孩得切斷自己對母親的依戀，把力量集中在自己身上，然後出發。那就是神話中：年輕人，去找你的父親！這句話的意思。」⓬全書終篇，阿飛徹底擺脫林仙兒、告別「替代父親」李尋歡，遠航海外，似乎有意去尋覓生身之父。全書脫母入父的啓蒙特質也因此格外彰顯。

　　進一步探討「啓蒙」概念，其中包含「對成人禮候選人之職業技術、責任和權利的介紹，以及他對雙親意象、情緒關係的根本調整兩部分。父親或替代父親只將權力委付給已成功清滌所有嬰兒期不當情結的兒子——對這樣的人而言，公正無私的執行權力，不會因自我膨脹、個人偏好或憤恨等動機而受挫。……在對存有啓示的

⓫　同❸，「內在的旅程」，頁87—88。

⓬　同上，「英雄的冒險」，頁232。

了解中得到平靜。」❸李尋歡確實在職業技術、責任和權利各方面成功的啓迪了阿飛。阿飛與李尋歡相處，學習到與「母訓」截然不同的認知與体悟。但因另一「母親」林仙兒強大的「阿利瑪」原型之力，阿飛才不斷掙扎於「雙親」之間，不能早日完成整個啓蒙儀式，「得到平靜」。而這「遍歷」的過程，正是全書精采情節迭出不窮的根源。

「性格遺傳自父親，身体與心則來自於母親。」❹但性格雖然決定命運，卻並非生而知之，人必須在成長中去發現自己的人格特質和命運。而身体與心卻是與生俱來，不待發現而知。此所以仙兒只想完全控制阿飛的身心，寧願他停留在「小飛」的兒童期，只聽她一人的話，不願他成長。李尋歡卻不斷訓練阿飛「擺脫所有不當情緒」，發現自己的人格特質。更不惜與呂鳳先「交易」，讓阿飛贏一次，以贏回自信。第三部中有一段特別值得玩味：李尋歡對阿飛分析荊無命和阿飛的不同，又論上官金虹對待上官飛和荊無命的差異。❺其中隱含了三組父子關係：李尋歡與阿飛，上官金虹與荊無命，上官金虹與上官飛。只有最後一組有眞正的血緣關係，另外兩組都是擬似父子。但決不能說，沒有血緣彼此的連繫牽纏就較不緊密。上官金虹後來雖知兒子是荊無命所殺，仍將其重收翼下；荊無命更從身体到靈魂都屬上官所有；而李尋歡對阿飛之諄諄教誨，較諸生身之父，猶有過之。

但緊接此段「父親意象」聚焦強化之後，古龍立即安排阿飛棄

---

❸　同❺，「女神的贈禮」，頁143。

❹　同上，頁285。

❺　同❻，第三部，頁858－878。

李而就仙兒的情節。❶讓阿飛以最激烈的暴怒情緒、最具殺傷力的辭語直刺小李飛刀內心最深的傷口。類似的衝突場面，直至終篇之前，再三出現。阿飛雖然逐漸認同李尋歡的價值觀，對李之人格、智慧更是傾服，幾次不惜犧牲生命以救李，但唯獨不能聽李之勸，棄絕仙兒。欲深究其因，除「脫母從父」啓蒙成長之不易，似乎更應探索林仙兒魅力之根源。

二、阿飛與林仙兒之遭遇……阿利瑪的考驗

容格開始提出他重要的心理學理論「集體無意識」時，即曾試圖描述集體無意識中的三種原型：陰影、阿利瑪、智慧老人。❶有趣的是，「多情劍客」全書角色，其實涵括了這三種原型，但限於篇幅，只擬就塑造最成功的女主角……林仙兒與「阿利瑪」原型的鏡像投映加以論述。

容格以獨創性的思維，試探以往人類從未涉足的深淵——集體無意識，因爲他認爲「向上的飛昇常是以向深淵的沈降爲先導。」❶人性中有極大的陰暗面，意識世界不能瞭解，更無能加以控制。但故意視而不見，並非解決之道。這不只是如弗洛依德所說：源自個人單獨的童年、過往經驗。而是更爲深遠遼闊、源自遠古無數世代人類經驗的積澱。想要窺探這無邊暗黑的陌生疆域，只有從藝術家的創作……尤其是幻覺式的作品中，去尋找線索。

---

❶　同上，頁885。

❶　同❶「集體無意識的原型」，頁23-63。

❶　同上，頁39。

　　從他歸納出無意識世界中的三種原型而論，似乎對阿利瑪著墨最多。阿利瑪「是一個自然的原型，通常都是在女人身上得到外象化」。她是「潛意識中的神奇女性、海妖、美人魚，仙子、優雅女神、女妖、女魔。她迷惑年輕男子，從她們身上吸走了生命。這類精靈遠在人類意識剛剛破曉的古代，就已存在，而隨時代而愈趨複雜。」「在過去時代中，挑逗人慾的娃娃魚，今天被稱爲性幻想。她以一種最痛苦的方式，使我們的精神生活複雜化。她出現在我們面前，像女魔一樣坐在我們頭上，變換成各種各樣的形狀。有時她激起各種迷醉狀態，足以匹敵最厲害的魔咒，或者釋放我們自身內的可怕事物、…她是一個害人精，在難以數計的變形和僞裝中走過我們的路，以各式各樣的詭計作弄我們，喚起幸福與不幸的幻覺，喚起憂傷和狂喜，喚起愛的進展……那女巫沒有停止攪和她那愛與死的毒劑，她那神奇的毒藥煉製成了詭計和自欺。儘管看不見，但危險的程度卻絲毫不會因此而減低。」❿試看容格筆下這段詳細描述，豈不正是林仙兒的「寫眞」？「她看起來像仙子，卻專門帶男人下地獄。」全書花了極大篇幅描繪仙兒蠱惑迷人的手段，她役使武林高手自動獻上奇珍異寶，爲其奔走服役、殺人、打探消息……，一如金錢幫主──上官金虹。但林仙兒擁有的力量，並非來自意識世界体制化的權力組織，而是源自潛意識的欲望。因此，意識世界中不受她控制的李尋歡和上官金虹，遂成爲她的最大對手。這又是全書二元對立的另一面相。

　　欲望可以有「難以數計的變形和化身。」英雄豪傑都難以逃

---

❿　同上，頁47。

脫，從青魔手伊哭師徒、神劍山莊游少莊主、少林高僧到上官飛、
呂鳳先……古龍樂此不疲列下的長長名單，正是疊起「阿利瑪」記
功碑的一塊塊基石。然而，「對兒子來說，阿利瑪也隱藏在母親的
統治力中。有時她會使兒子產生一種情感上的依戀，這種依戀會持
續一生並影響他成年後的命運。但在另一方面，她又會刺激他遠航
高飛。」⑳仙兒與阿飛的關係相當近似這種類型。雖然也長期被
「下迷藥」，但阿飛與仙兒之相處，所以最不同於其他「犧牲者」，
正在於阿飛從頭至尾沒有與林仙兒發生肉体關係。當然，這是仙兒
的「策略運用」，也是阿飛對仙兒的眞心相愛。如以容格的理論詮
釋，則阿飛最後終能擺脫「阿利瑪」，或許正是這種類似母子的關
係，「刺激他終於能遠航高飛」。而坎伯認爲「愛情測驗在本質上
是要確定這個男人會爲愛而忍受一切，他不是爲情慾才如此的。」
㉑這正是阿飛獨一無二、與眾有別的根本原因。

　　「和阿利瑪的關係是一次勇氣的測試，對人的精神和道德力量
的火的考驗。」㉒「只有當一切支撐全都斷折，後面再沒有任何遮
掩可以提供最小的安全和希望之後，我們才有可能去体驗一個原
型。」㉓阿飛出林之後唯一信任的「替代父親」李尋歡，中計被
俘，囚入興雲莊。爲了救李，阿飛自己也受傷垂死，「一切支撐全
都斷折」，「再沒有任何遮掩、安全和希望」，這正是阿飛和仙兒
相遇之初的情境，阿飛從此踏上眞正的「試鍊之路」。

---

⑳　同上，頁50。
㉑　同⑬，頁331。
㉒　同⑰，頁39。
㉓　同上，頁54。

　　但全書舖陳於類似「荒原」之外在世界的爭鬥，其實都是表象，眞正的搏鬥完全是阿飛內心和阿利瑪的掙扎。和這種內在爭鬥相比，僅僅是武功的比試實在不足爲奇。阿飛不斷在懷疑與信任、憤怒與原諒、軟弱與堅強之間，徘徊難擇。其實阿飛此時也正面對無意識世界中另一原型……「陰影」，其間潛伏：邪惡的血精、暴怒的脾氣和感官的軟弱。他出林之前，與生俱來的野性本能、耐心、觀察力和學習的智慧都在與阿利瑪的「遭遇」中，受到嚴酷的考驗和磨鍊。對阿飛而言，林仙兒的肉体成爲不斷引起渴欲的源頭，但又是不可蹭觸的「禁忌」。眞正的激情，在腦而非在身，「幻覺比情慾更深沉難忘，是眞正的原始經驗。」❷這種慾望時時受到引誘、挑逗而又不能滿足的懸宕，才是阿飛最艱難的試鍊。

　　「如果一個男人動了想和一個女人做愛的念頭，女人就已經占到上風。」❷仙兒無疑的極擅長以這種手段刺激阿飛。而愛情的痛苦，「只有原先傷害他的武器才能治癒。唯一可以醫好傷口的是開槍的人。……只有當槍口再接觸傷口時，愛情創傷才能被治好。」❷如果沒有這段漫長（幾乎與全書等長）而痛苦的遍歷，阿飛不可能眞正「啓其蒙昧」。「在阿利瑪『非理性精靈』的本質中，智慧與愚蠢是一体的。」「她可能化作一種最隱秘的個人不幸，或者化作我們最好的冒險。」❷仙兒確實集智、愚於一身，她是阿飛的「不幸」，也是他的「冒險」。「所有的原型都有否定的一面，也

---

⑳　同❶，頁105。
㉕　同❽，「愛情與婚姻的故事」，頁329。
㉖　同上，頁332。
㉗　同⓱，頁52。

有肯定的一面。」㉘阿飛最後之能成功通過「成人儀式」,正式進入「男性的世界」,林仙兒其實居功厥偉。與如此強大的「阿利瑪」遭遇後,阿飛對內在情感深度、強度和力量的瞭解,絕對與出林之前,判若兩人。

關於阿利瑪,容格還說了一段值得仔細玩味的話「阿利瑪是那天眞無邪的人所居住的樂園的蛇。懷著良好的決心,以及更好的願望,她奉出最好的理由,要人們不得探進無意識。因爲這種行動會破壞我們的道德禁律,釋放出眾多的力量。而這些力量最好還是讓它們留在無意識之中,不加攪擾的好。阿利瑪所說的話中總有正確的東西,因爲生活自身中並不全是好的,也有壞的。」㉙人必須正視內心中必然存在的暗黑深淵。生活危機時刻,和阿利瑪的遭遇,不只是勇氣的考驗,也是一種防疫式的警訊「不要輕易探進無意識的世界!」那裏有沉睡千年的無數原始力量,能夠不要驚動、釋放他們,才是明智之舉。阿利瑪其實只是一個「非理性」的精靈,她讓人類經由她的魅力一瞥那深淵中難以臆測的威力!

能創造出林仙兒這個角色,也許正緣於創作者「無意識深處的原始經驗」,然而,古龍又親手摧毀了他的創造物。全書終篇,仙兒不堪的結局,正是描繪如此成功「阿利瑪原型」鮮活寫眞的大敗筆!。也許因爲,林仙兒的塑造其實「違背作者的主觀願望」,乃是「被一股內心潛流席捲」而成。「清醒」之後,以古龍一貫以男性情義感天動地爲終極關懷的主導風格,破壞男性情誼的「狐狸精

㉘　同上,頁59。

㉙　同上,頁49。

女人」，當然罪該萬死，仙兒的下場遂不堪聞問。在表面似乎大快人心的處置下，卻毀了他在全書中塑造最爲成功的女性。不肯讓「阿利瑪」停格長存於「無意識」中，實在是最糟的「蛇足」。「多情劍客」畢竟還是傾向了娛樂性類型小說的一側。

三、沉降與飛昇………密室對決的神話象徵

前文已提及，「多情劍客」全書偏於「幻覺式」書寫，且有多重對立面，互相襯映，除了父親意象與母親意象、意識世界與無意識世界的對立之外，當然最明顯的還有神話故事和類型小說中常見的善惡對立。然而，古龍筆下上官金虹創立的「金錢幫」，除了扮演「善」之對立面，似乎尚有更深層的蘊義，值得探索。

近代西方論述曾先後提出「荒原」意象，作爲一種象喻。「荒原、沙漠都暗示精神與道德孤絕隔離的形相。」「土地、國家及整個人類關懷的領域都已被廢棄一旁。」❸艾略特（T S Eliot）著名的長詩「荒原」，更是資本主義社會中，人類精神荒蕪的鮮明繪卷。「生活在荒原上的人，都過著一種不眞實的生活。也就是別人怎麼做，你就怎麼做。別人告訴你怎麼做，你就怎麼做。卻沒有勇氣過自己要過的生活，那就是荒原……在荒原中，事物的表象是無法代表內在眞實的。」❹如果從這種觀點來看，「金錢幫」中所有大小幫衆，可以說全都生活於「荒原」中，以上官金虹的意志爲意

---

❸　同❸，頁333。

❹　同上，頁333－334。

志，命令爲依歸，他們活在一個「完全喪失自我的虛構世界中」。古龍作品沒有明確的歷史時空，往往脫逸於日常生活經驗，他筆下的「江湖」遂更易強化這種荒原的虛構感，也更能提供「文本」的詮釋空間。如以「沒有勇氣過自己要過的生活」爲測量基準，則除了「金錢幫」衆外，書中其他人又何嘗不是生活在荒原中？

第一冊惡之象徵……梅花盜，消聲匿跡之後，古龍開始營造更強大的惡勢力……金錢幫。以「金錢」爲「幫」命名，如借用馬克思對資本主義的批判而論「在這種以價值和貨幣爲中心的社會中，人與人的關係已展現爲沒有人格性、以貨幣爲媒介的物與物之關係。人的本質已從作爲社會之存有中異化了。」❸❷本應是獨立自主的人，卻拜倒在貨幣……金錢之前。金錢即權力，象徵意義，不言而喻。第二冊一開卷，金錢幫初次登場立威，即命各路武林人物，頭頂金錢，畫地爲牢，站立圈中，一旦金錢落地，當即處死不貸。這一大段描寫，人物形相，詭異莫名，有如流動不定潛意識中的夢魘場景。與後文「大歡喜女菩薩」及其一干徒衆，牙齒嚼爛飛刀、頸肉夾住劍鋒的荒謬怪奇，互相輝映，突顯「幻覺式」書寫的特色。

林仙兒一旦多年積累的財富，全被搾光，在上官金虹眼中，也就失去了利用價值。上官可說是除了李尋歡之外，唯一不受「阿利瑪」蠱惑的男人。因爲，對他而言，唯有「征服與控制的意志」，才是無上命令。獲得更多權力，乃是爲了保有現在的權力。權力並不是爲了獲得其他事物的手段，權力本身就是目的，這正是「權力

---

❸❷ 李永熾「邁向共產黨宣言」「當代」雜誌，128期（1998，4月）。

的自我目的化」。但權力必須也只能建立於意識世界中，對於潛意識，上官金虹是「無感」的。這也就是他可以利用林仙兒，卻能不受制於「阿利瑪」之力的原因。

就善惡對立的層面而論，「邪惡力量意味著它是一種抽象的力量，代表一種原則，而不是特定的歷史情境。……一套外加系統對我們生活的恐嚇，這套系統將打敗你、否定你的人性，你要怎樣才能不致被迫受制於它？」❸這正是李尋歡與上官金虹在表面的善惡對立之外，更值深究的意義。小李飛刀並不想建立另一種組織性的勢力以取代金錢幫，他爭的乃是「拒絕外在系統強加於個人的非人性要求。」他不能讓阿飛變成另一個失心失魂的荊無命！書中藉「智慧老人原型」……孫老頭之口說：「這兩年來，江湖中人才凋零，正消邪長，那些志氣消沈的英雄俠士，若再不奮發圖強，那金錢幫真不知要橫行到幾時了。」❹因此，李尋歡與上官金虹的對立、爭鬥，除了善惡對立外，更是個人與体制、人性與非人、自由與受制、不羈之精神與威壓之權力的對立。就連「尋歡」與「金虹」的名字都有十分明顯的對比、象喻之意。翁文信認為「上官金虹與李尋歡都是概念型人物」，❺可能即著眼於此。

然而，深入探究上官與李最後對決的場景，卻更堪玩味。書中曾仔細描述上官居宅的佈置，這個處所正是最後決鬥之地。富可敵國的金錢幫主，日常起居之室，卻只能用「別無長物」來形容：

---

❸ 同❽，頁244。

❹ 同❻，第二部，頁465。

❺ 同❷，頁2。

> 屋子很大，但只有一扇小窗，離地很高，永遠關閉，陽光照
> 不進來，雨也灑不進來。牆上塗著白漆，很厚，牆也很厚，
> 厚得足以隔絕一切。鐵鑄的大門，一尺厚，從外決不能開。
> 屋內，除了兩張床、一張大桌，再無別物。沒椅、沒凳，連
> 一個杯子也沒有。㊱

居所如此簡樸，因為上官金虹不要有任何多餘之物，讓他分
心，他要長保冷靜、清醒。然而，這種冷靜清醒的底層乃是永難饜
足的熱切渴望。而沒有多餘之物的大宅，其實正是無盡權力欲的
「上層建築」。鐵門、厚牆、關閉的高窗、不能從外面打開的門，
在在象徵威權高壓之力的自我封閉性，決對不容挑戰、分享。這種
權力欲望，發展到極致，只有死亡。難怪李尋歡一進此屋就說：

> 「活著住在這裏，雖然不舒服，但死在這裏倒不錯，因為這
> 地方本來就像是墳墓。」㊲

代表個人自由、自主，不受制於人的李尋歡，被迫進入封閉的
「墓穴」與上官對決。他們真正比鬥的場面，古龍並未描述，整個
場景的象徵蘊義遂更為豐繁。坎伯在「神話」中提及約拿（Jonah）
被吞入鯨魚腹中的故事，以神話學的詮釋，他認為「魚腹乃是消化
和產生新能量的黑暗處所……潛意識。」「下降到黑暗中，代表存
在於潛意識中的生命力量。英雄進入魚腹，最後又出來，並已轉
化。」這是「死而復生主題的變化型態，意識人格現在已和無法應

㊱　同㊅，第三部，頁1171。
㊲　同上，頁1172。

付的無意識之流接觸。……英雄遇上黑暗力量後，克服並殺了他。……最後浮現的是一個嶄新的生活方式。」❸

最後這次密室對決，上官本來占盡贏面，李尋歡已降到生命最低點的「黑暗魚腹」中。但「小李飛刀」畢竟還是「例不虛發」，殺死了對手。從密室中出來的李尋歡，不但在表層善惡的對立中獲得勝利，更深入「潛意識」的「龍穴」，和一向「無法應付的無意識之流接觸」，終於斬殺了「惡龍」……內心深層的罪疚感。打開厚重鐵門，步出密室，象徵李尋歡從「墳墓」中「死而復生」，從此展開嶄新的人生。糾纏多年的「心傷」痊癒，等在「門」外的是阿飛與孫小紅，不是林詩音。在感情上，李尋歡也終於從林詩音轉向了孫小紅。

然則，這次密室對決，似乎也可視為意識世界與無意識世界的對決。內在的「龍」，「就心理意義而言，乃是自己對自我的一種執著，我們被拘囚在自己的龍穴中」。❸李尋歡不能忘懷林詩音，追根究底，並非完全源於深沈的愛情。由小李飛刀回憶中呈現兩人相處的點點滴滴，其實更近似心意相投的手足、知己，而不像生死相許、刻骨銘心的愛侶。這種由童年友伴、青梅竹馬自然發展的感情，往往如此。當然，兩人日後如能結為夫妻，因為彼此熟知對方習性好惡，又有共同的成長經驗可以分享，相處自然無隔，更易成就良緣，但卻並不一定是生死相許、不容取代的「唯一」。

李尋歡對林詩音之「執著」，絕大部分乃是源自對平生唯一做

---

❸ 同❶，頁247－248。

❸ 同上，頁252。

錯之事的深沉愧疚……他看錯了龍嘯雲！因爲龍救了他一次，他就將林詩音「讓」給了救命恩人。這能算是生死相許的愛情？古龍筆下的英雄，一定要將男性間的友誼情義置於兒女愛情之上，於此又得一例。然而，小李飛刀這次「讓妻贈宅」的高行義舉，卻毀了龍家三口的一生，讓林詩音與龍氏父子都囚禁在解脫不開的「火宅」……興雲莊中。他對龍嘯雲「看走了眼」，他的「成人之美」，翻成罪魁禍首，不僅沒有成就美滿良緣，反而「釀成」一對怨偶，更因此「造就」一個「惡魔小孩」。是這份罪疚感，不是對林詩音的愛，才是李尋歡心底眞正的「惡龍」。對於李探花平生「例不虛發」的自尊、自傲、自信，這次大錯，確實是致命的重創。不斷彫刻的木頭人像、重複到幾乎讓讀者厭煩的咳嗽聲，都是「心傷」的表徵。但一直到他敢於深探「龍穴」之前，對於自己內心的黑龍，雖經「智慧老人」的點醒，李尋歡卻始終不敢正面相對，寧可採取不斷逃避的方式，讓身心都長期處於「飄泊流亡」狀態。等到「死而復生」，心傷痊癒，咳嗽不藥而癒，木頭也不再刻了。可見「我執」必須正視，而且只有自己才能開解。

從這種觀點來看，李尋歡的進出「密室」，何嘗不是一次英雄冒險、通過考驗的神話書寫？沒有人能永遠將生命隔離在門外，因此，上官金虹只有留在他自己一手建構、屬於彼岸、而非此世的死亡墓穴中。生命與死亡，多情與無情，人本身就是目的不是工具，全書努力經營的對立面，到此終於全部解消。

結 語

　　這篇論文嘗試將「多情劍客無情劍」全書,當作一個「文本」,以不同的解讀方式,希望能「挖掘」到一些尙未觸及的「礦脈」。其實,幾乎所有的作品都不斷和前代或當代的作品互相串連,隨時玩著偸竊、移植、模仿的遊戲,尤其以市場、娛樂取向爲重的大衆文學,更難尋得眞正原創性的文本。古龍是相當「自覺」的作者,他努力爲武俠小說求新、求變,而他認爲求新變的方法,就是要多方面吸收。❹在他這部重要作品中,確有從著名大衆文學中「移植」仿製的痕跡,略舉數例爲証。

　　大仲馬的名著「基度山恩仇記」,主角基度山伯爵一直愛著青梅竹馬的情人⋯⋯美茜蒂絲,但美茜蒂絲嫁給了壞人弗南特(後來成爲有錢有勢的馬瑟夫伯爵),最後基度山從海蒂年輕的愛情中獲得新生。在復仇過程中,基度山曾經一度懷疑自己行爲是否過當,他重訪當年被囚的地下黑牢,重溫內心的痛苦掙扎之後,走出洞穴,口中喃喃呼喚的名字,就不再是美茜蒂絲,而是海蒂。這與李尋歡從林詩音轉向孫小紅的歷程、場景,是否都頗爲相似?

　　宓西爾的「飄」及改編的電影「亂世佳人」,其中結局的一幕最爲膾炙人口:郝思嘉一直不明白自己眞愛的人其實是白瑞德,最後終於領悟,急著一路跑回家找他,但白瑞德已經心灰意冷,決心離去,再也不管她了。這多麼像林仙兒和阿飛分手的場景!不同的

---

❹　同❻,古龍「代序」,頁5-6。

只是思嘉是在濃霧中跑，而仙兒更慘，是在大雨中跑。

至於第一部中出現的小小配角……梅大、梅二，不能不連想起金庸「笑傲江湖」中的「江南四友」，他們住在孤山「梅」莊，偏偏梅氏兄弟也都姓梅！

其實，這些移植、仿製，都無礙「多情劍客無情劍」在古龍作品及當代武俠作品中的「份量」。書中的人物和蘊義，似乎有不斷探索的可能。既然古龍自己也力主擺脫一切束縛，求新求變。那麼，作爲一個讀者，嘗試「新」讀其「舊」作，應該也是可以接受的。

《孟子》在司馬翎武俠小說中的應用及其意義

楊 晉 龍

（國立台灣大學中文研究所博士）

提 要

　　本文主要從社會教育的角度入手，藉由分析司馬翎所著武俠小說引用《孟子》的情形，以論武俠小說在傳道德教育上的意義。

　　司馬翎（1933—1989）引用《孟子》的情形，主要用在討論人性善惡、義利之辨和俠義行爲的關係，另外則用在討論最上乘的武功—武道—和前述理論的關聯性。司馬翎強調上乘武功必需是「由技入道」，而形成武道的根源來自於俠義之心，即不忍人之心，這種俠義之心因來自人性內在的善性，因此心與武技合一而形成一股堅強的意志力，這股力量是因「配義與道」而成，故形成「至大至剛」、「雖千萬人吾往矣」的氣勢，因此無堅不摧，擋者披靡，

＊　中研院文哲所研究助理

每令敵方在未交手前，就已喪失鬥志，甚至因而喪生。另外司馬翎特別強調俠義之士所以要對抗惡勢力，亦不過是基於義之所在，求其心安而已，並非爲了任何名利，而邪惡勢力的存在，亦不過是人類「自私」一念的過度發展而已。

　　武俠小說雖以休閒娛樂爲主，但司馬翎卻能借用武俠小說的形勢，引導讀者深思善惡、義利等傳統的道德的問題，使讀者在閱讀過程中，不知不覺的被帶入「正道」，其潛移默化的教育作用，恐不下於正式的說教吧！

關鍵詞　司馬翎　武俠小說　《孟子》　道德教育

一、前　言

　　現代武俠小說在台灣曾風行一時，不少人以此爲主要的休閒娛樂，其對社會人心之影響，頗有值得注意之處，惟其影響之結果如何，實難以量化說明，然分析作品之內涵，則或可稍知其可能引發之作用，因藉司馬翎（吳思明，1933－1989）引用《孟子》之文義等資料，以論武俠小說在社會教育上的意義，尤其是在傳統倫理道德上的教育價值。

　　司馬翎作品的詳細數量，至今難以考知，據葉洪生（1948－）之統計，約有四十一部❶，筆者則僅見二十四部，❷雖稍有缺遺，

---

❶　葉洪生：《世代交替下的「武林奇葩」—司馬翎「武藝美學」面面觀》，
　　《葉洪生論劍—武俠小說談藝錄》（台北：聯經出版事業公司，1994年），頁
　　367，以爲有三十餘部。不過葉先生最近又重新加以統計，確實的數目應是四

然以小見大，或猶可以因而瞭解司馬翎引用《孟子》相關文義的意義和作用，這可能也是司馬翎武俠小說的另一特色。

<hr>

十一部：《關洛風雲錄》（1958）、《劍氣千幻錄》（1959）、《劍神傳》（1960）、《仙洲俠隱》（1960）、《白骨令》（1960）、《鶴高飛》（1960）、《八表雄風》（1961）、《劍膽琴魂記》（1961）、《聖劍飛霜》（1962）、《掛劍懸情記》（1963）、《帝疆爭雄記》（1963）、《鐵柱雲旗》（1963）、《纖手馭龍》（1964）、《飲馬黃河》（1965）、《紅粉干戈》（1965）、《劍海鷹揚》（1967）、《血羽檄》（1967）、《丹鳳針》（1967）、《金浮圖》（1967）、《焚香論劍篇》（1967）、《檀車俠影》（1968）、《浩蕩江湖》（1968，十四集起由雲中岳代筆）、《武道》（1969）、《胭脂刧》（1970）、《獨行劍》（1970）、《玉鈎斜》（1970）以上26部，均由真善美出版社出版；《斷腸鏢》（1960）、《金縷衣》（1961）2部由春秋出版社出版；《白刃紅妝》（1974，後半係偽書）、《情俠蕩寇志》（1974，部分存疑）、《人在江湖》（1975）、《艷影俠踪》（1975，後半係偽書）、《杜劍娘》（1975，部分存疑）等5部由南琪出版社出版；《劍雨情霧》（1980）、《江天暮雨劍如虹》（1980）、《強人》（1981）、《驚濤》（1981）、《挑戰》（1981）、《飛羽天關》（1984，最後遺作，第三部後係偽書）等6部由皇鼎出版社出版；《迷霧》（1979）平凡出版社出版；以及《倚刀春夢》等。以上資料係由葉洪生先生提供，謹此致謝。

❷ 此二十四部作品，先列於下：《關洛風雲錄》（台中：文天出版公司，1982年）、《劍神傳》（同前）、《八表雄風》（同前）、《劍氣千幻錄》（同前）、《鶴高飛》（同前）《帝疆爭雄記》（同前，1983年）、《白骨令》（同前，1982年）、《聖劍飛霜》（同前，1984年）、《鐵柱雲旗》（台北：真善美出版社，1963年－1965年）、《掛劍懸情記》（同前，1980年）、《纖手馭龍》（台中：文天出版公司，1983年）《、紅粉干戈》（台北：真善美出版社，1965年－1967年）、《飲馬黃河》（台中：文天出版公司，1984年）、《金浮圖》（同前，1982年）、《劍海鷹揚》（台北：真善美出版社，1980年）、《浩蕩江湖》（台中：文天出版公司，1983年）、《飛羽天關》（台北：皇佳出版社，1993年）、《血雨檄》《化血門》（一書二分）（台中：文天出版公司，1993年）、《丹鳳針》（同前，1985年）、《檀車俠影》（同前，1983年）、《武道》（台北：真善美出版社，1969－1970）、《胭脂劫》（同前，1970年－1971年）、《迷霧》（台北：平凡出版社，1979年）、《金縷衣》（台北：漢牛出版社，1982年）等，惟《迷霧》與《金縷衣》未曾引有《孟子》相關之文。

二、司馬翎引用《孟子》的實況和分析

司馬翎武俠小說引用《孟子》相關文句的情形，以及在小說中的作用，其內容如何？以下就所見析論之。

㈠引用實況的分析

根據前列二十四部小說引用的實際加以分析，《孟子》在司馬翎武俠小說中呈現的方式，大概有以下三類：

1.明文稱引者

引文之前直接指明孟子之說，或明言出自《孟子》者，此類引文出現在九部小說中，共有十七次，實際統計如下表：

書　　名	引用頁碼	引用次數
關洛風雲錄	628-9、933	6
劍神傳	148、882-3	3
八表雄風	1621	1
白骨令	402	1
纖手馭龍	347	1
飲馬黃河	144	1

書　　名	引用頁碼	引用次數
金浮圖	325、660	2
化血門	68	1
丹鳳針	466	1

2.引而不稱名者

此類引文雖取自《孟子》，然並不明言，或曰古人云，或全不言及，而於文中帶過，共引用廿六次，出現在十三部小說中，引用情形如下表：

書　　名	引　用　頁　碼	引用次數
劍神傳	620	1
劍氣千幻錄	847、1227	2
帝疆爭雄記	284、（續）425	2
白骨令	44、137	2
纖手馭龍	57、212、671 、949	4

書　名	引　用　頁　碼	引用次數
紅粉干戈	35/冊5、47/冊17	2
劍海鷹揚	780	1
浩蕩江湖	487	1
血羽檄	534	1
丹鳳針	476、(續)112、371、677	4
檀車俠影	(續)197	1
武道	19/冊2、14/冊11、30/冊11	3
飛羽天關	42、435	2

　　以上兩類共計引用四十三次，出現在十七部小說中，其中「自
反而縮，雖千萬人，吾往矣。」（〈公孫丑上〉）出現六次，在六
部書（《關洛風雲錄》、《纖手馭龍》、《飲馬黃河》、《浩蕩江
湖》、《化血門》）內、「惻隱之心，人皆有之」（〈告子上〉）
出現五次，在三部書（《劍神傳》、《金浮圖》、《丹鳳針》）內、
「富貴不能淫，貧賤不能移，威武不能屈」（〈滕文公下〉）引用
九次，在七部書（《帝疆爭雄記》、《纖手馭龍》、《紅粉干戈》，
《化血門》、《丹鳳針》、《檀車俠影》、《飛羽天關》）內出現、

「所惡有甚於死者」（〈告子上〉）在《武道》和《飛羽天關》中各出現一次、「君子可以欺其方」（〈萬章上〉）《紅粉干戈》、《丹鳳針》各引用一次、「天將降大任於是人也，必先苦其心志，勞其筋骨，餓其體膚，空乏其身，行拂亂其所爲，所以動心忍性，增益其所不能」（〈告子下〉）在《關洛風雲錄》和《白骨令》中各引用一次，這是比較重要的六條，其作用將在下文分析之。

3.文義相關者

司馬翎在某些行文中，雖未完全抄錄《孟子》之文，但很容易就看出和《孟子》的關聯性，例如：言王道與霸道（《纖手馭龍》，頁145、419）、論正人君子「必須將正氣公道，擴而充之，使多人受惠才行」（《武道》，冊7，頁51）、謂「人生必須有苦難和挫折，才能令人從奮鬥中獲得充實」（《白骨令》，頁112）等等，❸事實上均可以視爲《孟子》文義的演繹。今先列「義利之辨」相關條文如下：

小說原文	《孟子》相關文義	出現書籍	頁碼
「心存正義，不爲利動。」	〈梁惠王上〉：「王何必曰利，亦有仁義而已矣。」 〈告子〉：「去仁義，懷利以相接，然而不亡者，未之有也。…懷仁義以相接也。然而不王者，	關洛風雲錄	708

---

❸ 按《纖手馭龍》一條，可與〈公孫丑上〉：「以力假仁者霸…以德行仁者王」相關；《武道》一條可說是〈公孫丑上〉：「凡有四端於我者，知皆擴而充之矣，…苟能充之，足以保四海」的具體說明；《白骨令》一條和〈告子下〉的「生於憂患而死於安樂」的意思相近。

	未之有也。」（義利之辨）		
「只求目的，不擇手段。…俠義中人決不屑爲。…這種只問成功與否的人太多，以致強凌弱，衆暴寡的事層出不窮…正因爲這樣，世上才需要正氣磅礴，仗義行俠之士啊──」		八表雄風	256
「利之所在，便沒有道義可言。…不特時時刻刻要防備陷入別人計謀之中，自己也無時不以機詐待人。以此從來都不被人信任，也不信任別人。		帝疆爭雄記	889
「沒有傷仁害義之處，當然可以答應。」		纖手馭龍紅粉干戈	353 54/冊2
「做那等不仁不義之事，休想使得我動。「被那『正義』與『利害』的矛盾衝突弄的六神無主。」「這『正義』一詞聽起來冠冕堂皇得很，似乎可以爲了它而犧牲一切，但事實上芸芸衆生，有幾個能當眞奉行『正義』而犧牲自己的利益？」		飲馬黃河	104，146，385
「要知世上之人個個都可以在嘴巴上說得十分仁義道德，但一旦身當生死關頭，是眞是假就立時分辨得出來。」		纖手馭龍	979，1536

「正因你們愛用權術，所以手下所用之人，總須各自打算，不敢完全信賴你們。但幫助在下的朋友們，卻大大不同，我們均可寄以腹心，互相信任，即此一端，可見個中利弊得失了。」			
「『行仁義之道』，凡是不忠不義，殘惡敗德之事，不才都要盡力去管一管。」 「我力行仁義之道，當然是古聖先賢的信徒了。」 「凡事只講究『利害』。…自然個個皆是不擇手段，但求有利於己的思想了。」		浩蕩江湖	46，85，152
「這個人凡事但問對自己有利沒有，而不是做人有一個準則的人。這也許是使我看不起他的緣故吧？…這些俠名四播，天下共欽的人，做人行事，的確有若干準則，堅定不移，而不是純從自己的利與害上面打算。」		丹鳳針	（續）353
「但從理論上說，他若是帶走沈如菁，佔爲己有。則他已違背了俠義、公道和禮教等做人原則了。在這情況之下，則他努力從事的艱險任務，就算成功了，可是他自		檀車俠影	542，748

己爲人方面，卻是失敗了。」 「要知正邪之基本不同，正在於此，正派之人，每每被教導以別人爲重，自身利益次之。如果公眾的利益，與私人利益有衝突時，必須毫不猶豫的放棄了個人的利益，甚至陪上性命，亦在所不惜。但邪派之人，則是信奉『絕對自私』的信條，凡事只問自己有沒有利益，決計不管別人死活。」			
「在功利主義角度來看，吸取人血跟吃豬肉並無分別，只要能達到目的即可。但在倫理道德角度看，吸取人血而傷殘了人命，自然是很自私的行爲，並且因而會導致社會結構解體崩析之可能。因爲我們人類之所以能群居相處，以便達到延綿種族抵抗種種災難之目的，老實說全是依靠種種道德規律來維持。…人類社會能綿延存在，卻極之依賴道德規範，『暴力』必爲會遭遇排斥。」		飛羽天關	801-802

　　其他和《孟子》文義相關條文，以下爲節省篇幅，小說原文僅述其要點，不再全文引錄，其統計如下表：

小說原文大要	《孟子》相關文義	出現書籍	頁　　碼
浩然正氣。	「我善養吾浩然之氣」（〈公孫丑上〉）	掛劍懸情記 紅粉干戈	497 36-37/冊5
身處危險之中，對敵人猶有悲憫不忍之心。	「人皆有不忍人之心」（〈公孫丑上〉）	帝疆爭雄記 劍海鷹揚	149 11
人非聖賢，孰能無過，知過能改，離聖賢就近了。	「且古之君子，過則改之。…其過也，如日月之食，民皆見之；及其更也，民皆仰之。」（〈公孫丑下〉）	浩蕩江湖 檀車俠影	81、604 773
人性善惡之辨，肯定人性之善。	「孟子道性善。」（〈滕文公上〉）「人性之善也，猶水之就下也。」（〈告子上〉）「乃若其情，則可以爲善矣，乃所謂善也。」（〈告子上〉）	鶴高飛 金浮圖 血羽檄 丹鳳針	185 187、188、 324、325、 614-617 55 455-456
可奪命而不能奪志。	「威武不能屈」（〈滕文公下〉）。	劍氣千幻錄	1008-1009
認識善惡是非，卻不依這些道理去做人。	「徒善不足以爲政，徒法不能以自行。」（〈離婁上〉）	八表雄風 飲馬黃河 化血門	366 413、667 555
不能以身作則，爲達目的而用不正當手段，則和邪派人士無差別。	「反求諸己，其身正而天下歸之。」「教者必以正。」「守身爲大。」（〈離婁上〉）	八表雄風 浩蕩江湖 丹鳳針 檀車俠影	1145 151 320 （續）319

惡人只會怪罪他人，永不會自我反省。	「行有不得者，皆反求諸己。」（〈離婁上〉）「君子所以異於人者，以其存心也。…有人以此其待我以橫逆，則君子必自反也。」（〈離婁下〉）	紅粉干戈	11/冊28
道德和慾望的衝突，人禽之辨。	「人之所以異於禽獸者幾稀，庶民去之，君子存之。」（〈離婁下〉）	紅粉干戈 金浮圖	32-33/冊26 43
顏淵之樂，與他人無干。	「顏子當亂世，居於陋巷。一簞食，一瓢飲，人不堪其憂，顏子不改其樂。」（〈離婁下〉）	丹鳳針	621
男性皆有好色之心。	「好色，人之所欲。…知好色，則慕少艾。」（〈萬章上〉）	帝疆爭雄記 化血門 檀車俠影 武道	（續）215 29 92-93、433 20-21/冊14
俠義之心易被利用而不知。	「君子可以欺其方」（〈萬章上〉）	檀車俠影	571
無論善人、惡人，都有是非的觀念。	「是非之心，人皆有之。」（〈告子上〉）	劍神傳 劍海鷹揚	861-862 935
不好意思，就是禮的表現。	「羞惡之心，人皆有之。…羞惡之心，義也。」（〈告子上〉）	化血門	29
每個人都愛聽悅耳的絲竹、愛戀美貌的女子。	「耳之於聲也，有同聽焉；目之於色也，有同美焉。」（〈告子上〉）	金浮圖	325

人皆受良心的制約。	「雖存乎人者，豈無仁義之心哉？其所以放其良心者，亦猶斧斤之於木也，旦旦而伐之，可以爲美乎？…故苟得其養，無物不長。」（〈告子上〉）	八表雄風 劍氣千幻錄 白骨令 紅粉干戈 丹鳳針	1090 733 156、167 34/冊26 371
舍己爲人，重義輕生	「生，亦我所欲也；義，亦我所欲也，二者不可得兼，舍生而取義者也。」（〈告子上〉）	鶴高飛 鐵柱雲旗 飲馬黃河 劍海鷹揚 化血門 檀車俠影	185-186 46/冊17、19/冊21 105 908 68 756、(續)318
世事有比死更令人厭惡，有比生命更值得追求者。	「是故所欲有甚於生者，所惡有甚於死者，非獨賢者有是心也，人皆有之，賢者能勿喪耳。一簞食，一豆羹，得之則生，弗得則死。嘑爾而與之，行道之人弗受；蹴爾而與之，乞人不屑也。」（〈告子上〉）	關洛風雲錄 劍氣千幻錄 聖劍飛霜 鐵柱雲旗 纖手馭龍 胭脂劫	934 1435 701、1053 42/冊18 352、379 54/冊2
儒家重良知，良知潛藏於人心中。	「人之所不學而能者，其良能也；所不慮而知者，其良知也。」（〈盡心上〉）	纖手馭龍 金浮圖	334-335 189

　　這第三類與《孟子》文義相關部分，或許還有些見仁見智的條目，然而從全部相關的文義和文句加以觀察，可以肯定司馬翎引用

《孟子》的相關條文,絕不是無意的順手拈來,而是有意用以發揮小說中所欲傳達的思想觀念。

(二)引文作用的分析

司馬翎有意的引入《孟子》之文,其目的何在?在小說中的作用如何?根據前文統計的內容,大約可以分成以下三點:

1.加強趣味性

這類引文的目的,僅是在行文中用來作爲猜謎等一類趣味性的文雅行爲助興而已,並無特別的涵意,然由此亦可知司馬翎對〈孟子〉的熟悉,從而也可証明其小說中引用《孟子》之文,是刻意爲之的行爲。這類引文如:《劍神傳》頁882－883中于叔初和靳厓比賽猜謎,于叔初抽到「萬國咸寧」,打的是《孟子·公孫丑下》「天下之民舉安」一句。《關洛風雲錄》(頁628－629)中德貝勒和孫懷玉等人行酒令之時,即用了「孟子見梁惠王」(〈梁惠王上〉)、「寡人好勇」(〈梁惠王下〉)、「其直如矢」(〈萬章下〉)、「雖千萬人吾往矣」(〈公孫丑上〉)、「牛山之木嘗美矣」(〈告子上〉)等文,以增添小說的趣味性。這種用法僅出現在司馬翎最早期的小說中,其後則未見有相同用法者。

2.德性的強調和論證

這類引文或爲作者旁白,或爲文中之人的發言或評論,主要是針對小說中人物行爲的肯定或評價,有時作者也藉著書中人物的行爲而插入旁白,以辨明某些道德行爲的是非,相關的條文相當多,這裏僅舉出數條,以供參證。如:《關洛風雲錄》孫懷玉對徐元盛知道梁士倫是個壞胚子之後,即決定中途退出保護之事,加以稱美云:

這廝的確可惡，徐兄這樣決定，足見心存正義，不爲利動，我等萬分佩服。（頁708）

　　《劍神傳》羅章因朱玲回答他連婦孺也要殺，且說：「天下之人，盡皆可殺。」而且「語氣卻十分堅定，彷彿『天下之人盡皆可殺』這個觀念，在他已是牢不可拔的金科玉律。」作者旁白說：「他認爲正常的人，斷不會連孟夫子所謂『惻隱之心』都沒有。是以他初步推斷，這人可能是失心瘋！」（頁148）；《劍氣千幻錄》鍾荃拒絕羅淑英殺害無辜的廟祝之令，說：「你可以用強力將我生命奪去，但不能迫我心中願意或不願意做某一件事」，作者旁白云：「這刻他的態度，正是『三軍可奪帥也，匹夫不可奪志』的老話。」（頁1008－1009），這句固出《論語·子罕》，然亦是「威武不屈」的行爲。《纖手馭龍》薛飛光告知裴淳，她姑姑禁止二人再相見的心理感受是：「我真不該讀熟那許多的聖賢書，以致恪守孝道。我和姑姑情如母女，她的話我決不能違背，唉！若果從來不讀《四書》、《五經》，我便跟你一齊跑掉，離開之後心裏也不覺得抱疚難過…」，而裴淳的反應是：「原來她氣質高貴，以孝義立心，所以我對她推心置腹…」（頁277）。這段話可看出司馬翎認爲讀聖賢書對人格的成長有相當大的幫助，而且可以引發人類內在潛藏的善根。所以《金浮圖》中紀香瓊爲了改變相信萬孽法師所謂「人性本惡，一個人做善事，談仁義，都是違反本性之舉。」（頁187）觀念的夏侯空，與他約法三章，第三章就是要夏侯空「每日把孟子和墨子這兩家學說細考其義，接著就須研考朱子理學，直到你認爲其理甚真，不能不信服的地步，才可停止。」（頁660）；

《浩蕩江湖》水仙宮的吳仙客對她們拐擄人家的女兒及隨便殺死登舫之人的殘忍行為的反省是:「從前不知道(罪孽),只感到內心中很不忍而已。但這三年來,⋯讀了很多書。⋯從一些詩詞之中,發現了許多人生的道理,也得知如果想明白世間事理,甚至於生與死,以及宇宙萬物的來源等大道理,惟有書本中尋求。因此,⋯大量閱讀,並且暗中向一些宿儒請教書中之義。⋯但我越是懂得多,就越煩惱。⋯在以前,我不大覺得老仙的事對不對,但讀多了書,知道我們前此所為,實在很不好,可是,我也懂得了『忠』的道理,⋯若是從前的我,一旦認為她不對,那麼我就設法對付她。」(頁79-81),讀書引發是非善惡的判斷,❹但也同樣受到限制,形成兩難,即不能認同,也不能背叛,「大義滅親」言之易而行之難也。這種外在環境的干擾,的確是很難完全克服,《檀車俠影》徐少龍由於形勢所格,無法援救范同,作者旁白云:「他一向深知『環境』力量之巨大可怕,也知道人力往往無法與之抗爭。」(頁570);徐少龍感歎五旗幫主利用年輕力壯的青年人設立「神機營」之事云:「這些人個個年青力壯,野心勃勃。但終究缺乏學問經驗,是以很容易會墜入圈套中,為幫主賣命出力,他們將必泯沒了人性,沒有什麼天理可言,⋯對天下同道們的鄙視,亦將置之不理。⋯行將成為虎倀,貽害蒼生⋯」,但他也「深知其中有許多人並非奸惡之徒,⋯只是一旦入了牢籠,⋯情勢所迫,他們更難有改邪歸正的機會」,作者在這段感慨之後,插入一段旁白說:「古今以來,

---

❹ 《劍海鷹揚》文達拒絕雷世雄的招降時,也說:「兄弟不合讀書太多,所以養成了這一點骨氣,是非善惡之間,十分分明而又固執。」(頁935),及《飲馬黃河》(頁104)所言均可互參。

人性總是差不多的，許許多多的事，都是在形勢之下形成，無數的誤會與煩惱，能使極明智之人，脫身不得。」（頁293），外在的環境和形勢每每令人受到嚴重的桎梏，因而形成了善惡不同的行為，實際上「人性總是差不多的」，只是有的有機會得到引導而發生作用；有的卻被外在環境所控制而「泯沒了人性」，成為奸惡之徒。《纖手馭龍》裴淳所謂「以忠孝立心」能令人信服，及推心置腹的觀點，在前述有關「義利之辨」的引文中，如《帝疆爭雄記》（頁889）、《纖手馭龍》（頁979、1536）、《丹鳳針》（續：頁353）等處、以及《八表雄風》（頁1145）中可見到相近的文句。

　　人性既然差不多，那麼最根源的本質是什麼？司馬翎顯然是同意孟子「性本善」的論點，他認為這就是「良知」，他說：「儒家講究『動機』，這動機就是良知，要人本著自己的良知去做。」（《纖手馭龍》，頁334－335），良善的動機是人性的本源，雖然會受環境形勢的影響而無法產生作用，但是只要是有心人，則最終必會戰勝欲望和環境。《金浮圖》一書，如果誇張一點的說，幾乎可說是司馬翎藉著小說來論證人性善惡的問題，小說中的萬孽法師主張「人性本惡」，因此利用種種手法引發本能的欲望，但這些被欲望控制的人，其「深心之中的一點良知、靈光，終於戰勝了獸性，在這最後關頭總算恢復了人性。」（頁188－189），另外在《鶴高飛》毒丐江邛不相信「人性乃善」，因此要中毒若他不救必死的何仲容選擇：為了自己的生命而放過他；或是為了大眾的安全而殺了他。最後何仲容終於不顧自己生命而殺了毒丐，由此証明人性之善，可以促使人做出「舍生取義」之義舉（頁185－186）。司馬翎小說中強調捨生取義之事者，還可在《鐵柱雲旗》（頁46／冊

17、頁19／冊21）、《飲馬黃河》（頁104－105）、《劍海鷹揚》
（頁908）、《化血門》（頁68）、《檀車俠影》（頁756、續：
318）等處處見到。❺人性含藏善的動機，並不保證人人原本即是善，
只是認為人有行善的能力，以及善是發自人類內在本有而已，❻因
此司馬翎並不否認「每個人的本性中總是存留有獸性」（《金浮
圖》，頁188），尤其是「色慾大關」。司馬翎認為每個正常的男
人見到沒有特殊關係的年輕女性，「無不多多少少都含有『色情』
的意味在內」（《武道》，冊14，頁20），相近的意見可在《紅粉
干戈》（冊26，頁32－33）、《帝疆爭雄記》（續：頁215）、《化
血門》（頁29）、《檀車俠影》（頁92－93、433）、《武道》
（冊11，頁14、冊14，頁20－21）等處見到。不過司馬翎也認為
「色慾」一關固然是人與禽獸差別所在，但只要透過修養的途徑，
依然可以安然渡過，所以在《紅粉干戈》借王元度拒絕裸女求歡之
際云：「動心是一件事，克制功夫又是另一回事，假如一個人光明
磊落，公正不阿，他自己必有是非之辨，取捨之間，自有尺度。」

---

❺ 這種義之所在，不論有任何艱困危險，也要堅持到底的觀點，前述引用〈公孫
　丑下〉「自反而縮，雖千萬人，吾往矣。」及〈滕文公下〉「威武不能屈」諸
　條亦可用來論證輕生重義的觀點。

❻ 因為善只是潛在的能量，必須發用，表現在日常行為中才有意義，否則只是空
　話而已，故司馬翎在小說中也批評那些知道道德仁義之道理，卻不依循道理而
　行的人，甚至認為是「人心險惻」一語的證據。相近之文見《八表雄風》（頁
　366）、《飲馬黃河》（頁413、667）、《化血門》（頁555）。所以他特別推
　崇「知行合一」的人，見《飲馬黃河》（頁144、385）。對那些平凡而能盡本
　份，「只要在任何時候，捫心自問，全無羞愧」的人，也認為「可以媲美歷史
　上最有名的人物了。」（《浩蕩江湖》，頁47）；對於陰陽谷能令百里方圓內
　的居民「安居樂業」的功德，特別加以肯定。（《檀車俠影》，頁579）

（冊26，頁32）即使逢場作戲也不應該，因爲「他們深信做每一件事，都須負起責任，尤其男女之間，如若未有感情，遽行苟合之事，請問與禽獸有何分別？因此之故，這種人守身如玉，決不濫交，不徒是珍惜自已，兼且也是懷著尊重別人之心。」（冊26，頁33）。修養的方式，可以是道德禮教的自我約束，甚至可以「昇華爲更高級的情緒，如『友誼』『仁愛』等，…成爲高貴偉大的情操了。」（《武道》，冊14，頁20），相近的觀點，亦出現在《帝疆爭雄記》（續：頁215－217）、《金浮圖》（頁43）、《化血門》（頁29）、《檀車俠影》（頁92－93）等處。有是非之辨的人，自然不會濫行苟合之事了。

司馬翎承認人的本能欲望存在的事實，所以對眞心改過者，每給予甚高的評價，所謂「人非聖賢，孰能無過。如果知錯能改，那就離聖賢也差不多了。」（《浩蕩江湖》頁81、頁605有相近觀點），還說：「以往縱然曾做過壞事。但以後改過，重新做人，就可以得到天下之人尊敬。」（《檀車俠影》，頁773），在《劍膽琴魂記》更藉各大門派高手以偷襲手段擊傷天眼秀士，朱維眞人因羞愧而自殺前的一段話，用來說明正派人士「守身」之重要及改過者之值得稱美，朱維眞人云：「我等正如孀婦守節，縱然守到死的一天，卻不過是份內事，遠不如屠夫放刀，娼妓從良，貞善之念一生，便上邀天寵…」（頁191），這當然是引人向善的考慮下的正常反應。而朱維眞人自殺的選擇，自然也是因「所惡有甚於死者」之故，因爲身爲俠義人士，作出了違反自己堅守的道德原則，則有何面目再苟活於世，因此司馬翎在小說中也不時強調正派人士的行事準則，不能因一時方便而違反，即使在敵方利用這些準則來迫害自已，所

謂「君子可以欺其方」之際，也不能放棄這些道義原則，否則就和邪派諸惡人無別了。這些觀點均可在前引的統計表中，查對到相關的條文和出處。

以上所述即司馬翎引用《孟子》相關文義的重要作用之一，論證道德原理，肯定人性本善，並推崇品德高尚和以俠義存心之人，對於知過能改的人，更給予高度的肯定。

3.武道內涵的詮釋

武俠小說自是武技與俠義精神相結合而成的小說，現代武俠小說到司馬翎手上，開創出「以精神、氣勢制勝的武學原理，殆已近乎『道』」❼的武術與意志相結合的武功，似乎只是紙上談兵，實則正符合傳統對「武德」的要求。李士信歸納傳統武術的特點，其中一點即對武德的要求，他說：

> 學藝練武爲修身，修身先要修其心，習武先要修武德，…自古以來，習武者非常重視武德的教育和進行意志品質的鍛鍊，練武者要苦其心志，勞其筋骨，冬煉三九，夏煉三伏，利用大自然的變化，在最冷最熱的季節仍要不間斷地進行訓練，使之吃得苦中苦，方能武藝精。…有了高深的武藝還是不夠的，要講仁義道德，要伸張正義，見義勇爲，這是練武的指導思想，是

---

❼ 葉洪生：〈中國武俠小說史論〉，《武俠小說談藝錄－葉洪生論劍》，頁83。徐斯年則以爲不肖生（向愷然，1890－1957）是第一位把武藝提昇到文化層次，不僅在武藝表層描述而已，乃深入武藝內核深層文化內涵，從道、藝、德、武等辨證關係加以描繪。見《俠的蹤跡－中國武俠小說史論》（北京：人民文學出版社，1995年），頁109。

中國武術生生不息的關鍵所在。❽

這種強調心志的鍛煉和仁德要求的武術理論，其內涵實與司馬翎在小說中強調的武道思想近似。

司馬翎認為俠士應該遵守「不仗技橫行妄殺」的規律外，更要「極力保持人格完整，並非隨隨便便就可以被稱為俠士。」（《紅粉干戈》，冊23，頁17－18），《纖手馭龍》中論到裴淳寧死也不投降元廷時，也說「每個人的學問修養和人格，必須經過磨煉，才能顯示出真正的面目。…故此，…他就必須力求學問，培養自己的人格。」（頁379），可見司馬翎認為俠士應有高尚的人格，而所以要殺死惡人，主要是「這樣可以防止將來須得殺更多之人，這亦是『仁』的另一種表現。」（《纖手馭龍》，頁1518），俠士是以「仁」為前提而殺人，並非嗜血之故。❾

俠義之士和惡徒對壘之際，俠士的仁義存心和人格修養，對武

---

❽ 李士信：〈中國武術介紹〉，北京大學中國傳統文化研究中心編：《中華文化講座叢書》（北京：北京大學出版社，1996年），第2集，頁257－258。陳山分析宋代以後的義俠，亦認為「武德重於武藝」，是武林最主要的觀念和行為準則。而中國武術的理論強調內外相應、身心合一。「因此練武者自身的精神修養，操行品德與練武習藝的成敗得失是息息相關的。…武德成為武術的靈魂內核，而武德修養的高低決定了所練就的武藝水平的高低。」見《中國武俠史》（上海：三聯書店，1992年），頁183－184。這種強調「德重於藝」，以義、節、名等為追求目標的觀點，可與李士信之論互證。

❾ 有關俠士因仁義之心激發殺機，形成強大氣勢之事，又可參《飲馬黃河》（頁216）、《丹鳳針》（頁138－139）兩處所言。再則司馬翎早期在《八表雄風》中亦論及最上乘的劍術「不但在招數上講究，還須包括敵我雙方的戰意和心志。」（頁309）這應該是後來發展成意志、氣勢、武德合一觀點的源頭。

功的高下，有決定性的關係。因為仁心和高尚人格能夠培養堅強的意志，形成強大的氣勢，而「大凡高手相搏，『氣勢』二字最為重要。」（《鐵柱雲旗》，冊17，頁3），因為「若是一方修養工夫不足，或是天生性格上有弱點，在氣勢方面被對方所制，立時敗陣，而且一招半式便見分曉，沒有負隅頑抗的機會。」（《掛劍懸情記》，頁717），所以《紅粉干戈》鄉老伯告訴王元度要成為天下間一流高手中的高手，其不二法門是：「培養你的浩然正氣，運化在武功之內」（冊5，頁37），而《纖手馭龍》裴淳聽到褚揚說「若是讓惡人活在世上，不啻自己親手造孽」的話後，氣勢頓時凌厲，化解了危機。（頁629）

再則《飲馬黃河》說明「氣勢，乃是從他堅強的信心，以及武功修為中，激發出刀劍的鋒芒殺氣，形成一種介乎精神及實質的力量」（續：頁324），朱宗潛分析自己所以能一刀重創徐炎的原因時也說他的武功最特別之處，「便是意志強毅，養成一種凌厲氣勢！但這股氣勢，碰到了武功高明，而又修養功深之士，仍然難收大效。因此，必須益以強烈的殺機才行。但這股殺機，如果從凶心惡性中發出，那只不過是暴戾之氣，非是上乘境界。唯有從俠義之心生出的殺機，方足以持久不衰，無物可攖其鋒。這俠義之心，便是抑強除暴，殲滅惡人之意。」（續：頁332），所以和嵇朵對陣時，殺氣鬥志強大難當，「朱宗潛拚鬥的意志力是出自為世除害的俠義心，加上他自衛的本能，是以強大無比。」這「殺機」就是除惡的「動機」，遠非憑仗天生凶氣者所能比。（頁202）意志力所以影響武功的表現，是「由於武功練到化境之時，四肢百體已與心靈合而為一」（《劍海鷹揚》，頁1121）而「意志正是產生不可

與抗的力量的泉源（《劍海鷹揚》，頁1137－1138）。因此「有些高手意志力極爲強韌，可以將精神貫注於某一點上，神意所指，可能出現不可思議的特殊變化，發出無與倫比的神奇力道，這種無法解釋的能力，可以令三丈外的杯盤爆炸，可令隔室的物品移位，而他本人並不需移動手腳助力。」（《浩蕩江湖》，頁495）。可見意志力的神妙作用，而其對武功高下的影響亦可知了。

　　從前述引文可知司馬翎主張武功的高下及勝敗的關鍵，與氣勢的強弱有絕對的關係，氣勢強弱又和意志力是否強毅相關，而堅強的意志力背後必須有「俠義之心」的除暴滅惡的「動機」，纔能持久不衰，無敵天下，亦即將「浩然正氣」運化在武功之內。這個理論可說是《孟子·公孫丑上》「四十不動心」一章內「自反而縮，雖千萬人，吾往矣。」、「不得於心，勿求於氣，…志，氣之帥也；氣，體之充也。」、「我善養吾浩然之氣。…其爲氣也，至大至剛，以直養而無害，則塞于天地之間。其爲氣也，配義與道；無是，餒也。是集義所生者」等內涵的發揮，所以《化血門》高青雲要殺犯了姦淫的裴夫人之際，就告訴她「氣勢」是「一種修養工夫，與天生的剛柔，沒有關係。」並問她懂不懂孟子說過「自反而縮，雖千萬人，吾往矣。」的意思，並解釋孟子的意思是：「自己問自己，如果是合乎仁義，則雖然對方有千萬人，我還是勇往直前。」（頁66－73）換言之，司馬翎即藉《孟子》此章之意，以論證其所主張的武道：強調武德，把武術發揮能力的根源和道德修養結合成一體的觀點。這和前引李士信歸納中國傳統武術的理論，豈非若合符節。

三、司馬翎引用《孟子》的意義

　　司馬翎如此多方引用《孟子》文義，且在武道和俠義理論上產生重要的作用，這是就作者立場而言；若從讀者和研究者的角度立論，則又能觀察到那些值得注意的訊息，以下即分成三點討論：

(一)傳統道德意識的傳播

　　武俠小說風行是個不容置疑的事實，所以能夠流行的原因，從讀者愛好閱讀的角度論，大約是注重其娛悅的性質，及能夠反映讀者的共同心理。⑩愉悅的產生，包括好奇心的滿足，心理焦慮的舒解，以及情節安排和文筆技巧的表現等等，⑪所謂心理焦慮，主要分成二方面；一是人間不平所激發的，社會上不管訂定的法律多完善，制度多上軌道，不平之事絕無法完全消泯，更何況現在的法律是採「事後補救」與「教化改過」為前提而訂定的，因此被害者的權益較之加害人，在一般人看來，可能更沒有得到應有的保障，而武俠小說中俠客主持公道的行為，可以令讀者得到情緒的宣泄；⑫再則人類本身多少殘存有獸性，「人之異於禽獸者幾稀」，

---

⑩　參見智春子：《古代武俠小說與中國社會》（北京：中國城市經濟社會出版社，1990年），頁1。

⑪　參見陳墨：《金庸小說賞析》（南昌：百花洲文藝出版社，1991年），頁6−8、陳山：《中國武俠小說史》，頁265−270、曹正文：《中國俠文化史》（上海：上海文藝出版社，1994年），頁177−178、徐斯年：《俠的蹤迹─中國武俠小說史論》，頁105−107、傅惠生：《宋明之際的社會心理與小說》（北京：東方出版社，1997年），頁263和266等處相關的論述。

⑫　王海林：《中國武小說史略》（太原：北岳文藝出版社，1988年），頁257的「俠義崇拜」；陳平原：《千古文人俠客夢》（北京：人民文學出版社，1992

雖然有社會的壓力，教育的引導，但眞能完全發揮「四端」者，實
不多見，這種殘存的獸性，使人多少帶有嗜血的殘暴性，這種本能
而違反社會規約的內在心理，長期壓抑，形成心理焦慮，透過非現
實的武俠小說中殘暴殺戮的描繪，在精神上滿足了人類本能獸性的
需求，因此心理的壓力也就得到舒解而平衡了。⑬

　　武俠小說的風行，不但搶走市場，且和某些以歐美小說爲祖宗
的過度崇洋者的理論不合，因此長期以來這類把持學術權力的媚洋
客，以高高在上的權威姿態，自居於指導者和救世主的地位一如同
基督教的傳教士－而無視於廣大群眾的心理和需求，也無視於武俠
小說所具有的傳統小說的優點，甚至也沒有認眞讀過幾部現代武俠
小說，就全面否定式的輕下斷語，甚至斥之爲下流小說，⑭這種偏

　　年），頁177－178的「報恩仇」，事實上和人間的「不平」，均有密切的關係。
　　孫同勛則認爲「這種代打不平的行爲」，「所蘊涵的反社會秩序、反公共安全
　　的傾向」，使武俠小說走向超現實的方向，見〈試說金庸的武俠小說不是歷
　　史〉，《史紀》第2期（1991年元月），頁31－32。
⑬　陳山：《中國武俠史》，頁74說：「人類深層心理中這種潛藏的嗜血習性，與
　　兩漢豪俠報仇剿攻、『所殺甚眾』的復仇方式也不無關係。」這也是承認人類
　　有獸性殘餘所衍生的殘暴性。劉若愚則認爲「俠客文學究竟是煽動了造反，還
　　是反而讓讀者得到了『宣洩』，這還是爭論未決的問題。」見周清霖、唐發鐃
　　譯：《中國之俠》（上海：三聯書店，1991年據1967年英文版譯），頁191。
　　筆者則持較正面的看法－心理壓力的宣洩。
⑭　這類偏頗意見的評論，參閱：馮承基：〈談武俠小說發展之方向及其產生之時
　　代〉，柯慶明師、林明德主編：《中國古典文學研究叢刊－小說之部（三）》
　　（台北：巨流圖書公司，1977年），頁11、王海林：《中國武俠小說史略》，
　　頁171－172、張贛生：《民國通俗小說論稿》（重慶：重慶出版社，1991年），
　　頁10－13和頁363、蕭之尊、戴翼軍、陳爾訓編：《中國武俠小說大觀》（昆
　　明：雲南人民出版社，1993年），頁107等處所述。說得比較清楚的是陳山：
　　《中國武俠史》，頁310－313。

頗自是的情緒語言，實在當該重新加以確實的檢證。事實上小說固然不必迎合讀者的低級趣味，但小說也不能孤芳自賞，甚至自以為是的要求讀者完全放棄原有的欣賞方式，以適應作者的教導，如果讀者不加理會，就否定讀者欣賞趣味的價值，這些人完全不瞭解小說是給人看的，如果不受民眾喜愛，則一切皆空談。**⑮**司馬翎在談到武俠小說的內涵及價值等問題時就說道：

> 竊以為任何形式的作品，若能歷久不衰，必有「存在」價值。從歷史觀點看，不論是否文學主流或聊博一粲俚俗說部，論價值自應不分軒輊。…目前眾口交譽的西方作品，以含攝模糊糊道德意識為最高境界，但在東方人看來，說穿了不值一文錢。「天涯一日成知己，滄海他年見此心」。這種無上情操東方文明古已有之。伯牙碎琴就是典型例子。豫讓漆身吞炭以報國士之遇，根本毫不含糊。**⑯**

　　武俠小說能歷數十年而不衰，豈能毫無價值，豈是那類崇洋客所能一筆抹煞。然則要如何看待武俠小說，筆者以為偏頗的否定或過度的提高都不是客觀的研究態度，應當如實觀之，而否定的意見已太多，故本文主要從其積極意義上以論其價值。

---

⑮ 參見〔日本〕志村良治：《紅樓哀樂》，〔日本〕內田道夫編，李慶譯：《中國小說世界》（上海：上海古籍出版社，1992年），頁216、發電廠：〈小說為什麼沒人看－台灣文學「疲軟」的原因〉，《中央日報》1998年3月19日第23版等二處所論。

⑯ 司馬翎：《後記：小小一點感言》，《迷霧》（台北：平凡出版社，1979年），頁205－206。

現代武俠小說除前述娛樂（enteraining）的功能，或許還可以有「逃避現實」「從現實生活中逃脫，躲到孩子氣的幻想世界中去」的作用，**⑰**但這些功能之外，實際上還有一項重要的作用，就是武俠小說所呈現的思想，對讀者所產生潛移默化的作用，從社會教育的傳播角度來看，這個可能性是存在的。因為武俠小說在一般人的心目中屬於休閒娛樂的商品，讀者自不會把它當作說教之書來看，因此小說中傳達的訊息，讀者比較不會有抗拒的戒心，在愉悅和興趣盎然的閱讀氣氛中，不知不覺就受到潛移默化的效果，這種無形中受教所形成的內化作用，相對於刻意安排的教訓，效果恐怕要大的多。清代惺園退士在同治十三年十月（1874）所作的〈儒林外史序〉中說：

> 士人束髮受書，經史子集，浩如煙海，博觀約取，曾有幾人？惟稗官野乘，往往愛不釋手。其結構之佳者，忠孝節義，聲情激越，可師可敬，可歌可泣，頗足興起百世觀感之心；而描寫奸佞，人人吐罵，視經籍牖人為尤捷焉。**⑱**

這觀點或稍有誇大之嫌，惟亦可完全適用於現代武俠小說，章培恒就認為：

---

⑰ 見劉若愚著，周清霖等譯：《中國之俠》，頁128、192。不過陳山不贊同劉氏的說法，他認為武俠小說「並不是對弱者靈魂的安撫，而是鼓舞他們去正視人間的不平」，激發讀者在艱困生活中活下去的勇氣。見《中國武俠史》，頁268。筆者認為兩者均有可能，讀者有萬千，其反應豈能一概而論。

⑱ 見朱一玄編：《明清小說資料選編》（濟南：齊魯書社，1989年），下冊，頁919－920。

> 武俠小説（優秀的武俠小説）…能做到既以離奇曲折的情節
> 娛樂讀者，又使讀者于娛樂中獲得感動在奇幻的故事中看到
> 眞實，在愉悦的同時得到某種哲理性的啓示。⑲

這種哲理性的啓示，絕非刻意灌輸所能獲得，羅立群更用「詩」的
意境來說明這種潛移默化的作用，他說：

> 優秀的武俠小説所表達的境界和哲理情思也如同「詩」，在
> 荒誕不經中提醒世人于似有若無間尋求抽象的眞諦。⑳

這些抽象眞諦的內涵，就是武俠小説所強調的俠義武德精神，其傳
播與影響，陳山的看法，可供參考，他說：

> 俠義精神對于中國人深層心理的影響，其傳播途徑主要是通
> 過史書雜著中關於武俠事迹的記載和武俠小説等大眾文化產
> 品對于武俠形象的描繪。有資料表明，有不少現代作家的文
> 化啓蒙和個人意識的抬頭都與讀史和讀武俠小説有關。…兒
> 童和青少年對于俠義精神的嚮往，是一種自覺的文化選擇，
> 而不是如同儒文化影響那樣是被動的接受，…一個人在人生
> 早期階段所獲得的經驗，對其一生有著極其深刻的潛在心理
> 影響。…而現代中國人都在兒童時期耽讀武俠小説，從而對

---

⑲ 章培恒：〈中國武俠小説大觀序〉，蕭之尊等編：《中國武俠小説大觀》，上
　冊，頁3。又參該書正文頁3－8所論。

⑳ 羅立群：《中國武俠小説史》（瀋陽：遼寧人民出版社，1990年），頁280。
　羅立群對港台武俠小説的總評價，見頁278－280可參看。

中國人一生的心態產生難以估量的影響。㉑

由於認識到武俠小說潛移默化的強大作用，曹正文因而不無誇張地說：「武俠小說是傳播中國文化的一種好形式。」㉒從上述諸家的論述，可以肯定武俠小說對讀者潛移默化作用之大，可知武俠小說在社會教育功能上確有其重要的地位。

司馬翎的武俠小說，或許不是部部皆是優秀的作品，但是從他多方引用《孟子》文義的情形，可知他是有意借小說來傳達一些傳統的道德觀念，例如：《金浮圖》一書中，再三論辨人性善惡的問題（頁187－189、324－325、　614－617），透過書中人物的對話，作者的旁白，辨明「善」的必要性，與「惡」的殘暴性（頁615－617），肯定深心中的一點良知，終必戰勝本能殘存的獸性，在最後關頭必然能恢復人性（頁188－189）、並且藉紀香瓊之口說明「法規禮教」的內涵是：「使每個人認識自己的權利亦尊重別人的權利」，「每個人唯能守法自制，不侵害別人的權利，社會方能安寧，自己也因而得到保障」的真理（頁616－617），另外《飲馬黃河》更藉朱宗潛之口，說明武德和武功的關係，表明俠義之士「抑強除暴、殲滅惡人」的仁心，纔是培養最高武功的不二法門。司馬翎幾乎在每部武俠小說中均傳達了俠義精神，發揚善性和貶抑惡性，及殘暴必亡，正義終必伸張的觀點，這些似乎是武俠小說的共性，不足以稱爲司馬翎的特性，然而透過司馬翎大量引用《孟子》文義，以爲武德、俠義內涵之說明等事實，以及將書中人物的「私仇」和大衆

㉑　陳山：《中國武俠史》，頁289－290。

㉒　曹正文：《中國俠文化史》，頁258。

利益結合的寓教於樂的設計，其對讀者在道德倫理的認知與實踐的鞭策，應當具有潛移默化的教化作用，從司馬翎在〈後記：小小一點感言〉批評西方作品以模糊道德意識爲最高境界，乃「不值一文錢」；以及《化血門》王鴻範說明「禮教」可以克制慾念，並且說「不好意思」的感覺就是「禮」的表現，宋不毒不聽之後，乃藉王鴻範之口說：「事實上我可沒打算向你們說教，只不過借你們之事，說出世人一些顯而易見的錯誤。若是旁人聽了，自會瞿然省悟。」（頁29）司馬翎心目中「瞿然省悟」的旁人，自然就是讀者，可見他藉小說以教化人心的用意。

㈡傳統通俗作家責任的呈現

大衆小說既以休閒娛樂爲主要目的，尤其是現代武俠小說的作者，多數是爲「稻粱謀而折腰」（司馬翎語）但是否可因此而斷定這些作家沒有理想性，沒有自覺的社會責任，恐怕不盡然。考查傳統通俗小說發展的歷史，事實上「教化爲先」的思想，從明初到清末，從未間斷過，而陳大康解釋其原因說：

> 通俗小說的作者一般都是文人，雖然其中許多人在科舉上並不得意，但他們畢竟從小就在朱程理學的灌輸下長大的。有些作者眞誠地相信，任何著述都應鼓吹經傳，他們寫通俗小說也是如此，即所謂「經史之學，僅可悟儒流，何如此作，爲大衆慈航也。」㉓

㉓ 引文見陳大康：《通俗小說的歷史軌迹》（長沙：湖南出版社，1993年），頁20；有關「教化爲先」思想的傳統發展情形，參見該書頁12－22。

可見傳統通俗小說作者早就意識到自己的責任和作品的教育功能，現代武俠小說作家當然和古代的失意文人不同，但是他們的創作理想和社會責任的自覺，應當不會輸於傳統的作家們，還珠樓主（李壽民，1902－1961）就說過：

> 惟以人性無常，善惡隨其環境，惟上智者能戰勝。忠孝仁義等，號稱美德，其中亦多虛僞。然世界浮漚，人生朝露，非此又不足以維秩序而臻安樂。空口提倡，人必謂之老生常談，乃寄于小說之中，以期潛移默化。㉔

這「教化爲先」的著作原則，並沒有因爲傳統的沒落而消失，它依然堅強的保存在現代武俠小說作者的創作原則內，主要是武俠小說原本就是傳統通俗小說的延續，大有別於向西方學舌的所謂現代小說故也。

上一小節曾論證司馬翎的確有意要藉著小說情節的發展和人物的對話，將傳統道德的精神寄寓於小說中，以期世人能「瞿然省悟」，他的創作的自覺性和還珠樓主並無兩樣，如果再結合前述司馬翎引用《孟子》文義，特別強調「環境」一事來看，則司馬翎和還珠樓主之間，在創作的目的和社會責任的自覺上，似乎有一條似有若無的線互相連繫著，這並不一定是前者影響後者，更可能是武俠小說作家們不自覺的共識吧！而司馬翎所以特別注重《孟子》一書，當然和他要傳達的道德思想有關，蓋傳統中國自以儒家思想爲

㉔ 原文見徐國楨：《還珠樓主論》（上海：正氣書局，1949年），頁11。此轉引自徐斯年：《俠的蹤迹－中國武俠小說史論》，頁125，註14。

主，儒家之中自以《孟子》書中所言較具系統，尤其義利之辨、人禽之辨、王霸之辨，更是宋代以來新儒學的中心議題，其中「蘊涵了許多不受時空限制的哲學慧。」更重要的是彰顯了孟子「堅持人性的價值理想與尊嚴」的關懷，㉕這就是司馬翎在他的武俠小說中要傳達給讀者的理想觀點，從前述《孟子》引文的分析，可以明確的得到證明。這也就是傳統通俗小說作家自覺的創作目的與社會責任的再次呈現。葉洪生說《纖手馭龍》「毫無說教痕跡，便烘托出人物性格與思想觀念之所寄」，㉖其實這種「寓教於無形」的旨趣，在絕大多數司馬翎的小說中均可見到，《飲馬黃河》畢玄通讚美朱宗潛「見解超妙，推理精微，每從意表之外，別立奇論，但毫不牽強，必有牢靠的事實根據。」（續：頁435）的話，或許就是司司馬翎對自己作品表現的期許吧。

㈢出版者讀者和作者的共識

　　小說的創作必須到達讀者手中，才算真正的完成。作者創作的目的絕非要「自賞」，所以必須有出版者的支持，出版者也許只是唯利是圖的書商，或者是具有理想的出版家，但是他們還是有一共同點：出版他們認為有價值的書。「價值」的內涵當然和出版者考慮的立場有關：書商唯一考慮的是能否暢銷；出版家則除暢銷的原則之外，還必須考慮如何出版更優秀的作品，以提昇讀者的閱讀程度。出版家如何判斷讀者的閱讀口味，主要當然是從讀者的反應得

㉕　袁保新：《孟子三辨之學的歷史省察與現代詮釋》（台北：文津出版社，1992年），頁6、175。

㉖　葉洪生：〈世代交替下的「武林奇葩」－司馬翎「武藝美學」面面觀〉，《武俠小說談藝錄－葉洪生論劍》，頁375－376。

知，讀者反應包括：銷售量、投書及評論。出版者把讀者的反應列入出版考慮的要件，透露給作者，作者再根據出版者提供的訊息繼續創作，所以出版者是溝通作者和讀者的橋樑人物，尤其以大衆休閒娛樂爲主的武俠小說，讀者和出版者對作者的影響，較之所謂「純文學」之類的小說大的多。讀者透過閱讀的選擇，「用眼睛投票」，表達他們的好惡，出版者則先預設讀者的口味，推出他們認爲有價值的作品，如果暢銷則繼續出版，否則就改絃易轍，這是出版者和讀者之間的互動關係。㉗

司馬翎的武俠小說自一九五八年九月出版《關洛風雲錄》第一集開始，就交由宋今人負責的眞善美出版社出版，爾後絕大多數的作品也都由同一出版社出版。由此可見司馬翎的作品符合宋今人的出版原則，宋氏的出版原則云何？這可從他一九六六年二月登在《紅粉干戈》第十九集中的〈重酬徵求俠情小說稿啓事〉得知，其要求是：

㈠要水準較高，含有人生哲理，雅俗共賞的。

㈡要有教育意義，能增長知識，啓發知慧的。

㈢要合乎我國倫理、道德、因果、報應、歷史、地理、文物、制度的。

㈣要有離奇曲折的故事，驚天動地的打鬥，千變萬化的氣氛，迴腸蕩氣的情趣的。

㈤要刻劃人物個性，入木三分的。

㉗ 有關出版者、讀者、作者間的關係，參見陳大康：《通俗小說的歷史軌迹》，頁10－16，及該書郭豫適之〈序〉，頁3－5、陳山：《中國武俠史》，頁267等二處所論述。

㈥要文字精簡有力、天眞活潑、生趣盎然並富于幽默感的。

細察這「徵稿六要」，可看出宋氏的理想性，而從前述分析司馬翎引用《孟子》文義的作用來看，在內容上不正是「含有人生哲理」、「有教育意義」、「合乎我國倫理道德」的要求嗎？宋氏又曾在〈紅粉干戈〉第二十八集（1967年元月）中刊載其〈處世南針〉：

> 爲人—遵守聖賢的教訓。做事—應家科學的方法。
> 健康—力行道家的修煉。解脫—依靠宗教的信仰。

可見司馬翎引用《孟子》文義以發揮武道精神，在無形中以聖賢的教訓教化讀者，符合宋氏「爲人」的主張。這或許是司馬翎和眞善美長期合作的內在原因吧！㉘

讀者對司馬翎這種在趣味休閒小說中，一再引用《孟子》文義來說理教訓的作法，其反應到底如何？當然無法確實考知，但由一封一九六四年二月由彰化寄出，署名志鴻的讀者，看了《掛劍懸情

㉘ 葉洪生認爲「出版商鼓勵」是造成武俠小說百花齊放局面的重要因素之一，見〈中國武俠小說史論〉，《武俠小說談藝錄—葉洪生論劍》，頁78，這的確是個事實，其他出版者的情況不知，但宋今人欣賞出版司馬翎的作品，筆者從這些相關的資料判斷，應該是司馬翎作品中彰顯的傳統道德理想，符合宋氏爲人處世的原則，所以宋氏在一九六二年纔爲文稱美司馬翎的小說「有人生哲理方面的闡釋」「有深度、有含蓄、有啓發」，見〈出版者的話〉，刊於《八表雄風》第25集。另外宋氏在〈告別武俠〉（1974年7月23日）一文中所言：「要把武俠情操，在盡情激發之下，趨向善良的一面，昇華再昇華，變化人性，對國家，社會，人世有好影響」（頁7），亦可證明「教化」是司馬翎和宋今人的共識。以上二條資料蒙宋德令先生提供，謹此致謝。

記》第二集後，即來函催促將此「震動千千萬萬的人心」之作品，「火速出版」的❷訊息來看，顯然讀者並不因爲小說中帶有道德教訓而生厭，這當然不能證明讀者接受，但至少可以證明讀者沒有厭惡。

從上述分析可知司馬翎在武俠小說中引用《孟子》文義的行爲，透露出司馬翎自覺地要將傳統的道德觀念，寄寓在武俠小說內，以盡到寓教於樂的通俗小說作家應有的社會責任，而他這一作法也符合出版家宋今人的出版原則，且並未因此而遭到讀者的厭惡，這也就是當時武俠小說風行時，司馬翎、宋今人和千千萬萬讀者所形成的共識，同時也可看出當時社會傳統道德觀念雖然式微，然不至於令人厭惡，因此多數讀者（包括筆者在內）並不因其書一再引經據典，充滿道德教訓而生反感，時過境遷，這類形式的小說，恐很難在台灣再度風行了，因爲現代年輕一輩對經典更加生疏，對傳統更加疏離，而新奇刺激的休閒物品，到處充斥故也。

四、結　論

《孟子》和司馬翎武俠小說間的關係，經上述的論證，大概可以有以下幾點結論：

1.司馬翎在武俠小說中引用《孟子》文義相關的條文不少，且和小說內容關係密切，可知他是刻意的應用，而非隨意的無心之舉。

---

❷　見《鐵柱雲旗》，第10集，頁36，1964年2月出版。

2.司馬翎引用《孟子》文義的作用有三：增強小說的趣味性、用來強調書中人物的德性與論証道德理念的正確性、用來詮釋以道德存心爲武術最高泉源的武道內涵。

3.司馬翎強調的道德觀點，是以儒家爲主，尤其以孟子主張的性善、不忍人之心、舍生取義、威武不屈、雖千萬人吾往矣等的存心和氣概所形成的人格，以此做爲正面人物，在小說中不斷地透過行爲和對話及旁白，以論證這些道德觀點的正確性、可行性及對社會、個人的重大價值。

4.司馬翎的武俠小說中，《金浮圖》對人性善惡的論辨比較集中也比較深入；《飲馬黃河》於俠義存心和氣勢、意志對武功的影響，論證較多，幾乎可視爲〈公孫丑上〉「四十不動心」一章內涵的發揮。

5.觀察司馬翎引用《孟子》文義的現象，可以瞭解武俠小說實有傳播傳統道德觀念的功能，其教化效果或者還不弱於經典的教訓；再則也可看出武俠小說的作者固然以娛樂大衆爲創作取向，多數也因稿酬而寫作，但他們還是有他們的理想，有自覺的社會責任，因此頗思以「寓教于樂」的方式，以達潛移默化、教化人心的目的；另外也可看出當時的出版家和讀者，對司馬翎引用《孟子》文義以入武俠小說中說理、論人、論事的作風，並未產生排斥，也可看出這是當時武俠小說的出版者、讀者和作者的共識，更可推測傳統道德觀念在當時猶被多數人所接受。

這些就是分析司馬翎武俠小說所以引用《孟子》文義及其作用的簡要結論。

當代新儒家的宗師牟宗三先生（1909－1995）在〈道德的理想

主義與人性論〉一文中說：

> 「怵惕惻隱之心」或「悱惻之感的良知之覺」爲一切實踐，
> 個人的及社會的，所以可能的普遍而必然的條件。⋯道德不
> 是講說的，而是實踐的。⋯我們正要本著這個「怵惕惻隱之
> 心」來推動社會改造社會。⋯「怵惕惻隱之心」⋯它能成就
> 一切實踐。任何驚天動地，神性莊嚴的事，都從這裏發，都
> 必須以它爲普遍的條件。⋯在歷史上，儒家所表現的事實，
> 歷歷在目。⋯在社會上，同情于窮苦之人，替被壓迫的人說
> 話⋯一般社會上爲什麼崇拜武松以及關公，這就是因爲義
> 氣，⋯崇拜包文正及海端，是因爲他們除暴安良。這後面都
> 是有一個「道德的仁義之心」作背景的。這是儒家的文化系
> 統所領導的。⋯復次，凡眞正儒者都有豪傑氣，其講學也可
> 以普及于大眾。泰州門下，若顏山農，趙大洲，何心隱，羅
> 近溪，都有俠氣，他們講學，愚夫愚婦，販夫走卒，都可以
> 聽，都可以懂。這就表示儒家學術唯在使人立志，盡性盡
> 倫，並不是今日大學裏面那些專學，術知。唯因如此，它才
> 可以領導社會，鼓舞社會，而作爲社會的道德實踐之原則。⑳

牟先生肯定道德實踐的動能來自「怵惕惻隱之心」或「悱惻之感的
良知之覺」，並認爲眞正的儒者有豪傑氣、有俠氣，而儒家文化系
統領導下的一般人都有「道德的仁義之心」、「義氣」的意識。牟

---

⑳ 見牟宗三先生：《道德的理想主義》（台北：台灣學生書局，1980年修訂四版），
頁34－37。

先生所強調的這些重點，在司馬翎引用《孟子》文義來論證書中人物人格品性及說明道德涵義時，均有相近的發揮，此在前述分析文中可覆按。夏濟安（1916—1965）曾讚揚現代新儒家說：

> 他們在這動盪不安的時代，想建立以孔孟倫理思想為中心的道德秩序；在功利主義潮流之下，重新標榜「重義輕利」的觀念；在集體主義支配人心的時候，強調個人人格的尊嚴；這種努力是值得我們讚揚的。**㉛**

並且因而慨歎：「我們還沒有看見一部文藝作品，是在新儒家思想的影響下寫成的。」（頁24），並且認為「善惡問題」，從「人之異於禽獸者幾希」的說法，可知好人不容易做。（頁28）而孟子「天將降大任於是人也…」的表達儒家積極精神的話，「也大可以成為小說家的題材」（頁30），並強調「中國人所寫的好小說一定是真正中國的小說：人是中國人，話是中國話，生活方式是中國生活方式，生活態度是中國生活態度」（頁29），如果對照葉洪生對司馬翎等舊派（相對於古龍等「新派」）的武俠小說「它從形式到內容都與中華文化血肉相連…無法離開中國的歷史、地理、民俗、文化」的講法**㉜**，則夏濟安所期待的受新儒家思想影響的真正中國的小說，從前述分析司馬翎作品的內涵和夏濟安以為可以用小

㉛ 夏濟安：〈舊文化與新小說〉，劉守宜主編：《中國文學評論》（台北：聯經出版事業公司，1966年），第3冊，頁23。以下有關夏氏之論均出自此文，不再註明。

㉜ 葉洪生：〈中國武俠小說史論〉，《武俠小說談藝錄—葉洪生論劍》，頁96。

說表現的儒家觀點的偶合，筆者比較大膽地說：司馬翎的武俠小說確有部分已達成夏濟安的期待了。這是分析司馬翎武俠小說引用《孟子》文義的積極面所得的結論。

　　　　　　　　　　　1997年12月初設意，1998年3月底成稿，6月28日定稿。

蒙塵的明珠――
司馬翎的武俠小說

林 保 淳

（國立台灣大學中文研究所博士）

提 要

　　司馬翎是台灣武俠小說發展史上值得重視的一位作家，其作品節奏舒徐沉穩，復又充滿智性的內涵，因此，曾搏得許多舊讀者的喜愛。近十幾年來，由於時代節奏迅快，司馬翎穩健的風格逐漸少人問津，且在金庸盛名的影響下，更少有人願為之推介，以致如同一顆蒙塵的明珠，亟待識者為其拂垢揚塵。

　　司馬翎的作品以穩健與理性的架構取勝，推理縝密，在武俠小說中別出一格，無論是在人物的刻畫和情節的布局上，皆處處呈顯出智性的閱讀效果。司馬翎擅長以其廣博而精深的雜學，在武俠小說中設計新穎而不失其合理的武功，同時透過武功的設計，展現了他對人性和道德的關懷。

＊　淡江大學中文系副教授

　　更重要的是，司馬翎的江湖世界中，女俠不再只是瓶
花的附庸角色。司馬翎往往不吝於讓其小說中的俠女展露
其豐富而深刻的內心世界，情感自主，女性的智慧備受強
調，可以說是武俠小說中唯一能讓女性發展出個人生命境
界的作家。

關鍵詞　武俠小說　司馬翎　推理結構　武藝文學化　雜學　女
　　　　　俠　女智

　　武俠小說是臺灣通俗小說的主流，幾十年來，以其精采迭見、
豐富曲折的情節，委婉細膩、深刻入微的人性刻劃，風靡過無慮百
萬計的讀者。據估計，在此期間，至少有四百位的作家投入武俠創
作的行列，而創造了逾四千部以上的作品❶，可謂名家輩出，各領
風騷。

　　縱觀臺灣武俠小說的發展，凡經四變，早期的先驅作家，衍傳
著民國初年諸大家的餘烈，如郎紅浣（1952年的《古瑟哀絃》）之
取法王度廬，以「英雄兒女的悲歡離合」爲主線❷；成鐵吾（1956
年的《呂四娘別傳》）之與蹄風同步❸，雜揉民間傳奇與歷史題

---

❶　據葉洪生的估計，僅僅「全盛時期」（1960～1970）即有三百多位作家、兩
　　千部作品問世，見〈世代交替下的「武林奇葩」——司馬翎「武藝美學」面面
　　觀〉，《武俠談藝錄——葉洪生論劍》（臺北：聯經出版公司，民國83年），
　　頁365。據筆者目前的蒐集記錄，應該差不多。

❷　見葉洪生〈中國武俠小說史論〉，前揭書，頁79。

❸　蹄風爲「廣派」作家，風格接近朱貞木，1956年始以《游俠英雄傳》知名，成
　　鐵吾與他同時創作，故云「同步」。蹄風的相關背景，參見葉洪生前揭書，頁
　　72～73。

《風塵俠影》）以宏偉的結構、精巧的布局崛起；司馬翎（1958年的《關洛風雲錄》）以縝密的思致、嚴謹的推理見長；諸葛青雲（1958年的《墨劍雙英》）以斯文的雅緻、纏綿的情致取勝，鼎足而三；其他如伴霞樓主（1958年的《鳳舞鸞翔》）之精警生動、之新穎出奇；古龍（1960年的《蒼穹神劍》）之初試啼聲、上官鼎（1959年的《蘆野俠踪》）之新穎出奇、蕭逸（1960年的《鐵雁霜翎》）之新藝俠情、東方玉（1961年的《縱鶴擒龍》）之變化莫測、柳殘陽（1961年的《玉面修羅》）之鐵血江湖，亦皆繽紛可觀，於傳衍民初諸家外，復能漸開新局，屬發展時期。1961年以後，上述諸家，銳意興革，迭有佳作，陸魚於1961年作《少年行》、司馬翎於1962年作《聖劍飛霜》、古龍於1964年作《浣花洗劍錄》，開啓了「新派」武俠小說的紀元，並且爲後來爲期十年以上的「古龍世紀」鋪奠了深厚的根基，是爲鼎盛時期。1977年以後，雖有溫瑞安之《四大名捕會京師》廣獲矚目，古龍亦仍不時有新作誕生，然多數作家皆漸告引退，武俠小說寖漸步入衰微；1978年，金庸小說解禁，以「舊作變新說」，造成至今仍影響深遠的「金庸旋風」，更使名家卻步；1980年，李涼以《奇神楊小邪》始作俑，引領出一批批標榜著「香豔刺激」的「僞武俠」充斥坊間，武俠小說幾乎到達不堪聞問的地步，是爲衰微期。

在此「四變」的武俠小說發展期間，號稱「臺灣武俠小說四大家」的臥龍生、諸葛青雲、司馬翎、古龍的成就最爲可觀，其中司馬翎（1933～1989）的地位更屬重要，因爲他的創作時期跨越兩期，風格三變，頗足以視爲一個縱觀武俠小說發展歷史的縮影。

司馬翎本名吳思明，廣東揭揚人，1956年自香港負笈來臺，就

讀於政治大學政治系，於大二時（1958）以《關洛風雲錄》一舉成名，截至1985年《聯合報》連載未完的《飛羽天關》止，廿多年來，完成了三十多部的作品，其間三易筆名：1960年以前，以「吳樓居士」爲名，發表了《關洛風雲錄》、《劍神傳》、《仙洲劍影》、《八表雄風》等作；1961年，改用「司馬翎」名義，發表了《聖劍飛霜》、《掛劍懸情記》、《纖手御龍》、《帝疆爭雄記》、《劍海鷹揚》、《人在江湖》等大多數成名作；1970年，因故一度輟筆，偶有所作，則以「天心月」爲名，在香港報刊登載了《強人》、《極限》諸小品；1980年後，拾筆欲重回江湖，復因病魔纏身，無法專力投入，僅有《飛羽天關》（未完）、《飄花零落》兩種。從他的創作歷程而論，以司馬翎爲名的一段時日，是成果最輝煌、收穫最豐碩的黃金時期。早期名家，如臥龍生、古龍皆對他贊不絕口，宋今人稱許其爲「新派領袖」、張系國讚譽之爲「作家中的作家」❹，葉洪生則認爲其生前名氣雖遜於二龍（臥龍生及古龍），「實則卻居於『承先啓後』的樞紐地位，影響甚大」❺，在老一輩的讀者群中，司馬翎往往是爲人所津津樂道的。以他部部紮

---

❹　臥龍生對司馬翎的推崇，是筆者訪談過程中提及的；古龍則自承其對司馬翎的喜好，是「常到真善美門前守候新書出爐」（張系國《司馬翎全集·序》）；宋今人是真善美出版社的負責人，司馬翎的作品幾乎都由其發行，此語見其令嗣宋德令〈一代宗師司馬翎——武俠小說的新時代意義〉一文（手稿）；張系國的稱許，原文爲「武俠小說家的武俠小說家」，見《司馬翎全集·序》（手稿）。

❺　見全❹，頁366。

實、精釆不凡的作品質量而言，理應能讓他的名聲永持不墜才對；然而，除了老讀者而外，他受重視的程度，卻遠遠遜於聞名遐邇的金庸、古龍、梁羽生諸「大師」，除了葉洪生先生對他「情有獨鍾」之外，幾乎沒有人願意爲他推介；從受歡迎、流傳的層面而言，似乎亦不及臥龍生、諸葛青雲、東方玉、柳殘陽等擁有廣大的新舊讀者，在武俠小說出租店中，他總是委委屈屈地蹲伏在偏僻的角落。窺其原因，可能有兩點，其一是司馬翎過早中輟寫作生涯，1971年以後，他歸返香港經商，在此時期，由於武俠小說出版界的混亂情勢（主要是著作權法問題），「司馬翎」之名，幾乎成爲一切冒名僞作的代名詞，非但如《豔影俠蹤》、《神雕劍侶》等猥濫諸作，假其名以問世，就是金庸的作品，在出版商運作之下，也大量以「司馬翎」的招牌，僞版印出，如《一劍光寒四十州》、《獨孤九劍》（即《笑傲江湖》），《神武門》、《小白龍》（即《鹿鼎記》）等，造成了讀者「司馬翎就是金庸」的錯誤印象，在金庸挾媒體的雄厚力量席捲了臺灣武俠小說界之後，司馬翎的光芒，被掩蓋殆盡，雖然晚期欲有所作爲，已是時不我予了。

其次，司馬翎成名期間，臺灣學術界仍然視武俠小說爲旁門小道，所有的武俠作品，包括金庸在內，都不能登大雅之堂，自然沒有任何人願爲他張目、推介了；而1980年以後，由於金庸旋風的影響，儘管相關的武俠論述，得以大量正式披露，卻在「商品化」的傳銷策略主導下，集矢於金庸一人，論者幾乎「無暇」顧及其他的作家，司馬翎還是無法引人注意。1985年以後，大陸興起一股「武俠小說熱」，學界亦順風駛船，展開以武俠小說爲主的通俗小說研究工作。大陸的研究、論述，層面較廣，眼界較雜，在芸芸武俠作

家中，司馬翎倒算是一顆較引人矚目的新星，陳墨《新武俠二十家》❻，即以他爲「臺灣小說四大家」之一。但是，由於大陸出版界魚目混珠、張冠李戴的情形，較諸臺灣更形混亂，司馬翎的作品中，夾雜著許多僞作，大陸學者眼目迷濛，有如「盲俠」，「聽音辨位」之能既少，自然只是迎風亂舞、嚮壁虛說了。❼以陳墨爲例，在〈司馬翎作品論〉中所分析的三部作品，《河嶽點將錄》、《黑白旗》分別爲易容、紅豆公主所作，唯一的司馬翎作品《金浮圖》，也是他較「媚俗」的一部，這卻導致他評論司馬翎爲「二流作家」的定位。

　　事實上，以他的小說藝術造詣而言，在金庸的流麗高華、古龍的詭奇懸疑、梁羽生的典雅平正之外，他能以樸實厚重的風格，獨樹一幟，在武俠作家中是非常值得注意的。平心而論，司馬翎的際遇與他的武俠作品成就，是有一段相當大的落差的，他宛如一顆蒙塵的明珠，未琢磨的璞玉，亟待有識者的發掘，重新爲他作定位。

舒徐沉穩──司馬翎小説的特殊的節奏

　　司馬翎的作品無法像臥龍生、諸葛青雲等一般，獲得廣大讀者的歡迎，甚至也不容易獲致學界的青睞，主要的問題，是來自他的作品整體所呈現的質樸厚重風格。

---

❻　見《新武俠二十家》（北京：文化藝術出版社，1992年），頁411。

❼　葉洪生曾針對此一現象，撰有〈爲大陸史學界「盲俠」看病開方(1)(2)〉，分論王海林、羅立群之失，（臺北：《國文天地》第七卷第二期，頁74～78，民國80年7月；第三期，頁76～77，民國80年8月），頗爲中肯。

從通俗文學的角度而言，作品「節奏」的掌握，為其是否能真正「通俗」的最大關鍵。結構主義學者傑磊（Gerard Genette）曾經將作品中的事件延續時間與敷衍時間（敘述時間）的比率關係，稱為「步速」（pace），事件延續時間的久暫與文章長短（字數、頁數）的反比越大，則「步速」越快（亦即，事件時間長，文章短）❽，此一「步速」，實際上決定了作品情節推展速度的快慢（此處我以「節奏」名之）。

節奏的快慢遲速，原無一定的標準，更不能據以評斷一部作品的優劣，但就通俗小說而言，卻是最重要的指標，這與通俗小說的讀者心理、閱讀傾向是無法分開的。從「通於俗」的角度而言，「俗」是通俗小說的讀者群匯聚之處，由於讀者群的變化，「俗」的內涵也隨之而變，通俗小說較之其他類型的文學作品，具有更大的「隨時以宛轉」的特性，它必須充分掌握「俗」的變化，提供滿足「俗」的一應需要，才能確保其生存的命脈。從作品與文學的關係而論，通俗小說是最能掌握時代脈動的作品，儘管此一掌握的表現方式訴諸於單純滿足需求的形式，而不作縱深式的挖掘，缺乏內省和批判，但是，卻直截而有效地觸及到當代讀者生活層面中所最感到欠缺的質素，而能迅速攫掠到讀者的喜愛。當然，這也無形地注定了通俗小說生命短暫的宿命，尤其是在社會變動迅速的時候，由於生活層面的改變劇烈，同一吸引讀者矚目的質素，勢必無法持續，就難免成為過眼雲煙了。

---

❽ 見高辛勇《形名學與敘事理論》（臺北：聯經出版公司，民國76年），頁158～162。

　　社會生活層面的變化,最明顯的就是生活節奏的急遽速化,讀者本身的生活節奏,在閱讀作品時,往往會和小說中的節奏自動作湊泊或調整,這種調整大部分是由讀者主觀意願主導的,讀者可以放緩、持續甚或加速自身的節奏,以取得和作品節奏的協調。此一主觀意願,往往與讀者的閱讀目的有關,以嚴肅、求知心態閱讀的讀者,通常會放緩自己的節奏,以細膩的眼光,蒐尋任何從字裡行間所可能流溢出的訊息,予以反思;而以閒情逸致或急於獲得迅速滿足的心理閱讀作品,則大體上不是延續即是加速原有的生活節奏。通俗小說的娛樂休閒傾向,原就爲滿足一般讀者生活上的所需而產生,因此,通俗小說的節奏必須與讀者的生活節奏取得默契,才能獲得歡迎。以三〇年代的武俠小說爲例,還珠樓主、王度盧等作家的作品,在早期臺灣武俠小說的讀者群中,還具有吸引力,這不但是一些「老讀者」津津樂道的盛事(葉洪生的《蜀山劍俠評傳》可視爲代表),就是臺灣早期的武俠作者,如臥龍生、諸葛青雲等,也不諱言曾取徑於這些先輩作家,初期作品清一色的「舊派」。六〇年代的讀者,由於社會的進步,生活節奏明顯加速,讀者已不易「欣賞」「慢工出細活」式的冗長敘事筆調,先輩作家已開始了步上寂寞的路徑。連帶著,後進作家也不得不作調整與更張。古龍在所有作家當中,對節奏最爲敏銳,六〇年代末期,《多情劍客無情劍》以變幻不羈的筆法,闖開了「古龍世紀」,影響所及,至今披靡。七〇年以來,王度盧、還珠等先輩作品陸續翻印出來,所受到冷落,可以以「悽慘」一言蔽之,擺在租書店中,幾乎沒有人問津。原因何在?三〇年代的敘事節奏,已明顯無法配合現代人的生活節奏,這是無庸置疑的。

　　武俠小說向有所謂「新派」❾之說，事實上，「新派」的崛起，正是緣於情節節奏由慢而快的轉變，司馬翎小說的創作巔峰時期，正處於新舊世代交替的時候，而整個敘事的筆調，在節奏上相較於先輩作家已有明顯的增進，這點，從早期《劍神傳》系列與中期自《聖劍飛霜》而下的作品比對中，可以窺探得出。宋今人曾謂司馬翎對「新派」，「有創造之功」，並許其爲「新派領袖」❿，若從「開風氣之先」的角度而言，是很確切的看法。不過，司馬翎的「新」，卻與古龍等人的「新」不同，是屬於有節制性的「新」，既能避免先輩作家冗長的景物描述及成段成篇的插敘、補敘，使整個節奏進展如水流不竭，涓涓而溢；又不至於破碎斷裂，如拆七寶樓臺，不成片段⓫，反而成爲他獨特的風格。至於後期的《強人》、《極限》諸作，司馬翎取法古龍，以變化快速的場景鋪敘情節，反倒失其故步，令人不無遺憾。

　　事實上，司馬翎的特長在於舒徐沉穩、從容不迫，這是他的小說迥異流俗的展現，在六〇、七〇年代，臺灣社會的生活節奏是與

---

❾　「新派」之說，至今還很難論定出於何人，學界也尚未釐清其定義，一般傾向於將金庸、梁羽生視爲「新派」鼻祖，但也有認爲古龍才是真的「新派」。究竟「新派」展現出如何的特色，葉洪生曾有所討論（〈世代交替下的「武林奇葩」——司馬翎武藝美學面面觀〉，前揭書，頁368～369），不過他認爲「新派」是從「陸魚過渡到古龍完成的」，並且對「新派」成就有所質疑，觀點相當值得重視。這是很重要的論題，筆者將另文論述。不過，節奏的轉變，絕對是其中的關鍵。

❿　見〈告別武俠〉，收入司馬翎《獨行劍》29集（台北：真善美出版社，民國63年），頁63～72。

⓫　參見葉洪生論司馬翎之文，前揭書，頁369。

他的風格合拍的，以此，攫掠了許多老讀者的喜愛。不過，這也是他「蒙塵」的主因之一，越接近現代的讀者，生活節奏越快，已較無法接受舒徐沉穩的敘述方式，「成也蕭何，敗也蕭何」，這不得不從他所擅長的「推理」說起。

縝密推理——司馬翎的絕活

宋今人認為司馬翎的作品，「有心理上變化的描寫，有人生哲理方面的闡釋，有各種事物的推理；因此有深度、有含蓄、有啟發」⑫，很能抉剔出司馬翎節奏的特色。

「推理」是司馬翎小說獨具一格的，但並不是日本式的「推理小說」，因為司馬翎儘管也非常注意情節的撲朔迷離、跌宕多變，但卻未採用「破解謎團」的懸疑布局（唯一可以說含有濃厚「推理小說」意味的，是《杜劍娘》一書），反而藉人物內在心理的變化，以智慧與理性對各種事物、觀念作深刻的分析。「理性」的思維，是司馬翎小說中所有人物共通的特徵，上自主角，下迄若干不起眼的配角，司馬翎皆刻意營造其理性的思維。以《丹鳳針》22集中的一個不起眼角色尤一峰為例，他是個「眉宇之間，則透出一股慓悍迫人的神情」（頁15）之人，通常這類人的特色是勇而無謀，以粗暴取勝，可是司馬翎卻著意寫其細膩的思致，花了相當大的篇幅，處理他與凌九重之間彼此勾心鬥角的場面。連如此一個人司馬翎皆賦予他如此縝密的思維，以此可概其餘。

---

⑫ 仝⑩。

　　為表現出理性的思維，司馬翎不得不將重心置放於人物的心理分析與情節的「推理結構」中，以此也無形中使他的情節節奏放緩許多，以《檀車俠影》中一場「救人」的情節為例，從林秋波開始發現到敵蹤，歷經中伏、受困、解穴、克敵，到最後林秋波飄然遠去，事件時間不過短短幾個時辰，作者卻以將近兩本半的篇幅（約150頁）詳加描摹，其間欲救人反遭擒的林秋波，心緒可以說是瞬息萬變，而受援的秦三錯、挾持人質的幽冥洞府三高手（尉遲旭、黎平、黃紅）亦是幾度深思熟慮，彼此機鋒互逞、鬥角鉤心，寫得相當淋漓盡致。但是，就全書的結構而言，此一大段落的作用，僅僅在於凸顯林秋波、秦三錯這兩個次要角色的性格而已（林秋波交雜於修道及動情的心緒、秦三錯邪惡而具有人性的性格）。習慣於情節迅快進展的讀者，於此可能會感到不耐煩，但是閱讀時喜歡思考的讀者，卻會興致盎然、拍案稱絕。然而，武俠小說的讀者，多半是以情節為主的，這使得司馬翎的愛好者往往限於文學程度較高的群眾，因而影響到他的普遍流傳，畢竟，宋今人所稱許的「深度、含蓄與啟發」，是屬於較高層次的閱讀。

　　「推理結構」在司馬翎小說中表現得最淋漓盡致的，當屬其中的「鬥智」場面。在他的小說中，闖蕩江湖的豪士並不截然以「武功」為最大的優勢，反而處處凸顯「智慧」的關鍵力量，甚至可以說「智慧」才是唯一的憑藉，逐鹿江湖，「智慧」隨時可能產生轉敗為勝的作用。在《劍海鷹揚》中，司馬翎藉典型的智慧人物端木芙，引發出一段足以代表其風格的文字：

　　　　眾人這時方始從恍然中，鑽出一個大悟來。這個道理，在以

往也許無人相信。尤其他們皆是練武之人，豈肯承認「智
慧」比「武功」還厲害可怕？然而端木芙的異軍突起，以一
個不懂武功、荏弱嬌軀，居然能崛起江湖，成為一大力量之
首。以前在淮陰中西大會上，露過鋒芒，教人親眼見到智慧
的力量，是以現下無人不信了。❸

　　因此，在司馬翎的筆下，所有的人物，包括了若干實際上無足
輕重的角色，都具有縝密的心思、冷靜的頭腦，絕非一般小說中一
味粗豪的可比。在《獨行劍》一書中，司馬翎更設計出一個「智慧
門」，以「智慧國師」領銜，將整個江湖世界的角鬥，從武力的戰
場，移轉到智慧的競爭，其間無論是正派人物的朱濤、陳仰白、戒
刀頭陀，或邪派的秘寨領袖俞百乾、智慧門諸先生，在武功上儘管
各有所長，但真正克敵致勝的關鍵，卻在於智慧的運用。

　　在此之下，司馬翎實際上已「顛覆」了「舊派」武俠小說的江
湖世界，改變了江湖的體質。武俠小說的江湖世界本是個「尚武」
的世界，誠如司馬翎所說的，「這是一個崇尚武力的世界，你越有
氣力，和武藝越精的話，就越受人尊敬」❹，武功，非但是英雄俠
女行走江湖的憑藉（護身）、仗義行俠的條件（行俠），更是解決
紛擾、快意恩仇的最終法則；事實上，武俠小說之以「武」為名，
正緣於有此「武功」撐起整體架構。因此，「武功排行榜」隱然成
為武俠小說中的慣例，一如古典說部中的《隋唐演義》，排名在後
的一定爭不過排名在前的，宇文成都排名為「第二條好漢」，其他

---

❸　見《劍海鷹揚》下冊(臺中：文天行出版社，民國74年)，頁965。
❹　見《丹鳳針》20集（臺北：真善美出版社，民國57年），頁14。

「好漢」註定無法勝他，他也註定要在「第一條好漢」李元霸下吃癟受虧；而「第一條好漢」無人能勝，只得安排他受雷殛而死。慕容美的《公侯將相錄》，依公、侯、伯、子、男的位階，排定江湖次序，是最典型的例子。武俠小說中必須安排「武林秘笈」的情節模式，以打破這個規律，亦是不得不然。古龍後期的武俠小說不取「秘笈」模式，可謂一大改變。此一改變，古龍的「兵器譜」（《多情劍客無情劍》）開創的是一個「當下情境」的局面，天機老人、龍鳳雙環、小李飛刀……等，雖以武功高低為序列，但爭勝的關鍵，卻在於面臨決勝時的一些細微變化，如地形、地勢、體力、心理狀態等的影響，隨時可以扭轉高低序列，楚留香之能夠擊敗武功遠高過他的石觀音、水母陰姬（《楚留香傳奇》），正緣於此。古龍的手法，明顯取法於現代運動的競賽，所謂「球是圓的」，勝負很難預作定論，熟悉運動此一「非法之法」的讀者，應該頗能感受到古龍此類安排的合理性。司馬翎開創的則是另一格局，在逞強鬥勇、劍影刀光江湖中，凸顯出理性的決定力，這不但使他所構設的江湖世界是「鬥力又鬥智」的場合，更以此發揮了他自己所擅長的「雜學」，隨時藉智慧的表徵，如奇門遁甲、陰陽術數、佛學道思、醫學藥理等，刻意點出。

精通百家——司馬翎的「雜學」

武俠小說是一種包容性甚廣的類型小說，在江湖的背景下，可以寫俠客的豪情、英雄爭勝的酣暢淋漓；可以寫兒女情長、刻骨銘心的愛恨情仇；也可以寫歷史宮闈、複雜多變的權力徵逐；更可以

寫懸疑緊張、科技幻想的情節，而「雜學」，正是支撐這種豐富內涵的砥柱。

「雜學」運用於小說創作，唯有武俠小說才能發揮其效用，蓋武俠小說本身就是中國文學中極爲特殊的一種體裁；而整個背景，也以舊時代（清以前）爲範圍，因此傳統文化的適時添入，無形中即加強了整個小說濃厚的中國風味。武俠小說在海外華人地區風行一時，甚至成爲「華僑子女的中文課本」❺，事實上就是以這傳統的文化氣息吸引讀者的。金庸的武俠小說向來以學識淵博著稱，「書卷氣」甚濃，無論琴棋書畫、茶酒花食，藉書中情節隨時點染，將傳統文化知識濃縮於小說之中，享有傳統文化「小百科全書」的盛譽❻，這在今人已逐漸淡漠於傳統文化的趨勢下，反而可以因閱讀武俠小說，而隨處「驚豔」，獲得智性的領略，也成爲武俠小說立定根基的命脈了。

司馬翎「雜學」的豐富，在武俠小說家中是很特殊的，舉凡佛學道家、陰陽五行、勘輿命理、陣法圖冊、土木建築、醫學藥理、東瀛忍術，甚至神秘術數，信手拈來，說得頭頭是道，無不令人驚喜。例如《掛劍懸情記》中花玉眉的「陣法之學」，隨手幾根樹枝，便可以導致眼目迷濛、視域混淆的效果；《丹鳳針》中雲散花的「忍術」，以隨身披風掩蓋，就可以「木石潛蹤」（藉自然物隱蔽形藏）；《情俠蕩寇誌》中幾場官軍與海盜的海戰，脫胎於兵

---

❺ 見梁守中〈武俠小說——華僑子女的中文課本〉，《武俠小說話古今》（臺北：遠流出版事業股份有限公司，1990年），頁207～209。

❻ 見陳墨《金庸小說與中國文化》（南昌：百花洲文藝出版社，1995年），頁3。

法，寫得寫得氣勢宏偉、驚心動魄；《飛羽天關》中李百靈的勘輿之術，經由作者引經據典予以闡發，更令人嘆爲觀止。在此，司馬翎靈活運用中國傳統的「雜家百技」，使得小說中處洋溢著傳統文化的氣息，雖然不無故神其技的用意，卻能收到令人意想不到的功效。

在武俠小說家中，司馬翎的「雜學」，是足以與金庸並立而無愧的⑰。不過，金庸雜學的優長爲文化與歷史，而司馬翎則於哲理、術數別有獨見，迥非一般作家可比。尤其是在有關傳統的奇門秘術方面，用力之勤，見解之精到，居然有專門名家的氣勢。武俠小說利用傳統道教術數刻畫武學，是普遍的現象，但大底皆以淡筆帶過，以金庸之能，在《神雕俠侶》中寫黃藥師所排的「二十八宿大陣」，儘管名目繁多，不過只能將五行、五方、五色、二十八宿相應的道理，簡要敘述，實際上並未能說出其所以然來；司馬翎則不然，在《飛羽天關》一書，司馬翎將堪輿、陣圖之說化於小說情節中，神奇詭妙，而又引據確鑿，相較之下，顯又略勝一籌。

當然，這裡不免牽涉到傳統雜學（尤其是術數）的可信度問題，例如「陣法之學」，究竟實情如何，不免讓人匪夷所思。不過，從小說「虛構」的角度而言，即使司馬翎完全嚮壁虛說，也不

---

⑰ 葉洪生曾謂，關於雜學的運用，「環顧當今武俠大家，亦唯金庸與司馬翎二人可優爲之」，《談藝錄》，頁377。葉洪生在文中曾舉《關洛風雲錄》中尊勝禪師「法體化鶴」及《纖手御龍》中雲秋心於病中唸《長阿含經》解痴的情節，推崇司馬翎於佛學的眞解；亦舉《帝疆爭雄記》中狂生柳慕飛將詩詞歌賦化入鞭法之例，與金庸《神雕俠侶》中朱子柳之「一陽書指」對觀，二家功力悉敵，讀者當不難窺出。

妨礙讀者領略箇中趣味，甚至可能因爲他敘述手法上的「理性分析」，而引領讀者對此問題作更深入的思索，從而產生濃厚的興趣。事實上，傳統的文化內涵，未必沒有其道理，否則也不可衍傳千百年之久，更何況，有些道理，是的確可以獲得科學驗證的。李嗣涔曾作過一個有關「魔音穿腦」的實驗，證實了武俠小說中以「聲音」當武器的可能性，對司馬翎小說中「心靈修練」、「氣機感應」等的武功描述，從「人體科學」的角度，予以認可，推崇其「意境前無古人，後無來者」❶⑧，以此可知司馬翎絕非純粹「虛構」，而是眞有豐富的雜學知識支撐的。當然，司馬翎的雜學也包含了現代的知識，在《掛劍懸情記》第3集中，司馬翎設計了一個「心靈考驗」的情節，擬從心理學的角度，探觸「精神催眠」對人類意志力的影響❶⑨，從書中人物的反覆辨難、絲絲入扣的分析中，我們可以看見作者於此學的功力。

司馬翎的「雜學」，在他的小說中發揮了極大的作用，在此，我們可以從他對「武功」別出新裁的設計，以及書中隨處透顯出的「道德關懷」予以探討。

---

❶⑧ 李嗣涔是台大電機系教授，開設有「人體潛能專題」，有關「魔音穿腦」部分，乃其告知，至於他對司馬翎的評價，有〈科學的武俠〉（手稿）一文，可以參看。

❶⑨ 其情節大要是「勾魂怪客」崔靈以精神催眠的力量，控制一對姐弟，欲使其發生亂倫關係；但是在整個過程中，卻處處強調「亂倫的禁忌」，使他們在欲望與道德間掙扎，企圖探討「情欲」和「理智」衝突的問題，頗爲深刻。

司馬翎的武功設計與道德關懷

　　武俠小說以「武俠」爲名，自然必須展現出俠客的武功。中國的武術，自有其淵遠流長的傳統，而從俠義小說到武俠小說，武功的設計，自始也是重要的一環。古典俠義小說中，唐代以神秘性濃厚的道術取勝；宋元以來，則棍棒拳腳，步步踏實；明清之間，此二系相互援引，分別有所開展，既有平穩紮實如《綠牡丹》、《兒女英雄傳》的，也有光怪陸離如《七劍十三俠》、《仙俠五花劍》的，基本上，初步奠定了民國武俠小說的兩大武功設計系統。平江不肖生的《江湖奇俠傳》和《近代俠義英雄傳》則分別標識了兩大系的開展。不過，神怪一系，自還珠樓主《蜀山系列》以降，甚少創發；而平實一系，則自白羽的《十二金錢鏢》後，逐步擺脫以純粹中國武術描述武學的窠臼，走上「武藝文學化」的「虛擬武學」。所謂「武藝文學化」，是指作者設計的武功，只能藉文字領略其妙境，而未必能於現實施展，而且，通常以優美的文字引首，爲其武學命名。就武俠小說而言，這是一個極大的躍進，不僅作者可以超越個人體能限制，依其深厚的學養，憑藉文學想像，設計各種冠冕堂皇、名目儼然的武功，讀者也可在這些變化莫測，而又似乎言之成理的武功中，沉浸於想像的武林世界中。這些武功的摹寫，道教養生術中脫胎而出的「內功」（通常以武當派爲代表，但運用之廣，則可遍及所有武俠人物），是爲主流；但變化之妙，存乎一心。在武俠名家中，金庸著名的「降龍十八掌」、「黯然銷魂掌」、「獨孤九劍」，首先在「虛擬武學」上廣獲佳評，大抵皆利用詞語

串連,「顧名思義」,如「降龍十八掌」第一招「亢龍有悔」,據
金庸所描述:

> 這一招叫作「亢龍有悔」,掌法的精要不在「亢」字而在
> 「悔」字。倘若只求剛猛狠辣,亢奮凌厲,只要有幾百斤蠻
> 力,誰都會使了。……「亢龍有悔,盈不可久」,因此有發
> 必須有收。打出去的力道有十分,留在自身的力道卻還有二
> 十分。那一天你領會到了這「悔」的味道,這一招就算是學
> 會了三成。好比陳年美酒,上口不辣,後勁卻是醇厚無比,
> 那便在於這個「悔」字。⑳

很明顯地,這段文字以「亢」字所代表的「充盈」義和「悔」字的
「潛藏」義對舉中,創發出來,頗符合道家「持盈保泰」的理論㉑,
可謂別開生面。60年代後的古龍,則創發出「無招勝有招」之說,
完全屏除了招式名目,簡截了當,開創了新一代的武功描寫典範。
不過,在武功本身著墨不多,算是異峰突起的「別派」。司馬翎的
開創性雖不如金、古二人,但介於兩家之間,卻自有其特色。司馬
翎論武功以「氣勢」取勝,所謂的「氣勢」,實際上是一種心靈的
力量,根源於道德與理性,不僅僅是人天生的性格與稟賦而已,在
《血羽檄》中,司馬翎藉「白日刺客」高青雲面對「鳳陽神鉤門」
的裴夫人時的一段解說,和盤托出他設計此一武功的底蘊:

---

⑳ 見《大漠英雄傳》(臺北:遠景出版社,民國73年),第1冊,頁471。

㉑ 不過,金庸所創造的武學事實上頗多不能自圓其說之處,如此招將其置於第一
招,極不合理, 依《易經》原意,當置於末招。然此處無法細論,筆者將有
專文討論。

古往今來，捨生取義的忠臣烈士，爲數甚多，並非個個都有
楚霸王的剛猛氣概的，而且說到威武不能屈的聖賢明哲之
士，反而絕大多數是謙謙君子，性情溫厚。由此可以見得這
「氣勢」之爲物，是一種修養工夫，與天性的剛柔，沒有關
係。㉒

在此，司馬翎所援用的觀念，來自於傳統儒家，故其下又引孟子
「自反而縮，雖千萬人，吾往矣」以爲佐證。蓋高青雲雖爲受賂殺
人的刺客，卻與一般刺客不同，正義凜然，善惡分明，而裴夫人一
則有愧於丈夫，二則被懷疑爲殺死查母的兇手，於道德有所虧欠，
因此，高青雲仗此道德的正義力量，足將其「氣勢」發揮到淋漓盡
致，使得原來尚可力拼的裴夫人，一時無法抵禦。當然，此一「氣
勢」也並非決定格鬥勝負的唯一標準，同時，也不是完全無可抵禦
的。司馬翎將「氣勢」歸之於道德理性，則另一種非關理性，純粹
出之於強烈情感衝動的愛情力量，亦足以與之抗衡。因此，當裴夫
人思忖及他所做的一切，全是爲了查思雲復仇，無愧於心時，又足
以在鬥志崩潰的情勢下，陡生力量，使高青雲恍悟到「原來眞理與
理性，唯有一個『情』字，可以與之抗衡，並非是全無敵手的」㉓。
在此，司馬翎顯示了他對人類心靈力量的洞識。

　　此一對人類心靈的洞識，使司馬翎在武功設計上常有令人激賞
的表現，以「情」字而論，金庸在《神雕俠侶》中以「黯然銷魂
者，唯別而已矣」（江淹〈別賦〉）的文藝化方式，設計出膾炙人

㉒　見《血羽檄》第23集（臺北：眞善美出版社，民國57年），頁35。

㉓　仝上，頁39。

口的「黯然銷魂掌」，意欲強調「相思」的偉大力量，唯有「哀痛欲絕」之時，才能發揮其莫大的效力，可謂是神來之筆，將武學文藝化的精微發露極致。讀者心領神會之餘，也許不免忽略了，當楊過在「心下萬念俱灰，沒精打采的揮袖捲出」❷時，何處激生情感的澎湃動力？相對之下，司馬翎在《白刃紅妝》書中，設計了斷腸府的「情功」——據書中所述，斷腸府「情功」修鍊之要訣在於藉情感的力量以增強武功，府中弟子必須以各種方式激起對方的「眞情」，對方情感投注愈深，自己獲利也愈大；反之，一旦自己陷溺不返，動了「眞情」，亦將因之而削弱武功，甚至情絲牽纏，氣息奄奄——無論是對情感的力量與人面對情感時的不由自主，都有相當深刻的描繪，蹊徑別出，卻又合情合理。

司馬翎武功的設計，不僅在別出新裁地呈顯書中人物五花八門，令人目眩神移的武功而已，事實上，就在武學設計中，也顯示了其道德的關懷。前面所述的「情功」，原是邪派斷腸府的絕技，必要使對手心碎腸斷而後已，可是，當書中邪派的角色（曹菁菁、王妙君、程雲松）一旦面對自己的「眞情」時，卻是寧可受「情功」反噬之苦，九死不悔，其中逼出了作者對人類至情至性的肯定。

在武學方面，司馬翎心目中時時有一「武道」的觀念，並用此名，創作了《武道・胭脂劫》❷一書，正可代表司馬翎對人類生命

---

❷ 見《神雕俠侶》（臺北：遠景出版社，民國73年），第4冊，頁1626。

❷ 《武道》與《胭脂劫》（合稱《武林風雷集》）是司馬翎中期的作品，出版於民國58年10 月迄60年9月之間（臺北：眞善美出版社），合計39集，名雖二分，實際上敷衍的是同一個情節完整、曲折複雜的故事。

道德的關懷。

從江湖世界憑藉著武功裁斷是非的角度而言，武功的極境，事實上就是權力的極境，這點，多數的武俠小說都已展示了相當一致的共識。因此，武俠小說的結局，通常免不了出現一場武功／權力的對決，以決定江湖勢力的消長。不過，這種對決的形式卻又相當弔詭，作爲權力象徵的武功，最終的目的卻是在「顚覆」權力。「以權力反權力」，未免有「以暴易暴」的矛盾，卻和武俠小說「止戈爲武」的性質是相合的，這是武俠小說最具辨證性的地方。「以權力反權力」之所以能成立，在於前者的外在形式（武功）被賦予了道德的內涵（善），而後者則是違反道德的（惡）；同時，後者的權力性質，是一種集權性的強橫統治，而前者則出於一種權力平衡的概念——權力一旦是平衡的，即無權力可言，是故武俠小說中如果有最後的「武林盟主」誕生，也必然是「無爲而治」型的，甚至，更多的武俠小說以「退隱山林」的方式，迴避了權力集中的可能。以此而論，武俠小說的基本精神是反權力的。

權力是現實社會中無法否認的存在，虛構的江湖世界既以人世爲藍本，自也無法不涉及權力的徵逐。人在現實社會中，可以自外於權力角逐，默默無聞；然而，武俠小說中的人物，既以「武功」（權力的外在形式）爲主體，就無法自外於此，是則，個人生命意義與價值的安頓，該與權力如何應對？這是武俠小說必須處理的問題。可惜，多數的武俠小說都輕易放過了這原可以極力發揮的主題。相對之下，司馬翎的《武道·胭脂劫》正在這一方面提供了若干深刻的觀點，足以發人省思。

《武道·胭脂劫》以「武道」的探索爲主線，先從霜刀無情屬

斜追尋魔刀的最後一招爲始點，深刻切中了「武功」與「權力」的關竅。厲斜畢生以「武道」的探索爲終極，不惜以殺生歷練的方式，揣摹魔刀至高無上的終極心法；然而，此一「武道」的最終意義，不過是能使他成爲天下武功最高的人，擁有旁人不敢冒犯的權力而已——武功就是權力的事實，在厲斜身上表露無遺。假如我們將厲斜一連串磨練探索的過程，視爲他個人生命意義的發掘過程的話，毫無疑問地，厲斜企圖將生命安頓於權力的競逐上。

沈宇的出現，是厲斜生命史上重要的一個轉折。沈宇身負沉冤，以自苦爲極，對人生原已無望，然而在目睹厲斜以人命爲試練的慘酷手段下，雄心頓生，意欲憑藉個人的智慧才幹，防阻厲斜爲禍。沈宇並未視厲斜爲惡人，相反地，他認爲厲斜不過是欲探索「武道」的奧秘。問題在於，沈宇以悲天憫人的胸懷思索「武道」的極致，徑路與厲斜完全異轍。「武道」的究竟何在？權力能否安頓生命？司馬翎在此書中，利用了許多精采的情節，舒徐沉穩地鋪敘而出。最後，厲斜終於發現了魔刀最後一招的奧秘，原來，那是一把刀，當厲斜最後手執這把不屬於他追尋的意義內的「身外之物」時，頓時覺得大失所望，對他而言，這是多大的反諷呀！武功的奧秘，或者說權力的奧秘，竟然就是一把刀，厲斜可能將生命安頓在這把刀上嗎？厲斜終究不能不以退隱的方式，棄絕此一權力。

在此書中，作者刻意安排了一個「假厲斜」，藉對比凸顯武功與權力的關係。假厲斜是謝夫人的「身外化身」，而謝夫人雖然出場次數不多，地位卻非常重要。她原來是以「性」爲人生極樂的淫娃蕩婦，在偶然的機緣中，嘗到了血腥的快感，從此將對「性」的追求，轉化成對暴力、血腥、殺戮的畸型欲求，因此以「身外化

身」製造了假屬斜，在江湖中展開無情而狠毒的殺戮。性與暴力血腥，和權力一樣，都是潛藏於人內心的原始衝動，就權力的本質而言，事實上正操控著性與暴力，因此，謝夫人實際上是屬斜的一個「身外化身」。這種瘋狂的原始欲望，最後導致了謝夫人親手殺死了自己的獨子謝辰和兒媳胡玉眞，實際上也暗示了權力徵逐的最終結果，必然是泯滅人性的。謝夫人最後被屬斜一刀斬絕，屬斜於此時才算眞的體認到權力的可怕，從而能眞正的擺脫受權力欲望操控的生命。

謝夫人的角色，是武俠小說中相當特殊的設計，然而，司馬翎並無意去批判這位既淫蕩而又慘酷的女性，相反地，我們透過他對謝夫人深入的心理摹寫，可以發現，謝夫人不過是一個象徵———個集性與暴力的權力追逐者的象徵，這是「胭脂劫」書名的意義。司馬翎與所有的武俠作家一樣，秉持著武俠小說「反權」的基本精神，同時，更在「反權」中，展示了他的道德關懷。

沈宇含冤莫白的際遇，一度使他灰心喪志，儘管後來他赫然發現沉冤可雪，也因此獲得了愛人艾琳（艾琳是他青梅竹馬的情人，誤以爲沈宇之父爲其毀家兇手，因此千里追蹤，內心糾纏於親仇與情愛的矛盾中，寫來也非常出色）的諒解，但是，眞正激發他雄心壯志的，卻是一股正義的道德力量。也正因他自道德重新燃起生命的意志，才能昭雪沉冤！從沈宇身上，司馬翎的道德關懷，已經是非常明顯了，不過更值得一提的是陳春喜這角色的設計。

陳春喜原來是漁村中的小姑娘，單純而直樸，卻嚮往著江湖中叱吒風雲的生命形態，在胡玉眞引介下，她投入了謝家這個謝夫人的權力核心，透過謝辰，修習「蘭心玉簡」的武功。「蘭心玉簡」

是謝辰爲他的母親謝夫人千方百計尋求，欲使謝夫人變化氣質的武學，可是權力象徵的謝夫人不願修習，因爲這武功與權力欲望衝突，「這種心法以純潔無邪爲根，以慈悲仁愛爲表」❷⑥，修習過後，「這顆心眞是空透玲瓏，纖塵不染，已經少有心情波動的情形了」❷⑦。權力等同於欲望，而「空透玲瓏，纖塵不染」，自然與權力絕緣，陳春喜以純眞之心地，投身於權力中心，事實上是司馬翎所安排的見證──透過自始至終未變化的純眞，見證權力之可怖與道德情操之高尙。

魔刀的最後一招，關鍵居然是把刀；權力徵逐的下場爲何？謝夫人身首異處，厲邪恍然了悟。「武道」的奧秘何在？司馬翎意欲告訴我們，「道在人，不在物」，在人高貴的道德情懷，在人的慈悲與仁愛，這是中國傳統武俠小說人與武功合一的終極境界，平實簡捷，意義卻深刻警策，事實上，這才是眞正的「武俠」！

自足生命的開展──司馬翎筆下的女性

在武俠小說「俠骨」與「柔情」兼備的風格中，女性俠客無疑已成爲武俠小說描繪的重心之一。小說中的「江湖」儘管可以脫離現實，任情「虛構」，簡化了現實中林林總總的複雜面相（如正義與邪惡的道德規律、殺人流血的法律規範等），但是，「人物」卻是「模擬」現實情境的；社會上有形形色色的女性，小說中自也應

---

❷⑥ 見《胭脂劫》第20集，（臺北：眞善美出版社，民國60年9月初版），頁59。

❷⑦ 見《胭脂劫》第11集，（臺北：眞善美出版社，民國59年12月初版），頁63。

有各具丰采的女俠，我們可以看到，武俠小說中的女性，從空門中的尼姑、道姑，到千金閨閣、江湖名家之女、神秘幫會的首腦，乃至於三姑六婆、妓女貧婦，應有盡有；至於在形貌、性格上，俊醜兼具，內涵複雜，更是不在話下，其實也與現實社會（小說中古代的現實社會）可能出現的女性範疇相當了。從這點來說，女性是「江湖」中不可或缺的角色，這正如其他類型的小說一樣。從武俠小說發展的歷史而言，女性俠客的出現，整個影響到江湖結構上的體質改變，主要的是注入了「柔情」的因素，這不但使得江湖的陽剛氣息得以藉「柔情」調劑，更連帶影響及英雄俠客的形貌與性格的描繪[28]，關於這點，陳平原曾分析：

> 首先，大俠們的最高理想不再是建功立業或爭得天下武功第一，而是人格的自我完善或生命價值的自我實現；其次，男女俠客都不把對方僅僅看成打鬥的幫手，而是情感的依託……，也就是說，不是在剛猛的打鬥場面中插入纏綿的情感片段來「調節文氣」，而是正視俠客作爲常人必然具備的七情六欲，借表現其兒女情來透視其內心世界，使得小說中的俠客形象更爲豐滿。[29]

大抵自王度盧的《鶴驚崑崙》五部曲後，武俠小說中的「柔情」，已經成爲此一文學類型中不可或缺的成素了，而主要承擔起這個任

---

[28] 此間的轉變及意義，請參閱筆者〈中國古典小說中的女俠形象〉，《中國文哲研究所集刊》（臺北：中央研究院中國文哲所，民國86年9月），頁43～88。

[29] 見《千古文人俠客夢》（北京：人民文學出版社，1992年），頁81。

務的，無疑是女性──尤其是女主角。在此，武俠小說頗有幾分「才子佳人」的味道，不但兀傲英雄與巾幗紅粉，總是刻意安排得相得益彰，而且情感描摹也往往可以細膩入微，令人蕩氣迴腸。

　　不過，在芸芸江湖世界中，究竟女性可以作如何的設計？基本上，一般武俠小說中所刻劃的女性，可以分成三種類型，第一種是柔弱可憐型的，性格溫柔、情感細膩，一副「亟待拯救」的楚楚情狀，是英雄俠客展現生命華彩的憑藉，仗義行俠的英雄，最樂於藉援救的過程凸顯出過人的英風豪氣，如金庸《神鵰俠侶》中的程英、陸無雙。第二種是「魔女淫娃」型的，通常被描摹成因感情失利，由愛深恨，轉而向全天下的男人進行「肉慾式的報復」；或者甚至天生就是「性饑渴」，眼底下見不得男人，最擅長的就是「以色迷人」。她們是英雄磨練人格和品性的對佳對象，對這種美人，英雄不但往往可以輕騎過關，而且還可以藉斬除剷滅的行爲，建立英雄的聲譽或品牌，如古龍《多情劍客無情劍》中的林仙兒。第三種是「俠女柔情」型的，可以溫婉體貼，可以機伶多智，可以武藝高強，可以天眞無邪，不過都必須對英雄一往情深，無怨無悔。她們是英雄仗劍江湖並轡而行的佳侶，是英雄心心繫戀的紅粉知己，只有她們才能在英雄鐵血的心湖中激蕩出陣陣波濤。她們最主要的作用，可能是當一面鏡子，在英雄意氣風發之餘，迴首觀照，會發現自己和凡人一般，也是需要愛情滋潤，可以談戀愛的！如金庸《射鵰英雄傳》中的黃蓉。這三類彼此間交揉重疊，大體上是可以涵蓋一般武俠小說形形色色的主要女性的，很少有作家可以超脫於此。

　　從女性主義的角度而言，如此的設計，顯然是以「男人心目中

的女性」爲藍圖的，女性俠客儘管在武俠小說中已成爲不可或缺的重要角色，但是，基本上仍然是以「附庸」的形態出現，女俠自身生命的開展，向來缺乏應有的關注。大體上，能賦予女俠生命姿采，跳脫開男性沙文圈子的武俠小說作家，只有司馬翎！在他筆下的女俠，開展出迥異於一般武俠小說的另一種生命世界！

　　在司馬翎的小說中，女性往往呈顯出各種不同的風貌，儘管在造型上難免也與其他武俠小說中的人物雷同，可是無論是對女性內在情感與生命的刻劃，或所賦予女性的尊重與肯定上，都遠較他人來得深刻與細膩。尤其難得的是，司馬翎的筆觸，更拓展及於許多武俠小說從未開展過的女性。

　　司馬翎筆下的女俠，類型相當複雜，涵蓋層面亦廣，其中不乏若干刻劃深入、綻現出動人姿采、難得一見的特殊女俠，如《劍海鷹揚》中一心向「劍道」探索究竟的秦霜波、智慧高絕，隱然可與男性分庭抗禮的端木芙；《武道‧胭脂劫》中擺蕩於性欲與權力中的謝夫人；《纖手馭龍》中精練聰穎的薛飛光、《掛劍懸情記》中嫵媚多智的花玉眉、《金浮圖》中機智溫柔的紀香瓊；《丹鳳針》中開放而自主性極高的雲散花；均能別出蹊徑，刻劃出別具姿采的江湖女俠。

　　司馬翎總是不吝於讓他書中的女性展現出各種不同的風格，而且，對她們的內心世界均作深刻而細膩的描摹，絕非一般的「扁平人物」可比，而且面貌個性，均各如其分。如《聖劍飛霜》中日月星三公的女兒，絳衣仙子舒情爽朗亮麗，如陽光耀眼；銀衣仙子佟秀深沉陰柔，如月光朦朧；玄衣仙子冷清影清雅冷漠，語若流星；無不宛肖其人。即使是同樣寫智慧過人的女俠，而薛飛光之精練、

花玉眉嫵媚、紀香瓊之溫柔，也莫不各有千秋；其他如《劍神傳》中刁鑽慧黠的朱玲、《纖手馭龍》中溫婉柔弱的雲秋心、《鐵柱雲旗》中伶俐天眞的單雲仙、《玉勾斜》中冰冷無情的冷于秋、《飲馬黃河》中精明剔透的春夢小姐、《武道・胭脂劫》中高潔純眞的陳若嵐……，隨書翻閱，無不處處令人驚豔。難得的是，司馬翎筆下的女性，固然各具姿態，而作者所賦予的關注，更是遠遠超過其他的武俠作家，如《武道・胭脂劫》中，「禍水」類型的謝夫人，儘管讓讀者毛骨悚然，但是，司馬翎也未嘗純粹以反面摹寫，反而對她整個從世家夫人轉變成武林禍亂的心路歷程，有詳盡的刻劃。

女俠的自主情感

武俠小說儘管以「俠骨柔情」爲主體，不過，江湖畢竟還是權力鬥爭的場合，女性的柔情固然可以繫挽住英雄的情思，卻阻止不了英雄開創事業的雄心與壯志。武俠小說中的男俠或許也會款款深情，夢魂牽縈，可是在他們的生命天秤上，感情畢竟仍只是一種點綴，古龍《多情劍客無情劍》中的李尋歡，的確是「多情」的，可是「多情」的對象是死生義氣的朋友，而不是一心繫念、痛苦煎熬的林詩音，所以寧可「犧牲」自己的情感，成全龍嘯雲；金庸《笑傲江湖》中的令狐沖，固然心心戀戀於小師妹岳靈珊，可江湖責任在身，他也只有拋開情愁，勉力投入拯救武林的大業中。兒女情長，原不見得會使英雄氣短，其間妥爲安排，更可以使英雄美人平添佳話；然而一旦有所衝突，則無論情感若何，恐皆在割捨之列——畢竟，英雄除了情感之外，仍別有安身立命的所在。女性則不

同，固然我們可以看見小說中令人激賞的許多女俠，如金庸《射雕英雄傳》中機智敏慧的黃蓉、《神雕俠侶》中溫柔多情的小龍女、《倚天屠龍記》中慧黠精明的趙敏，但是這些機智、溫柔、慧黠的作用，卻多半是爲了她們心目中的英雄而發。女俠一旦情感傾注，則一往無悔，一切的考量，皆以英雄爲重心；而一旦情天生變，恨海興波，則爲情爲愛，可以怨讟可以瘋狂，完全失去理智，《神雕俠侶》中反覆感嘆「情爲何物」的李莫愁、《天龍八部》中挾恨報復的甘寶寶、秦紅綿、刀白鳳，都是很好的例子。大體而論，武俠小說中的女性，「有愛則生，無愛則死」，藉愛情滋潤以綻現其生命華彩，也因愛情失落而人生褪色——這是武俠世界中的女性宿命，很少有作者可以超脫。很顯然地，如此以愛情爲女性生命中唯一重心（意義）的人物刻劃，是相當具有大男人沙文色調的，在此，女性自身的生命未能獲得開展，充其量不過是點綴英雄的瓶花而已。

司馬翎筆下的女俠依舊擁有細膩的情感，也同樣會心儀俠客的風采，但是在整個情感面的鋪敍中，卻能擺脫一往情深、無怨無悔的慣常模式，其中饒有衝突與掙扎，而此一激烈的天人交戰，決定因素則不僅僅是情感深淺的問題而已，司馬翎通常會安排幾個各具豐姿、特色的正反派英雄，介入女俠的情感生命中，導致女俠面臨徬徨與抉擇的窘境，引發其「自主」的機能，她們必須深思熟慮，權衡情感與其他問題（如善惡、利弊、志趣、個人與社會等）間的比重。如《掛劍懸情記》中的花玉眉，同時有桓宇、方麟、薩哥王子、廉沖四人，足以引起她情感的蕩漾，她必須在這四人當中，細細剖分其優劣，以定歸宿。於是，各男俠的獨特風采，獲得了盡情

表現的機會。桓宇的正直憂鬱、方麟的孤傲脫俗、薩哥的機智多情、廉沖的陰險詭詐，無不淋漓盡致。桓宇最後的脫穎而出，雖是早就可以看出，但是其間各種情境的變化，卻隨時可能導致逆轉，讀者猶不免提心弔膽。在此，花玉眉的生命層次隨著故事情節的延續，屢有成長與拓展，決非僅僅陷溺於情感的漩渦中而已。《劍神傳》中的朱玲，夾雜在正直仁厚的男主角石軒中、貌醜而心細的大師兄西門漸、俊美狂傲的宮天撫、無情而深情的張咸之間，幾度波瀾，幾翻跌宕，如風捲柳絮，難以遽斷歸宿，作者藉一波三折的情節發展，將朱玲的內心情感與心事，描摹得盡致淋漓，而最終的選擇，雖然還是情歸俠客，可是卻因多了這番波瀾，其「自主性」也更凸顯了出來。正緣於此，司馬翎筆下的女俠，以「情感的自主性」獲得了在其他小說中難以企及的豐富深刻的生命層次。

《丹鳳針》中的雲散花是個相當成功的例子，書中以「彩霞多變」❸⓪為其性格的寫照，在故事中，雲散花一開始就不是處子之身，但卻非淫娃蕩婦之流，只是較任情任性而已（這已和多數武俠小說牢牢繫念於女主角的貞操不同），因此，既先與性格倔傲、自私自利的凌九重有一吻之情，復又對英挺瀟灑的孫玉麟心生好感；及至她遇到儒雅正直的杜希言後，不但深心仰慕，而且與他有了肌膚之親。依照武俠小說的慣常寫法，雲散花應該死心塌地，心心繫念於杜希言了；可是，雲散花非但因自己已非完璧，「自覺」不配，同時在後來既因察覺到凌九重對她實際上亦真情相待，而與他發生關係；又對外貌溫文的「白骨教」妖人年訓，考慮及婚姻問

---

❸⓪　見《丹鳳針》（臺北：眞善美出版社，民國58年），第34集，102章回目。

題；最後則與半路上殺出來的黃秋楓持續發展。每一段情感的波動變化，作者皆細膩委婉地將其心理變化和盤托出，而也不時地給雲散花自省的機會，「我幾乎已變成人人可以夢見的巫山神女，只要我還喜歡的人，就可以投入他的懷中。唉！我現在算什麼呢？」❸ 究竟雲散花將情歸何處，連她自身也不曉得，正呼應了「彩霞變化」的主線，使得雲散花成爲書中相當特殊的角色。

司馬翎江湖中的「女智」與「女權」

　　一般武俠小說慣於將江湖寫成是男性角逐權力的場合，吝於讓女性於江湖中承擔起更大的責任，女性一旦妄圖涉足角逐，通常也是以「禍水」的姿態出現。如《多情劍客無情劍》中以色相牢籠英雄的林仙兒，幾乎集陰險、淫蕩、善變、狠毒於一身，古龍的反筆批判意味甚是明顯。司馬翎則經常以正面的筆法寫女俠，甚至將江湖中扶顚定傾的重責大任，託付於女性身上。花玉眉率領群雄對抗野心勃勃的鐵血大帝竺公錫，淵渟嶽峙，隱然就是中流砥柱，作者將她刻劃成智慧超群、思慮周密的女俠，擔負起挽救武林甚至國家安危的唯一角色，頗能渲染出另一種風格迥異的女俠。這種「智慧型」的女俠，是司馬翎最鍾愛、最樂於刻劃的，因此出現的比率也最頻繁。花玉眉、紀香瓊固然如此，尤其是端木芙，以一個不識武功的女子，憑藉著謀略與陣法之學，不但能在正邪兩大勢力（翠華

---

❸　見《丹鳳針》第32集，頁63。

城主羅廷玉與七殺杖嚴無畏）間縱橫捭闔，巧妙周旋，更結合著矛盾的民族情結，不失立場、尊嚴地聯結疏勒國師的勢力，於江湖中鼎足而三，充分展現了高層次的女性智慧。相較於金庸《天龍八部》中的王語嫣，是更傑出的。

　　同時，我們更當注意，司馬翎於此還更有拓展，如花玉眉之所以肯如此苦心孤詣，抗衡竺公錫，並不是爲了「輔助」桓宇，而是她「關心大局，以天下爲己任」、「要建百世之功」**㉜**，是個人的志趣！類似的女俠，所在皆有，《金浮圖》中的紀香瓊，以絕頂智慧「選擇」了可正可邪的金明池爲其終身伴侶，所展現的除了情感之外，更是自我價值的完成，「**她卻感到金明池詭邪險詐的性格，好像有一種強烈無比的魅力。使她覺得如若能夠把他征服，收爲裙下之臣，乃是世間最大的樂事**」**㉝**；值得重視的是，此一自我完成並不是純粹的好勝爭強之心，而是隱含著濃厚的道德悲憫情懷的。紀香瓊欲透過金明池習練「無敵佛刀」以化解其邪氣，事實上是藉智慧展現出其對人類善性的關懷與認同，「**老天爺當知我渡化了此人，該是何等巨大的功德**」**㉞**。在此，司馬翎賦予了女性其他作家所吝於開展的深廣的生命層次。在他筆下的女俠，情感的比重固然深重，但是被安排成以智慧的、理性的態度去思索她們生命中「應有」（和男性一樣）的意義與價值，這就遠遠超脫了其他武俠小說

㉜　並見《掛劍懸情記》(台北：眞善美出版社，民國52年10月初版)第2集，頁54。

㉝　見《金浮圖》(臺中：文天行出版社，民國71年)第2集，頁498。

㉞　見《仙劍佛刀》(臺中：文天行出版社，民國72年)第三集，頁795，按：文天行再版析《金浮圖》與《仙劍佛刀》。

的牢籠，而展現出不同的江湖世界。《劍海鷹揚》中的秦霜波，是司馬翎特殊設計的一位女俠，她以探索「劍道」的奧秘自期，全書極力鋪揚她在完成此一「自我實現」過程中的種種困頓與波折，尤其是在面對情感與求道間的衝突與掙扎時，最後居然逼出了她以「婚姻」為安頓身心的前提，而朝向「劍道」的境界邁進，不但足以顛覆武俠小說一往情深的「柔情」格局，更提昇、見證了司馬翎筆下女性的獨特的地位──「道」與女性的結合，於此恐怕是「破天荒」的嘗試！在武俠小說女性慣常「被命名」的模式中，司馬翎所賦予女性的「自主性」，實際上無異暗示了「女權」的未來的合理發展。

當然，在此所謂的「女權」，是就女性生命的自主性上說的（這也應該是所有「女權」的一個基點），對女性的競逐權力，司馬翎亦未嘗贊同，但是這不僅是針對女性而已，而是他自身對權力徵逐的反感，男女同例相看。《劍海鷹揚》中，司馬翎將同樣以智慧取勝的辛無痕、辛黑姑母女及端木芙相互對照，正可凸顯出這一點。我們不妨說，司馬翎是武俠小說中難得一見的賦江湖予「女權」的作家，這不僅僅可以從他往往刻意設計隱隱操控著江湖命脈的女性（武功「天下第一」如鬼母冷婤、廣寒仙子邵玉華、魔影子辛無痕；智慧第一如花玉眉、端木芙、紀香瓊）中窺見，更在他對女性生命意義開展的認同中，可以深刻感受到。

司馬翎的重新定位

武俠小說發展的輝煌歷史，是由所有的武俠小說作共同締建

的，儘管在小說的文學藝術成就上，個別的差異極大，但是，不可否認的，每一位作家都爲此貢獻過一分心力；尤其是台灣，在金庸、梁羽生的作品尚未能堂堂皇皇引入之前，實際上正是這些向來受到忽視的作家在廣大的讀者群中掀起武俠熱潮。因此，以司馬翎在台灣的影響而言，其地位的重要，是研治武俠文學者不能夠低估的。晚近的研究者由於受到金庸盛名的影響，以金庸經十年修訂後的作品與這些作家未經雕琢的璞玉對比，以致抑揚之際，頗失其實；事實上，金庸在武俠小說上的成就固然是有目共睹的，但是，金庸儘管優秀，卻無法涵蓋所有武俠作品的風格。金庸於武俠小說誠如五嶽名山，令人高山仰止，但世間的景色，除名山大川外，依然有若干如桂林山水般秀麗的絕境，足以令人耳目一新。司馬翎正如桂林山水，儘管實際文學藝術的成就略遜金庸一籌，但置於梁羽生、古龍之間，則一點都不會遜色，這是筆者個人對司馬翎的評價。

在走過了將近四十年輝煌的歲月後，近十幾年來，武俠小說已經逐漸消褪了它過去無遠弗屆的影響力，究竟武俠小說是否眞的將如一些論者所預估的，終將成爲明日黃花，事實上是所有關注武俠小說的讀者與作者應該深思的問題。

武俠小說是否還有未來？或者，武俠小說應當如何才能有未來？關於這點，眞善美的宋今人首先提出了「人性」的問題❸，其後古龍、金庸亦分別重申此語。的確，武俠小說再如何虛構，所刻

---

❸ 見《獨行劍》29集（臺北：眞善美出版社，民國63年6月初版），篇末所附〈告別武俠〉，頁69。同❿。

劃的江湖再如何虛擬，可是，生活在江湖世界中的形形色色人物，
基上還是擁有各種紛然複雜的人性的「人」，人性的優點與弱點，
永遠是小說此一體裁可以發揮的無限空間！不過，一般的武俠小
說，在「人」的範疇中，很明顯是以「男人」為主的，寫英雄、寫
俠客，總不自覺地以男性為寫照，而忽略了另一性——女人，因
此，女性通常只能在武俠小說中充當點綴瓶花的角色，是則儘管寫
「人性」，也將是偏頗而不全的。

　　我們不妨思索，當整個江湖世界都是屬於男性父權意識的投射
之際，如果能擷取司馬翎的創作本旨，賦予分量事實上佔得極重的
女性以其應有的地位，又將會如何？筆者深信，這將是一種本質上
的「新」與「變」，足以重塑一個不一樣的江湖世界，開發出新的
武俠小說歷史進程！在此，我們也可以看出司馬翎武俠小說的深刻
意義。

談談武俠小說之源——《史記》刺客游俠兩列傳的意義

李 寅 浩

（國立台灣師範大學國文研究所博士）

提　要

　　史記有刺客游俠傳，意義非凡，推而言之，厥有二端：后世武俠小說之縮影，一也；俠客形象之原型，二也。史記荆軻傳實具武俠小說之規模，即以主題一貫，人物鮮活，結構完整，因不待褒贊，至于搏鬥場面，如匕首刺之，徒手搏之，拔劍擊之，匕首擲之，最後亂劍齊下，驚險萬分，頗有足觀者，而猶不離常理，絕無神怪之失。凡武俠小說所必備者，今概略構於此，亦示后世以典範，不徒發源有功而已。其次，自韓非淮南貶抑俠客以來，及史記有游俠傳，司馬遷始爲別類而分論，遂肯定俠客，并稱頌其義，而其所稱諸美德，實爲后世俠客之張本。由此可知後人心目與後世武俠小說中之俠客形象，亦本於此焉。

＊　韓國漢陽大學中文系助教授

　　中國文學，源遠流長；詩詞賦曲，代有迭興；小說一體，起步雖晚，後來居上，獨領風騷，時至今日而猶不衰矣。蓋小說之爲體，既有人物又有情節，最能令人入迷，是以凡讀小說而廢寢忘食者，時有所聞也。

　　中國現代文學衆多門類之中，凡勢力最大，讀者層最廣，反不能公開露面如私生子者，蓋莫甚於武俠小說。武俠小說，外有小說之名，內有小說之實，而不遇尤若此，蓋以末流作定粗製濫造，致使武已非武，近於神怪；俠已非俠，淪爲仇殺，遂用神怪之術，行仇殺之事，已失武俠之本旨，且影響所及，既無反映時代，又無描寫人性，給人口實固足多，群起咻咻，八面圍攻，不亦宜乎？

　　惟任何文體，任何作品，始未嘗不欲美而末流逐漸陵夷衰微也。武俠小說又何嘗不然？必引其精粕，連帶否定精華，此猶因噎而廢食者，自害益甚耳，固智者所不取也。今適逢「中國武俠小說國際學術研討會」，不揣固陋，試作〈談談武俠小說之源──《史記》刺客游俠兩列傳的意義〉一文，老生常談，何足多哉，忝作武俠同好，共襄盛舉耳。

　　中國小說，其體裁及技巧漸趨成熟，蓋自唐傳奇始；而傳奇小說中，頗不乏奇人異士有武有俠之作，文學史通稱曰：「豪俠小說」，蓋以此類小說載錄於《太平廣記》「豪俠」類，因以爲名焉。《太平廣記》所載豪俠小說，有有二十五篇❶，而其中十數篇，又轉載明代《劍俠傳》一書，既書名劍俠，其爲武俠小說之一種，殆

---

❶　見《太平廣記》卷一九三至一九六。惟唐代豪俠小說亦見於他書，如《酉陽雜俎》·《甘澤謠》等是，而《太平廣記》收錄最富，故以爲言。

無可疑者。由此以觀,多謂武俠小說始自唐傳奇,良有以也❷。惟唐傳奇有豪俠小說,由來已久,當非平地突起者,今考其源,非談《史記》不可。

《史記》有刺客游俠兩傳,意義非凡,推而言之,厥有二端:後世武俠小說之縮影,一也;俠客形象之原型,二也。茲分述如下:

一、武俠小說之縮影

《史記·刺客列傳》共傳五人,每人各居一傳。惟先衡量以主題、人物、結構及技巧等條件,〈荊軻傳〉堪稱完備,餘四傳不如也。從武俠小說看《史記·荊軻傳》,尤爲可觀,如主題一貫,人物鮮活,情節緊湊,不待褒贊,而最可稱道者即在結構完整,至若搏擊,亦精彩動人。今推稱武俠小說之縮影,似無不妥。

茲先以「主題」言之,「士爲知己者死」貫穿一篇,無一稍離題外者。如荊軻爲燕太子死,此乃一篇主線,固不待言,至如田光先生自刎,何嘗不爲燕太子知己之恩乎?❸及若樊於期自頸效首,亦爲荊軻知己之恩,若乃高漸離筑擊秦王,又何嘗非爲知己報仇?無論主角配角,莫不扣緊主題而推進,故情節緊湊而高潮迭起,人

---

❷ 凡談及此題者頗多,可參臺靜農〈佛教故事與中國小說〉(東方文化,十二卷一期);葉慶炳〈談紅線傳〉(載《古典小說論評》);侯健〈武俠小說論〉(載《文學·思想·書》)

❸ 當田光生生自刎,《史記》寫其心理云:「欲自殺以激荊軻」,似非爲燕太子死者。雖然,若先無燕太子請教,則荊軻不進,荊軻不進則田光何由自刎?所以欲自殺以激荊軻者,亦使刺秦成功,以報燕太子知己之恩耳。

物衆多而主題無爲鬆散矣。

次以描寫人物言之，塑造荊軻，最見成功。《史記·荊軻傳》絕不從正面描寫，取影埋根，旁敲側擊，對比襯托，樣樣巧妙穿線而來。故寫荊軻避席蓋聶及魯句踐，借見其爲人深沈不動聲色；至燕市沽酒，乃與高漸離唱和相泣，傍若無人，又借見其豪氣不羈，中情熾烈奔放。〈荊軻傳〉篇首即載三事，要皆取影以見其爲人「外靜內動」者。荊軻此一特性脈注通篇，故進說樊於期效首，言談平平，若無其事，即見其沈著冷酷，及其易水送別，反盡慷慨悲懷之能事，至咸陽宮謁見秦王，秦舞陽振恐變色，反襯托荊軻鎮定如山，顧笑自若，極見其深沈。而及其追殺秦王，反猶狂風怒濤，驚天駭地，直令人平息以觀。他如燕太子丹有謀而心稍浮動，太子傅鞠武謀有餘而勇不足，田光先生老謀深算而收放自如，秦舞陽氣盛而中情虛怯，樊於期剛斷而直爽，高漸離沈深而執拗等等，筆墨或多或少，皆爲刻劃有當，或與荊軻對襯，或以反襯荊軻，無一人虛設，莫不絲絲牽連於荊軻，通篇遂呈現暗潮洶湧，高潮迭起矣。

次以結構言之，此最可足稱者。《史記·荊軻傳》幾盡承襲《戰國策》，人或以此短之。此等人實不知結構完整與否，極關於通篇死活。今將兩書稍加比較，當可知〈荊軻傳〉首尾有所補文。例如傳首加進蓋聶、魯句踐、荊軻與高漸離沽酒燕市等三事即是。又如傳尾補入高漸離困廁雜役、竹擊秦王、魯句踐私歎等三事亦是。而凡此皆不見《戰國策》者。何止《戰國策》，即以小說家言《燕丹子》亦不見，由此知司馬遷有意補進，深致意於結構者。此六事決非可有可無之筆，試想若無傳首三事以發端，荊軻爲人外似怯弱無能，內實熾烈憤蕩，何由著落？至如其與田光、太子丹對

話，進說樊於期，不動聲色狀又何以襯托？及若刺秦一段，沈深鎮定，一奮而驚天動地，又何以托出？要皆大大遜色，殆無可疑者。若乃傳尾補文，尤爲高妙，如高漸離爲荊軻報仇，固然高潮又起，及魯句踐私歎以結束，餘味嬝嬝，文盡而意未盡，猶與傳首遙相呼應，結構精妙，何懈可擊？

最後以武術言之，傳首載荊軻與蓋聶論劍，惟即此而已，其詳不可得而知。〈荊軻傳〉所見武器惟一匕首及一劍耳，又無任何招式可見。❹雖然搏鬥場面極盡渲染，一則執匕首而追殺，一則操劍鞘而環柱奔逃，旁人一時不知所措，應急徒手共搏之，鮮血淋漓，驚險間不用髮狀，不即躍然乎？傳中敘燕太子求得徐夫人匕首，「使工以藥焠之，以試人，血濡縷，人無不立死者」，則此藥毒性極烈，足可想見。而後世武俠小說不乏毒箭毒劍，甚至有蠱毒及化骨藥水，其爲此附連類，踵事增華，又可見於此。

或疑：「《史記》實錄，曷可小說論之？」此言甚中要害。惟小說之於歷史，實難劃分一清二楚，此於古史爲尤然。夫文學求美，無妨想像；史學求眞，按理不能馳騁是也。雖然，凡欲重建既往歷史，其人死矣殘文獨存，盡拾斷編殘簡而補綴成史，果能竟功乎？最多蓋亦不過「斷爛朝報」耳，其人不見，其事不顯，況乃個性爲人性情聲貌乎？是故，設其身而處其地，揣其情而度其變，略施想像，務期合情合理，然後夫重建歷史可言。吾人稱曰歷史想像，此勢所不得不然，亦非大手筆莫辦。雖稱實錄與《史記》，亦

---

❹ 後來武俠小說之招式，名目繁多，花樣百出，幾成一門學問，蓋自《水滸傳》「玉環步」、「鴛鴦腳」始起。此說見馮承基〈談武俠小說發展之方向及其產生之時代〉。

不此免。且看項羽垓下之困，戰騎縱橫，刀劍亂飛，攻殺甚爲急矣。當此之際，項羽何暇對二十八騎發豪語乎？〈項羽本紀〉末云：「今無一人還」，其誰聞之，司馬遷又何得而知之？此蓋亦歷史想像之一耳。今繼以〈荊軻傳〉言之，當燕太子易水送荊軻，似乎過分渲染，如「太子及賓客知其事者皆白衣冠送之」，又如「高漸離擊筑，荊軻和而歌，爲變徵之聲，士皆垂淚涕泣……」此等渲染雖未離譜，惟刺秦事當屬極機密，田光先生亦自刎以明其不言，而易水送別何以排場若此之大？難道不恐計謀洩露，秦王先爲防備乎？此亦《史記》略施小說筆調可證。

總之，《史記·荊軻傳》實具武俠小說之規模，即以主題一貫，人物鮮活，結構完整，固不待言，至如搏鬥場面，匕首刺之，徒手搏之，拔劍擊之，匕首擲之，最後亂劍齊下，驚險萬分，令人屏息，頗有足觀而猶不離常理，絕不流神怪之失。稱曰武俠小說之縮影，當之無愧矣。凡武俠小說所必不可少者，諸如處理主題，刻劃人物，經營結構，及描繪武術（此稍簡略），今概略備於此，亦示後人以典範，不徒發源有功而已。

二、俠客形象之原型

武俠人物古今多矣，除其極少數例外，凡爲主角多是俠客，所謂捨己爲人，濟弱鋤強，厚施薄望，言信行果等諸美德，與有具焉。此類俠客，但見小說之中也好，猶在現實之中也罷，試問世人何故嚮往敬慕俠客？老子曰：「至治之極，鄰國相望，雞犬之聲相聞，民各甘其食，美其服，樂其業，至老死不相往來。」（八十一

章）此蓋不知有君之盛世，老子理想所寄託者，當此之際，有俠何用？至治之極陵夷日，百姓嚮往俠客時，是故，唐末藩鎮割據，生靈塗炭，於是豪俠小說大批出籠；宋末徽宗昏庸，奢靡無度，外患日亟，民不聊生，於是宋江故事逐漸成形；至明嘉靖以後，奸臣宦官誤國，邊患日甚，民苦不堪，於是水滸傳成書；清代暗躍貪官污吏，於是公案俠義小說風行，凡此諸類，要皆見其前因後果也。豺狼當道，狐狸滿谷，上下勾結而魚肉百姓，命苦蒼生，豈以默然不思俠客，代掌正義，匡正扶弱，主持公道哉？世人之慕俠客，蓋自怨生。時至今日，法律之前人人平等，蓋非如古代百姓有所委屈而投訴無門。雖然，法律不能解決一切問題，且事業、處世、愛情等各方面，難免時有不順，怨憤自此出，挫折由是生，當此之時，觀夫俠客打抱不平，此似非解決問題之正途，然大可令人稱快，因而悠然神往古之俠焉。歷史上實存所謂俠客者，其眞面目非若後世小說家所粉飾然，專事除暴安良，非義不就，反而活賊匿姦，雞鳴狗盜者居多。❺雖然，如今中文讀者腦海中，凡稱俠客則匡正扶弱，主持公道之類正面形象必然浮現，是則其形象何自初出乎？今考其源，發自《史記》，司馬遷特爲抉其美於〈游俠列傳〉之中。

凡討論「俠」者，蓋以韓非爲最早，其言集見於〈五蠹篇〉。〈五蠹篇〉末云：

> 人主不除此五蠹之民，不養耿介之士，則海內雖有破亡之國，削滅之朝，亦無怪矣。

---

❺　可參龔鵬程、林保淳編《二十四史俠客資料匯編》。

　　五蠹之民與耿介之士對舉，而所謂「俠」者即屬於五蠹之一，貶抑之意固不待辨而明。韓非而故黜「俠」者？究韓非論俠之辭，多為並舉「私劍」或「劍」，即如：

　　　　犯禁者誅，而群俠以『私劍』養

又如：

　　　　廢敬上畏法之民，而養游俠『私劍』之屬

又如：

　　　　無『私劍』之悍，以斬首為勇。

又如：

　　　　其帶『劍』者，聚徒眾，立節操，以顯其名，而犯五官之
　　　　禁。」（以上皆見〈五蠹篇〉）

　　韓非所以特舉「劍」而論俠，蓋「俠」者以武而犯禁。所以特嵌入「私」者，即以其有武而不為國用。此皆要亦無益於治，而國君養之。故韓非又言：

　　　　國平養儒、俠，難至用介士；所利非所用，所用非所利。

　　然則「俠」之犯禁，果若何狀？韓非〈六反篇〉云：

　　　　行劍攻殺，暴憿（傲）之民也，而世尊之曰礛（廉）勇之士；活
　　　　賊匿姦，當死之民也，而世尊之曰任譽之士。（盧文弨曰：

「譽疑是俠」）

　　韓非論俠，但為治道言，即為國君言。凡犯上者皆在誅罪之列，故「行劍攻殺」、「活賊匿姦」無所寬貸。而又謂「世尊之曰磔（廉）勇之士」、「世尊之曰任譽之士」。此所謂「世」，當以一般老百姓解。❻從國君言之，當死之惡行；反從百姓言之，轉為「廉勇」，其故安在？韓非之論俠，即此而已，其詳不得而知。然觀其辭，韓非心目中「俠」者不過私恃武力，專犯禁令，要之不順服之暴民，別無他意考見。惟「世皆尊之曰廉勇」，此一句頗堪玩味耳。

　　繼韓非之後，言及「俠」者，當推《淮南子》·〈人間訓〉云：

> 虞氏，梁之大富人也……升高樓，臨大路，設樂陳酒，積博其上。游俠相隨而行樓下，博上者射朋張中，反兩而笑。飛鳶適墮其腐鼠而中游俠。游俠相與言曰：『虞氏……辱我以腐鼠，此如不報，無以立矜於天下……』其夜乃攻虞氏，大滅其家。

　　《淮南子》所述「俠」行，即與韓非所言者若合符節，「行劍攻殺，暴傲之民」，確乎暴民惡行。《淮南子》此文，初為證其說而引「游俠」行徑耳，本無先有褒貶之意在，然其為豪暴之徒，千

---

❻　《史記·游俠列傳》：「至如閭巷之俠，……然儒墨排擯不載」，可知所謂「俠」者非儒墨所推稱。韓非法家，批駁俠客最烈；道家無為，行俠何為？陰陽名家，似不涉俠。然則此所謂「世」，蓋非諸子百家之謂，當以一般老百姓解。

眞萬確。由此可知《史記》以前凡論及所謂「俠」者，概指萬惡不赦之徒，實與後人心目中之「俠」相去甚遠。

繼《淮南子》後，論及「俠」者乃司馬遷。司馬遷作《史記》，遂爲論次游俠人物，並在傳首慨然有載長序，頗爲游俠鳴其不平。司馬遷論俠，非以一概美醜，美者美之，醜者醜之。對游俠批駁最烈，自韓非始，故司馬遷先引韓非言而發端，云：

> 韓子曰：『儒以文亂法，而俠以武犯禁。』二者皆譏，而學士多稱於世云。

韓非云：「世尊之曰磏（廉）勇」，司馬遷卻云：「學士多稱於世」。自「世」而「學士」，其間轉變不可不加以注意。一般老百姓見識有限，是非觀念或牽於利害，蓋難逃過利害之見而辨別事理。至如「學士」則不然。故司馬遷特舉「學士」二字以反論，已然對游俠有平反之思。司馬遷引伯夷、跖、蹻事例，質疑世所謂仁義廉恥，實無客觀標準可言，立場不同則評價迥異。故又云：

> 鄙人有言曰：『何止仁義，已饗其利者爲有德。』故伯夷醜周，餓死首陽山，而文武不以故貶王。跖、蹻暴戾，其徒誦義無窮。由此觀之，『竊鉤者誅，竊國者侯，侯之門仁義存』，非虛言也。

司馬遷以此論俠，當不能僅從有權有勢者立場發論，故敢然羅列俠客之種種美端，即如：

> 今游俠雖不軌於正義，然其言必信，其行必果，已諾必誠，

不愛其軀，赴士之阸困，既已存亡死生矣，而不矜其能，羞
伐其德，蓋亦有足多者焉。

司馬遷非一概推稱，故先略提其短「不軌於正義」，然後大書
特書其美者。相形之下，其短者頗有立場不同使然之味，微不足道
矣。司馬遷極力稱道俠客之善端，及述漢代游俠「朱家」、「郭
解」之倫，又云：

漢興，有朱家、田中、王公、劇孟、郭解之徒，雖時扞當世
之文網，然其私義，廉絜退讓，有足稱者，名不虛立，士不
虛附。

此所謂「時扞當世之文網」，猶上「不軌於正義」，又猶韓子
所云「以武犯禁」者。此所謂「私義」，固與上文「正義」對言，
然立場不同，觀念有殊，不可強斷於一法之意存，則司馬遷不欲沒
善於俠客，其意足可考見矣。司馬遷亦步亦趨，用筆下字頗有斟
酌，務期持平，猶恐後人有誤解，故又云：

至如朋黨宗彊，比周設財役貧，豪暴侵陵孤弱，恣欲自快，
游俠亦醜之。余悲世俗不察其意，而猥以朱家、郭解等令與
暴豪之徒同類而共笑之也。

史遷本旨，極為明顯。俠客與豪暴之徒不可同論，又不可相
混。豪暴之徒，司馬遷斥之「盜跖居民間者」，如韓非所譏之俠、
淮南子所述之俠即是。

自韓非、淮南否定俠客而來，及《史記》述〈游俠列傳〉，司

馬遷始爲別類而分論，遂肯定俠客，並稱頌俠客之「義」，而其所稱諸美德，實爲後世俠客之張本。

由此觀之，今人心目中與夫後世武俠小說中逐漸成形之俠客形象，即發源於《史記》可知。

少數後人紛紛指斥俠客，如班固、荀悅等是，❼而彼所醜者，司馬遷亦已醜之，至若司馬遷所美者，彼皆未及，何必紛紛爲？司馬遷獨具慧眼，立傳游俠，並爲縷述其美德善端，此固以「不虛美、不隱惡」之史家卓識。然流美所及，後世武俠小說中俠客形象，多少脫胎於此；今人悠然嚮往之俠客，其原型本於此焉。

總之，《史記》有刺客游俠兩傳，意義非凡，一爲武俠小說之縮影，一爲俠客形象之原型。後人踵事增華，蔚成大觀，遂使武俠小說一門矗立於文學之林。今追其跡，史公發源而導流，厥功何可少哉。

---

❼ 見《漢書·游俠傳》及荀悅《前漢·孝武紀》。

主要參考書目

* 《史記》　三家注　鼎文書局
* 《韓非子》　新編諸子集成　世界書局
* 《二十四史俠客資料匯編》　龔鵬程、林保淳編　學生書局
* 《中國古典短篇俠義小說研究》　崔奉源　政大中研所博士論文
* 其他若干論著及期刊論文，可參附注。

附 錄

★末附〈網際網路（www）所見『金庸』關係資輯錄〉，供同好承
　暇一遊。

〈網際網路（www）所見『金庸』關係資輯錄〉

　　自游俠刺客兩列傳以來，豪俠、俠義小說之類代有迭興，而今
金庸共推斯界泰斗。金庸寫十五部長短篇小說，諸如《飛孤外傳》、《
笑傲江湖》、《雪山飛孤》、《書劍恩仇錄》、《連城訣》、《神
鵰俠侶》、《天龍八部》、《俠客行》、《射鵰英雄傳》、《倚天
屠龍記》、《白馬嘯西風》、《碧血劍》、《鹿鼎記》、《鴛鴦刀》、
《越女劍》等即是。嗜好成狂於此道者，自願自發，將其原文或以
簡體或以繁體字，悉數打字入力而存放網上。又有各界名家評論金
庸小說的文章亦可網上閱覽。另有多處專設金庸小說討論區，網友
連線，暢談心得，並與交換意見。甚至金庸小說為題材的電腦遊戲
方興未艾。至於有關電影及電視連續劇主題歌曲，亦可上網收聽。
凡此，可參列各網頁。

①Xiangwei Liu's Page
　網址：http://www-math.mit.edu/~xwliu/wuxia/wuxia.html
　（並有古龍、溫瑞安、黃易等人的武俠小說。除金庸小說原文外，附
　有三十三劍客圖，金庸小說詩詞選，金庸小說回目選，金庸小說
　插圖選，金庸生平，金庸趣事，金庸作品評論，武俠作品評論，
　可算相當齊全的金庸小說網頁）

②亦凡書庫

網址：http://wwwsinc.sunysb.edu/Stu/yihe/novels/
　　　cnovel.html

（除金庸小說原文外，古龍、溫瑞安、黃易、梁羽生等人部分作
品亦有收錄）

③Jin chai's homepage

網址：http://helios.ecn.purdue.edu/~jchai/chinese.html
　　　　　──→Jin chai's link to chinese
　　　　　http://www.geo.purdue.edu/~junnan/bai/jinyoug.html

（金庸九部小說可以上網閱覽，但卷帙浩繁如《鹿鼎記》、《笑
傲江湖》、《倚天屠龍記》、《神鵰俠侶》、《天龍八部》等作
品非全，只是摘錄一部分收錄）

④新語絲

網址：http://www.xys.org/pages/enovel.html

（除金庸十五部小說原文外，附有金庸作品集「三聯版」序文。
據說，網上提供金庸小說原文推此為首家。）

⑤Emprisenovel/Yu-Wen Chen's Home page

網址：http://www.cs.utexas.edu/users/hmchen/ywchen/1/
　　　novel/emprise.html

（除金庸十五部小說原文外，前置「金庸小說概說」一欄，略介
各部卷帙及大概內容，全文繁體字，亦可謂比較完整的金庸小說
網頁）

⑥網上金庸小說ONLINE COLLECTION OF JINYONG'S NOVEL

網址：http://www.geocities.com./Tokyo/Pagoda/2331/

scr.html

（金庸十五部小說原文分別以繁體、簡體字、HZ-code並列，可供網友選讀。英文版《越女劍》亦可見。又有金庸小說有關的網頁連線，四通八達，盡可暢遊。此網頁內容豐富，獨可惜有時極難上網。）

⑦Jinyong's page

網址：h+tp://www.cco.caltech.edu/~awong/jin/index.html

（金庸十五部小說原文以簡體字可見。又有《書劍恩仇錄》部分英譯。特闢「諸子百家論金庸」一欄，收錄各界名家談談金庸及其武俠小說的文章。）

⑧Jinyong novel comment

網址：http://www-math.mit.edu/~xwliu/wuxia/wuxia.
comment/

（收錄六篇文章談談金庸及其他武俠小說）

⑨金庸群英會

網址：http://ceta-cpql.mit.edu/~jinyong/jinks.html

（除金庸十五部小說原文連線外，又有收錄《書劍恩仇錄》、《越女劍》部分英譯，並有金庸小說討論區連線。金庸小說有關網頁連線、金庸武俠小說電視連續劇主題歌曲網頁連線，另有金庸武俠小說為題材的電腦遊戲網頁連線。可謂收集資料非常齊全）

⑩Fang's Jinyong page:

網址：http://www.cco.caltech.edu/~fangw/jinyong.html

（除金庸十五部小說原文連線外，《神鵰俠侶》網頁連線，並有網主本人的金庸小說讀後文三篇）

⑪武俠天地

　網址：http://www.staff.uiuc.edu/~j-zhang/wuxia2.htm

　（除金庸十五部小說部分原文連線外，並有古龍、溫瑞安及其他
　武俠小說作家的部分作品連線）

⑫金庸天地

　網址：http://www.hk.super.net/~skcchan/kamyung.htm1

　（金庸十五部小說原文連線）

⑬還施水閣

　網址：http://members.ao1.com/ktiongy/jinyong/

　（除金庸十五部小說原文連線外，設有九個菜單，其中「華山論
　劍」菜單下收錄各界名家評論金庸小說的文章十四篇，其他菜單
　尚在施工中。但網上金庸小說網頁之中，原文閱讀最爲方便，造
　頁設計最爲華麗）

⑭金庸客棧

　網址：http://www.cwin.com/world/jinyong/jinyong.htm

　（除金庸七部小說原文連線外，設有七個菜單而內容尚在施工中）

＊此外，金庸武俠小說連線網頁（http://cs.nyu.edu/~yinggxu/
　jinyong）亦可參考。

⑮金庸小說討論BBS

　(a)煮茶論英雄（同(b)但較易上網）

　網址：http://www2.saec.edu.tw/jinyong/chat/sword.htm

　　(b)蕃薯藤／台灣BBS／NEWS精華區索引：武俠小說

　網址：http://taiwan.iis.sinica.edu.tw/b5/news?g=1iteral.
　　　　emprisenovel

(c)SRSNET（StoneRichsight）Talkarea center control（四
　　通利方公司）

網址：http://www.srsnet.com/richtalk/richtalk.html?→進
　　入論壇

「劍客」與「俠客」——
中日兩國武俠小說比較

岡崎由美[*]

（早稻田大學大學院博士課程）

提　要

　　近現代日本也有一種武俠小説的文學類型，既有「劍客」之詞，又有「俠客」之詞，但是沒有「劍俠」這個詞。這個情況自然表示中日兩國武俠小説對「劍客」與「俠客」的概念不同，還反映兩國古代社會結構與階級制度不同。日本武俠小説主要以江戶時代爲背景，江戶時代保持了固定的階級制度，一個人出生就所歸的階級身份基本上一輩子不能改變。統治國度的武士階級就是特權階級，爲了保護自己的權威和國家安寧，不允許平民帶刀劍，也不歡迎平民練武。因此，按理説，日本的「劍客」只在武士階級裡面。另一方面，日本的「俠客」則對江湖人中出頭的好漢稱呼，可以説是一種平民的英雄形象。小説裡描述俠客

＊　早稻田大學副教授

手下擁有很多跑江湖的浪子、賭徒、鏢客等組成行幫，結拜異姓兄弟，要講義氣，有時爲了講義報恩，不惜生命地抵抗官方。日本小說還以不投入行幫的浪子、賭徒到處流浪爲主題，描寫他在江湖上行俠仗義。

　　從來有的論考以中國的「俠」和日本的相提並論，說日本的武士脫離不了對君主的忠貞，這是兩國俠客大不相同的特點。但是對「俠客」與「劍客」分爲二者的日本武俠小說來說，只提武士卻不談日本的俠客，就難免看片面。日本的俠客形象比武士有不少地方跟中國的「俠」更接近。

一、比較的對象

　　中國現代武俠小說是一九九六年在日本第一次正式翻譯介紹的。第一部作品是金庸的《書劍恩仇錄》，這是日本德間出版社取得版權而翻譯刊行的《金庸武俠小說集》之一。《金庸武俠小說集》已有《碧血劍》、《俠客行》與《笑傲江湖》刊出，今後還繼續出版。雖然中國武俠小說在日本翻譯介紹剛剛就緒，到達武俠熱的階段還得等待一段時間，但是日本從來也有一種講劍客故事的小說類型，一直不變地很受大眾的愛好，這個傳統可以幫助日本讀者容易點接受中國武俠小說。此類劍客小說以古代的日本武士爲主角，除了憑藉武技而鋤強扶弱的主要內容以外，還描寫主角創出新劍招、研究武學上的哲理、爭奪武林祕籍、爲父報仇、比武決鬥、戀愛的糾葛等情節，很類似中國武俠小說，可以使得日本讀者對中

國武俠小說加深感情。

本文旨在介紹日本讀者接受中國武俠小說的文化背景以及比較兩國武俠小說的世界結構，以便對中日大衆文學的交流提供參考。

(1)日本武俠小說概略

日本近現代通俗小說之中，以江戶時代爲主要背景的小說，包括劍客小說，日語總稱爲「時代小說」。「時代」就是舊朝代的意思。「時代小說」雖然以過去的時代爲故事背景，但是跟歷史小說并不相同。簡單地說，歷史小說實多虛少，「時代小說」卻虛多實少。「時代小說」還有不寫武術的人情世態小說與注重武打的英雄好漢小說兩大種類。特別是後者，像中國武俠小說一樣，從今世紀初形成以來創出許多膾炙人口的英雄人物，例如宮本武藏（劍客）、鞍馬天狗（反政府的幫會人物）、猿飛佐助（細作）、鼠小僧（俠盜）、錢形平次（名捕）、清水次郎長（俠客），一直到現在還不斷改編爲影視劇與漫畫，在日本近現代通俗小說發展史上發揮了很大的作用。

金庸先生曾說：「我以爲人物比較重要，因爲故事往往很長，又複雜，容易被人忘記，而人物則比較鮮明深刻，如果個性統一，容易加深印象，…讀者看後，時常都會記起。」❶「時代小說」的作家也非常講究人物摹寫，想各種主意來制造印象深刻的人物。林不忘（一九〇〇─三五）創作的丹下左膳是獨眼單臂的劍客，爲人稀奇古怪，正邪不分明。柴田練三郎（一九一七─七八）創作的劍客眠狂四郎是葡萄牙教士凌辱日本名門閨女而生的混血兒，爲人孤

---

❶　盧玉瑩〈訪問金庸〉（費勇　鍾曉毅《金庸傳奇》，頁一四〇─一四七，廣東人民出版社，一九九五年）。

僻，帶有強烈的虛無主義。他們倆都是系列小說的主人公，做爲武俠主角不免有缺憾，倒吸引看膩正派大英雄的讀者，深受歡迎了。池波正太郎（一九二三－九○）也是「時代小說」的著名作家，創作長谷川平藏（捕頭）、藤枝梅安（刺客）、秋山小兵衛（劍客）等各種人物，接連不斷發表以他們爲主角的作品系列。每個系列都受到讀者的愛好，經過拍成影視，連沒看原著的人都知道這些人物。

　　日本讀者一看中國武俠小說裡的武打場面，就似乎都想到山田風太郎的忍者小說。山田風太郎（一九二二年生）對創作小說富於奇想，陸續發表出人意料的偵探小說、歷史小說以及武俠小說。其中，忍者小說特別是異想天開。忍者是日本古代的細作和刺客，跟劍客武士的武功簡直不同，施展隱身法，飛簷走壁，放毒飛鏢，走在水上如履平地，凝視對方的雙目或者一打對方的要害就令人昏倒，以便潛入敵方窺探情況，暗殺重要人物。這是對忍者的傳統想象，其武功跟中國武俠小說的輕功、暗器、毒藥、攝魂法、點穴幾乎一致是一目瞭然。山田風太郎讀過醫科，運用醫學知識，給忍者的傳統武功再加以出奇的新招。今後武俠小說的翻譯介紹越多，讀者會據忍者小說的類似點越加深興趣。

(2)另外一個「武俠」小說

　　日本第一次讓「武俠」之詞引人注目的，則是一九○二年，押川春浪的兒童小說《英雄小說　武俠之日本》。後來，他陸續出版《戰時英雄小說　武俠艦隊》（一九○四年）、《英雄小說　東洋武俠團》（一九○七年）、《武俠小說　怪風一陣》（一九一一年）以及《冒險小說　武俠海傑》，還主編創刊雜誌《武俠世界》（一九一二年），使「武俠小說」廣爲流傳。其實，押川春浪的所謂

「武俠小說」倒是科幻驚險小說，深受法國作家威恩(Jules Verne)的影響，大都以現代的冒險家漫遊各國，探索秘境爲主要內容，不用說「時代小說」是截然不同的，連中國武俠小說都豪無相似。他有代表性的作品系列包著《海底軍艦》、《武俠之日本》、《新造軍艦》、《武俠鑑隊》、《新日本島》和《東洋武俠團》六篇故事而說，在俄羅斯向南進攻的險惡時局下，愛國人士在遠海上的孤島結成「東洋武俠團」，制造先進的軍艦，終於打破俄羅斯海軍。

　　他作品的主人公都是體育運動的全才，勇猛果敢，還富有正義感與愛國精神，這才是他所謂「武俠」之所以。《武俠之日本》中主人公柳川說：「『武俠』是爲維護自由、獨立和人權而徹底對抗壓制的精神，也是除掉橫霸之徒而保護弱者的精神。爲自己的利慾侵犯他國和別人的權利，這就是『武俠』的大敵。」驚險小說吸收「武俠」之詞反映日本以歐美列強爲對手而要發揚國威的時代思潮，「武」由劍道和柔道的日本傳統武術來發揚，「俠」根據武士道德律來表現，兩者結合把往時日本人的驕傲和期望寄託於走出海外的冒險家。這種「武俠」的表現只是一段時代的潮流，現在沒有留下。從內容來看，可以說「時代小說」跟中國武俠小說還是最相似的類型，供有很多進行比較的標準。再說，「時代小說」除了以武士爲主角的劍客小說以外，還有幾個種類。中日兩國的分類方法不同，只拿劍客小說對照也不會對應兩國武俠小說的世界結構。要想比較中日武俠小說，應該先看日本武俠小說總體。

二、日本武俠小説的類型特色

一九二十年代，隨著無產階級文學抬頭以及播傳媒介發展，推行文學大眾化的運動亦漸漸盛行。文學的大眾化，一方面給江戶時代庶民愛好的戲曲、說唱、通俗讀物等傳統俗文藝重新估價，另一方面借鑒外國偵探小說、科幻小說、驚險小說的技巧，以便對情節模式、人物形象以及文體表現加以現代性。煥然一新的通俗文學對抗知識份子爲知識份子撰寫的純文學，向當時文學界的主流派提出疑問。

日本武俠小說—「時代小說」是在這個情況下形成的。早在一九一一年，以說書改爲讀物的叢書《立川文庫》開始刊行，爲武俠小說開路先鋒。《立川文庫》用說書人的腔調寫成文章，可是可讀性強，所收的作品大都以冒險家漫遊各地、劍客刻苦練劍、好漢除暴安良爲主要內容，特受青少年的愛好。

可以認做日本武俠小說的第一部作品是一九一三年中里介山（一八八五－一九四四）開始連載在報紙上的《大菩薩嶺》。日本武俠小說的出現比大眾文學的表面化早十多年，正是第一個領賜「大眾文學」之稱號的文學樣式。可特記的是，《大菩薩嶺》中的主角爲人孤僻，對人冷漠，後來雙目失明，他去處必有婦孺殘老連累而死。他違法亂紀，反抗封建制度，與其說是遊俠的叛逆性，不如說是無政府主義有所相近。如此，他簡直不是正派英雄，倒得到知識份子的支持。當時在政府鎮壓社會主義和無產階級文學的情況下，知識份子對所有的社會景象喪失希望與關心。《大菩薩嶺》中體現出不合理與破壞性的主角正是他們的鏡像，引起他們的共鳴

❷，還影響到後代孤獨者的人物形象，例如丹下左膳、眠狂四郎。這種陰性的主人公雖然是少數派，也顯然屬於一個類型。

從此以後，日本武俠小說興盛發展，至今持續差不多一世紀。日本武俠小說一般可以分爲幾個主要類型（不包括沒有武打的人情世態小說）。

(1)**劍客小說**：所謂武士小說，在下文詳述。日本武俠小說的主要類型。

(2)**名捕小說**：兼具武俠小說與偵探小說的樣式。日語說「捕物帳」，意思是舊時衙門逮捕罪犯的記錄。主角是像神探福爾摩斯似的捕頭，推理能力又高明，武功又強。他碰上不可捉摸的殺人、盜竊、拐騙等種種案件，看破眞相，逮捕罪犯。小說中的名捕有武士和庶民。當捕頭的武士身份較高，庶民的捕頭不是正式的吏員，得到官方的許可，無報酬地執行任務。因此，他們一般另有本行。按歷史的事實，衙門的確非正式地叫地痞惡棍出賣同道檢舉通緝犯，可是像小說中的那般名捕卻沒有存在。小說中的名捕借鑒歐美小說中的私設偵探，本來是現代日本武俠小說的產物。最受歡迎的名捕是野村湖堂（一八八二－一九六二）〈錢形平次〉系列中的主人公錢形平次。他以擲銅錢鏢打敗敵人爲特徵，具有俠腸，膽敢頂撞武士階級也維護弱者。名捕雖然身在官方，但是庶民的身份使他具有俠客的形象。這個類型以捕頭爲主，還有流浪武士、公子少爺、工匠小販插手破案的各種系列，最近花樣百出。

---

❷ 中谷博（一八九一－一九一七）指出當時知識份子的心態有被支配者對於支配者懷抱的一種怨恨。（《大眾文學》，桃源社，一九七三年）

(3)**賭徒小說**：日語說「股旅小說」。「股旅」的意思是以賭博混飯喫的流浪漢。在下文詳述。

(4)**忍者小說**：第一章已述。忍者是隱身埋沒於社會底層的集體❸，被顧主看做一種殺人工具，不是人。忍者所屬的職業集團規律非常嚴重，不用說得不到個人的自由，連自己的存在也不能被人知道。五味康祐（一九二一一八〇）在《柳生武藝帳》（發表於一九五六年）中，對人物不加以任何理想化，描寫一個忍者集團被政治權力和社會機構玩弄而走向可慘的末路，引起爲公司所任意驅使而感到悶悶不樂的白領階級共鳴。溫瑞安《殺人者唐斬》的虛無感和暴力傾向有所像忍者小說的風味。

(5)**惡徒小說**：所謂picaresque novel。以盜賊、騙子和刺客爲主的小說。江戶時代實際存在幾個俠盜，神出鬼沒偷富濟貧，轟動社會。有的被逮捕處刑，有的終於逍遙法外。取材於他們的戲曲、說書、小說和影視片不少。自古至今，對政治腐敗與貧富不均憤憤不平的庶民以自己的心情寄託於俠盜。不過，日本武俠小說中俠盜并不是那麼單純的理想英雄。他們偷富濟貧不都是任俠仗義，有的旨在轟動社會，嘲弄國家權威，有的以騙術偷技的專家自居，挑戰官方。刺客殺人而接受報酬，所殺的對象就是多麼狠毒的壞人也跟他無冤無仇。他們一決定做到，就毫無留情地騙人、偷寶、殺敵，但卻懂得自己不能好死，對將來沒有如何希望，只以眼前一時的快樂消愁。他們雖然是夕徒，但卻有一定的氣度，不肯出賣朋友，不

---

❸ 武俠小說中忍者分爲「上忍」與「下忍」。「上忍」身份較高，取得武士待遇，做爲忍者集團的頭領管制「下忍」。

願意連累婦孺。如此消極人物深受歡迎的原因大概歸於反叛者的要素。不管做好事還是壞事，他們都不顧而反抗國家法制與社會通行的道德觀念。就算只劫富不濟貧，他們也做得出來普通人民不敢作出的事，以便替庶民發洩對社會矛盾懷抱的憤恨、憂鬱和失望。這種心態早在江戶時代跟庶民的一時快樂主義互相結合，而形成獨特的文藝美學，產出了天不怕地不怕地以武犯禁做案的惡徒故事。日本武俠小說沿用這個文學傳統。此類小說情節模式往往使他們走向可慘的末路，這自然不是宣揚惡有惡報的觀念，卻留下悲哀的餘味。

據我所知，中國武俠小說一般按內容主題分為俠情派、奇幻派、技擊派等類型，日本則由人物形象分類。我以為，日本武俠小說以一人為主角的多，中國武俠小說群星唱一台戲的多，哪個人最重要并不能一概而論，這是一個原因。另外一個原因是，中國武俠世界是遠離現實社會的另外一個小世界，不太重視現實社會的階級、職業和人生觀。劍俠、浪子等并不是一個階級，也不是行業，雖然表示人物形象的一些特點，但是以劍俠小說與浪子小說分類既不會有意義，分類的標準也不正確。就算按階級行業分為鏢客小說、捕頭小說、俠盜小說，也不太會反映類型特色。中國武俠小說按人物分類大概也不能對應主題內容和情節模式。不過，我對中國武俠小說的類型研究不深，待專家教導。

三、劍客與武林

(1)「劍客」與「俠客」的含義

　　日本式的武俠小說──「時代小說」是在日本傳統文化中所醞釀形成的，它與中國武俠小說之間免不了有兩個不同文化的差距。尤其是「劍客」與「俠客」在日本「時代小說」裡又有同一漢字詞彙，也表現英雄好漢的主角人物形象，但是中日兩國對劍客與俠客的概念并不相同。這個差距不但只是語言含義上的問題❹，而且還跟武俠小說所表現的整個世界結構很有密切的關係。中國武俠小說的劍客表示他在武藝方面上的特點，即劍術高明；俠客卻來表示他在精神思想方面上的特點，即任俠仗義。因此，如果他既劍術高明，又任俠仗義，應該就叫「劍俠」。日本武俠小說根本沒有「劍俠」這個詞❺，也不太可能有。爲什麼？先說結論，日本的「劍客」是武士，屬於特權階級；「俠客」是以賭徒爲代表的江湖客，屬於庶民階級，按身份等級和職業來劃分。如此，劍客與俠客在中日兩國不但只是各個概念不同，而且用以劃分劍客與俠客的範疇本身不同。中國的劍客與俠客是肉體和精神的性狀，一個人當然可以兼有這兩個特點。日本則據社會階級劃清界線。就算日本武士表現任俠仗義，也得不到「俠客」的稱號。

(2)沒有大衆化的武術

　　那麼，爲何武士的特點與「俠」的觀念不會兩立？先談「武」與武士的關係。

---

❹　所謂「劍」沒有在日本普遍發展。因此，日本人一般不太計較「刀」和「劍」的區分。日語「劍術」與「劍客」是練日本刀的刀術與刀客。

❺　山中峰太郎的偵探驚險小說有一篇以中華民國爲歷史背景的《我們日本的劍俠兒》（一九三〇年）。作者山中峰太郎是參加過中華革命黨的中國通。他沿用押川春浪的舊例，以「武俠」「劍俠」之詞來形容主人公的人物形象。

　　江戶時代是武士掌權治世的封建社會，由諸侯統治半獨立的世襲領土，武士的身份和職位也是代代相承的。武士的來源是以武伺候皇家貴族的家臣，後來憑武力抬頭，取得了政權。武士階級建立的中央政權叫做「幕府」，這個名稱來自於將軍出征時的營帳；幕府的統領叫做「將軍」，也來自於古代出征討伐蠻夷的征夷大將軍，這兩個名稱都表示武士跟軍隊的密切關係。武士是特權階級，講究文武雙全，獨佔求學與練武的權利。只有身份高的武士才能上高等學府，以便追求以儒家為主的學問；庶民分為農民、工人、商人三層階級，最好也只能在民間的私塾學一些文字和算術。「武」的方面也嚴重，武士階級自認「武」是他們的本份和驕傲，刀是武士的靈魂。於是，為了保護自己的權威和國家安寧，江戶幕府禁止庶民帶刀，不歡迎庶民練武。庶民應該非文非武，安分守己。除非領得許可的一些庶民為例外，他們戶口連姓氏也沒有，只看這一件也可以知道階級區分根深柢固。拋棄武士身份變成庶民就是連姓氏都拋棄的行為。

　　到了江戶時代後期，武士階級享受太平盛世，忽視武術，同時商業與金融業發達，隨之商人階級漸漸壟斷經濟，連諸侯都向商人低頭取得貸款，使得武士的聲威和「武」的價值相當降低。就算庶民在民間的武館練好一點刀術，也在幕府的禁令下不能帶刀，對「武」的需要又減少，一般認為庶民練刀既不大有用，又不是良民所為的。中國武術沒有特權化而滲入庶民社會，由庶民形成武術團體，在民間賣武藝，江戶時代日本刀劍術則為官方所特權化，卻沒有大眾化。

(3)俠與武士

有些中國專家早已比較中國劍俠和日本武士有何異同，而指出日本武士練武旨在維護封建制度以及對君主盡忠。他們所指出並不是不對。日本武俠小說中的武士富有正義感，路見不平，拔刀相助，也并不反抗封建制度，還有時援用武士階級的特權來拯救良民。日本人從來喜歡明君清官微服出行或者名門世家的庶子埋名居住小巷而鋤強扶弱的故事，這般人物反正是特權階級，宛如身在官方的包青天拿著尚方寶劍除暴安良。劉若愚先生云：「其實，中國的『俠』倒和『浪人』比較相近，同『武士』相距較遠」❻。不管自己願意不願意，「浪人」都是武士失業的狀態，比衣冠之武士可以離「忠」的觀念遠一點。不過，衣冠之武士并不是從頭到尾固執「忠」的觀念，浪人也并不都是遠離「忠」的觀念。江戶時代的「歌舞伎」戲倒有不少故事表演「浪人」身在江湖也對舊主家盡忠。日本現代武俠小說中自由自在縱橫江湖的「浪人」的確多，這可是大概加以現代性的緣故。

江戶時代初期武士之間向往「遊俠」的熱潮很盛行。他們以「衣冠之俠」自居，重視勇武，很愛男子漢的面子，以好漢知己結幫，遇到不講道理的霸道行徑，連主人都敢殺傷。他們似乎向「立氣勢，作威福，結私交，以力強於時者，謂之遊俠」❼學習。當時，諸侯爭霸打仗的戰國時代剛結束，社會還留下尊重驍勇的氣氛。臣事新君的武士很多，對主人盡忠的觀念還不深。他們恩怨分明，對方就是主人，也不能容忍不講理的事。他們所作所為自然不被幕府

---

❻ 劉若愚《中國之俠》（周清霖·唐發鐃譯，上海三聯書店，一九九一年）。

❼ 荀悅《漢紀·孝武皇帝紀一》。

所容許，於是受到官方嚴厲的管束，勢力衰落了。接之出現的是浪人與庶民的俠客。最著名的是幡隨院長兵衛（？——一六五七）。幡隨院不是姓氏，而是綽號。傳言說，他本是浪人的兒子，卻拋棄武士門第的姓氏來對抗衣冠之俠，在市井之間做為庶民的代表很有俠名，最後被武士斬殺了。死後，戲曲表演又使他揚名四海，一直流傳到現在。這些浪人俠客也被官方大為取締以後，「俠」的熱潮漸漸移入到低層社會，含義加以變化，江戶時代末葉早已成為賭徒的代名詞。

(4)武俠小說的復仇主題

封建社會既然穩固，武士向往遊俠的氣氛散失，取代之，對君盡忠的道德律加強對武士的控制。臣事諸侯的武士對主人多不滿意也不能隨便跑到其他地方，如果擅自離開主人家的領地，應該有人追捕，甚至當場斬殺。這是防止家臣到外地洩露機密的緣故，按武士道德律而言，他是對君不忠的敗類。

「忠」與「孝」的倫理道德還形成了一個很特殊的復仇制度。中日武俠小說都重視復仇主題，中國劍俠除了父母和師門的仇以外，還為陌生人殺人報仇，日本的復仇則是武士階級的義務，只限於兄長和主人的仇，非報不可。於是，武士可以得到官方的允許，殺仇人也不問罪。這是武士的特權，庶民報父母的仇也不受此法的庇護。但是為了報仇離家出走的武士只有殺掉仇人才能回家復職，不然，他只好永遠離鄉背井，飄泊天下，尋找仇人的行蹤。因此，日本武俠小說有的注重這個制度造成的悲劇，描寫逃亡者與追趕者都浪費自己人生的辛酸。中國武俠小說假設一種脫離於王法的小世界來展開復仇的情節，江湖的恩怨只在江湖上解決，日本武俠小說

却在王法的保證下展開復仇的情節。因此，日本武俠小說中武士復仇的故事有特定的主題，可以再分成「復仇小說」一個類型。

江戶時代最揚名的「赤穗浪士」就是四十七個「浪人」，他們雖然沒有得到官方的允許，但是違反國法而報故主的仇，結果由幕府賜死了。主人家滅亡後，他們還爲故主盡忠而死，使人感動，博得稱讚，不久就改編成「歌舞伎」戲，很受大衆的歡迎。「赤穗浪士」如果是中國武俠小說，報完仇就是大團圓，但是日本武俠小說中「赤穗浪士」遵守國法而受死。

(5)武林的重要性

日本武俠小說中，劍客練武旨在領會蘊奧和打倒宿敵。前者是內在的要求，通過練武修身養心，悟到人生哲理，爲人漸漸成熟，隨之武功到達出神入化的境界。後者是外在的要求，前者的成果發揮在後者的決鬥場面。不管到達武功最高的境界還是走火入魔，只爲劍術而生存的武士是日本劍客小說的主要人物。日本的「劍客」廣義是劍術高手，狹義則是以教授劍術爲職業的武士。他們的地位高低不同，有的應邀教導諸侯和其家臣，有的在民間開練武場招生教導。江戶時代初期武林世家柳生氏教導「幕府」的統領「將軍」練劍，也就是說國王的師父，柳生家的地位和諸侯差不多。

中國武俠小說幾乎不計較武林門派的生計問題。一個門派擁有很多弟子，甚至收養孤兒，天天只讓他們練武，究竟如何維持生計，好像經營莊園或者商號，到底寫得不太清楚。日本的劍客收俸祿或者束脩而教授劍術。門弟少，師父難以糊口；權門子弟多來練劍，師父也就有威風。小說世界中明顯存在金錢匱乏或者窮得吃不上飯之類的生計問題。爲了成功立業，他不得不先闖出名堂招來門

弟。於是，諸侯招開劍術比賽成爲劍客揚名四海的好機會了。練劍的門弟也有他們的背景。他們大都是臣事封建諸侯的武士，維持生活的底子在於官場，到練武場習武只是日常生活的一部分，對君盡忠最重要。一接到主君的命令，連師兄弟也不得不殺。武士的家門和職位由長子繼承，次子以下都一輩子依靠長兄虛度年華，遭受冷遇。不然，他們只好拿學問和劍術作本錢，受人歡迎，過繼出去或者入贅。成爲劍客也是一個選擇。

中國武俠小説中的武林是武林人士的所有一切，如果被趕出師門，不用説爲白道所不容，甚至爲黑道所不理，他會失去從來擁有的一切和光輝的前途。日本武士也是武林人士，門派有門派的規律，逐出門牆的確是丟臉的事，但是沒有中國武林那麽嚴重。總而言之，中國武林社會是游離於現實社會而獨立的小世界，日本武俠小説中沒有如此明顯而堅定的武林社會，硬要提及的話，大概相當於專業劍客的世界，但是它也受制於封建社會的規範。

四、俠客與江湖

(1)江戶人的任俠氣質

「遊俠」的風尚滲入庶民社會以後，民間出現了以任俠爲幌子的集團。這些集團跟行業很有關係，例如幡隨院長兵衛帶領壯工，承包土木工程；江戶時代末葉以任俠聞名的新門辰五郎（一八〇〇－七五）是架子工的頭兒，率領救火的龍水隊。

冬天江戶（今東京）風大雨少，房子都是木造的，一出火就化爲灰燼，歷史上遭受過好幾次大火災。火勢蔓延得太快，澆水救火

倒不如拆除房子，以便擋住延燒。於是，由架子工和街坊組織的民間消防隊勇敢衝進火海裡，施展他們專家的功夫，拆掉房子，不惜生命而救人，宛如遊俠「不愛其軀，赴士之厄困」（《史記·遊俠列傳》），「見危授命，以救時難，而濟同類」（《漢紀·孝武皇帝紀一》）。消防隊的人員身體很靈便，從直立的梯子上翻筋斗跳到屋頂上而救火。因爲他們常常面對出生入死的險境，所以重視男子漢大丈夫應該勇敢而人情敦厚，嫌棄貪生怕死，以大方瀟灑爲理想。發生了火災，幾個消防隊爭先跑到起火處，如果遲到，就被其他隊看成膽小鬼，面子全丟了。因此，消防隊員免不了血氣之勇，一般在身上刺青，表示氣派，對抗其他隊的意識很強，好勝愛打架。消防隊隊長與隊員，即是架子工的師徒，上下有序，以一種家族意識而團結，師弟打架吃了虧，師兄弟一起報仇。他們這種習性形成了江戶人獨特的任俠氣質。

常言道：「火災與打架是江戶之精華」。火災之多使江戶人不貪戀家產而憧憬瀟灑大方的生活態度。特別是小商人和工匠階級討厭吝嗇鬼，很欣賞自己窮得吃不上飯也疏財濟貧的行爲。還云：「江戶人不帶隔夜錢」，今天賺錢當天花光的生活態度很受歡迎。商人階級漸漸壟斷經濟，隨之，好勝愛打架的江戶庶民對武士階級的反感亦漸漸強烈，往往頂撞武士。當時，有些無業遊民「立氣勢，作威福，結私交」，見到武士欺負庶民就教訓一頓，在市井之間以行俠出名。日本「俠客」本來應該有本行，定居一個地方，以任俠很受當地人的歡迎。據三田村鳶魚的考證❽，自文化年間（一

---

❽　〈談俠客〉（鳶魚江戶文庫14《關於捕頭、囚犯、浪人以及俠客》，中央公論社，一九九七年）。

八○四－一七）起，賭徒漸爲猖獗，天保年間（一八三○－四三）以後，「俠客」之詞就表示賭徒。要想「不帶隔夜錢」，就不如賭博。商工業的發展改變農村的經濟情況，隨之得到副業收入的農民也沉迷於賭博，有的弄得敗壞品行，傾家蕩產。於是，自文化年間起官方對江戶四周的農村加強管束，結果倒使得賭徒團結，擴充勢力。官方取締的對象還有不從事正業而住所不定的所謂劣民。他們大都是逃出故鄉的貧農或者刑餘者和通緝犯，從戶口名簿給勾消名字，靠賭博混飯吃，流浪到某地就找賭徒的頭目投宿，受到照料，以便逃避官方的耳目。他們對這個「一宿一飯之恩」應該捨身報答，正是「情爲恩使，命緣義輕」。賭徒因爲不從事正業，覺得不如善良的公民，所以注意不引起當地人的反感，採取謹愼的態度。收付錢也要大方瀟灑，賭輸了也不應該欠大債，賭贏了就請客或者分給夥伴。如果他貪戀名利，勾結官方，逞威風的話，爲同道所厭棄。這是他們的行幫道德，特別是幫主應該記在心上的。

後來，這種行幫道德借用「任俠」之詞而讓理想的賭徒形象廣爲流傳。其開端則是天保年間，說書人將幡隨院長兵衛的傳說改編爲《浪花俠客傳》而表演，很受聽衆的歡迎。說書本來專講戰爭紀實，從此以後，以賭徒爲題材的〈俠客傳〉形成一種主要節目，使得國定忠治、清水次郎長等江戶時代末葉實有其人的賭徒頭目很有俠名，「俠客」所指的終於是賭徒了。現代日本武俠小說沿用這個詞意。最重要的是，日本的「俠客」也身在江湖，遠離封建社會的法治。

(2)日本武俠小說中的「任俠」

三十年代，日本武俠小說百花齊放，掀起第一次高潮。眞正的

賭徒小說是此時開始的。長谷川伸（一八八四－一九六三）對抗武俠小說主流派的劍客小說而自樹一幟，陸續發表以賭徒為題材的作品，獨立了「股旅小說」這一個新門戶。「股旅」是長谷川伸第一次用以形容賭徒的日語，本來表示到處流浪的江湖客，不包括賭徒。因為，賭徒受制於官方的管束，不能不結幫，只有定居的地盤纔能保持或者擴充勢力，討好當地人的喜歡，以任俠聞名。可是長谷川伸卻關心流浪到「俠客」那兒落戶而受到「一宿一飯之恩」的賭徒。也就是說，從來的〈俠客傳〉主要描寫著定居一個地方而掌握住賭徒、浪子的幫主，「股旅小說」則以連戶口都給掉銷而單獨跑江湖的賭徒為主角。長谷川伸以社會最低層的遊民為題材，按「不管賭徒還是武士，都是有血有肉的人」的看法，創作「股旅小說」。

「股旅小說」中，主角雖然潦倒江湖，并不是很有精釆的大俠，但是他處世的態度還重視「任俠」。他厭惡騙人的賭博，不容許欺負弱者的橫霸之徒。「股旅小說」中常常出現了「一宿一飯之恩」和「重然諾」。「一宿一飯之恩」是對多麼些少的恩惠也要報答，「重然諾」正是「其言必信，其行必果，已諾必誠」。賭徒懂得自己不能好死，因此，看見路倒的同道就照顧，如果受託臨終遺言，一定實現諾言。《消失在地獄嶺的雨中》（笹澤左保）中，賭徒仙太郎路見一個同道病倒，將他帶到客棧看了幾天病，但是醫治無效，他死了。臨死時，他托仙太郎將遺囑帶給自己的義兄。仙太郎一言承諾，去找他義兄，路上被刺客偷襲纔知道這個義兄竟跟仙太郎的仇敵勾結。經過一陣惡戰，殺光了刺客後，儘管仙太郎明知寡不敵眾，去必死，但卻要實現諾言。最後，仙太郎的背影消失在大

雨中。仙太郎說：「我非實現諾言不可。我感到活得有意義，這是第一次。我的命運反正也跟風中之燭一樣了，既然這樣，我想滿足他臨終的願望」。賭徒的任俠觀念只因他們生存的世界游離於普通社會就在法外管束他們。自知不能好死的人生觀有點像惡徒小說，這可能是兩者社會等級近似的緣故。

笹澤左保（一九三〇年生）在七十年代掀起「股旅小說」的大高潮，他和長谷川伸以及子母澤寬是「股旅小說」的三大家。日本「股旅小說」跟中國武俠小說雖然作品風味不同，但是世界結構有所相同。日本賭徒可以跟中國幫會對比，兩者都在普通社會之外的非法社會，由異姓兄弟構成，擁有特殊的規定和習俗，江湖的問題在江湖之內解決，重視「有恩報恩，有仇報仇」，重然諾。

「股旅小說」也重視武打場面。武就是他們生存的手段。賭徒社會也以暴力制暴力，不會武打就活不下去。跟中國武俠小說不同之處是，賭徒一般不會施展正式的武功。他們出身於貧民階級，沒有機會練武功。於是，他們經歷多次打架而自己學會。就算練過一點正式的武功，也不打算研究武學。對招式的變化、上乘功夫的秘訣、出神入化的境界甚麼的，他們都不感興趣，而且在苛刻的境遇下根本不能從容地研究武功。因此，賭徒小說中沒有練武的過程。

五、結　語

以上從劍客與俠客著眼，簡論中日武俠小說的世界結構。就「武俠」而言，日本武俠小說分為代表「武」的類型與代表「俠」

的類型。按此兩者，劍客—武士—特權階層—武林這一系列與俠客
—賭徒—遊民階層—江湖這一系列互相對應。這只是太簡單的模
式，其實，捕頭小說、忍者小說、惡徒小說等其他類型也跟中國武
俠小說有所相同，總之，只拿一個類型跟中國武俠小說小說相比很
不平衡。硬要提及的話，從江湖文化、下層社會的大眾文化的角度
來看，中國的武俠與其跟武士相比，倒不如跟賭徒相比。「股旅小
說」的主角流浪江湖，行俠仗義，他們纔可算是日本的遊俠。

武俠小說創作論初探

葉洪生[*]

（淡江大學歷史系畢業）

導言：充要條件說

提到武俠小說創作，世人多以爲不難，似乎任何一位能文之士皆可優爲；且視其爲消閑讀物，卑之無甚高論。其實，撇開這類作品是否有益或有害世道人心等價值判斷不談；即以一般民間文學、通俗文學或所謂「娛樂文學」[❶]的觀點而論，要想寫好一部武俠小說，提起讀者興趣（最低限度），進而引人入勝，達到淨化心靈、美化人生的藝術境地，則難度極高，殆非一般正統文學家及小說家所能想像。此因「隔行如隔山」，內中牽涉到許多專門學的知識、常識、習性、規矩、術語，乃至武功源流及「超道德的行爲」[❷]之故。

---

[*] 國光劇團顧問，上海大學文學院客座教授。

[❶] 羅龍治，〈武俠小說與娛樂文學〉，原載一九七三年七月一日中國時報人間副刊；收入《似水情懷》（台北：幼獅月刊社，一九七四年），頁一八七～一九〇。

[❷] 語見楊聯陞〈報——中國社會關係的一個基礎〉，段昌國譯；收入《中國思想與制度論集》（台北：聯經出版公司，一九七九年），頁三四九～三七二。

　　縱觀中國武俠小說發展史的歷程可知，「武」與「俠」之形成有機結合，蓋首見於唐代傳奇中的豪俠小說❸。惟彼時對於「俠」的定義未明，甚至以盜爲俠、混淆視聽者更比比皆是❹；而描寫武技亦粗枝大葉，並不具體，只是故神其說。凡此，均係武俠稗類發軔期之必然現象，實無足深異。迨及宋人洪邁撰《夷堅志》之〈八段錦〉，始初揭氣功名目及其師承來歷；而明人洪楩所輯《楊溫攔路虎傳》敍楊溫與人對打，逐招交代，並採用內行術語，殆爲中國小說史上頭一遭❺。特以《水滸傳》一書首倡江湖豪傑群相結義，各取綽號；且表彰先秦游俠精神而不惜以武犯禁，乃開我國長篇武俠章回小說之先河。

　　迄至有清一代，多種秘傳技擊功法兼及武術源流方普遍散見於各家作品之中；而「兒女英雄」一類俠情小說則開始興起，不但能與俠義公案小說分庭抗禮，更輪番搬演於戲曲舞台之上❻。流風所及，民國以降的武俠小說名家，除平江不肖生（向愷然）是以描寫風俗民情、奇聞軼事見長，而鄭証因則以演敍幫會、技擊取勝之外，其他絕大多數作者皆以「俠骨柔情」爲依歸；即令是「奇幻仙

---

❸　參見葉洪生〈中國武俠小說史論〉，收入《武俠小說談藝錄》（台北：聯經出版公司，一九九四年），頁十六～十八。

❹　如沈亞之〈馮燕傳〉、皇甫氏〈崔慎思〉、薛用弱〈賈人妻〉等唐傳奇皆妄用俠名。

❺　參見馬幼垣〈水滸傳與中國武俠小說的傳統〉一文，發表於首屆國際武俠小說研討會（香港：中文大學，一九八七年十二月）。

❻　最著名者如《綠牡丹全傳》（又名《四望亭全傳》）改編爲戲曲《宏碧緣》；《兒女英雄傳》改編爲戲曲《弓硯緣》、《十三妹》、《能仁寺》等等。

俠派」大宗師還珠樓主（李壽民）亦不例外❼。只是王度廬獨以
「悲劇俠情」作品著稱於世，而朱貞木筆下文素臣式眾星拱月的
「喜劇俠情」❽影響更爲深遠罷了。

　　自一九五〇年代迄今，台、港武俠名家輩出；但不論是早期的
郎紅浣、梁羽生、金庸、臥龍生、司馬翎、諸葛青雲、伴霞樓主、
東方玉、慕容美、蕭逸、古龍、上官鼎等等（大抵以出道先後爲
序），或是晚近的溫瑞安與黃易，無不以「俠情」爲小說主軸。儘
管他們的學養、文筆有高下，偏好、專長各不同，然而致力於俠
義、人性（著重愛恨情仇之衝突）與武功三結合的創作方法則爲其
共同取向，這是武俠小說千古之宿命，無可置疑。

　　由以上撮要之簡述，吾人對於中國武俠稗類之形成、發展以及
流變，約略已明其大概。那麼，要想從事爲一般社會大眾認可且夠
水平的武俠創作，又應具備那些充要條件呢？今就筆者一得之愚，
提供各方討論與參考：

　　㈠要具備一般文藝作家的起碼手段，且善於說故事；
　　㈡要有豐富的想像力以及一定的推理能力；
　　㈢要廣泛閱讀古今小說，特別是自唐傳奇以來迄今的泛俠義作
　　　品；
　　㈣要熟稔民族習性，對於風土人情世故務須通曉和理解；

---

❼　詳還珠樓主《蜀山劍俠傳》，所敘正邪各派人物多有所謂「情孽糾纏」，難以
　　解脫。

❽　按文素臣爲清初夏敬渠《野叟曝言》之主人翁，一生際遇甚奇，屢屢爲眾美追
　　求，爲「一夫多妻制」下愛情喜劇之尤者。而朱貞木武俠小說中的男主角每多
　　豔遇，且均成就美滿姻緣，則庶幾近之。又其諸作中以《羅刹夫人》之「一床
　　四好」爲最；一九五〇年代以降，武俠作者無不仿效，影響迄今。

㈤要能充分掌握武俠術語，加以靈活運用，進而演化創新。

然就高標準而言，以上所列之基本創作條件猶嫌不足，尚須增添若干要求，包括：

——作者的知識面越廣越好，在文、史、哲各方面均應具有一定的素養；若能兼攝「六藝」及琴、棋、書、畫乃至醫、卜、星、相等雜學者尤佳；

——作者對於涉及邊疆風俗民情的「四裔學」應有所考究，不可隨心所欲，向壁虛構，指鹿爲馬；

——作者應具備基本武術常識、掌握武學原理，始能充分詮釋並發揮「武藝美學」之奇正與虛實；

——作者要會靈活運用金聖歎所謂各重筆法技巧❾，加之以蓄勢；對於任何重大事故或場景變化，須有一定的醞釀過程，方能達到傳奇小說講求的「情理之中，意料之外」的藝術效果；

——作者對於中國傳統文化、固有道德之規範應深切体認並反思；對於何謂「俠義」要有正確的認知；更須自我提昇人文思想境界，以建立合乎理想、健康的「武俠人生觀」。

綜上所述，欲從事優良武俠創作，委實不易；但經由一定的學習方法和步驟，亦有可能脫穎而出，在通俗文學的武俠園地中，別開一片生天。前者如還珠樓主、白羽、王度廬、朱貞木，後者如金庸、梁羽生、臥龍生、司馬翎、古龍，乃至晚近成名的溫瑞安、黃易等皆是（詳本文各節）。以下筆者謹歸納爲四方面，加以探討。

---

❾ 詳金聖歎〈聖歎外書·讀第五才子書法（卷三）〉，收入金批《評論出像水滸傳》（台北：文源書局影印本），頁十七～二十六。按此一刊本係據明·貫華堂七十回刪節本即《第五才子書施耐庵水滸傳》（無圖），再加坊刻本之繡像圖合編而成。

一、博覽群書與審美經驗

關於審美經驗（又稱「美感經驗」），歷來美學家說法不一；但大多同意這是屬於一種欣賞自然美或藝術美的心理活動。簡言之，即吾人通過主觀的、直覺的印象，對某些外在事物產生和諧而美好的感受，此一認識過程即稱爲「審美經驗」。這種經驗一旦形成，便永難磨滅，會在吾人的潛意識中發揮無形的影響力和支配作用，對於武俠創作亦然。

當代美學家朱光潛氏嘗謂：「凡是藝術作品都是舊材料的新綜合；惟其是舊材料，所以旁人可以了解；惟其是新綜合，所以見出藝術家的創造和實用世界有距離。」❿那麼，對於武俠小說家而言，如何經由審美經驗從所謂「舊材料」中提煉出可用的物事，便至關緊要；而取得「舊材料」的唯一途徑，就是博覽群書——最低限度也要廣泛閱讀古今武俠名著，方能取精用宏，再製新篇。

譬如還珠樓主之寫飛仙劍俠、靈禽異獸，多由佛典、道藏、《山海經》、《拾遺記》、《神仙傳》、《抱朴子》、《西遊記》、《封神演義》、《女仙外史》、《綠野仙蹤》等宗教經典或小說故事中取材；而其寫景造境及縷述蠻荒異俗，亦有部分是採自《野叟曝言》始形成其「新綜合」⓫。正因還珠樓主博覽群書，涉獵至廣；加以本身天才高妙，具有無窮想像力，乃令其代表作《蜀山劍

---

❿　朱光潛，《文藝心理學》（台北：台灣開明書局，重一版，一九六九年），頁二十。

⓫　參見《野叟曝言》第一一三回寫日出海上之奇景，以及第九十回以下之平苗亂諸事；始知還珠樓主亦有「移花接木」之處，非全部原創也。

俠傳》（一九三二年）開中國小說千古未有之奇觀，成為「武俠百科全書」，迄今無出其右者。

再如白羽之寫《十二金錢鏢》（一九三八年），便因熟讀中外文學名著之故，自承其書中人物多借鏡於大仲馬《俠隱記》及塞萬提斯《魔俠傳》⓬；至若《水滸傳》、《七俠五義》更毋論矣。特別是他前半生命運坎坷，飽嘗人情冷暖，入世極深；因而筆下笑中帶淚，反諷社會現實，刻畫衆生百態，將「超人武俠」一概還原為人。同時，對自古以來「善有善報，惡有惡報」的因果律，也提出質疑、批判或反省；於焉提昇了武俠小說的思想層次和文學價值。故就武俠美學所展現的獨特風格而言，還珠與白羽二家，一為「飛龍在天」（務虛），一為「見龍在田」（寫實）；雙星並曜，各擅勝場，同為後世楷模。

另如梁羽生，文史造詣頗深，尤精詩詞歌賦；卻因受審美經驗左右，早年乃有大段抄襲白羽小說之舉⓭。而金庸雖然高明，才華橫溢，腹笥宏富，世稱「集前人武俠大成」者；更有「古今中外，空前絕後」之諛辭吹捧造勢⓮，似乎意謂其成就全係原創，不假外求。其實不然！金庸和梁羽生一樣，除熟悉古典文學名著之外，亦愛看平江不肖生、還珠樓主、白羽等武俠小說，尤喜效法朱貞木之

⓬ 詳見葉冷〈白羽及其書〉，收入白羽自傳《話柄》（天津：正華學校出版部，一九三九年），頁一一八～一二〇。按葉冷本名郭雲岫，為白羽至友。而《魔俠傳》即今譯《唐·吉訶德》；「唐」（Don）為西班牙人對先生的尊稱。

⓭ 試比較梁羽生處女作《龍虎鬥京華》（一九五四年）與白羽《十二金錢鏢》（一九三八年）之人物、故事、對打招式等，便知分曉。

⓮ 倪匡，《我看金庸小說》（台北：遠景出版公司，一九八〇年），序頁二。

「獨白說書」；並且坦承在創作初期「模仿《紅樓夢》的也有，模仿《水滸傳》的也有」❺。至其書中若干人物原型是由還珠、白羽等前輩及臥龍生等同儕作品中「奪胎換骨」或「移花接木」者，亦斑斑可考，不一而足。❻在台灣早期成名的武俠作家中，司馬翎涉獵廣博，頗務雜學，兼以才智過人，尤得還珠心法之妙；故能推陳出新，獨樹一幟。而古龍則接觸外國文學較多，其慣用「迎風一刀斬」的手法處理武打場面，顯然是受日本《宮本武藏》系列作品的影響所致，殆無可置疑❼。唯一的例外是曾享有「武俠泰斗」之譽的臥龍生，由於他早年失學，讀書不多；但因活學活用舊派武俠素材之故，加以想像力豐富，會說故事，乃一度領袖群倫。然其作品良莠不齊，內容貧乏；終究陳陳相因，後力不濟，亦為不爭的事實。

由此可見，閱讀範圍大小與審美經驗累積對武俠創作而言，實具有決定性的影響力。金庸之所以能後來居上，為世所重，非偶然也。

二、「武藝美學」與武術常識

所謂「武藝美學」是筆者杜撰的一個新名詞，特指武俠作家構

---

❺ 〈金庸訪問記〉（陸離記錄），收入《諸子百家看金庸》第三輯（台北：遠景出版公司，一九八五年），頁四十七。

❻ 詳見葉洪生〈論金庸小說美學及其武俠人物原型〉一文，發表於「金庸小說與二十世紀中國文學」研討會（美國：科羅拉多大學，一九九八年五月）。

❼ 主要指吉川英治所撰《宮本武藏》，該書有若干禪宗色彩，講究悟境；古龍借力使力，雖略得禪悟皮毛，亦斐然成章。

思及設計的武打內涵能呈現出某種意象之美；且可感動讀者，自圓其說。而這類合乎審美要求的武打藝術，又可分爲三個層次：一是功法名實之美，二是招式變化之美，三是交戰中奇正、虛實相生之美。能兼具三者的武俠作家作品並不常見，而同時又能掌握武學原理、通曉武術常識者，更如鳳毛麟角。足見「紙上談兵」之難，講究甚多！若作者致力於此，當可大大提高武俠小説的可讀性與趣味性；否則俠而不「武」，或武而不「藝」，皆有所缺憾。民國以來號稱武俠名家者，除王度廬是獨擅「俠情」勝場以補「武藝」之不足外，無不對此全力以赴，只是成就各異罷了。

就聞見所及，還珠樓主飛天遁地的「武藝美學」固奇幻絕倫，神奇莫測；但因脱離現實世界太遠，自成劍俠体系，且姑置毋論[18]。深通武術的練家子僅有平江不肖生與鄭証因二人。白羽在鄭証因的協助下，又幸獲萬籟聲《武術匯宗》啓迪，乃開創一代武打藝術新風[19]。《十二金錢鏢》和《鷹爪王》之演武，完全符合「武藝美學」的要求，隱然爲一九三〇～四〇年代寫實派武俠之正宗；即或有藝術性的誇張及虛構，亦不致離譜。但港、台後起之秀則不然，他們構思武功招式與實戰場面固多師法白羽、鄭証因乃至有「新派

---

[18] 按劍俠小説屬另類武俠小説，其描寫劍俠（仙）除魔衛道，與行俠仗義並無本質上的差異，只有表現方式不同。還珠樓主《蜀山劍俠傳》中曾稱述許多神通、法力、神掌、玄功，均爲後世武俠小説演武之張本；可詳拙著《蜀山劍俠評傳·大宗師篇》（台北：遠景出版公司，一九八二年）。又，該書頁二六三「與平江不肖生比較」一節，頗有錯謬，合當全刪。

[19] 詳見葉洪生〈末路英雄詠歎調〉，收入前揭書《武俠小説談藝錄》，頁二一七～二二一。

武俠小說之祖」美稱的朱貞木❷；而其馳騁玄想，借力使力之源頭活水，毋寧更近於浪漫派「武藝美學」大師還珠樓主。

譬如還珠作品中有各種神掌、玄功，威力之大，不可思議！時予人以雄奇壯美之感。即令是內家高手（非劍俠也），飛花摘葉俱可傷人；「隔空點穴」猶為末技，「傳音入密」更不必論。特別是他首創「天龍禪唱」、「秘魔元音」以及神簫妙技，均可用聲波克敵制勝（按：現代科技高頻音波實驗已証明為真）。流風所披，乃有金庸《射鵰英雄傳》（一九五七年）寫東邪黃藥師按簫吹奏「天魔舞曲」（修訂本改為「碧海潮生曲」），司馬翎《劍氣千幻錄》（一九五九年）寫瘋煞魔君朱五絕彈奏琴曲《殘形操》——前者以簫聲奪人心神，不戰而屈；後者則以琴音蝕堅，令人瘋狂，自殘形体。這種「致命的吸引力」妙不可言，當為其審美經驗之結晶。

惟金庸不甘亦步亦趨，亟思突破創新，遂在《射鵰》第十八回分筆為三：教西毒彈鐵箏先攻，東邪吹玉簫相抗，北丐則引吭長嘯；互以上乘氣功化為聲波爭戰，鬥得難解難分。其間更雜寫郭靖在「交響樂」中漸悟武學攻守之道，自得其樂，可謂極盡「正、反、合」辯証法之能事。於焉乃為武俠小說別開新境，成就「後出轉精」的武藝美學典型。❷

類似的精微奧妙之描寫，復見於司馬翎《劍海鷹揚》（一九六七年）第二章，敘述劍后秦霜波在兩大高手交戰之際，用內力傳聲干擾。原本高手相爭，因四週潛力激盪，加以心神專注，一切皆可

---

❷ 同❸，前揭書，頁五八～五九。

❷ 參見葉洪生〈偷天換日的是與非〉，收入前揭書，頁三四〇～三四一。又，本段文字略改，兩者大同小異。

充耳不聞；但秦霜波吐字忽快忽慢，全從交手雙方招式開合之際攻入，令人不得不分神凝聽，且無形中受其暗制。此動意構向所未見，與金庸寫聲波爭戰雖有繁簡之別，卻有異曲同工之妙。

是故一九五〇年代以降的武俠作家如梁羽生、臥龍生、諸葛青雲、上官鼎或古龍等人所建構的「武藝美學」固各有其特色，惟以境界而論，似均不及金庸與司馬翎之高。其中，司馬翎小說特講究修習上乘武功之稟賦、高手對決勝負之關鍵、以意克敵之心法以及氣機感應、精神念力等玄妙說法，看似信筆揮灑，事涉無稽，實則均暗合武學奧旨與攻守之道。❷❷

反觀金庸小說逸趣橫生，頗能自創新招，深得「武藝美學」三昧；卻也有不少地方是明顯違反武學原理或武術常識，未免美中不足。例如《射雕》寫武林高手「鐵屍」梅超風久在東邪門下，居然連最基本的練功術語都不懂（按：全中國至少有五千萬以上的學功者皆耳熟能詳），豈不可笑！又如北丐中了西毒暗算，武功全失；在其「奇經八脈」只打通一脈的情況下，理當癱瘓！卻獨獨能施展絕頂輕功身法於煙雨樓比武會上攪局。這也過於兒戲，有唬弄讀者、外行之嫌，不能自圓其說。

最以為奇者，是《笑傲江湖》（一九六七年）寫學習「辟邪劍譜」（右派）和「葵花寶典」（左派）皆有「欲練神功，引刀自宮」之非常手段。明眼人固知此為影射國、共兩党政治圖騰（如《蔣總統言論集》、《毛澤東思想語錄》）之反諷妙喻；但就我國流傳千百年的丹道養生學（包含中醫、武學原理）觀點而言，男子

---

❷❷　詳見葉洪生〈世代交替下的武林奇葩〉，收入前揭書，頁三七九～三八三。

去勢即無法「煉精化氣」——打不通任、督二脈（為百日築基入門階段），一切免談！如何能練成無上神功？退一步說，金庸在此是明知故犯，目的乃在諷喻政治現實，因有大違武學常規之舉；但必須適切找補說明其「例外」的特殊理由（歪理也行），否則便是不通！至於「吸星大法」、「化功大法」、「北冥神功」等諷喻世人巧取豪奪的詭異功法，因與去勢無關；且言之成理，持之有故，富於奇趣，所以亦符合「武藝美學」之獨特審美觀。

惟自臥龍生《飛燕驚龍》（一九五八年）為「打通任、督二脈」大張其目迄今，多數武俠作者與讀者對此皆產生誤解；妄想常人一旦打通，立可超凡入聖。其實，這僅只是明、清以來丹道養生家所謂「三關修煉」的頭一關「煉精化氣」而已，並不稀奇㉓。竊念小說家故神其說雖不必認真計較，卻總該以不悖武學原理為基本要求；否則當不免被識者所笑，減損了應有的審美價值。可不慎哉？

三、「民族形式」與西化新潮

當代武俠泰斗金庸曾對何謂「民族形式」有過相當剴切的說明：

> 武俠小說都採取中國傳統形式；當然有些人寫得很歐化，但大部分都是中國化，太西化讀者不大歡迎。（中略）我認為武俠小說流行的原因，最主要的是其『民族形式』。中國人對中國傳統的東西，自然不知不覺會較容易接受；等於西方

㉓ 按「三關修煉」係指煉精化炁、煉炁化神、煉神還虛三個階段。「炁」指內氣、真氣，不是普通的空氣。詳見俠客輯撰〈打通任、督二脈〉，原載《聯合文學》（台北：聯合文學雜誌社，一九九七年），第十三卷第五期。

的歌劇、中國的京戲，各成其式……」❷

　　基於這樣的認識，所以金庸本人便是一位身体力行者。事實証明，他寫「民族形式」的武俠小說廣受國人歡迎，評價很高；並不因其文字典雅婉約而令新一代的讀者望之卻步。

　　在金庸之前，平江不肖生、還珠樓主、白羽、鄭証因、王度廬、朱貞木等大家，都是寫「民族形式」的武俠小說；只是有的較文，有的較白，有的文白夾雜，有的加上一些現代新名詞，故有敘事風格與小說聲口之不同。其中白羽的文字功力剛柔並濟，文乎其不得不文，白乎其不得不白；雄深雅健兼而有之，是公認最好的中國小說文字。已故著名歷史小說家高陽且將白羽之文比擬《呂氏春秋》，謂其「有一字不能增減之妙」❷。而金庸才情卓絕，亦不讓白羽專美於前；梁羽生、司馬翎等則稍遜一籌了。

　　由白羽、金庸各領一代風騷的成功範例，當知武俠小說理應保持並發揚「民族形式」之美──它包括了章回体、文白交融的語言文字、中國傳統文化藝術、倫理道德以及風俗民情等等。何以必須如此？筆者以為這是由於一、受制於時間；它的故事背景勢須界定於清末以前的舊社會，否則拳掌、兵器全派不上用場；二、受制於空間；它的活動範圍很難超越中國的地理疆域之外，否則又如何發思古之幽情？

　　那麼，是不是沒有第二路向或終南捷徑可走呢？卻也不然。標

──────────

❷　盧玉瑩，〈訪問金庸〉，收入《諸子百家看金庸》第三輯，頁二十四～二十五。

❷　高陽，〈慧心‧慧眼‧慧業〉，原載一九八四年十月十九日《聯合報》副刊。

榜「新派武俠」的怪才古龍便是一個殫思突破「民族形式」的條條框框、走向西化新潮的代表者。不過這條「爲新而新，爲變而變」的蹊徑非常險峻；若無才情、功力，或拿捏好分寸，很容易摔下去，甚至會在西化新潮的狂濤巨浪中沒頂。所謂「新派」是相對於「舊派」的說法，在不同時地，這頂桂冠曾分別爲朱貞木（大陸）、梁羽生（香港）、司馬翎（台灣）三家戴過❷⑥；而眞正的「新派」風格建立者卻是後起之秀的古龍。以其創作歷程中的重要作品爲例：在一九六三年之前，他基本上是在「民族形式」裡左衝右突；由於文化素養有限，沒寫出像樣的作品。後得日本武士小說家吉川英治《宮本武藏》之啓示，完成《浣花洗劍錄》（一九六四年），方刻意強調「以劍道參悟人生眞諦」、戰前氣氛及一刀而決。從此即不再描寫冗長的打鬥場面──這是他突破傳統之處，也是他一切「簡單化」的開始。

　　此後古龍力圖擺脫「民族形式」（他自承寫正宗武俠小說趕不上金庸與司馬翎）；但至少在一九七〇年以前，他仍然受到「民族形式」的制約，只能儘量更新內容。如《鐵血傳奇》（一九六七年）寫風流盜帥楚留香，分明脫胎於美國間諜片《007情報員》的主人翁❷⑦，卻仍然得向《蜀山》借用水母、天一眞（神）水等素材。又如《多情劍客無情劍》（一九六八年）、《鐵膽大俠魂》

---

❷⑥　宋今人，〈出版者的話〉，收入司馬翎《八表雄風》（台北：眞善美出版社，一九六二年），第二十五集之末。又，宋氏將司馬翎譽爲「新派領袖」，實不盡允當。

❷⑦　按司馬翎《聖劍飛霜》（一九六二年）之男主角皇甫維，即有〇〇七密探的影子；楚留香不過是後出轉精而已。

（一九六九年）二部曲寫武林探花郎李尋歡的愛恨情仇；所用小說語言亦文亦白，意境頗高，兼有傳統與現代「矛盾統一」之美。試看李尋歡跟上官金虹決戰前的對話，雙方互打機鋒鬥智；既合孫子兵法所云「攻心爲上」的要旨，又富於禪味，雋永可誦。而所謂「小李飛刀，例不虛發」則是以王度廬《鐵騎銀瓶》（一九四二年）之病俠玉嬌龍爲模仿對象❷❸。其「新瓶裝舊酒」的創作意圖呼之欲出。

嚴格說，古龍之變或曰「破舊立新」的眞正起始點是由劇本還原爲小說的《蕭十一郎》（一九七〇年）。從此，他的文体（散文詩体分段）、對白（簡潔而不囉嗦）、思想觀念（傾向西方存在主義、行爲科學及心理分析論）再加上前述武打之東洋化（迎風一刀斬），乃形成其「新派」武俠特色。儘管他基本上仍因襲朱貞木式不規則回目分章（偶有例外如《流景・蝴蝶・劍》之全盤西化），但已逐步走出「民族形式」，邁向茫茫不歸路。

自《白玉老虎》（一九七五年）以降，古龍作品，即陷入「爲突破而突破」的困境；實在是欲振無力，乏善可陳。金庸所謂「太西化讀者不歡迎」，良有以也。但不明究裡的武俠新秀才情遠遜古龍，卻對「新派」趨之若鶩，群相仿效，乃徒貽「畫虎不成反類犬」之譏。其中標榜「超新派」或「現代派」的溫瑞安偶有佳作，卻也難以挽狂瀾於既倒；而黃易自謂得司馬翎之益甚多，近年新作頗引人矚目，惟後勢如何仍有待觀察與評估。

---

❷❸ 按王度廬《鐵騎銀瓶》（一九四二年）寫病俠玉嬌龍一面咳嗽，一面放袖箭，百發百中；此與「小李飛刀，例不虛發」之李尋歡一面咳嗽，一面放飛刀情狀，如出一轍。

以上筆者之所以不憚辭費，反覆譬說，用意無非是想指出武俠小說的創作方向——傳統抑現代——究竟在那兒。而由彼等當事人的成敗經驗前瞻未來，似不無可以借鏡之處。有志於武俠創作者宜再思之。

四、「極限情境」與英雄落難

衆所週知，武俠小說非常注重趣味性；此由其娛樂本質所決定，亦未可厚非。一般武俠作者限於才、學、識，只能在打打殺殺的武林中討生活；久之則了無新意，談不上什麼審美價值。但高明的作家則不然，他能通過小說人物故事點出人生眞諦，闡揚人道精神；即使慨述江湖恩怨，亦可反映若干社會現實；縱然講打，也打得新奇有趣，不落俗套。而其精髓所在正是如何施以藝術手腕營造出一個以上生死兩難、性命交關的孤絕情境，將故事張力拉到人生所能承受的臨界狀態；使受難者從中獲得自省及啓示，以克服痛苦、恐懼、天人交戰、死神威脅種種不堪忍受的身心壓力——這便是二十世紀西方存在主義大師雅士培著名的哲學命題「極限情境」（limit situations），它包含了「死亡、受難、衝突、罪孽」等人生最大的困境；卻也是武俠作家在其小說佈局、結構中所面臨的最大挑戰。故凡上乘武俠作品無不竭力建構「極限情境」以彰顯小說人物性格之底蘊；而其美感描寫是否得當，尤爲成敗關鍵所在。通常吾人論及小說藝術高下，除了注重一般人物角色以外，往往將焦點投射於此，便因它能發揮最震撼人心的藝術效果之故。㉙

㉙ 參見葉洪生〈比較港、台武俠小說美學〉一文，發表於「國家政策與通俗文化」

就美學欣賞的觀點而言，刻畫悲劇英雄典型最難，由於他（或她）必須經歷「極限情境」的試煉，始能如浴火鳳凰般獲得永生；從而使讀者產生「悲劇的喜感」**⑳**，以發散哀憐與恐怖情緒，達到淨化心靈的自在境地。今特舉出兩個成功的範例，謹分別論析於次：

例一，梁羽生《白髮魔女傳》（一九五七年）描寫玉羅剎因痴心妄想與意中人卓一航圓夢未遂，憤而大鬧武當山（第26回）。這一折的藝術效果之所以會特別好，係因整個悲劇是經由一定的醞釀過程，逐步進逼到人生所能承受的壓力飽和點，才猛然爆發。此前，作者寫玉羅剎嫉惡如仇，豪氣干雲；雖出身於綠林，被江湖上視為「女魔頭」，卻始終潔身自好，是非分明，從不濫殺無辜。及與武當派新秀卓一航邂逅，不禁芳心暗許；但因卓某是世家子弟，天性懦弱，又心存封建門第觀念，始終遲疑不決。故當玉羅剎在明月峽向他吐露衷曲之際，他卻想：

> 怕只怕情天易缺，好夢難圓！看來這也只是一場春夢而已。
> 幾位師叔都把她當成本門的公敵，除非我跳出武當門戶，否
> 則欲要與她結合，那是萬萬不能！何況我是屢代書香之後…
> …（第十九回）

這便已暗透其中消息。不久卓一航逃情回山，接任武當掌門，卻終日為情所苦。待玉羅剎尋上門來，兩人舊情復熾。玉羅剎得到心上

研討會（台北：中央研究院，一九九七年一月）。按本段文字略加更動，立論相同。

⑳ 朱光潛，前揭書，頁二五五～二七四。

人承諾：「我決不與妳爲敵！我決意不做這勞什子的掌門了！」這才壓抑自己的叛逆性格，強忍武當群道惡罵，甘受「解劍」之辱。至此，整個外在環境造成的壓力已到極限，老道們再要罵她是「下賤的女人」時，她忍無可忍，滿腔憤怒如火山爆發，便不得不出手傷人了。在武當派四老四少形成「以衆暴寡」的群毆態勢之際，玉羅刹連連中劍，卓一航卻袖手旁觀：

> 只見玉羅刹搖搖欲墜，腳步凌亂，猶如一頭瘋虎；左衝右突，卻衝不出去。劍光交映之中，但見一團紅影晃動，猶如在白皚皚的雪地染上胭脂。想是玉羅刹被劍所傷，血透衣裳了！（第26回）

終於卓一航承受不了這種精神壓力，於神智錯亂中，糊裡糊塗地接過同門硬塞過來的彈弓，竟連發三彈打玉羅刹——這一打，可就把玉羅刹的芳心打成粉碎！於是她不再作困獸之鬥，狂笑衝下山去；一夜就在又愛又恨、又愁又惱的煎熬與夢寐中，急白了滿頭青絲，成爲名副其實的「白髮魔女」，乃直解到題。❸

　　在此必須指出，這一折「女英雄落難」意構之妙，恰恰妙在它並非「善與惡的鬥爭」，反而是「善與善的鬥爭」；也就是西哲佛洛伊德論心理劇時所說「愛與責任」之間的鬥爭——「造成痛苦的鬥爭是在主角的心靈中進行著，這是一種不同的衝動之間的鬥爭。這個鬥爭的結束不是主角的消逝，而是他（她）的某個衝動的消

---

❸　同❷。

逝。這就是說，鬥爭必須在自我克制中結束。㉜

　　書中交戰的雙方實際上是玉羅剎和卓一航；卓某有情有愛，更有責任（武當掌門、父師遺訓等等），故其心中痛苦決不在被三彈打破美夢的玉羅剎之下。玉羅剎夢醒（求愛衝動消逝）之後，狂笑而去；而卓一航見已鑄成大錯，遂用彈弓亂打武當同門，即生悲劇的「喜感」──蓋造成其自我衝突之心結已解，從此可海闊天空任鳥飛矣。讀者閱此，自感快慰。

　　例二，金庸《天龍八部》（一九六三年）描寫丐幫幫主喬峰，身負奇冤，掙扎於胡、漢對立衝突的「極限情境」中，遭遇至慘！作者意構此一「英雄落難」的手法與梁羽生大異其趣；方出場就把喬峰的身世之謎（胡人生在漢家邦）揭開一半，卻又影影綽綽，不明不白！而他為了尋根，竟一再被人嫁禍，無端揹上「契丹胡虜」弒師、殺養父母的惡名。至此眾口鑠金的無形壓力已近飽和狀態；再經聚賢莊群豪以「狗雜種」三字相激，遂逼令一向大仁大義的喬峰失去理智，大開殺戒！使其自毀英雄形象，成為不折不扣的「武林新禍胎」（第19回）。

　　乍看之下，固然喬峰不免於「匹夫見辱，拔劍而起」之譏，不合蘇東坡《留侯論》所謂「天下有大勇者」的奇節偉行；但這卻是金庸步步進逼以營造「極限情境」之一大妙構。因為酒能亂性，喬峰挾醉而鬥，那有忍辱負重之可言！故在本質上，喬峰血濺聚賢莊亦是「善與善的鬥爭」；只可惜他錯學《水滸傳》之武松「血濺鴛

㉜　佛洛伊德，〈戲劇中的精神變態人物〉，收入《二十世紀西方美學名著選》
　　（上海：復旦大學出版社，一九八七年），上卷，頁四一〇。

鴦樓」，見人就殺，實不可恕。好在作者寫他重傷之餘，猶能自省反思：

> 我到底是契丹還是漢人？害死我父母和師父的那人是誰？我一生多行仁義，今天卻如何無緣無故的傷害這許多英俠？我一意孤行的要救阿朱，卻枉自送了性命。豈非愚不可及，爲天下英雄所笑！（第19回）

正因有此反省，深感罪孽深重，乃有後來歷盡險難，以其熱血化解宋、遼兩軍相爭的一幕，爲全書作結。

　　從表面來看，喬峰（後改回蕭姓）慷慨赴義，從容自戕，是爲了向被他脅制罷兵的契丹皇帝贖罪；實則是向中原豪傑懺悔聚賢莊濫殺無辜之過。亦惟血債血還，且死得其所，益發令人動容。是故，喬峰仍不愧是「天下之大勇者」。壯哉悲劇英雄！雖死猶生。

　　朱光潛在《文藝心理學》中曾引述詩人席勒（Schiller）的話說：「生命的犧牲本是一種矛盾，因爲有生命然後有善；但是爲著道德，生命的犧牲卻是正當的；因爲生命的偉大不在它的本身，而在它是履行道德的必由之路。如果生命的犧牲成了履行道德的必由之路，我們就應該放棄生命。」㉝正可爲喬峰之死提供合理化的解釋；緣江湖道義重於泰山也。

　　此外，另如臥龍生《飛燕驚龍》（一九五八年）寫少俠楊夢寰被浪子陶玉加害，陷入生不如死的「極限情境」亦甚可觀；惟限於篇幅，就不多加論述了。

㉝　朱光潛，前揭書，頁二六三。

結論：無情荒地有情天

　　總之，小說離不開人物角色，而人物角色卻最忌千人一面；因為即令是同一類型武俠人物，亦有共相與殊相之別，遑論正邪各派行事作風、思想觀念大相逕庭了。以美學觀點而言，故事人物之形成涉及「內模仿」、「移情作用」及「創造性想像」等三方面的理論❸❹。其中創造性想像又關係到作者審美經驗的累積，與其心靈閃光的交互作用；再加以綜合提煉，便能塑造出新的人物典型。宋儒黃庭堅論詩，嘗有「奪胎換骨」之譬，用在小說人物、故事上尤然；畢竟原創性的發明是可遇不可求的，能由模仿開始，便是邁向成功的第一步。

　　江湖固無情，而眾生皆有情；儘管世態炎涼，無情無義之輩所在多有，但越發凸顯出有情有義兒女之可貴。人性的光輝、價值只有在最黑暗、最絕望的亂世及最兇險、最弔詭的江湖中才能得到真正的試煉與肯定。此所以從事武俠創作應該得到文壇大家充分的鼓勵；況且古今中外可歌可泣的故事題材尚多，大有一展拳腳、伸張正義的發揮餘地。

---

❸❹ 按「內模仿」（Inmer imitation）和一般知覺的模仿不同，它隱藏於記憶之中。朱光潛認為，象徵作用是一切記憶的基礎，故「內模仿」可以說是「象徵的模仿」。見朱氏前揭書，頁五十八～五十九。而「移情作用」即擬人化作用，天地間萬事萬物皆可通過審美認知而與之同化。至於「創造性想像」，約翰·李文斯頓（John Livingston）在《通往夏拿都（Xanadu）之路》一書中，曾指出「創造性想像」內有三種交互作用。詳見《當代美學論集》（台北：丹青圖書公司，一九八九年），頁一四六。

尤其是保留「民族形式」及其特色的武俠小說，循著傳統中國的蹤跡前進；一則散播固有文化、道德的種子，一則表現出中華兒女獨有的生命情調；使今人在現代文明的洗禮下，猶能發思古之幽情。凡此種種，皆非其它任何通俗文學、大衆讀物所可取代。

目前武俠小說界名宿雖多半物故，可謂老成凋謝，典範猶存；而有心人通過一定的學習和努力，未始不能另開武俠新天地。有志者盍興乎來？

後　記

本文係作者近四十年來閱讀、研究武俠小說的一點心得。題爲「武俠小說創作論初探」，即不敢自以爲是；而有求教各方高明，博採衆議，察納雅言之意。設若時機成熟，再以此文爲基礎，增補內容，寫成一部較完善的論著，當爲天下武俠同道所樂見。野人獻曝，不無一得之愚。如眞有些須參考價值，可供有志武俠創作者斟酌損益，借機生發；則楚弓楚得，將不獨爲個人之幸，亦武壇之幸也。正是：「長江後浪推前浪，一代新人勝舊人！」且拭目以待大俠來臨。

少年俠客行

龔鵬程[*]

（國立台灣師範大學國文研究所博士）

一、結客少年場

任俠，常是少年時的事。

據《史記·游俠列傳》說，郭解「少時陰賊，慨不快意，身所殺甚衆。以軀借交報仇，藏命作姦，剽攻不休，及鑄錢掘冢，固不可勝數」，當時「少年慕其行，亦輒爲報仇」。所談還只是個個案。〈貨殖列傳〉說：「其在閭巷少年，攻剽椎埋、劫人作姦、掘冢鑄幣、任俠并兼、借交報仇，纂逐幽隱，不避法禁，走死地如騖，其實皆爲財用耳」，則有總括論斷的意味。

他所說的那些俠，不正是今日所謂的「不良少年」嗎？他們混幫派、爭地盤、劫人作姦，或偷盜、或製僞鈔、或替朋友出氣報仇。事發了，就竄匿逃亡。悍不畏法禁，也不知死活。

這類少年遊俠，上古不知究竟有沒有，但到漢代，就已經多得是了。史傳人物，如朱雲「少時通輕俠，借客報仇」，眭弘「少時好俠，鬥雞走馬」，朱博「家貧，少時給事爲亭長，好客少年，捕

＊　佛光大學南華管理學院校長

搏敢行」，陳遵「少豪俠，有才辯」、劉英「少時好游俠，交通賓客」，董卓「少嘗遊羌中，……由是以豪健知名」，袁術「少以俠氣聞，數與諸公子飛鷹走狗」，王渙「少好俠，尚氣力，數通剽輕少年」……。諸如此類，大約只是眾多少年任俠者中少數後來發達了的例子，其餘終究沈淪於黑道、亡命於江湖、誅死於刑憲者，實不知凡幾。

有道是：「人不輕狂枉少年」。少年輕狂，其中不少人便因此而流於輕俠，或飛鷹走狗、或搏剽敢行。以致形成遊俠多少年，而少年亦多遊俠的局面。這些俠，史書上常用「姦猾」「姦邪」「惡少」「輕薄子」等詞來形容，更是政府頭痛的人物。他們有些在地方作惡，成為地痞角頭勢力，漁肉鄉里，如「陽翟輕俠趙季、李款多畜賓客，以氣力漁食閭里。至姦人婦女，持吏長短，縱橫郡中」（漢書·卷七七）。也有些在京城撒野，鬧得不像話了，才遭到政府的強力鎮壓。《漢書·酷吏傳》紀載了一則故事：

> 永治、元延間，上怠於政，貴戚驕恣，紅陽長仲兄弟交通輕俠，臧匿亡命。而北地大豪浩商等報怨，殺義渠長妻子六人，往來長安中。丞相御史遣掾求逐黨羽，詔書召補，久之乃得。長安中姦猾寖多，閭里少年群輩殺吏，受賕報仇。相與探丸為彈，得赤丸者斫武吏，得黑丸者斫文吏，白者主治喪；城中薄暮塵起，剽劫行者，死傷橫道，枹鼓不絕。
>
> （尹）賞以三輔高第選守長安令，得一切便宜從事。賞至，修治長安獄，穿地方深各數丈，致令辟為郭，以大覆其口，名為「虎穴」。乃部戶曹掾史，與鄉吏、亭長、里正、父老、伍人，雜舉長安中輕薄少年惡子、無市籍商販作務而鮮

衣凶服被鎧扞持刀兵者，悉籍記之，得數百人。賞一朝會長
安吏，車數百兩，分行收捕，皆劾以爲通行飲食群盜。賞親
閱，見十置一，其餘盡以次内虎穴中，百人爲聚，覆以大
石。數日一發視，皆相枕藉死，便輿出，瘞寺門桓東，楬著
其姓名，百日後，乃令死者家各自發取其尸。親屬號哭，道
路皆歔欷。長安中歌之曰：「安所求子死？桓東少年場。生
時諒不謹，枯骨後何葬？」

少年們之所以能在京城橫行殺吏，主要是因爲有貴戚包庇，故肆無
憚至此。其盛況大約比前幾年台北街頭計程車隊火拼時的燒街大
戰，更爲刺激火爆。不料政府忽然強力掃盪，竟一舉將之殲滅了。
這個事件在當時，恐怕對人心的震撼，不下於今日的陳進興案，因
此當時即有歌謠流傳，吟詠其事。

　這樣的歌謠，因廣獲共鳴，後人哀其事而矜其情，遂成了一曲
歷代反覆歌詠的樂府詩。《樂府詩集》卷六六雜曲歌辭收有〈結客
少年場行〉九首，作者爲鮑照，劉孝威、庾信、孔紹安、虞世南、
虞羽客、盧照鄰、李白、沈彬。題下引《樂府廣題》說：「結客少
年場，言少年時結任俠之客，爲游樂之場，終而無成，故作此曲
也」，可見歷代哀其事或借其事以興感者甚多，已足以成爲一種類
型文學。

　這種類型詩，是武俠小說尚未成形前的第一批武俠文學。在這
個類型內部，當然也還可以有些變貌，例如「結客少年場行」就可
以拆開成爲〈結客篇〉或〈少年行〉〈少年子〉〈少年樂〉〈長安
少年行〉〈漢宮少年行〉〈渭城少年行〉〈邯鄲少年行〉等等。又

由於這些少年都是結客任俠的，所以又因之而有〈遊俠篇〉〈遊俠行〉〈俠客篇〉〈俠客行〉之類作品。《樂府詩集》卷六六、六七選錄了不少這些歌曲，但遺漏的必然更多。若談到中國武俠文學之類型化，自應以此爲嚆矢；而其所歌詠之少年結客任俠現象，本身也是值得探究的。

二、背德與犯罪

報仇、殺人、掘冢、鑄幣、藏命作姦，當然都是越軌甚或犯罪的行爲。這些行爲，固不僅少年才有，但史傳中明講是少年所爲者卻著實不少。可見遊俠行爲中，少年越軌犯罪確實是一種特徵。而研究犯罪學的人都知道：青少年犯罪本來就是普遍存在於各時代的社會現象，其比例在整個犯罪人口中也總不低。因此，少年犯，在犯人類型中一直是非常明確的一類。

對於犯罪，可以有許多分析的角度；對於惡，也可以有各種解釋。但僅從犯罪心理學的角度看，人之所以犯罪，本來就與其人格發展有關。人格發展不完全，正是犯罪的原因之一。所謂人格發展不完全，即一般所稱之「異常人格」者。但少年因仍處在成長階段，人格發展其實也仍不完全，容易出現犯罪行爲，並不難理解❶。

---

❶ 心理學上對於異常人格之分析，大抵界定爲：循環型（指人情緒起伏不定，時喜時怒）、分裂型（指人孤僻內向，不善適應環境）、粘著型（有癲癇8氣質，粘著與爆發交替出現）、偏執型（妄想、精神分裂）、人格分裂型、強迫神經症型（具強迫恐怖行爲）等等。均不將一般青少年列入，但我認爲青少年正處於青春期，其叛逆性格亦應視爲一種人格異常現象。

　其次，所謂犯罪的「罪」，是由法律及道德之規範而界定的。因此，除非從超越性的角度論罪的問題，例如基督教所說的「原罪」，否則一般所說的罪，都是相對的。《蒙田隨筆·卷中·第十二章》言道：「近親結婚在我國絕對禁止，而在其他地方卻是椿好事：『傳說有的國家母親跟兒子同床，父親跟女兒共寢，親情加愛情，是親上加親』，殺子、弒父、拈花惹草、偷盜、銷贓、形形色色的尋歡作樂，沒有一件事是絕對大逆大道，以致哪個國家的習俗都不能接受的」。法律與道德有其時空條件，相對於某時某地某一社會某一群體來說，才有背德與犯罪之問題。

　而人自出生以後，整個成長過程，其實也就是學習、認識並適應他所處社會之規範的歷程。青少年階段，正處在這個過程之中。尚未充分社會化，因此極易出現佚離（或尚未納入、馴服於）社會法律與道德規範之行為，也是不難了解的。

　從人格方面看，青少年「血氣方剛，戒之在鬥」，其行為模式正好表現為好勇鬥狠，喜歡逞一時血氣。鮑照〈結客少年場〉說少年俠客們「驄馬金絡頭，錦帶佩吳鈎。失意杯酒間，白刃起相讎」，就是這個緣故。他們在路上，常因別人偶爾多看了他一眼，就揍人、殺人；在友朋間，也常因一言不合，或杯酒失歡，而大打出手。

　故在犯罪學的研究中，我們會發現少年之暴力犯罪往往多於成人組織犯罪團體。貫休〈少年行〉說少年：「自拳五色毬，迸入他人宅，卻捉蒼頭奴，玉鞭打一百」。這類暴力行為，有時是偶發式的，如貫休所云；有些則屬於團體鬥毆。而且會因一次打人的暴力事件演變發展成為尋仇報復，或由單純的氣力拳腳發展成為刀械相

加。

在施暴鬥勇之際，青少年施暴之特徵，在於其對象、場合、原因並不固定。因為血氣迸發，勃然不可遏抑，出於生命的衝動，如孟郊〈遊俠行〉所謂：「壯士性剛決，火中見石裂，殺人不迴頭，輕生如暫別」。一時衝動，情緒鼓盪，又未受到社會規範的調伏，本身人格成長亦不夠成熟，自我控制及反省能力明顯不足，便可能對任何人暴力相向。

而且，在施暴予他人的過程中，青少年其實也同時顯露了對自己施暴的性質。亦即孟郊所說的「輕生」。青少年對待自己的生命，也往往如對待他人那樣，輕忽且以暴力相加。因此他們常常自己作賤自己。輕生捨命，原本就是青少年時期極為重要的特徵，諸如酗酒、吸食毒品、刻劃肢體、自殺，都是青少年時期常見的事。好勇鬥狠、悍不畏死，其實也是輕生。生命不但如一把擲出去的骰子，毫不在乎，而且也不怕傷害自己。

假若人連傷害自己都不在乎了，還會擔心傷害了別人嗎？青少年犯罪中，暴力傷害最為常見，原因不難索解。成人組織團體犯罪每利用少年這種悍不畏死的特性，培養或運用之，以達成其遂行不法之目的，所以也常吸收任俠少年入其組織，再予以控制運用。但成人組織犯罪團體僅以暴力做為輔助方式，或其實施的多半為間接暴力、隱性暴力，令人因畏懼而依從其意旨即可，極少出諸直接暴力。因為此類組織犯罪團體主要「從事於各種不法之事業，是以對於組織犯罪團體而言，為犯罪而實施暴力，已無其必要。但在少年犯罪團體，因其犯罪目的之達成，每每訴諸暴力，是以暴力仍為少年犯罪團體普遍採用」❷。

　　不過，少年犯罪者，乃至於少年犯罪團體（例如青少年幫派）之暴力，終究是不能跟成人組織犯罪團體比擬的。因爲少年犯罪的暴力，大抵係一時衝動，屬於隨機、散漫式、無特定目的與對象的性質，成人犯罪組織通常不會採用這種方式，徒逞匹夫之勇。

　　張華〈博陵王宮俠曲〉曾形容此匹夫之勇云：「雄兒任氣俠，聲蓋少年場。借交行報怨，殺人租市旁。吳刀鳴手中，利劍嚴秋霜，腰間叉素戟，手執白頭鑲。騰超如激電，回旋如流光。奮擊當手決，交屍自縱橫，寧爲殤鬼雄，義不入圜牆」。圜牆，即指這個社會的道德與法令規範。少年正是靠著逞使他的血氣勇力，來表示：「什麼道德法律？你們社會上講的那　套，老了不屑你！」

　　青少年的叛逆精神，即由此透顯出來。但其好鬥與暴力，也並不僅表現在暴力犯罪方面。例如「鬥雞走馬」，鬥雞等賭博行爲、走馬等遊獵行爲，亦都是其好鬥與暴力的一種表現。蓋賭博本屬爭鬥之一類，鬥雞更具有發洩殺伐暴力欲望的快感，所以有時雞距上還要縛上利刃，以增加血腥刺激之樂趣。走馬遊獵、飛鷹走狗，則更將血腥刺激指向動物，在衝殺射刺中獲得暴力施爲的快感。史傳談到少年遊俠，輒言其好飛鷹走狗；樂府詩講到少年俠行，也多歌詠其博戲遊獵，殆非無故。盧照鄰〈結客少年場〉云長安遊俠「鬥雞過渭北，走馬向關東」，張籍〈少年行〉謂少年「日日鬥雞都市裡，贏得寶刀重刻字」，高適〈邯鄲少年行〉則說「邯鄲城南遊俠子……千場縱博家仍富」，貫休〈輕薄篇〉亦云：「誰家少年，馬蹄蹋蹋，鬥雞走狗夜不歸，一擲賭卻如花妾」，李白〈行行遊且

---

❷　見蔡墩銘《犯罪心理學》第十三章第四節。一九八八年，黎明文化事業公司。

獵篇〉則形容遊俠:「但知遊獵誇輕趫,胡馬秋肥宜百草,騎來躡影何矜驕?金鞭拂雲揮鳴鞘。半酣呼鷹出遠郊,弓彎滿月不虛發,雙鶬迸落連飛髇。海邊觀者皆辟易,猛氣英風振沙磧」,李白另有〈少年行〉說:「君不見,淮南少年遊俠客,白日球獵夜擁擲,呼盧百萬終不惜,報仇千里如咫尺」,都是講少年任俠者這種賭博遊獵之生涯者。

如此發抒其鬥性,又兼具有「鬥豪」的意味。呼盧百萬,一擲千金,須要有豪氣豪情,更須要有錢。所以高適說遊俠少年可以「千場縱博家仍富」。富豪,乃是少年可以不事生產、終日遊獵、聚賭、嬉戲的基本條件。

這在古代,王公貴族或高官鉅族之子弟,最具有這樣的資格。市井商賈子弟,或許也很有錢,但夠富不夠貴,距離富豪之境界,畢竟差了一層。故樂府詩中描述少年任俠者,總是就王公大臣之子弟說,例如劉孝威〈結客少年場〉說:「少年本六郡,遨遊遍五都」,庾信說:「結客少年場,春風滿路香,歌撩李都尉,果擲潘河陽。……今年喜夫婿,新拜羽林郎」,張祐〈少年樂〉說:「二十便封侯,名居第一流,……眼前長貴盛,那信世間愁」,張籍〈少年行〉說:「少年從出獵長楊,禁中新拜羽林郎。……百里報仇夜出城,平明還在倡樓醉」,都指明了這些遊俠者即是貴族子弟,甚或本身還是皇帝的侍衛。史傳中記載諸侯王、貴族、大臣子弟任俠者就更多了❸。

---

❸ 漢代貴族大臣及其子弟任俠者甚多,詳龔鵬程〈漢代的遊俠〉,收入《一九九六年龔鵬程學思報告》,南華管理學院出版。近代耳目所及,大官顯貴的子弟,也不乏做過這類任俠忿少的。

　　這倒不是說只有貴族大臣子弟才遊俠結客，而是說鬥豪爲少年舞任俠行爲之一大特徵；此類人，又在其中最具代表性。那些沒有太多錢的少年，其實也一樣要鬥豪，因爲少年犯罪的一個特點，就是爲了滿足其「自我顯露」，亦即展示、炫耀❹。他們喜歡在服飾、髮型、車馬、異性朋友等方面展示炫耀自己，跟別人爭奇鬥艷，以滿足其虛榮心。在「醉騎白馬走空衢，惡少皆稱電不如」（施肩吾・少年行）時，他們就獲得了極大的滿足。所以貫休〈輕薄篇〉說：「鬥雞走狗夜不歸，一擲賭卻如花妾。唯云不顚不狂，其名不彰」。這種「愛現」「愛展」的心理，會驅使他與人鬥豪。可是他若非貴族富豪子弟，有什麼本錢去比賽奢豪呢？此即不免趨於犯罪。例如偷盜、剽劫、恐嚇取財、甚或掘冢鑄幣。做這些事，並不是爲了衣食飢寒之需，也不是眞想發財，而常只是爲了滿足在吃喝玩樂方面顯得有氣魄有本事的心理。

三、遊俠次文化

　　依各國犯罪統計，少年以竊盜、侵入住宅、強盜、殺傷等罪最多。對其犯行，美國學者Short、Strodtback曾以因素分析法分爲五類：(1)衝突行爲（如鬥毆、攜帶兇器）；(2)聚賭；(3)性行爲（如猥褻、強姦、性侵襲）；(4)倒退行爲（如使用麻醉品）；(5)反權威行爲（如破壞、偷汽車）。我在上文的描述，則不採行爲分析的方

❹　見Menninger, The Crime of Punishment, P.185。張正見〈輕薄篇〉形容「洛陽美少年」：「石榴傳瑪瑙，蘭肴莫象牙」，然後說此舉「聊持自娛樂，未是鬥豪奢」。即點出這種鬥豪以自炫的心理。

式，而是從青少年人格特質去解釋他們爲何會有這些犯行。這些犯行也不是平列分類式的，它們彼此相互關聯，分類的界限其實是很模糊的。

同樣地，所謂犯罪，在青少年行爲中，這個概念也的運用也是模糊的。成人間打架互毆，一般不稱爲犯罪；成人去酒店喝酒唱歌，視爲常事，亦不以爲就是犯了罪；至於遊獵遊蕩，又是什麼罪呢？可是，我國少年事件處理法第三條中卻對「進入不正當場所」「遊蕩」等行爲有所規範。換句話說，是因爲我們對少年犯罪的界定，創造了他們的罪。某些罪，其實稱不上罪，只是具有些「不良」的性質罷了。

以俠者結客少年場來說，其結集未必出於犯罪意識，而常是基於遊玩戲樂之需求。猶如少年街頭組織，大抵爲住在同街兒童少年或鄰居之組合，本無組織可言。但因它們常採取共同行爲，不太容納外人參加，且爲爭取地盤、確保共同利益，不免與其他街頭組合發生衝突，遂常演變爲不良少年幫會。可是縱或它已形成爲一個具有規模的組織，以犯罪爲其目的者，依然極少，大多數仍只能視之爲遊戲團體或興趣團體。但這樣的團體，也未必不犯罪，它也可能偶爾變成犯罪團體。所以說遊戲與犯罪，在少年個人或其團體間，也都是模糊的。

杜甫〈少年行〉說某遊俠少年：「馬上誰家白面郎，臨軒下馬坐人床，不通姓字粗豪甚，指點銀瓶索酒嘗」。此君擅闖他人住處，強索食物，顯爲犯罪之行爲。但究其實，也不過表現一下豪氣而已。李益〈輕薄篇〉說一少年逞其豪健，遊獵歸來，見青樓之曲未半，「美人玉色當金樽」。可是這時卻有另一少年：「淮陰少年

不相下，酒酣半笑倚市門。安知我有不平色，白日欲顧紅塵昏。死生容易如反掌，得意失意由一言」。一言如果不合，遊戲遊冶者，便要殺人犯罪了。可見這些不良少年基本上只是任俠使氣、遨遊縱戲而已，犯罪僅為其可能的結果之一。

另外，我們也不能說這些「不良少年」的行為真的是「不良」。研究青少年犯罪或反社會性者，常將其視為非行文化(delinguent culture)。亦即社會通行之一般價值、行為模式、道德體系的反對者或佚離者。從這個意義上說，鬥雞走狗、鬥豪宿娼、侵入民宅、爭風吃醋、使氣殺人、替朋友出頭報仇，都是不良的行為。可是，假若如盧照鄰〈結客少年場行〉所說：「長安重遊俠，洛陽富財雄」，整個社會是看重游俠也喜歡從事俠行的，那又怎麼說呢？彼時，任俠已成風俗，如《史記·貨殖列傳》云：「種、代，石北也，地邊胡，數被寇。人民矜懻忮，好氣，任俠為姦，不事農商」「濮上之邑徙野王，野王好氣任俠，衛之風也」「潁川、南陽，夏人之居也。……俗雜好事、業多賈，其任俠，交通潁川，故至今謂之『夏人』」。俠，就是社會通行的行為模式，未成年人通過社會學習(social learning)而進行社會化，學到的就是這種任俠行為、殺人越貨的價值觀。因此，俠在這時便不是反社會者，而是社會風俗之代表。我們所說的不良少年，在這兒便「良」的很了。

換言之，在社會上仍存在著許多不同的「分眾社會」。以地域來分，某些地域，例如風化區、貧民窟、眷村、高級住宅區，會有不同的文化，各自形成社會文化的次文化領域，通行著這個次文化領域共許的價值觀、語言、飾物、行動方式、生活樣態。同理，不同年齡層，也可以形成不同的次文化領域。

　　《史記·貨殖列傳》和《傳書·地理志》都曾用地域的概念來說明某地流行任俠。少年任俠也不妨看成是當時青年次文化的一種表徵。當然，這種青年次文化仍與地域脫離不了關係，因爲它具有濃厚的都市性格，以京城長安洛陽爲主要場景。

　　結客少年場的「場」，主要就在長安洛陽。王褒〈遊俠篇〉：「京洛出名謳，豪俠競交遊。……鬥雞橫大道，走馬出長楸」，李益有〈漢宮少年行〉、何遜有〈長安少年行〉、崔顥有〈渭城少年行〉，都點明了少年遊俠，實以京城爲主，結客少年場這首詩，也即是因感傷長安惡少被捕殺而作。據史書說，當時長安：

△關中長安樊中子、槐里趙王孫、長陵高公子、西河郭翁中、太原魯翁孺、臨淮兒長卿、東陽陳君孺，雖爲俠而恂恂有退讓君子之風。……萬章字子睇，長安人也。長安熾盛，街閭各有豪俠，章在城西柳市，號曰「城西萬子睇」。……河平中，王尊爲京兆尹，捕擊豪俠，殺章及箭張回、酒市趙君都、賈子光。皆長安名豪，報仇怨養刺客者也（漢書·卷三三·游俠列傳）。

△漢興，立都長安，徙齊諸田，楚昭、屈、景及諸功臣家於長陵。後世世徙吏二千石、高貲富人及豪桀并兼之家於諸陵。蓋亦以彊幹弱支，非獨爲奉山園也。是故五方雜厝，風俗不純。其世家則好禮文、富人則商賈爲利、豪桀則游俠通姦。瀕南山，近夏陽，多阻險輕薄，易爲盜賊，常爲天下劇。又郡國輻湊，浮食者多，民去本就末，列侯貴人車服僭上，衆庶倣效，羞不相及，嫁娶尤崇侈靡，送死過度（漢

書·卷二八·地理志）。

△漢之西都，在于雍州，實曰長安。……圖皇基於億載，度
宏規而大起，肇自高而終平，世增飾以崇麗，歷十二之延
祚，故窮奢而極侈。建金城其萬雉，呀周池而成淵，披三條
之廣路，立十二之通門。內則街衢洞達，閭閻且千，九市開
場，貨別隧分，人不得顧，車不得旋，闐城溢郭，傍流百
廛，紅塵四合，煙雲相連。於是既庶且富，娛樂無疆。都人
士女，殊異乎五方。游士擬於公侯，列肆侈於姬、姜。鄉曲
豪俊游俠之雄，節慕原、嘗，名亞春、陵，連交合眾，騁鶩
乎其中（後漢書·卷五十·班彪列傳）。

△蔡質《漢儀》曰：延熹中，京師游俠有盜發順帝陵，賣御
物於市，市長追捕不得。周景以尺一詔召司隸校尉左雄詣臺
對詰，雄伏於廷答對，景使虎賁左駿頓頭，血出覆面，與三
日期，賊便擒也（後漢書·卷五四·周榮傳·注）

「長安熾盛，街閭各有豪俠」，東市西市酒市各占地盤，即是「長
安重遊俠」一語之注腳。這當然不是說整個長安都重遊俠，但在那
五方雜處、風俗不純之地，世家好禮文、富人商賈爲利，豪傑則游
俠通姦，正是不同分眾群體的不同行爲模式與價值體系，各自形成
不同的次文化領域，分庭抗禮。

分析這種游俠次文化，有兩點很值得注意：一是俠與都市生活
的關聯，二是它與不同次文化團體間的文化衝突。

在《史記·游俠列傳》中，司馬遷曾區分兩種俠，一是孟嘗
君、信陵君、平原君一類「皆因王者親屬，藉於有土卿相之富厚，

招天下賢者，顯名諸侯」，另一種則是「閭巷之俠」。前者爲王公大臣之爲俠者，後者是住在閭巷中的布衣，也就是他提到的長安樊仲子、西河郭公仲等等。其他閭巷少年，則〈貨殖列傳〉曰：「其在閭巷少年，攻剽椎埋，劫人作姦，掘冢鑄幣，任俠并兼」。這兩類人，都以首都州郡或王侯封國所在爲多。因此，我們甚至可以說游俠基本上是都市性的生物，游行於江湖四海，或落草占山的游俠，則是後來的事。

游俠常活動於都市中，道理很簡單：他們不事生產，以氣義交游爲事，結客遊行於遊樂之場，都市遠比農村更適合他們博戲、游閑、交通豪桀、結畜賓客。

在都市中，王公大臣子弟自有其府第，其他任俠者要形成勢力，即不能不占據地盤，這就是司馬遷班固談到俠，都帶著個地盤說（如云南道仇景，東道羽公子、長安樊仲子之類）的緣故。他們談到俠的行事狀況時，也老是把闤市里巷和俠合併著說，如「郡中盜賊，閭里輕俠，其根株窟穴所在，及吏受取求銖兩之姦，皆知之」（漢書·卷七六）「喜游俠，鬥雞走馬，具知閭里奸邪」（卷八）❺。

這種情況，放在所謂不良少年或少年犯罪這個脈絡看，尤其明顯。幾乎所有的少年犯罪都是在都市的娛樂區、風化區、不法場所、車站、港口、旅店、暗巷、廢宅中進行的。某些區域，不僅住民多爲

---

❺ 都市閭里的治安問題，宋代以前的，學界尚少研究。宋代都城治安及管理游閑少年之概況，可參看楊寬《中國古代都城制度史研究》，一九九三，上海古籍出版社，下編第四章十三節。

「不良分子」或「不良少年」，且不法之徒公然橫行，無所顧忌，非行行爲司空見慣。此類少年，即是閭巷之俠，盤踞、生存於這些都市的角落中。

然而，不論是貴游子弟抑或閭里少年，既然都是俠，便有俠的共性，因此他們縱博、射獵、鬥酒、宿娼、欺侮人、報仇怨，「才明走馬絕馳道，呼鷹挾彈通繚垣。玉籠金鎖養黃口，探雛取卵伴王孫。分曹六博快一擲，迎歡先意笑語喧。巧爲柔媚學優孟，儒衣嬉戲冠沐猴。晚來香街經柳市，行過倡市宿桃根」（李益·漢宮少年行）。類型化的生活，遂逐漸導生出類型化的文學，凡歌詠少年遊俠，都要著重強調他們這種都市游燕、縱恣豪奢的生活型態。

四、生命的爭論

可是都市裡還有其他人。代表王權法憲的體系，或許會縱容甚或勾結俠客，但不可能認同這種生活型態及價值觀；代表智識理性及道德正義的知識分子、禮法世家，也不會同意子弟去任俠。因此，觀念與行動的衝突乃是不可避免的。

〈結客少年場行〉這首詩的故事，就代表了王權法律體系對任俠少年的反擊。另外如趙廣漢熟知閭里輕俠根株窟穴之所在，「長安少年數人會窮里空舍謀共劫人，坐語未訖，廣漢使吏捕治具服」（漢書·卷七六），亦屬此類。

禮法世家與少年任俠者的衝突，當然也一樣劇烈。《漢書·馬援傳》戴其誡侄書最足以爲代表：

初，兄子嚴、敦並喜譏議，而通輕俠客。援前在交阯，還書誡之曰：「龍伯高敦厚周慎，口無擇言，謙約節儉，廉公有威。吾愛之重之，願汝曹效之。杜季良豪俠好義，憂人之憂，樂人之樂，清濁無所失，父喪致客，數郡畢至。吾愛之重之，不願汝曹效也。效伯高不得，猶爲謹敕之士，所謂刻鵠不成尚類鶩者也。效季良不得，陷爲天下輕薄子，所謂畫虎不成反類狗者也。訖今季良尚未可知，郡將下車輒切齒，州郡以爲言，吾常爲寒心，是以不願子孫效也。」

季良名保，京兆人，時爲越騎司馬。保仇人上書，訟何「爲行浮薄，亂群惑眾，伏波將軍萬里還書以誡兄子，而梁松、竇固以之交結，將扇其輕僞，敗亂諸夏」。書奏，帝召責松、固，以訟書及援誡書示之，松、固叩頭流血，而得不罪。詔免保官。

　　太史公在記載了孟嘗君的事蹟後，也曾發抒了一段感慨說：「吾嘗過薛，其俗閭里率多暴桀子弟，與鄒魯殊。問其故，曰：『孟嘗君招致天下任俠姦人入薛中，蓋六萬餘家矣』」。任俠之風，影響於子弟，使得該地域子弟們都學習到了一股暴桀之氣，太史公是深有感慨的。同樣地，馬援雖能欣賞杜季良的豪俠作風，但卻不願子弟去學他，擔心子弟成爲輕薄子。

　　輕薄，正是時人對任俠少年普遍的批評。樂府詩有輕薄篇，《解題》云：「輕薄篇，言乘肥馬，衣輕裘，馳逐輕過爲樂，與〈少年行〉同意。何遜云『城東美少年』、張正見云『洛陽美少年』是也」。張華所作云：

末世多輕薄，驕或好浮華。志意能放逸，資財亦豐奢。被服
極纖麗，肴膳盡柔嘉。僮僕餘粱肉，婢妾蹈綾羅。文軒樹羽
蓋，乘馬鳴玉珂。橫簪刻玳瑁，長鞭錯象牙。足下金鑣履，
手中雙莫耶。賓從煥絡紛，侍御何芳菲。朝與金、張期，暮
宿許、史家。甲第面長街，朱門赫嵯峨。蒼梧竹葉清，宜城
九醞醝。浮醪隨觴轉，素蟻自跳波。美女興齊、趙，妍唱出
西巴。一顧傾城國，千金不足多。北里獻奇舞，大陵奏名
歌。新聲踰〈激楚〉，妙妓絕〈陽阿〉。玄鶴降浮雲，鱏魚
躍中河。墨翟且停車，展季猶咨嗟。淳于前行酒，雍門坐相
和。孟公結重關，賓客不得蹉。三雅來何遲，耳熱眼中花。
盤案互交錯，坐席咸諠譁。簪珥或墮落，冠冕皆傾邪。酣飲
終日夜，明燈繼朝霞。絕纓尚不尤，安能復顧他。留連彌信
宿，此歡難可過。人生若浮寄，年時忽蹉跎。促促朝露期，
榮樂遽幾何。念此腸中悲，涕下自滂沱。但畏執法吏，禮防
且切磋。

整個態度是批判的，形容任俠少年如何鬥豪、如何浮華，而以青春
易逝警之，結尾則歸於法憲與禮防。貫休〈輕薄篇〉批評少年俠客
只曉得「人不輕狂枉少年」，卻不知年光易逝，到老來「方吟少壯
不努力老大徒傷悲，奈何！」亦是此意。

　　大抵這類批判有幾種情況，一是對其驕侈豪奢不滿，貫休〈少
年行〉說：「錦衣鮮華手擎鶻，閑行氣貌多輕忽。稼穡艱難總不
知，五帝三皇是何物？」猶如我們現在常批評年輕人愛慕虛榮、沒
吃過苦、亂花錢、錢財來得容易。又因為年輕人是這般嬌生慣養，

所以也缺了文化，少了家教，以致舉動輕狂、絲毫不懂禮貌，貫休說：「面白如削瓜，猖狂曲江曲，馬上黃金鞍，適來新賭得」，即指此而言。杜甫說某白面郎闖進民宅強索酒喝者，亦屬此類批評。

其次是教誨年輕人不要浪費生命，青春雖好卻轉瞬將逝，應該及時努力。前面所舉張華、貫休〈輕薄篇〉就是這種聲腔。沈炯〈長安少年行〉說：

> 長安好少年，驄馬鐵連錢，陳王裝腦勒，晉后鑄金鞭。步搖如飛燕，寶劍似舒蓮。去來新市側，遨遊大道邊。道邊一老翁，顏鬢如衰蓬。自言居漢世，少小見豪雄。五侯俱拜爵，七貴各論功。建章通北闕，複道度南宮。太后居長樂，天子出回中。玉輦迎飛燕，金山賞鄧通。一朝復一日，忽見朝市空。扶桑無復海，崑山倒向東。少年何假問，頹齡值福終。子孫冥滅盡，鄉閭復不同。淚盡眼方暗，髀傷耳自聾。杖策尋遺老，終嘯詠悲翁。遭隨各有遇，非敢訪童蒙。

以老年人過來人的角度，對年輕人提出忠告，這是非常典型的例子。另外還有些，則在這樣的勸誡中，再提出另一種價值來替代任俠，希望少年俠客能幡然改轍，悟今是而昨非：

> △小來託身攀貴遊，傾財破產無所憂。暮擬經過石渠署，朝將出入銅龍樓。結交杜陵輕薄子，謂言可生復可死。一沈一浮會有時，棄我翻然如脫屣。男兒立身須自強，十五閉戶潁水陽。業就功成見明主；擊鐘鼎食坐華堂。二八蛾眉梳墮馬，美酒清歌曲房下。文昌宮中賜錦衣，長安陌上退朝歸。

五侯賓從莫敢視，三省官僚克者稀。早知今日讀書是，悔作
從來任俠非（李頎·緩歌行）。　　澤
△歲暮凝霜結，堅冰洹幽泉。厲風蕩原隰，浮雲蔽昊天。玄
雲晻詭合，素雪紛連翩。鷹隼始擊鷙，虞人獻時鮮。嚴駕鳴
儔侶，攬轡過中田。戎車方四牡，文軒馭紫燕。輿徒既整
飭，容服麗且妍。武騎列重圍，前驅抗修斿。倏忽似回飆，
絡繹若浮煙。鼓譟山淵動，衝塵雲霧連。輕繒拂素霓，纖網
蔭長川。游魚未暇竄，歸雁不得旋。由基控繁弱，公差操黃
間。機發應弦倒，一縱連雙肩。僵禽正狼籍，落羽何翩翻。
積獲被山阜，流血丹中原。馳騁未及倦，旦靈俄移晷。結罝
彌藪澤，囂聲振四鄙。鳥驚觸白刃，獸駭掛流矢。仰手接遊
鴻，舉足蹴犀兕。如黃批狡兔，青骹撮飛雉。鴻鷺不盡收，
梟鸇安足視。日冥徒御燭，賞勤課能否。野饗會眾賓，玄酒
甘且旨。燔炙播遺芳，金觴浮素蟻。珍羞墜歸雲，纖肴出淥
水。四氣運不停，年時何冉冉。人生忽如寄，居世遽能幾？
至人同禍福，達士等生死。榮辱渾一門，安知惡與美。遊放
使心狂，覆車難再履。伯陽爲我誡，檢跡投清軌（張華·遊
獵篇）。

這裡一個希望遊俠能折節讀書，回歸儒行；一個抬出老子，教人不
要縱情聲色。都是想指出向上一路，導俠客入於「正」途的。

　　但是，由這兒也就顯示出彼此的差異了。少年遊俠，是屬於青
少年的事業與生活，揮霍青春，炫耀他們的生命，正是他們的特
性。老人的話，他們是聽不進去的。老人們絮絮叨叨，他們也就不

客氣地反駁道：

> △少年飛翠蓋，上路動金鑣。始酌文君酒，新吹弄玉簫。少
> 年不歡樂，何以盡芳朝？千金笑裏面，一搦抱中腰。掛冠豈
> 憚宿，迎拜不勝嬌。寄語少年子，無辭歸路遙（李百藥·少
> 年子）。
> △邊城兒，生年不讀一字書。但知遊獵誇輕趫，胡馬秋肥宜
> 白草。騎來躡影何矜驕，金鞭拂雲揮鳴鞘。半酣呼鷹出遠
> 郊。弓彎滿月不虛發，雙鶬迸落連飛斃。海邊觀者皆辟易，
> 猛氣英風振沙磧。儒生不及遊俠人，白首下帷復何益（李
> 白，行行遊且獵篇）。
> △趙客縵胡纓，吳鉤霜雪明。銀鞍照白馬，颯沓如流星。十
> 步殺一人，千里不留行。事了拂衣去，深藏身與名。閑過信
> 陵飲，脫劍膝前橫。將炙啖朱亥，持觴勸侯嬴。三杯吐然
> 諾，五嶽倒為輕。眼花耳熱後，意氣素霓生。救趙揮金槌，
> 邯鄲先震驚。千秋二壯士，烜赫大梁城。縱死俠骨香，不慚
> 世上英。誰能書閣下，白首《太玄經》（李白·俠客行）？
> △玉鞭金鐙驊騮蹄，橫眉吐氣如虹霓。五陵春暖芳草齊，笙
> 歌到處花成泥。日沈月上且鬥雞，醉來草問天高低。伯陽道
> 德何淶啴，仲尼禮樂徒阜栖（齊己·輕薄行）。
> △城東美少年，重身輕萬億。柘彈隨珠丸，白馬黃金飾。長
> 安九逵上，青魂陰道植。轂擊晨已喧，肩排暝不息。走狗通
> 西望，牽牛向南直。相期百戲傍，去來三市俱。象床沓繡
> 被，玉盤傳綺食。大姊掩扇歌，小妹開簾纖。相看獨隱笑，

見人還斂色。黃鶴悲故群，山枝詠新識。鳥飛過客盡，雀聚
行龍匿。酌羽方厭厭，此時歡未極（何遜・輕薄篇）。

△重義輕生一劍知，白虹貫日報讎歸。片心惆悵清平世，酒
市無人問布衣（沈彬・結客少年場行）。

少年人的時間觀與老人不同，他們不會感時光易逝，哦，不，也強
烈感覺到時光易逝。所以，不是要及時努力，用功讀書，而是要及
時把握現在，好好歡樂享受一番。「少年不歡樂，何以盡芳朝？」
此刻的、享樂的人生觀，以及一種自我中心(self-centered, ego-
centered)的態度，使得他們只求自己快樂，達到自己欲求的滿
足，而不理會他人的利益。因此，時世清平，他反倒要惆悵了，因
爲缺乏讓他表現的機會。俗語說：「小人幸亂」，他們雖非小人，
卻在只顧自己「爽」的情況下，慮不及其他。所謂：「豈知眼有
淚，肯白頭上髮」，生命就在這一擲中見其揮霍之美感，舒暢豪
蕩，具顯青春的姿態與力量，誰還管這麼多呢？

五、青春少年時

少年，是中國俠客傳統中很早就已出現的一種角色。見於記
載，最早的一位，或許是秦舞陽。《史記・刺客列傳》說：「燕國
有勇士秦舞陽，年十三，殺人，人不敢忤視」，蓋少年任俠者。不
過這位少俠見了秦始皇卻「色變振恐」而誤了事。其後，據《史
記》所記，少年任俠者極多，如季布之弟季心，爲任俠，「少年多
時時竊籍其名以行」（史記・卷一百）。劇孟，「行大類朱家，而

好博，多少年之戲」。郭解，「少年慕其行，亦輒爲報仇」「邑中少年及旁郡賢豪，夜半過門，常十餘車，請得解客舍養之」（卷一二四）。少年基於崇拜偶像的態度，崇慕俠客，並學習著也去任俠，在漢初便應當已是普遍的現象了。

這種現象，可謂歷代不絕。某某人少任俠，長乃折節讀書，幾乎成了史籍中常見的通套。據說郭子儀收復長安時，即曾先派禁軍舊將入城「陰結少年豪俠以爲內應」，才獲成功。可見國家有需要時，未必不用少俠，但京兆尹捕殺俠少的戲碼也在不斷上演中。「會昌中，德裕當國，復拜京兆尹。都市多俠少年，以黛墨鑱膚，誇詭力，剽剟坊閭。元當到府三日，收惡少，杖死三十餘輩，陳諸市」（新唐書·循吏傳），即爲漢朝結客少年場故事的翻版。這些少年，雖然多半沒有姓名，面目也很模糊，但提供了不少研究青年行爲心理以及不良少年犯罪史的資料。社會上存在著這麼龐大的俠少人物及團體，過去俠客研究，始終未予正視，毋寧說是極爲遺憾的。

勾勒俠少之輪郭，而且從漢代講起，並主要以武俠詩爲分析之材料，當然是我以上這些論述的主要貢獻所在。但如此分析還有另一個意義：

中國俠義傳統，在以小說爲主要討論材料時，俠，除了一部分神秘女子（如聶隱娘、紅線、車中女、賈人妻）之外，唐人傳奇中只談到了虬髯客、京西老人、蘭陵老人、崑崙奴、淄川道士、角巾道人、宣慈寺沙門、汝州僧、四明頭陀……等，很少說少年。宋元話本以及《水滸傳》講的，也多是飽經歷練的綠林好漢，並非俠少。以俠少爲描述主體的，大約僅有《拍案驚奇》中的李十八故

事。說劉山東自負弓馬絕技，退休返家時，在酒店中自我吹噓，被
一少年聽見。這少年便要求與劉同行，途中以武技擊敗劉氏，劫走
他的財物。劉氏氣沮，歸返故里，開一店舖維生。數年後，來了一
夥客人，其中一人便是昔年劫金者，劉氏大驚恐。該人笑語安慰
他，於是杯酒炙肉，豪健爲歡。這群人中，有一人最年少，大家稱
他爲十八兄，隱然爲這群人的領袖。他對大家也很有禮貌，但飲饌
居住都單獨在一處，飯量又奇大。平明，衆人別去，竟不知究竟是
何來歷。後來劉氏揣摩：十八兄，或許是姓李的隱語。這是極少數
講俠少團體的故事，年紀最輕者擔任這個團體的領袖，亦是刻意突
顯「少年」的意義。但小說中似此者實極罕見，不像詩歌連篇累牘
地以俠少爲歌詠之對象。

　　清末以來，武俠文學推陳出新，迥非舊日武俠詩、俠義小說所
能牢籠，而其中最明顯的不同，就在於人物描述普遍以少年俠客爲
主要角色。少年成長（受難、練功、吃苦、歷劫、報仇）以及談戀
愛之過程，成爲小說最主要的骨幹，以致武俠小說逐漸滲會揉雜於
少年成長小說及愛情小說之間。這種情形，在中國古代俠義小說傳
統中是沒有的，要尋其淵源或相似類比的關係，只有重新回到樂府
詩裡去看。

　　但看那些與少年俠客相關的歌詠，評價是很困難的。文學作品
比史傳資料複雜。史傳資料反映了政府、法律、社會、公衆秩序及
生活方式的觀點，表達的是俠少以外人士對俠少的觀感。而這批喜
好玩蕩玩樂，時而盜竊行搶、打架滋事、涉入不法的俠少人物，要
讓人對之有好觀感亦不甚容易。可是文學作品不同。詩雖也批判其
行逕，但對其生活之細節是有形容、有體會的。史書中可能只寫道

某某人「俠邪無賴，與市井惡少群游汴中」，詩歌卻會詳細刻畫他們如何遊。這一刻畫，俠少的生活就具體了。具體的事物，便容易使人認識，甚而容易得到認同。且不說俠少「玉轡瑪瑙勒，金絡珊瑚鞭」（何遜·長安少年行）之豪奢令人稱奇，「相逢意氣爲君飲，繫馬高樓垂柳邊」（王維·少年行），又怎能不牽動讀者的意氣，而對遊俠生活產生好感呢？

不止如此，文學作品更能形成另一種觀點，亦即不是由旁人看俠少，而是試圖以俠少的角度來說明俠少的人生態度與價值觀。這時，它所表達的，就不是旁人對俠少的觀念，乃是俠少的自我認知與辯護。例如李白〈少年行〉云：

> 君不見淮南少年遊俠客，白日毬獵夜擁擲。呼盧百萬終不惜，報讎千里如咫尺。少年遊俠好經過，渾身裝束皆綺羅。蘭蕙相隨喧妓女，風光去處滿笙歌。驕矜自言不可有，俠士堂中養來久。好鞍好馬乞與人，十千五千旋沽酒。赤心用盡爲知己，黃金不惜栽桃李。桃李栽來幾度春，一回花落一回新。府縣盡爲門下客，王侯皆是平交人。男兒百年且樂命，何須徇書受貧病。男兒百年且榮身，何須徇節甘風塵。衣冠半是征戰士，窮儒浪作林泉民。遮莫枝根長百丈，不如當代多還往。遮莫親姻連帝城，不如當身自簪纓。看取富貴眼前者，何用悠悠身後名。

這是遊俠人物自己的觀點。《新唐書》說李白「喜縱橫術，擊劍，爲任俠」，作出這樣的詩，並不意外。但縱使作者本人並未眞地從事俠行，如王維、李百藥，他們的詩也有「涉身處地，代個中人發

言」的性質。因此這些詩遂與社會上其他觀點形成對比或互諍的張力。

這就是文學藝術的特質。就像近些年來一些誹聞、畸戀、外遇事件，如張毅蕭颯之離異，楊德昌蔡琴的婚變，黃義交周玉蔻的誹聞，林清玄的再婚，都引起軒然大波，輿論對楊惠珊、楊德昌、林清玄頗為不滿。可見社會上主流意見仍然是反對外遇的。可是連續幾年，最受歡迎的影片，如「英倫情人」「眞愛一生」「麥迪遜之橋」「鐵達尼號」，卻都是描述外遇者的感情歷程，而賺人熱淚的。觀眾對畸戀外遇者深感同情、徹底認同，迥異於他們面對社會新聞時的態度。

這就是文學藝術特殊的性質與魅力。何況，誰沒有少年綺夢呢？這些電影，勾動的，正是人的少年綺夢，故不僅少男少女為之痴迷，許多成年人也會藉此滿足或回味其綺想。同理，少年俠客夢，也是許多人都有的。少年時浪蕩歲月，享受青春，逆叛父兄師保，不甩社會「流俗」之道德教訓，喜歡呼朋引伴，在同儕團體中找尋自我認同的目標，偶爾出去刺邀冒險一下、蒐奇獵艷、耍酷耍帥、比賽氣魄，……不也是許多人曾經經歷過，或曾經想像過的生活嗎？讀到令狐楚的詩：「霜滿中庭月過樓，金樽玉柱對清秋，當年稱意須為樂，不到天明未肯休」（少年行），便很自然地會想起少年轟飲聚談、聊天臭蓋的時節。看見李益說：「少年但飲莫相問，此中報仇亦報恩」（輕薄篇），也大有知己之感。意氣激揚起來了，慘緣少年時代的豪情、浪蕩的生命，彷彿又活了過來。這時，要再效法老人的口吻去批判俠少，確實已不是件容易的事啦。

這時，我也想到了我的少年俠客行。

六、我的少年行

　　我的籍貫上寫的是「江西省，吉安縣」，即古「廬陵」。自古號為文章節義之鄉，是宋朝文天祥，歐陽修出生處，也是禪宗青原行思法脈發祥之地。但文風傳承，到了我父祖輩，顯然已雜有許多武獷豪俠之氣。因為鄉居樸鄙，為了爭資源、鬥閑氣，村子間經常械鬥，教打習武之風甚盛。而村子裡頭，雖皆同為一公之子孫，卻也免不了會有些衝突與競爭。所以角力鬥狠，也頗為常見。這些事，我當然不曉得，都是小時候聽父親講古時聽來的。父親後來在所寫《花甲憶舊集》裡記載了不少他曾向我們講述的片段。據他說，他當時在吉安縣寶善鄉七姑嶺集福市擔任保長時，曾經會過一些江湖道上的人：

> 　　……不論江湖、教師及各方賭友，來到七姑嶺一定會來看我。無論何方朋友來找我，先在茶館喝茶，茶賬早有人先付了。他們出了事，我會出面擺平，決無問題。他們也少不了一個我這樣的人。我絕不會到公賭場去拿一毛分。不要非份之錢，鬼也會怕。現在想來也真是的，吃自己的飯，管別人的事。但在那時候，我這個性，就無法忍住。
>
> 　　這時來了一位李老師傅，名叫李子玉，真有兩手，他的點穴與打脾功夫到了家。他下手，可以準時死亡。如果一百天，絕過不了一○一天，這是一點不假。父子二人，兒子叫李金生，比我年輕四歲，是父傳子的功夫。李師應原在景德鎮鄱陽一帶把水口，又是青幫老頭。後來因戰爭回到吉安，

由一位石工從安福縣帶到他家，就在他們楊家教這玩意。與教學別的功夫不一樣，大概以一週爲出師，專授點穴。

有一天我們幾人到值夏市去玩，順便到楊家去拜訪這位李師傅。説來話長，那時延喜在學，我們家共有七人。正好那天延喜他們要出師，我問他們功夫如何，他們也説不上，因爲李師傅名氣很大，他們也不敢多問。只有延喜他受不了，嘴巴忍不住，向金生説，他沒有學到，要向金生討教兩手。我們坐在一旁，希望看看他的招式。金生答應他，要延喜先上。延喜從小有點根底，也拜過不少名師。延喜一出手，金生雙手架開。上前一馬，右手輕輕一招，延喜跌到近丈遠，起也起不來，嚇得其他人大爲吃驚。金生對大家説明，是打的中央大脾，要用什麼手法去推治。那時延喜十分痛苦，滿口白水吐出來。我們在一旁看到很著急，只是靜觀其變。看他怎樣動手。那時我對他父子毫無認識。他把延喜反背起來，人往下一駝，再把延喜放在凳子上，用推拿功夫，五分鐘恢復正常。他後來對我説明了打中央脾的道理。這又叫「五里還陽」。

他的意思和道理是這樣的：出手輕重，三十分鐘後會慢慢回醒過來。那個時代沒有鐘錶，以走五里路爲準，完全以防身、自衛，不傷道德。我記得李師傅對我解釋，這「五里還陽」的道理很有意義。老式的中國，交通不便，做小本生意，單行獨跑。有時跑幾十里或百餘里之地方，沒有人煙。這些地方，也是盜匪出沒之所。當然做大買賣的商人是不會從此經過。所生存的也只有些小盜。到時萬一遇上了，就正

好用打「五里還陽」的手法對他。等我們跑了五里路遠時，他回醒了，想追上來也追不上了。這就是所謂道德。

我後來還是拜了他爲師。這實在不是出於我的本意，這完全是因李老無論如何要收我爲徒。這是他的利益，好在這一地帶開碼頭，這是後來的事。

正好延喜恢復正常後，有一位隔壁村的人，名叫毛大標，是個種田人，粗裏粗氣。那時他在值夏一位蕭仁和的教頭處學符法功夫，又叫寄打功夫，是用刀斬不入之神打。他們表演時確實如此，其中密道就不得而知。此人奉他師傅命令來到楊家，找李師傅，一進祠堂門就叫：「李師傅，不准在這裏教學」。李問他卻是爲何。他說：「你是騙人的，根本沒有這門功夫。」李當然無法容忍，答應他說：「你就來考驗一下如何？」他也就走過來，叫李下手。那時，李叫他一聲：「老弟，這不是開玩笑，是要命的。我年齡那麼大，出外面混了一輩子，出外靠朋友，你是不是受人指使來的？」毛大標那裏懂得這些，逼著李下手。我在一旁又不便插嘴。我看李師傅只用二指在他脖子上一點，他的頭往右一側。他一句話也沒說，轉身就走了。我看好像很難過的樣子。幾天後，李派人去問過他，但他不很認輸。從此毛大標好像感冒一樣，一天天病情加重。到了一月以後，值夏市也無法去了。後來李師傅叫他徒弟來找我。問我毛家有不有親朋。他對我說，毛大標只有七十天的壽命，要我轉告他家。如果「毛」來請罪賠禮，他會給他藥吃，治好。我也請過族兄立益去告訴他。但大標就是死也不服這口氣，向他低頭。世界

上就有這樣的人。結果，從他到楊家算起，正好七十天，眞是難以相信，但是有事實證明。從此我對他這一手，感到驚人。可惜大標成了冤死鬼。

從此李也聲名大振。後來，他們在別處教技，來到值市一帶，也必定會來找我。此後我們接近的時間也比較多。他兒子金生對我都是哥前哥後，我們十分親近。我總是勸他父子，千萬不可亂授徒弟，以免造成許多不幸。他金生倒很聽我的話，他每次到了七姑嶺住在我店裏，而且我們同睡暢聊，我也從不問他的功夫。他有時拖我起床，要教授我幾下眞功夫，我也拒絕。我不願意學他的功夫是有原因，因爲我年輕時脾氣不好，容易衝動。萬一，一時失手，損德。我不傷人，人不害我。

我現在後悔的是，沒有學到他的藥方。本來他徒弟根力，把他這本傳家藥書偷到了。根力不識字，就拿給我，要我幫助他抄下來，我卻沒有理他，眞是太可惜了。後來李家父子要捉他處死，就爲的這本藥寶。如果捉到了，定會以他們幫規，欺師滅祖論罪處死，誰也保不了。有一次，金生來集福市看我，正碰上根力在我店中，好在他眼快，一看到金生，轉腳往後門就跑，金生也眼快，也就往後門進去。根力在七姑嶺太久了，轉幾個彎，不見不影。金生轉回來，好生氣的樣子。我勸他：「算了呢！又何必一定要捉他，他又不是什麼了不起的人物。」他才坐下來告訴我，他說：「他不跟我父親也沒有關係，他偷走了他們的藥典，對我們來說，有多麼重要。如果這藥書落到敵對手中，那還得了。這事要你幫

忙，要他把藥書放在你這裏，我念他跟了我們幾年，沒有功
勞也有苦勞，我會放過他。但要他處處小心，不要給我父親
碰上。如果我父親捉到了，絕不會放過他。」卻原來爲這藥
書要捉他，我那裏會知道？後來我才說根力不對，我要他把
藥書一定要還他。

　　後來根力在七姑嶺也傳了幾個徒弟，整天跟我跑跑腿。回
想這些也很好玩。有一天，我考驗他。我問他，你拿什麼東
西去教人家，小心出洋相。他也常常在我面前握握手，試看
我的底子。那一天，我心血來潮，跟他較量幾下，眞沒有想
到，我一出手，他就跌倒了。他站起來問我，是不是金生教
我的。我才相信，李家父子沒有傳他的功夫。

　　後來，不久祖亮農場發生一件偷魚的事。這場風波鬧開
了。他農場有好幾位工人，是龔家人。一名叫立原的人，他
半夜起來上廁所，聽到前面有網魚聲音，他跑去一看，是他
們段家人，四五人正在掛網，魚又不少。立原說：「你們偷
魚。」段家人說：「魚是泰和某村抓來的，絕不是你們農場
的。」立原當然不相信，就跑過去要把他們的魚網拿過來，
有話明天再說。對方不肯。雙方拉拉扯扯，就在這時候對方
下了立原的毒手，名叫「五百錢」。這門功夫，雖是普通，
但要眞正準點到家，實在還不容易。那時候正在抗戰中期，
難民又多。所以五花八門的東西特別多。道理是找錢吃飯，
有些當然也是騙錢，花招百出，但還算在軌道上跑，不像今
天臺灣的社會，亂殺亂來，沒有江湖規矩。

　　但當時立原毫不知情。對方下手之後，幾人回段家去了。

下手人叫段世洪，是他太太教他的。他太太又是從一鳳陽婆
處得來的。聽說他太太是鳳陽人，內情不詳。第二天早晨，
立原回家報告祖亮，那時祖亮在中正大學，不在家，由祖亮
老婆在家管理。這女人很聰明，通情達理，是南昌人。……
明剛趕緊來找我，要我幫忙處理，立原把情形告訴了我。我
一見立原，雙眼紅得珠砂一樣。我問他：「你是不是眼珠
痛？」他說：「沒有哇。」我發現他情形不對，再拿他的手
一看，我才問他：「是不是對方打了你？」他說沒有。我一
時明白了，一定是你們拉拉扯扯之時，對方下了你的手。因
為他功夫沒有到家，並不十分高明，所以一看便知。我告訴
他趕回農場去。我即帶了一夥年輕人到段家去，找他們的保
長交涉。後來他們村莊上也來了好幾位士紳，我就把情形說
給他們聽，不料他們不很接受，反而說，又是我大村莊欺侮
他們。我一時向他們說不清楚，我告訴他們人命關天，我也
暫時不跟你們理論，最好你們派幾個人去農場，一看便知。
我要去吉安請醫師來，一切問題等我回來再來解決。我就叫
帶去的青年人，叫他們現在去段家附近，見耕牛就牽，目前
不管那麼多。我轉身就回去把情形告訴明剛。我說立原傷勢
十分嚴重。我現在要去吉安請李師傅來，我就趕緊包了一條
船下吉安去了。

　　我到吉安直往荊泰壽糕餅店去。因該店老板也是李師傅的
徒弟。說到「荊泰壽」是吉安唯一有名的糕餅店。只要是吉
安所管的地點，是無人不知無人不曉。我到荊泰壽，一問，
正好他老師傅出來了，我即前去把事情告訴他，他也就即刻

答應同我回去。閒話少說。我去租了二匹馬趕回家來。我也沒有在家停留,即刻往農場去。我們到了農場,段家有不少人在那裏等候。他們看到立原情況,也十分著急。他們段家這個下手的人段世洪,跑得不知去向,我也無閒跟他們說什麼。帶李師傅到樓上去看立原傷勢。那時我叫他那段保長上樓來證明,人命關天,並不是我們以大吃小。他才道歉說,實在想不到,他世洪會出這毒手,真是畜牲。我說現在我們不必說這些,說也無用,只要立原不死,一切問題都好解決。那時李師傅拿出一顆藥丸,只有花生米大,用一半,再用冷開水送下。他叫我吩咐點一支香,大概香燒到二寸時,立原說要上廁所,幾個人扶他上廁所。這一瀉,瀉下了有一臉盆多的黑血,真是嚇死人。再過幾分鐘,再上廁所去了一次。立原即恢復正常,以後吃了二帖水藥,真是藥到病除。高明。病人好了,就好解決。一切藥費由段家負責。不過我幫了李師傅很大的忙。當時他告訴我,他的藥丸要賣五百元法幣一粒。結果我要段家給一千元一粒,又謝了他二千元,所以李師傅對我這個朋友十分親切。

這一糾紛就這樣結束了。等段家付完錢,我也把耕牛歸還他們。所以他父子並不拿我當徒弟看待,完全以知己、好友相待,後來別人不相信我沒有學到他的功夫,我再三聲明,別人也不相信。就這樣,後來一般江湖朋友,來到集福市,一定來拜訪我。這時有一位劉師傅是一個大力士,手上的真功,那還了得。我記得在羅家墟之時,劉某在泰和一帶教打。有一天在我們茶館喝茶,當場表演一手,滿桌茶點,少

說也有幾十斤，他一隻手拿一隻腳，離地尺多再放到原地，滿桌茶水一點不盪桌上。後來他到七姑嶺來找我，求我化解他與李師傅一件誤會。他把詳情告訴我，我當時給他一個滿口答應，此事包在我的身上。後來我給他們雙方化解了一場誤會。如果不是我，李家父子就不會那麼容易放過他。那位大力士劉師傅也害怕他。他們是跑江湖，靠朋友混飯吃，遇上我這樣的一位朋友，對他們雙方來說都是有利的，對我來說嘛，朋友不怕多，冤家只怕一個，人總會遇有困難之時，曉得什麼時候要人呢？

那年正月十五日，是我們家元宵節，十分熱鬧。沒想到這一天大不吉利。我大嫂患女人病，十分嚴重，下部流血不止。像她十八九歲守寡，又沒有生過孩子，竟會發生這種嚴重的病。所以一時大家手足無措，心無主張。真是人有旦夕禍福，鄉下地方又無良醫。這一夥女人只知道去拜神求佛，我看情形不對，毫不考慮包一小船下吉安去求醫。我到吉安，直往我姐姐店裡去，一進門我就對我姐夫說：大嫂病情十分危險，我來請醫生。我把病情詳細說了一遍，他趕緊出門去，要我在店中等他。他店中正好有一位朱姓國術師。我在年底時跟他喝過一次酒，算是一面之交的酒友。我這人對江湖道上的人有好感，我喜歡他們的義氣。他聽我說，我姐夫要出去請醫生，他一把拉住我姐夫，問他：「那裏去請？請誰？我就是！別人的事，我可以不管，舅舅的事，我不能不管。」就這樣，我們租了三匹馬，急忙趕回來。回到家，天已黑了。我在路上半信半疑，此人會不會醫病？又是個半醉的人，也

只好盡人事而聽天命。

我未到家門，遠遠聽見哭聲，我想，恐怕沒有了希望。我一人先衝進房去，果然大嫂不能言語了，像死人一樣，我不知如何是好。那朱師傅也跟在我後面。他用手一摸，笑說：「快弄酒來吃。」捉了一隻公雞，他把公雞頭放在房門檻上用刀一斬，血流在地上，劃了一張符，貼在房門上。在祖宗前點香拜拜。他就說：「我們喝酒。」眞是個酒鬼。我沒有辦法，只好聽他的。陪他吃幾杯。他只是連說好酒好酒。我實在忍不住，說：「朱師傅，請你先去看好不好？」他才把酒杯放下，進房去動手。這些女人只知哭哭啼啼，硬說沒有用了。老朱叫我伯母拿一條長毛巾給他，他用雙手在病人胸部慢慢往下掃。我嫂嫂的眼珠也就慢慢打開來了，前後不到三分鐘。他把長毛巾在肚部緊緊一綁，就這麼幾下，人全部清醒過來，說話像好人一樣。即開了一藥單，吃了兩帖水藥，就這樣完全好了。這不是神醫嗎？

這下把我大嫂的病醫好了，他的醫運也來了。所以說一個人做人做事，處處都是學問。人曉得什麼時候要人？我只跟他喝了一次酒，人家對我有這樣深刻的認識。我也萬萬沒有想到，在這無形中遇上一位救命的朋友。後來我對他的報答，也是他一生中未曾料到。所以說，幫別人的忙，就是幫自己的忙。後來我幫他賺的錢，難以計算。他是個迷迷糊糊的酒鬼，衣衫破爛不堪。兩年後，在吉安買了店，開了一家木器店，黃金首飾用不盡。衣住食行，行有一匹駿馬。當然一是他的醫道；二是他的運氣。自從醫好我大嫂開始，一傳

十十傳百，遠近數十里前來求請者不知多少。後來我家也成了他的家。每天有人來請他吃飯，有他一定有我。我不去，他也就不會去。當然我又不能不去，我真不去，人家一定生我的氣。鄉下人比較重情，一個人運氣來了，擋也擋不住。這個病人只要他去了病一定會好，沒有出過一點差錯。說來真是神奇萬分。死人他也可救活。

有一天我們二人在七姑嶺新善村茶社喝茶，我村來了一位婦人，哭哭啼啼來找朱師傅，說她丈夫前後不到幾分鐘死了。她實在不甘願，要我請朱先生去看一看。站在我旁邊一位我村婦人叫九姑的，她用手拉我的衣服，輕輕說：「人都死了，她哥哥去值夏買棺木去了。」要我們不必去，如果去了怕會損害朱師傅的名譽。但我又怎麼好說呢？老朱聽她說完之後起身拉我說：「我們去看看。」我只好跟他走。叫這位婦人先趕回去，說我們馬上就來，並叫她準備一斤多燒酒。我又以為他酒蟲來了。我二人一路回去，我看他在路旁採了一大把草，我也沒注意是什麼草。趕到病家，我一看，人真的死了。但我沒有做聲。老朱上前用手一摸，就在身上拿出來一大包銀針。他拿了一支有三四寸長的針，在病人身上各穴道下手。少也有五十針以上，前面打了，又翻身後面。針打完後，用面盆把燒酒倒下去，再點火燒燒酒。再又把這些草放進去，再拿出來，在病人身上亂擦一通。前面擦了往後面又擦。手續做完之後，老朱叫他老婆去點一支香。告訴她：「香燒了一半，他有動靜再來叫我，我在保長家喝茶」。說完，我們去了。我們回到家，坐了不久，他老婆跑

來叫朱師傅，說他會說話，請他趕快去。老朱叫她趕快回去，怕他跌下來就麻煩了，我們馬上就來。幾分鐘後，我二人再去他家，一進門見他坐在門板上向我們點頭。老朱翻他眼珠看了一下，就開了一張藥單，告訴他吃兩帖就可以，我們就回來了。就這幾下，死人還陽。這位神醫，自然名揚鄉里。說實在話，確實救了不少病人。他的幾手我內心很欽佩。後來他的發展傳到泰和境內。人嘛，福到心靈，一點也沒錯。後來發了財，說話也有條有理，不是從前那樣酒話連篇……❻。

小時候聽父親講說的族中軼事，當然還不止於此。我們小孩子對這些奇情俠舉，是深深著迷的。父親也曾爲了逗我玩，教了我一套「打四門」的基本工夫。可是點穴打脾的本領，父親也終究沒能學會，卻令我神往不已。

待我開始上學後，父親就開始後悔他以前跟我講太多江湖武打的事了。因爲我啥事也不做，整天迷戀著武俠小說及連環圖畫，在那裡頭覓仙蹤、養俠氣。父親每天都要趁著麵攤子上生意稍稍得空時，出來捉我回去。

我經常在租書攤子裡看得正入神，忽一耳光打來，或腦門上拍搭一巴掌，然後被揪著耳朵，提拎回家。回去後，母親就痛打我一頓。她那時身強體健，打起孩子來頗見精神。通常總要打斷一兩塊竹條或木板。並罰我跪。有時跪地、有時跪焦炭，還要端個小板凳

---

❻　一九九三年，太白書屋出版。

或一臉盆水。待打罵完畢，讓我去做功課，他們去忙生意時，我就一溜煙又鑽出去找武俠小說和連環圖畫看了。

這就像演戲一樣，幾乎日日如此。左鄰右舍漸漸見怪不怪，任我哀號慘哭，也懶得再來管我了。而我則因沈溺太甚，功課亦日益荒疏，考初中時，便差點考不上學校，勉強矇上當時剛設立的台中市立第七中學。

然積習並未因受到了教訓有所改變。我仍舊愛看武俠作品，且在行爲上越來越傾向模仿那種生活樣態了。

每天早晨我絕早便去學校。因學校尙在開闢建設階段，遍地都是土石磚竹木板，我很容易地就在校園中找到一處僻靜之所，搭了個寨子，浮爲水泊，號召了一群徒友，組織成一個小幫派。每天在學校裡打打鬧鬧，有時則溜到校外野地的河溝及竹林中去撒野。

或許這仍與小孩子們扮家家酒類似，只是好玩而已。代表了我對武俠世界的嚮往，離眞正練武行俠之事，尙甚遙遠。直到初二去逛一書展，偷到一冊李英昂先生所編《廿四腿擊法》之後，情況才開始改變。

李先生這本書很薄、很簡要，但對我的啓發極大。不唯教我以技擊之法，實亦教我以技擊之道。因爲它專講腿法。爲何專門講腿擊呢？它開宗明義便分析道：「手是兩扇門，全憑腳打人」，說腳的氣力較大，攻擊距離也較遠，故剋敵致勝，須用腿攻。這跟我們小孩子打架時的經驗和習慣，實在太不相同了。令我初讀時極爲驚異，彷彿入一新國度。試看他所介紹的技法，都覺得若不可思議而又似乎頗有道理。試著依書中所述，練習拔筋、劈腿、起腳，既學到了技術，也增益了不少知識。許多姿式，初看時覺得根本不可能

做到，是因不懂得如何借力、如何走步、如何用勁、如何平衡重心。彎下腰，手指也只能碰到膝蓋，腰腿又不夠柔軟，怎能做得來書本上的動作？所以這就需要勤練，仔細揣摩做工夫。在不斷體會中修正，而且也須不斷進修以了解更多趨避進擊之道。

這才從對武俠的浪漫迷戀逐漸轉入實際武技的探索，開始去收集市面上所有能買得著的刀經拳譜、談武論藝之書，回來鑽研。

這時我便發現武俠小說中所描述的各種武功、人物及事跡，不完全眞實，卻也未盡爲虛構。金鐘罩、鐵布衫、硃沙掌、一指禪、三才劍、六合刀，一一皆有其法式與原理，亦各有其傳承、信仰及故事。這些東西所構成的「武林」，則是在武俠文學之外，另一個神秘、有趣且極其複雜的世界。而各派宗師，各基於其技擊理念與開悟之機緣，創立一套套拳法，其中必有獨到之處。然亦有所謂的「罩門」，那是練不到的所在，亦即其武學觀念及技法構成中的盲點。每門武術都有這樣的盲點，就像西洋拳的拳擊手從來不懂得腳也是武器；在跆拳道裡，則手只彷彿是漂亮的擺飾。習慣腰馬沈穩的拳路，對騰挪跳躍者即殊不以爲然；大開大闔、長橋大馬的家數，也瞧不起小巧工夫。反之亦然。思考其間之是非，比較其技擊之術法與觀念，洞察其特識與盲點，實在令人感到興味盎然。何況，諸派之掌故歷史、恩怨情仇，讀來也確乎有趣。

當時有同學張哲文、房國彥與我一道切磋。每天我們在學校工地或校外河川沙洲上打磚頭、劈石子、浸藥酒來泡洗雙手，用細砂子來插練。練到鐵砂掌略有成效，劈空掌則未能成功。

拳套方面，我由彈腿練起，以北派長拳爲主，兼習螳螂、劈掛

等象形拳種。其實，只要找得著拳譜，我大概都會練一練，故各派拳法，幾乎均有涉獵，雖未必能精，基本的道理尚稱熟悉。

我有一種偏見，認爲凡拳術能傳得下來，必有書本子可以依循，所以訪書重於求師，只須找著拳譜即不難據譜修練。這當然是受了武俠小說的騙，然而事實上僅憑口耳相傳，恐怕也確實不免於訛誤失傳，因此流傳拳種，大約都有圖籍可以參考是不錯的。但據書修習，有兩個困難，一是本身對拳理須有相當之理解，否則難以體會。因拳術玄奧，時有非文字所能盡意之處，欲因言求意、得魚忘荃，須恃讀者之善悟。其次則是中國拳術，類似中國的藝術，如琴譜字帖，看起來只有一個個音或一個個字。這一音到邢一音，這個字到下個字，乃至這一筆到下一畫之間，速度與力量各如何，並無記載。這並非忘了記，而是不必記也不能記，快慢徐疾及其間用力輕重，全憑使筆撚弦者自己體會，並且自己表現出來。故此均非客觀性的譜，乃是要讀者使用者「主體涉入」去參與之的知識。

我當時年歲幼小，見聞淺陋，所能體會者自甚有限，全靠苦參硬練，盈科而後進。除了南北拳路之外，器械以刀爲主。也製作過一些奇門兵器，例如鐵骨鋸齒扇之類。身上插十幾柄飛刀，每天用一塊舊砧板，掛起來射鏢練刀。又綁了些鉛條，繃在腿上練輕功。但因乏人指導，不懂得鉛塊須先浸豬血，據說因此傷了血。爲了練輕功，去跳土坑，不愼撞到腳脛骨，摔倒在坑中，也幾乎昏厥。練內家拳尤其感到困難，因其行氣用勁之法，無深諳其道者指點，有時亦甚難憑空懸揣。

我的補救之道有二，一是朋友講習。所謂「學而時習之，不亦樂乎；有朋自遠方來，不亦悅乎」，我日日與張哲文房國彥等對打

搏擊，在學校或南門橋下關沙洲練打，餵招比式，拳拳到肉。由此獲得了不少領會。故工夫係由實戰得來，不是表演式的只懂得依拳架子打套路而已。

朋友間練得熟了，招數便覺得陳腐，這時就須輔之以遊學。當時台中市各公園、學校、農場，早晨或黃昏都會有教拳的人。也有些人並不授徒，僅是愛其清曠，故晨夕皆來練功。我們常騎了單車去，站在一旁觀摩研究。待人群漸散，便上前「請教」。這當然是很冒險的，許多人會認為這是來踢場子，因此說不得，也只好比劃一下。

與友講習，可增功力；隨處遊學，可增閱歷，卻也因此身上總是青一塊紫一塊。傷了筋動了骨，就自己找醫書調藥去治。治不了，才去國術館推拿、接骨、貼膏藥。三折肱而知醫，對於人體經脉穴位及基本用藥知識，遂尚能掌握。參據醫書及古驗方，胡亂配了一些藥酒來給同學們用，實驗亦尚無大謬。因此膽氣漸高，自己也試著創造幾套拳路，教人家練練。

如此熱衷武術，自然令我的課業頗有荒廢，高中聯考竟考到豐原去了。

在豐原高中時，依然故我，繼續練拳。我個頭瘦小，可是誰也不來惹我。除了忌憚我的拳腳之外，我從武俠小說及武術傳統中學來了一些俠義道中人處事之道，獲益甚大。我不依附於幫派，也不真正建立一個幫。但這些幫派分子把我當成同道，不甚防嫌排斥；我也非獨自一人，我有我的勢力。在學校有孫武曾、徐盟淵等練武之講友，另有一群人隨我練習。每周六下午，常約人來比試「講手」。輸贏均不結怨、不報復。校際或社會上的打架尋仇，我常預

聞其議，卻不介入不參加。學校對於我這樣的不良少年，似乎還覺得可以忍受，所以也從來不干涉。反倒是我們平時都在學校行政大樓邊的草地上對打，每日午餐吃完便當後，也都到教師宿舍旁的廢園子去練太極推手，顯得有些招搖。幸而師長們毫不以爲意，學校一位教官，還頗喜歡我們這個調調，謂孺子可教，傳授了我一趟拳。

大約到高二高三時期，李小龍影片大爲風行，我甚迷其丰彩，尤其是他的後旋踢以及從詠春拳變化出來的短打寸勁，讓我摸擬練習了很久。而也對香港武壇大感興趣。竟攢錢訂閱了香港編印的《當代武壇》，以略知國際武術界概況。

因此當時我所收集的專業圖書與雜誌，全是武術類的。我搜羅資料、尋訪圖書、比勘研讀、親身練習體驗，而漸能融貫通會的治學工夫，全由這上面來，影響了我一輩子讀書做學問的方法。後來在學界，看到新學說、遭逢學術論辯時，腦子裡也不自主地就會浮現武打的類擬情境。我手上已經沒有刀了，但刀法融入了我的行事、言談及運思之中。筋力漸衰，且興趣別有所在，亦不復能爲昔日之搏擊少年俠客行。然俠客之行事做風，也不免淪肌浹髓，成爲我的人格特質。

可是，畢竟現在我手上已經沒有刀了。對於武與俠，我曾入乎其內，但後來我又出乎其外了。旭 捐

出入之機，在於進了大學。若不進大學，我必進入江湖道，做追追人，成爲獨行殺手或創幫大老。可是僥倖考上大學，卻使我有了重大的轉變。當時我所就讀的淡江大學，正是俠氣縱橫的時代。學長葉洪生，經常一襲長衫，在校園中煮酒論劍，間則推廣京劇。

在《淡江周刊》上，長篇大論，縱述中國俠義傳統，出版《綺羅堆裡埋神劍》，令我輩後生小子甚欽仰其文采風流。我本使拳任俠者，對於此種風氣，當然頗爲欣賞。

可是這時論俠者，大多僅是一種氣氛、一種姿態、一種美感。例如王文進曾論電影「香格里拉」，以雲中君筆名撰文論此西方桃花源之美感意境，有人反駁，署名摘雲君。文進乃再答以「雲深不知處，摘雲莫迷路」。機鋒甚美，卓有俠之氣味。我甚欣賞此種氣氛與美感，可是我也曉得俠不僅是美感的。綺羅堆裡埋神劍，英雄美人之意象，固然能勾動我們對俠的嚮往，卻也非俠客生活之實況。因爲我是武林中人，所以我知道那一刀那一拳不是輕盈美麗的詩，而是森冷、殘酷、血腥、悲涼的。

醉裡挑燈看劍的豪情，也很快地就溶入《未央歌》的校園之歌中。校園裡的才子佳人，不復爲荆軻豫讓太子丹，而是一群群大余小童閔燕梅。我不擅長如此清談遊俠，也不喜歡這種娘娘腔，所以反而與此俠氣討論逐漸隔膜了。校園中也不易再找到昔年那樣可以同修共練的朋友，對打切磋之樂日益遠颺。這些，使我漸漸改弦易轍起來，折節讀書，無暇復爲俠客行矣。

在我讀初中高中時，黃俊雄布袋戲如「雲州大儒俠史艷文」「六合居士」等正風靡全台灣，故武俠情境，是我這個年齡的人共有的記憶與生命內容。讀大學時亦然。武打片尙未褪其流行，文人團體，如「神州詩社」亦弄得彷彿一練武幫會。中國時報則正舉行武俠小說大展，金庸之小說亦正在解禁中。可是這個時候我卻再也無涉足其間的興致了。我彷彿赴西天取經返回東土的唐三藏，在通天河畔看見一具浮尸，自上游漂下。靜靜地看著，看著那個從前的

自己。從前這麼熱情、這麼專注、這麼投入，爲什麼呀？

　　隔了許多年，我寫〈論俠客崇拜〉，其實就是想解答這個問題。一方面探究中國人中國文化中一種特殊的心理狀態，對俠的嚮往；一方面討論俠義傳統的演變。

　　俠客崇拜、文字崇拜和祖先崇拜，是中國文化與社會的特色，不能懂得它，就不可能了解中國人和中國社會。而這三者是相互滲透交織的。例如俠武原本與文字崇拜無任何關係，但後來逐漸就出現「儒俠」；文士之才能與氣質，越來越在武俠世界中被強調被推崇。經典崇拜，亦即秘笈之信仰，亦隨之出現。又如遊俠本爲鬥雞走狗或屠狗沽酒之徒，仗劍遠行，亦寡徒侶，只訪求少數知己而已。厥後卻與祖先崇拜相結合，「兄弟」的組合，寖假而出現了宗派族系，日漸血緣化。如清幫與洪門，均是如此。清幫在杭州武林門外建有家廟，其餘漕運各地所立大小香堂，開壇請祖，則爲分廟。凡入香堂爲清幫子弟者，稱爲孝祖。家廟中並有家譜及家廟碑文等。幫中亦分長房、二房、三房。其組織大體規仿宗族而來。反過來說，文字崇拜的文士集團，亦極喜談俠義，自擬於負劍之徒。

　　然文士論俠，畢竟多的是崇拜者的頌辭。遊俠的買賣、江湖人的生計、刀劍上頭的凶險，意氣感激中含藏的陰暗面，恐多被美感的輕紗遮掩了。唯有撥開一些東西，才能更清楚地認識俠。

　　後來我做了些重勘俠義傳統的工作，論文彙編爲《大俠》一書，交錦冠出版社出版。持論異於並世論俠諸方家，頗引起些訾議。但其時我已返淡江大學執教，同事林保淳兄亦喜談武俠，搜羅甚廣，曾有意成立武俠博物館或專業圖書室，他倒頗能欣賞我的見解，故後來我曾與他推動俠與中國社會的研討會，又編輯《廿四史

俠客資料彙編》，書均由學生書局出版。

　　顯然，這時我又變成了一個武俠的論述者與研究者，說劍談龍，再度滿足一下我對武俠的感情，呼喚一些少年時的記憶。這些記憶，是極爲複雜的，因此我的論說恐怕也還會繼續下去。論說能否博得喝采與共鳴，則不重要。因爲，俠客的心境，永遠是孤獨的。

武俠小說──一種性別的文類？

范 銘 如

（美國威斯康辛大學麥迪生分校東亞工文學研究所博士）

武俠小說，是獨步世界文壇的中國文類，可能也是擁有最多華人讀者的通俗文學類型。上至專家學者，下至販夫走卒，武俠小說的讀者群遍及男女老幼；武俠小說的獨特文學魅力以及廣大的消費市場，吸引一代一代、各行各業的文字工作者投入書寫行列❶。一朝成名，不但意味著五湖四海美名揚，更預示著財源滾滾。

可疑的是，在名利的強力誘惑下，女性創作者居然不為所動，儘管民國以來，女性作家已在嚴肅文學和其他通俗文類中打下一片江山，也儘管武俠小說的女性讀者不在少數，女性創作者卻常年在武俠這個重要的文學領域中缺席。武俠小說的愛好者，尤其是女性，難免納悶，為什麼武俠大師清一色是男性？難道女性不寫武俠

---

* 淡江大學中文系副教授
❶ 根據葉洪生研究，光是台灣地區一九六〇至一九七〇間，就有近三百名武俠小說作家，以軍人、公務員最多，學生次之，其中不乏少將、教授。詳見葉洪生《當代台灣武俠小說的成人童話世界──透視四十年代來台灣武俠創作的發展與流變》（收錄於林耀德・孟樊主編的《流行天下》一書，台北：時報文化，民國八十一年），頁193～236。

小說？到底是女性爲了行走「江湖」，不得不喬裝爲男性筆名以至雌雄莫辨❷？或者女性寫不好──甚至根本寫不來－武俠小說？換言之，是否女性從「本質」上就只能談情說愛，不宜動刀掄槍？抑或是武俠論述對女性作家有書寫上的限制？到底，武俠小說是不是一種性別的（gendered）文類？

　　受限於篇幅與相關資料的短缺，本文對這些問題勢必無法深入，卻希望就近年來女性創作者「不安於室」紛紛「涉足」武俠世界這一新的文學現象，提出初步探討，以期喚起對武俠小說與性別論述的注意。本文將由當代少數可知的女性武俠小說家之一：荻宜的文本談起，解析女作家的武俠小說是否呈現不同面貌？提供女性更多發展空間？然後再分析當代女性創作的另一種新革命──冶武俠與言情於一爐的武俠言情小說，解讀此種書寫嘗試的風格與意涵。再比較兩種女性作家的武俠小說，討論女性從事武俠書寫時可能面臨到的問題，更重要的是，女性的涉入將掀起傳統江湖何種波瀾？

一

　　隨著1960年末期第二波婦運的興起，女性主義文學研究也發展成重要的批評理論，提醒我們由性別的角度重新審視語言、文本、

---

❷　在英法文學史上，使用男性化筆名掩飾自己女性身分的大家有庫瑞・白爾
　　（Currer Bell），是夏綠蒂・勃朗蒂(Charlotte Bronte)發表《簡愛》（Jane
　　Ere）時的筆名；喬治・艾略特(Grorge Eliot)以及喬治・桑（George Sand）；
　　中國文壇上，冰心也曾經用「男士」筆名，發表一系列探討女性問題的文章，
　　集成《關於女人》一書，暢銷一時。

文學史、作者與讀者的多重關係。早期的英美女性主義文學批評家，偏重對「女性形象」的探討。以卡特・米萊（Kate Millet）最具影響力的鉅著《性別政治》（Sexual Politics）爲代表，批評男作家在文本中簡化、矮化女性，藉以炫耀、認證男性的優越，男作家作品中的「女性形象」等同於「女性假形象」，無法反映出女性的聲音與經驗❸。伊萊恩・肖維特（Elaine Showalter）因而提倡將女性作家當成一個族群研究，經由女性作品的研讀，再現被遺忘或被忽略的女性意見及經驗，建構女性文學史及詮釋觀點，挑戰男性傳統霸權❹。「女性形象」與「女性作家」形成英美女性主義文學理論中的兩大支流，間接影響了台灣與大陸學界對中國文學的研究❺。

奧德麗・羅得（Audre Lorde），美國著名詩人與評論家，早在大家剛興沖沖投入所謂建構屬於女性的文學傳統和理論時，就斬釘截鐵地斷言：「祖師爺的工具永遠拆解不了祖師爺的房子」（The master's tools can never dismantle the master's house）❻，

---

❸　參見托里・莫伊（Toril Moi）對米萊及其追隨者對「女性形象」方法的介紹與批評，《性別／文本政治：女性主義文學理論》（台北：駱駝出社，民國八十四年），頁22～44。

❹　見 Showalter's *A Literature of Their Own* (Princeten:Princeton University Press, 1977)中對建立女性文學傳統的理由以及對英國性文學的簡介與分期示範。頁34～36。

❺　相關研究方向與書目，可參考張小虹〈性別的美學／政治：當代台灣女性主義文學研究〉一文，（收入鍾慧玲主編的《女性主義與中國文學》，台北；里仁書局，民國八十六年），頁117～138。

❻　Lorde, *Sister Outsider* (NewYork: Crossing Press, 1984)

質疑學者對於完成此項不可能任務的過分樂觀。理論家們也更嚴肅地思考和辯正：女性是否能用祖師爺傳授下來的矛，攻破祖師爺的盾？女性是否能從教養她們成長的男性人文傳統中出走，在荒野中建造自己的房舍？當女性掌握大師的工具時，她是延續大師的香火？還是斫斷大師的命脈？

　　當女作家開始介入原本由男性所主宰的武俠論述時，也是批評家必須再正視女性與書寫關係的時候。荻宜，是目前最具代表性的女性武俠小說家，自民國七十二年發表《七彩神鞭彩虹劍》以來，陸續創作短篇及長篇武俠小說❼。荻宜，本名謝秀蓮，台灣桃園人，民國三十七年生，從事劇本、電視及廣播劇寫作，曾出版短篇小說集《米粉嫂》及長篇武俠小說《雙珠記》❽。

　　《雙珠記》描述的是典型的反清復明故事，時間座標設立在清康熙初年到二十年，空間座標位於雲南。全書只有上中下三冊，二十二章，主要人物和故事情節都不太複雜。故事由二條敘述主線交互構成。一條主線跟著神算師梅正之發展，由他夜奔平西王府，希望說服吳三桂釋放永曆帝朱由榔開始。另一條主線則圍著梅正之的母親山婆婆發展，她勸阻梅正之入府未遂，返家途中巧遇並解救落難的三王爺及年僅兩歲的大明公主開始。山婆婆不僅也精通術數，

---

❼　除荻宜外，方娥真亦從事武俠小說寫作，但創作量並不太多。我要感謝我的同事林保淳教授提供我女性武俠小說家的相關訊息，另外也要向我的研究生賴育琴致謝，提醒我注意當代言情小說的新趨勢。沒有他們兩位的協助，與其在武俠和言情文類上的研究，這篇論文不可能完成。

❽　《米粉嫂》（台北：文豪出版社，民國六十七年）；《雙珠記》（台北，萬盛出版社，民國八十二年）。

更負一身絕世武功。她隱居深山，養育並教授梅正之的一雙兒女武
藝。收留公主後，由於公主資質不凡，更兼身世坎坷，山婆婆傾囊
傳藝，公主亦勤練武功。王爺則積極聯絡各路擁明志士，等待梅正
之號令，伺機營救永曆帝。

　　兩條主線在梅正之屢舉天象勸喻吳三桂不果後交會。梅正之與
山婆婆率領眾路英雄闖入平西王府，拯救永曆帝。一陣鑫戰之後，
三王爺、梅正之與一干老士捐軀，永曆帝父當場絞殺。山婆婆負傷
逃逸，十二年後，假扮男裝帶領當年幼童重現江湖。書名《雙珠
記》中的兩位英雄，大明公主柳劍冷和梅正之的女兒梅芝羽，終於
在第十八章，全書的倒數第九回扶正爲主要角色。長大後芝羽和劍
冷，才貌雙全，各習得一身好武藝。爲報國仇家恨，兩人僞裝宮
女，謀刺吳三桂，不幸功虧一簣，兩人逃出宮外。雖然行刺未遂，
吳三桂卻也因此喪膽，於是夜去世。吳軍樹倒猢猻散，旋即一敗塗
地，慘遭清兵剿滅。

　　大仇雖報，雙珠際遇迥異。芝羽和心上人成親，平凡過日。而
書中篇幅較多，份量較重的第一女主角，劍冷，卻以未能手刃仇
敵，反於脫逃途中被砍斷一臂爲恥。立意清淨，以勤練武學光復明
室爲職室，爲表心志了卻紅塵罣礙，毅然削髮爲尼，法名獨臂。

　　桑德拉·吉爾伯特（Sandra M. Gilbert）和蘇珊·格巴（Susan
Gubar）在研究十九世紀英美女作家時發現，由於書寫長久以來是
男性主控的天下，筆，就某種隱喻而言，等同於陰莖／權力。當女
作家膽敢「試筆」時，她們往往對自己這種「僭越」的慾望感到焦
慮和恐懼，而必須運用種種策略舒緩❾。那麼，當女作家提「筆」，

---

❾　Gilber&Gubar,"Toward a Feminist Poetics" *in The Madwaman in the*

操縱更具男性象徵的「刀」「劍」符碼時,她會與男性施展同樣的
招數嗎?

我們首先注意到的是書中女性角色比例明顯偏高,而且即使是
女性配角,亦多是武藝高超、智勇雙全。例如山婆婆,不但身懷絕
技,更精通神算易理,是梅正之的慈母兼嚴師。幾番攻堅,運籌帷
幄,進退有度,不因親情害大業;梅正之的紅粉知己粉兒,反清志
士楊娥,都是身負間諜使命的女中豪傑;就連傳統論述中引清兵入
關的禍水陳圓圓,都被重塑爲注重姐妹情誼、君臣大義的好女人,
配合營救計劃,謀救明帝。

至於兩位女主角,敘述者借吳三桂的眼光形容,「羽兒眉眼英
氣,柳劍冷卻是冷眸別有姿采」,一代梟雄吳三桂深爲劍冷的桀驁
吸引:

> 他生平看過太多謙卑眼色,尤其女流們,她們絕大多數不是
> 眼含敬畏討好,就是柔媚惑人。眼前此妹,天顏近在咫尺,
> 她眼中不亢不卑,沒有敬畏討好,自然更無所謂「柔媚惑
> 人」了!(頁850)

這一段形象敘述,不僅對一般定義爲「女性特質」的謙遜、嬌柔批
判一番,更進一步稱許女主角剛毅的個性和孤傲的氣質。換個現代
形容詞來說,柳劍冷就是個「酷妹」。她不畏權勢、不以辭色悅
人、不以情愛爲重,爲自己的理念與目標堅持和奮鬥。

然而,這一干被荻宜穿上現代女強人外衣的女俠們,是否爲我

Attic (New Haven: Yale University Press,1979), p.3-104。

們在《雙珠記》這個虛構天地中，開闢出女性的江湖呢？答案恐怕不盡樂觀。因為這群女俠之所以團結在一起，並非為了什麼「女性情誼」，或者分享女性經驗，而是擁有共同意識型態：反清復明。她們的政治意識型態如果說是有性別的，那絕非所謂的「女性意識」，而是男性的、父權的。

在反清復明這種父權信念下，《雙珠記》中的女俠不啻是另一批楊門女將。眾俠女們念茲在茲的無非是恢復父親的姓，確認「朱姓」這個符指，以及貫穿整個傳統家國論述下的象徵秩序。因此，山婆婆的強勢單親母親外衣下，內襯著中國典範母親的形象，是綜合孟母、岳母與楊家老太君的集大成者：允文允武、教育兒子盡忠報國，兒子去世後，以母體為父權背書，再灌輸下一代父親的語言和文化。十二年後山婆婆喬裝成老公公再現江湖，此種女扮男裝，正象徵著父權對女性主體性的否定。山婆婆的女性身份只為了顯現父系符號機制的需求，被編碼在，正如其文中稱謂：沒名沒姓，沒有自己的「母親」角色。

書中雙姝，表面看來，都是堅定剛強、武藝高超的俠女，但是從小到大，無不活在父權的陰影下，為報父仇存活。梅芝羽為報梅正之之仇而處心積慮接近吳三桂，待吳三桂一除，她至少了卻責任得以結婚退隱，開始追求發展除了「女兒」以外的女性角色。柳劍冷最是可憐，冠著大明公主的符號，她一輩子都為服務、延長父親的慾望而努力，即使吳三桂已除，她仍有大敵－清室，國仇家恨阻礙她有發展個人／女性主體性的空間。她不只是代父從軍的花木蘭、憂心救父的提縈，她根本永遠是個代戰公主，嵌鑲在中國文化特有的戀父情結中。她從形體到心靈都是傷殘的，獨臂象徵的是她

被剝奪擁有「成雙」的陰性特質，而只能是「單一」的父系產品、父親的娃娃⑩。此種款式的俠女不過是爲父權獻祭女性經驗和自主性的傀儡，是次等的男人／俠。

林保淳教授閱讀荻宜的短篇武俠小說後，明確指出武俠傳統的「男性論述」相當程度地干擾女作家開創「另一種江湖」。

> 有的江湖成規，約束性太強了，荻宜女士對武俠小說的若干
> 成見，如強調正義、道德之融入小說，藉小說敦化民眾的國
> 家民族意識，基本上還是自此江湖衍生而來的；如果不能跳
> 脫此一窠臼，恐怕就很難有開拓的機會。⑪

到底荻宜被男性武俠論述「內在化」？還是初執刀劍的「越權」焦慮導致女作家採取折衷的書寫策略──在父親的法規內修訂、強化女性象－猶待商榷。但是荻宜的初步嘗試適足以顯示：俠女形象的改造尚不足以打造不同的江湖。畢竟，武俠世界中的意識型態才是支撐其陽具理體中心論述的樑柱。

然則，女性在武林中有可能建構出主體性嗎？女俠和女作家能否顛覆父權論述？在解答這些問題之前，我們不妨來比照另一派俠女，不是寄存在傳統武俠文類，而是活躍於九〇年代的言情小說中，一批爲數可觀的，另類女俠。

---

⑩ Luce Irigaray指稱女性特質是雙重及多樣化的，是具包容力的共時性存在，不似男性是排他的，單一存在。參見*This Sex Wihch Is Not One*, trans., Catherine Porter(New York: Cornell UniversityPress, 1985), p.23-33。

⑪ 〈期待另一種「江湖」〉（《幼師文藝》第五一三期，一九九六年九月）頁47～49。

二

　　在台灣通俗文學的市場中，「言情」，大概是唯一能與武俠相
抗衡、甚至超越的文類。從早期單純的租書店到近年綜合休閒娛
樂、甚且交誼餐飲的連鎖租書中心，言情小説都是不可或缺的主力
產品。在金庸、古龍相繼被尊崇爲武林宗師、取得學院的正典
（canonization）地位，而武俠創作卻後繼無人，面臨「成人童話
時代」消逝的窘況時⓬，言情小説卻代代相傳、才人輩出。從早期
的嚴沁、華嚴、瓊瑤，中期的徐薏藍、玄小佛、亦舒，到當代大批
投入言情文化工業的女性人口，女作家創作量有增無減，創作方向
也日趨多元。

　　一般對言情小説中的女主角形象，總停留在清新柔弱、不食人
間煙火的刻板印象。其實當代言情小説的女性角色非常多樣，而且
多是積極進取、獨立能幹的女性。九〇年代的言情小説似乎已朝著
跨文類的趨勢發展，吸收傳統武俠、推理偵探、歷史甚至科幻的要
素，文類雜交的實驗結果，使得女性的職業和個性更加多變，時古
時今的超時空背景，容許女性穿越古代與現代，創造更寬廣的活動
空間，和參與，重寫歷史的能力。女性俠客的大量出現就是此一潮
流的新產物。例如唐筠的《帶劍女狀元》虛構一個太平皇朝，女主
角尹帶劍在上萬名功夫女俠中，憑其武功文采考取女狀元；黃蓉的
《酷酷俠女》中的楚綾絹原是明末女性幫會－神偷幫－幫主，收容
並教授女性難民功夫，率眾劫富濟貧，而後跨越時空回到宋代，險

⓬　葉洪生〈當代武俠小説的成人童話世界〉，頁229。

險成爲行刺秦檜的「民族英雌」；唐云的《俠義俏佳人》刻劃杭州城內賞金女獵人水寒冰的擄人行動；秦方鈺的《押寨郎君》敘述駱嶺寨的綠林女大當家薛洛娶老公的故事。其中尤以言情小說界的新一代超人氣女王－席絹，的作品《點絳唇》最具指標意義⑬。爲方便下文的討論，筆者必須先在此做一番簡單的文本介紹。

《點絳唇》是席絹出道四年的第三十本小說。描寫宋朝淳化年間，俠女葉盼融的經歷。小說一開始，葉盼融就以一身絕世武功驚動江湖。她艷若桃李，但不輕易揭起紗帽示人；她冷若冰霜，外號「冰葉」，終年奔走於緝匪擒兇之中，才十七歲，就搏得女神捕的美女，她靠擒拿罪犯領賞，對淫賊尤不寬容。她獨來獨往，不隸屬黑白兩道，沒有門派、沒有朋友。

江湖人對她充滿好奇，而唯一知曉她身世的只有「追風山莊」二少主白煦。二十歲即考取狀元，卻不受封官；武功絕頂卻不顯露，寧可如閑雲野鶴般遊歷大江南北。十年前在一次火災現場中，搶救出年僅七歲的小孤女，自此擔任亦父亦師的角色，直到冰葉十五歲要求獨力闖蕩江湖。兩人對外均不提彼此淵源，僅以師徒相稱。每年過年時相約回隱密居處相聚，白煦趁此考察傳授冰葉武功，並調養她的身體。

冰葉與白煦的師徒感情，隨著冰葉的成長出現微妙的變化。但是雙方各自壓抑自持：白煦不敢承認自己的感情，一則礙於倫常，二則深恐變成對孤女施恩的索報；冰葉雖然清楚自己情感的轉變，

---

⑬　唐筠《帶劍女狀元》（台北：新月文化，民國八十六年）；黃蓉《酷酷俠女》（台北：希代，民國八十五年）；唐云《俠義俏佳人》（台北：禾馬，民國八十五年）；席絹《點絳唇》（台北：萬盛，民國八十六年）。

但是自知不符世俗的「好女人」「好妻子」的標準，也不願改變自己符合，使她不敢表白和爭取。白煦的愛藉由師／父的名義施予，不斷接收的冰葉卻只能用殺戮宣洩、自棄，加深與白煦生活形式的鴻溝。因此她除惡務盡，不惜搏命，挑戰勁敵。然而她也因此引出全書最大的危機：她誅殺「狂人堡」的副座而惹火堡主楚狂人，綠林第一高手。楚狂人報復的方式不在血債血還，而是男性對女性的權力行使——他要征服冰葉，令她恐懼臣服，然後，乞求成為他女人，成為他的附屬。

最後的高潮，像所有武俠小說一般，是黑白兩方高手的決戰。楚狂人為了徹底折服冰葉，容不下白煦；白煦為了楚狂人不再糾纏冰葉，答應挑戰。圍觀者包括武林四大世家公子，以及另一名門「飛月山莊」千金，嗜作《武林誌》品評江湖人物的玉婉兒。戰鬥的最結果是白、楚兩敗俱傷，演變為冰葉與楚狂人的殊死戰。楚狂人在中掌墜崖之時，死命扣住冰葉手腕，並放出毒蛇，但求同歸於盡。千鈞一髮之際，冰葉揮劍自斷左掌逃生，楚狂人墜落深淵身亡。

故事的尾聲已是決戰後三十年。玉婉兒已成權威史筆，原先為江湖志士所輕蔑鄙視的《武林誌》已成為記錄史實、褒貶人物的經典。在玉婉兒最得意的一章〈冰葉傳奇〉中，記載著冰葉與白煦在此戰後結為夫妻。為求清淨，兩人隱姓埋名，退出江湖。

《點絳唇》，或說「冰葉傳奇」的故事情節，符合約翰・柯瓦帝（John G. Cawelti）對傳奇言情小說（romance），甚於冒險故事（adventure）的界定。就冒險故事來說，主角／英雄跟仇敵的關係比英雄與情人的關係來得重要；就言情小說而言，冒險是附加

的，次要的，可是情愛關係的發展才是重點。言情小說的道德幻想是愛情至上，愛情的魔力足以克服社會和心理的各層障礙，使有情人終成眷屬。最廣受歡迎的言情公式是窮女孩被白馬王子看上，如灰姑娘一般，婚後過著幸福快樂的生活❶。

乍讀《點絳唇》結局，的確神似武俠版的「灰姑娘」，或古典版的「麻雀變鳳凰」，符合言情敘事結構中，女主角藉由與男主角結合而圓滿自己殘缺的身份認同的公式❶。然而仔細分析，雷同的線性敘事模式下，隱含著迥異的訊息。結婚，並沒有讓冰葉走入豪門，令白煦的中上階級親友認同接受她，反而令「白馬王子」離棄主流文化和尊貴的生活圈，認同冰葉，遊走於黑白勢力的邊緣。借由與女主角的結合，男性度過對身份認同的危機，圓滿了自我。

相較於白煦，冰葉並沒有什麼認同危機，她一直很清楚而且接受自己是「殘缺」的身份，從不勉強自己符合社會規範下的「女性定位」。如果《雙珠記》裡的柳劍冷是個酷妹，冰葉則是個超級大酷妹。她擁有美麗臉龐雪凝肌膚，可是並不把這些「女人的本錢」放在心上，任憑日曬風吹，身上因打鬥留下傷痕累累，也不耐煩塗抹白煦特地為她調配的去疤除紋藥膏。一身黑衣黑帽，不介意標誌男女分際的服飾，只要利便她行走江湖。冰葉對外貌最決絕的揚棄莫若於一刀砍斷自己手臂，為求生存，不計任何形體。畢竟，「存在先於本質」，更何況愛美不是女性特質，或女性存在的意義。不

---

❶ John G. Cawelti, *Adverture, Mystery, and Romance*(Chicago. University of Chicago, 1976), p.41-2.

❶ 詳見林芳玫對當代中西言情小說中敘事結構的分析與比較，《解讀瓊瑤愛情國王》（台北：時報文化，民國八十三年），頁80～81。

同於劍冷，冰葉的斷臂是自己的選擇，用殘缺的主體宣示與社會建構出「統一」、「完整」的女性主體的永不妥協。

冰葉愛慕白煦，接受他的照顧，但是她絕對獨立，不存半點依賴之心。「她不是尋常的嬌弱女子，她沒有父兄可依恃，命定了凡事皆要靠自己，所以她必須強，必須堅毅如山，沒有扮弱博男人代為出頭的本錢」（頁24～25）。白煦雖是她的師父，可是冰葉的女性經驗讓她清楚男女性別的差異，男性的經驗法則與價值並不適用於女性。

席絹不只刻畫一個強勢的女俠形象，更刻意地凸顯女性經驗，例如月經對冰葉的影響，並安排幾次師徒對女性身體的爭論，借由冰葉的口吻，駁斥師／父的男性論述。書中有一幕是冰葉在湖邊洗滌，裸露上身被白煦窺見。如一般男子，白煦被乍見的女體撩撥起滿腔情欲，強忍怦動後，他戴上道學面具，用父兄的口吻責怪冰葉，教誨她不該在光天化日下赤身露體，以免遭人看見張揚，毀了「清白」。對冰葉而言，白煦的顧慮純屬多，因為她根本不容許偷窺狂活著「有機會四處去說」。白煦急急訓斥她：

> 妳不能有這種想法，赤身露體便是妳不該。倘若他人撞見了，也不能起殺意，我們必須先從自己做好，才能要求別人（頁121）。

對於白煦的法規，冰葉默然以對。席絹卻補上一段對女主角的心理描寫，說明性別經驗差異導致兩人無法溝通。白煦的法規，曾令初涉江湖的冰葉面臨登徒子的暴力侵犯，幾次瀕臨死地。即使如白煦這種「新好男人」也不能承認男性對女性的欲望和箝制適足以陷女

性於險境。

對於貞操觀念，席絹更正面書寫了一段武俠論述中首次出現的俠女貞操宣言，不同於金庸筆下小龍女對失貞的羞慚，也不同於周芷若沾沾自喜地展露武俠男作家集體性幻想的象徵－守宮砂，冰葉對所謂「貞操」嗤之以鼻：

> 如果有天我在不能自主的情況下失去清白，我不以爲我該以
> 死謝於世人。要是我能自主，並且決定失去它，又怎麼能因
> 爲可笑的未嫁身分自縊？不，那不是女人的第二生命。生命
> 只有一種，活下去才是唯一的名稱（頁65）。

席絹創造出史筆玉婉兒，不但表白女性重寫歷史的慾望，更是對男性論述霸權的直接挑戰，爲女性書寫正名。玉婉兒作《武林誌》，即是鄙視由「正派人士」主導的立場，尤其痛批男性動輒祭出「魔女」「妖女」的名目來剷除對他們有威脅的女性。玉婉兒，女作家，將「她的故事」（her/story）置於「他的故事」（hi/story）之上，武林記事中首重女俠的〈冰葉傳奇〉。冰葉，是主體，白煦只是成功女人背後的男人。

席絹借由玉婉兒的口吻，批評了武俠文類中推崇的「傳統」，例如一夫多妻制。更強調冰葉與白煦的感情是雙向的施受，不是單方面的給予。所以沒有摻雜所謂的「報恩」，尤其是女性必須以身相許表示感激的「固有」傳統❻。她們的感情毋寧是拒絕被歸類凝

---

❻　參見陳平原在《千古文人俠客夢——武俠小說類型研究》（台北：麥田，民國
　　八十四年）中，對武俠書寫中對「報」的觀念的運用，頁167～186。

滯的：

> 已難區分他們哪些是親情、哪些是友情、哪些是愛情。在十
> 數年的施與受之間，他們只是不斷地互相愛著，絕非可以用
> 世俗的方式來區分恩情的多寡和類別（頁264～265）。

冰葉對白煦的感情，遊走於傳統的各類情感符指間，延宕、衍異
（différance），質疑既定規則與意義。她不儘有俠客的功夫、形
象，更有女性自覺，衝撞父權體系中的性別歧見。而只有身爲同性
的玉婉兒，才能在女性情誼的基礎上，跳脫階級限制，欣賞女俠特
異價值，運用女性史觀，書寫女性的經驗與聲音。

三

介紹完兩位女作家的俠女故事，我們再回到開頭討論的文類與
性別問題，到底是傳統武俠小說，還是新型態的武俠言情小說，利
於女俠行走呢？文類的敘述模式是否對女性書寫產生影響？女作家
的武俠論述是否異於既往呢？

荻宜與席絹最明顯的共通點在於重視女性形象的塑造。《雙珠
記》中女性幾乎都身懷絕技，個性堅毅，視天下國家爲己任，置情
愛榮辱於度外；《點絳唇》則涵蓋正負面幾種不同的女性典型：無
知功利的白煦未婚妻連麗秋，美豐毒辣的女殺手趙紫姬，率眞犀利
的女知青玉婉兒，孤高任俠的葉盼融，雖然各有個性，個個對感情
的表達追求都不退縮，爲自己執著的目標負責。

而這兩組女性形象的塑造與各自的文類公式息息相關。武俠小

說的敘事模式是，少年歷險，練成絕世武功，娶到絕世美女，剷奸除惡，退隱江湖❼。類同前述柯瓦帝對冒險故的特徵描述，英雄與惡霸的關係是最重要關鍵的，因爲惡霸的剷除證明英雄的能力與道德，進而獲得天下豪傑稱許的（武）功／名（聲）。任務完成和取得大俠認證後，英雄的功能宣告完成，敘述亦至尾聲。準此，《雙珠記》的英雄們皆以惡霸吳三桂爲重，甚於任何情人，而當吳三桂一除，女俠任務功名圓滿，各自解散。因爲達成任務，方能不負女俠英名，雙珠記的女俠個個公而忘私、刺著反清復明的印記，雖然每一個都武功高強，卻也因此面目模糊，個性不分明。

言情小說的敘事模式則是主角尋覓理想伴侶，愛情戰勝一切阻礙，情路歷險既畢，金盆洗手做羹湯。準此，《點絳唇》中主角與情人的關係才是重點，所以劇中人物都在情路上奔波，女俠的任務即在撂倒任何阻礙的人事，過關斬將、擄掠情郎。強敵環伺之下，個個有希望，人人沒把握，無不施展渾身解數，風情盡出。《點絳唇》中的女性，尚武與否，反倒形象鮮明，各具特色。

兩書相較之下，《雙珠記》的女俠們雖然藝高人膽大，囿於君父遺訓，顯得蒼白單薄，有如意識型態國家機器中生產／再生產出的樣板。通俗小說之可讀性，根據陳平原的研究，即在提供一般讀者熟悉的密碼，容易被「不假思索」的讀者認同，而武俠小說可讀性的重要一點，即「有明確的價值判斷，接受善惡是非二元對立的大簡化思路，體現存的準則和爲大眾所接受的文化觀念」❽。更具

---

❼　陳平原《千古文人俠客夢》，頁241。

❽　同右，頁274～275。

體地說，爲了通過「大俠」的品管認證，女俠須符合大衆對「俠」這個語碼的指涉，「而在長久儒家思想浸潤之下，中國人的正義標準，無疑是以儒家爲核心的，即此，俠客之趨向「忠義」，認同當代的法律秩序，豈不正表明了是一般人的共同心理趨向？」⑲既然輿論是「公」器、滲透散播著主流意識型態，強化鞏固現存父權機制體系，女俠的女性主體性似乎不得不受損傷了。

《點絳唇》中的女性雖然不盡是俠女，形象亦有正有負，然而各具姿采，稜角分明，構成豐富喧鬧的女性世界。言情小說的精神不但偏向個人的情感收發，而且在中國小說史上往往象徵個人對社會成規的反抗⑳。言情小說之所以滿足女性讀者，不僅僅如詹明信（Fredric Jameson）以及其追隨者所主張的，是凸顯關於社會現狀的焦慮而後提供虛幻的、暫時的解決來舒緩焦慮。唐尼亞・摩德斯基（Tania Modleski）辯稱，女性可經由「征服」一名高高在上男子，滿足她們對男尊女卑現狀的復仇慾望㉑。愛情因此是一種女性可憑藉對抗父權的象徵武器。冰葉這麼「不傳統」的女人：沒有

---

⑲　林保淳〈從遊俠、少俠、劍俠到義俠——中國古代俠義觀念的演變〉，收錄在淡江大學中文系主編的《俠與中國文化》（台北：學生書局，民國八十二年），頁91～130。

⑳　相關研究可參閱夏志清〈愛情・社會・小說〉（《愛情・社會・小說》，台北：純文學，民國七十八年）頁1～17；李歐梵〈情感的歷程〉（《現代性的追求》，台北：麥田出版，民國八十五年），頁139～159；黃永林《中西通俗小說比較研究》（台北：文津，民國八十四年），頁211～222。

㉑　Tania Modleski, *Loving with A Vengeance: Mass-produced fantasies for women* (New York: Routledge, 1990), p.28-48。

顯赫家世、沒有完美／整形貌、好武冷漠、獨立頑強,居然俘虜白熙這個白馬王子並背離他原爲人人稱羨的生活,即是一種女性的力量的展現。猶如施展獨門武功,斬斷僵化「女性」、「俠客」的表意鎖鍊,向父權制度與論述發射顛覆的訊息。

所以武俠言情小說中的俠女反而被允許更多活動的空間,更多自主性,在傳統和武俠小說的文類中,隱隱殺出另一條血路。作者與讀者似乎透過文本的溝通與對話,遙遙對傳統武俠小說的性別論述發出訕笑,甚至戰帖。而這種具有高度現代女性意識的古代俠女,對傳統武俠書寫的主流意識型態極富顛覆與重構的潛質,值得學界注意觀察。

然則武俠小說,這個男性作家創造出來的文學傳統,是否從本質上來說就是性別的文類呢?答案未必盡然。參照國外女作家書寫通俗文學的經驗,女作家的參與往往改寫男性傳統文類,展現書寫上的新風格和閱讀批評的新洞見。例如安·萊絲(Anne Rice)的吸血鬼系列描述吸血鬼家族文化,仿若現實中父權機制的翻版,諷刺父系傳承有如吸血鬼般兇殘,而這種「不死」的傳統正像僵屍,是「僵化」「無生命」的苟活;莎拉·帕拉斯基(Sara Paretsky)創作新形象的私家女偵探系列,揭露偵探小說中必須打擊的眞正「罪行」,其實正是父權體制,只要體制不變,小說結局中的解決都只是暫時的平靜。她們知覺各自創作文類的傳統與局限,運用後設的、自省的方式從事書寫,展示和證明了應用祖師的工具拆解祖師爺房舍的可能性。不管在通俗或正統文學領域,女性創作者都只有一種選擇:在師／父的傳統下發出女性的聲音。甚至建構出女性的傳統。證諸女性文學與批評的蓬勃和成果,女性對大師的工具已

經愈來愈來能揮灑自如了。

四

本文經由兩種文類的俠女比較，探討女性介入武俠論述的企圖與問題。荻宜和席絹的小說都顯露了當代女性意識滲透影響傳統文類的痕跡，兩位女作家也都嘗試經由重塑女性形象，建構出比較女性的江湖。而《雙珠記》與《點絳唇》的對比，適足以展示：能力超強、形象純正的俠女，如果受制於父親的法規，最後可能只在父親的房舍內飛簷走壁。而武俠言情中的另類女俠，因為文類曖昧，不必受制正統武俠敘事模式與意識型態，反而書寫出不同的女俠經驗，肯定女性（情慾）自主權，建構女性主體性。即使還沒震碎大師的殿堂，畢竟也重新翻修內部的格局。武俠言情中的新俠女，到底會吸收了原來武俠小說的（女性）人口，削弱了武俠小說的江山？還是幫武俠小說爭取新人類的閱讀群，拓展另一片疆域呢？新俠女的出現將對武俠小說造成的影響與衝擊，值得後續的追蹤與探究。

女性創作者投入武俠書寫的行列，無疑凸顯武俠論述與性別政治的問題。武俠小說長期壟斷在男性作家筆下，便得武林世界中充斥著以男性為中心的意識型態。當我們企圖打破傳統學院中僵化的高雅／通俗文學二元對立觀，重新評估定位武俠小說的價值時，我們也應當一併檢視武俠論述中呈現的二元對立論。例如，除強調男女強弱外，文本內一再暗示漢族與邊疆民族的優劣以及中國對藩屬的宗主權。重審男作家們張揚的男性漢族沙文優越意識，我們當可更深入探討武俠文本對中國現代性（modernity）的反應，甚至在

整個中國現代化過程中提供的功能和其論述場域的位置。唯有更謹慎客觀地評價武俠小說，我們才不致在急於將「大師」們納入正典獲得遲來尊榮的同時，流於盲目的造神運動，或淪爲父權機制及文化工業的橡皮圖章。

國家圖書館出版品預行編目資料

縱橫武林：中國武俠小說國際學術研討會論文集

淡江大學中國文學系主編.-- 初版.— 臺北市：
臺灣學生，1998(民87)
面；公分

ISBN 957-15-0895-0 (精裝)
ISBN 957-15-0896-9 (平裝)

1.武俠小說 – 論文，講詞等

827   87011218

縱橫武林：中國武俠小說國際學術研討會論文集

編　　　者：淡江大學中國文學系
出　版　者：臺　灣　學　生　書　局
發　行　人：孫　　　善　　　治
發　行　所：臺　灣　學　生　書　局
　　　　　　臺北市和平東路一段一九八號
　　　　　　郵政劃撥帳號 0 0 0 2 4 6 6 8 號
　　　　　　電　話：(0 2) 2 3 6 3 4 1 5 6
　　　　　　傳　真：(0 2) 2 3 6 3 6 3 3 4
本書局登
記證字號　：行政院新聞局局版北市業字第玖捌壹號
印　刷　所：宏　輝　彩　色　印　刷　公　司
　　　　　　中 和 市 永 和 路 三 六 三 巷 四 二 號
　　　　　　電　話：(0 2) 2 2 2 6 8 8 5 3

　　　　精裝新臺幣四三〇元
定價　平裝新臺幣三六〇元

西 元 一 九 九 八 年 九 月 初 版